늑대왕,
루프스

늑대왕, 루프스 3

초판 1쇄 펴낸 날 │ 2018년 1월 5일

지은이 │ 윤하영
펴낸이 │ 서경석

편집책임 │ 조윤희 편집 │ 이은주, 이예진 디자인 │ 신현아
마케팅 │ 서기원 경영지원 │ 서지혜, 이문영

임프린트 │ MUSE
주소 │ 경기도 부천시 부일로 483번길 40 서경B/D 3F (우) 14640
전화 │ 032-656-4452 팩스 │ 032-656-4453
이메일 │ roramce@naver.com 블로그 │ bolg.naver.com/roramce
홈페이지 │ http://www.chungeoram.com

발 행 처 │ 도서출판 청어람
출판등록 │ 1999년 5월 31일 제387-1999-000006호
어람번호 │ 제11-0073호

ⓒ 윤하영, 2018

ISBN 979-11-04-91566-6 04810
ISBN 979-11-04-91563-5 (SET)

도서출판 청어람은 언제나 여러분의 소중한 작품 투고와 도서 출간 기획 등 다양한 제안
을 기다리고 있습니다. chungeorambook@daum.net

늑대왕, 루프스

III

윤하영 장편소설

MUSE

목차

2부 돌아오다

Chapter 11. 5월 여왕 _ *009*

Chapter 12. 말들의 땅, 소니페스 호무스[Sonipes Humus] _ *077*

베니니타스 _ *251*

로보 _ *272*

Chapter 13. 거짓과 분노 _ *290*

Chapter 14. 여우들의 땅, 울피누스 호무스[Vulpinus Humus] _ *334*

2부

돌아오다

Chapter 11
5월 여왕

"어때? 뭐 발견한 것 있어, 알렉스?"

프레드릭은 최근 펜리를 이용하여서 헤임달의 주의를 돌리고 있었다. 알렉스와 프레드릭은 그사이에 헤임달을 뒷조사했다. 헤임달은 의심쩍어 하긴 했지만, 딱히 무어라 할 말이 없었기에 펜리를 내쫓지도 못하고 그대로 두는 편이었다. 알렉스는 고개를 저었다.

"아니, 이렇다 할 만한 것이 없어. 헤임달이 드나드는 창고는 다 가봤는데, 거의 다 포트리스 공용 창고고 딱 하나만 헤임달 건데 소금 창고야. 헤임달이 물고기 절이려고 만든 창고라던데."

"소금 창고?"

"응. 형, 근데 대체 아편이 뭐야?"

"마약이야. 대륙에서 이용하는."

스티폴로르에서 나고 자란 세대는 잘 모르는 것이지만, 대륙에서 넘어와서 산 이들은 다 아는 마약이었다. 프레드릭은 스승에게 아편에 대해 들은 적이 있었다. 스승인 키르케는 약초학에도 일가견이 있었다.

"마약? 그건 또 뭐야? 자세히 좀 설명해 봐. 키르케 할머니가 나는 멍청하다고 독초랑 먹어도 되는 풀만 구분하라고 해서 풀떼기들에 대해서는 자세히 모른다고."

"간단하게 말해서 중독성이 있는 약초야. 적당히 쓴다면 진통제나 마취제로 쓸 수 있는데 과하게 쓰면 환각에 빠지고 중독돼서 위험해지는 약이야. 당연히 몸도 상하고 머리에도 문제가 생기고."

프레드릭은 팔짱을 끼고 탁자에 엉덩이를 기대었다.

"그럼 형은 헥터가 헤임달과 거래를 틀 수 있었던 이유가 마약 때문이라고 보는 거야?"

"그래, 여자들을 바치면서 거기다 아편까지 넘긴 거지. 헥터는 아편에 중독되어서 헤임달과 거래를 끊을 수 없었을 것이고."

"말이 되네."

"거기다가 마약을 이용해서 다른 수인들에게 정보를 얻어냈을 것 같아. 최근 발견된다는 수인들의 시체도 뭔가 이상했어."

프레드릭은 포트리스 부근에서 발견된다는 수인들의 시체들이 좀 이상하다고 생각했다. 반항한 흔적이 아예 없다고 했는데 수인들이 순순히 죽어줄 리가 없었다. 그렇다고 포트리스의 사람들 중 수인들을 그렇게 쉽게 죽일 수 있는 실력자가 많은 것도 아니었다.

포트리스가 수인들의 공세에서 이렇게 버틸 수 있는 것은 마법으로 만든 무기의 영향이 컸다. 그것들의 도움이 없으면 군인도 아닌 일반 포트리스 사람들은 수인들을 상대할 수 없었다. 무력이라면 렉스가 있지만 그가 범인이라면 그렇게 간만 빼내지도 않았을 것이고 또 제가 수인을 죽였다는 사실을 숨길 이유도 없었다.

"아무튼 형의 말대로라면 다 설명이 되기는 해. 어떻게 물고기나 잡는 뱃사람인 헤임달이 그 많은 정보를 알아내고, 포트리스에 필요한 물건들을 재깍재깍 가지고 나타나겠어? 레프스 건도 이해가 가고."

"문제는 심증만 있다는 것 아니야?"

레이라가 부른 배로 뒤뚱거리면서 찻잔을 들고 들어왔다.

"레이라, 무겁게 이런 걸 왜 들고 와."

"프레드릭, 팔불출 짓 그만해. 어울리지도 않게 뭐 하는 거야?"

"내가 언제부터 당신을 걱정 안 했다고……. 줘, 내가 들게. 알렉스, 넌 레이라에게 왜 이런 걸 시켜?"

"나는 시킨 적 없어. 사람 억울하게 하지 마."

프레드릭은 레이라를 부축해서 의자에 앉혔다. 그녀는 이제 정말 출산일이 얼마 남지 않은 상태였다. 몸이 무거워 적극적으로 형제를 도와줄 수 없다는 것에 라이라는 굉장히 아쉬워했다. 임신한 몸만 아니라면 무기를 들고 형제를 도와줄 수 있었을 것이다.

"그런데 마약을 이용했던 사실을 밝혀낸다고 해서 헤임달을 벌줄 수 있을까? 그게 난 더 걱정이야, 프레드릭. 오히려 제 한 몸 바쳐서 수인들을 마약에 중독시키고 자신들을 도와줬다고 옹호하는 사람이 더 많을 것 같은데."

"나도 레이라 말에 동의해, 형. 헤임달이 돌보는 고아들이 몇이고 물고기를 나누어준 것이 한두 번이어야 말이지. 나도 형이 헤임달을 의심한다는 소리를 했을 때 얼마나 놀랐는데."

레이라와 알렉스의 말에 프레드릭은 기록 하나를 꺼냈다. 레이라는 목을 길게 빼고서 그것을 보았다. 장로들만 열람할 수 있는 서고에 있는 자료였다.

라일라가 사망한 날 울피누스 호무스의 궁에 드나들었던 사람들에 대한 기록이었다. 렉스가 과거 라일라 살인 사건의 조사를 위해 베니니타스에게 받아온 울피누스 호무스의 출입기록 사본은 아직도 포트리스에 남아 있었다. 라일라는 울피누스 호무스로 시집간 후에도 종종 포트리스 사람들을 만났는데, 그녀가 마지막으로 만난 이는 헤임달과 그 가족들이었다. 그때 헤임달은 스티폴로르에 도착한 지 오륙 년 정도 되었었는데, 대륙 사람이라서 그런지 신녀 출신이라는 라일라에게 많은 관심을 보였었다. 헤임달은 렉스와 친분을 쌓았고 그의 주선으로 라일라를 만나러 간 것이었다.

하나, 헤임달은 정말 그녀와 잠시 만났다가 나왔고 그것은 기록으로 분명히 남아 있었기에 의심할 여지가 없었다. 하지만 프레드릭은 이게 이상하다고 생각했다. 만일 헤임달이 라일라를 살해하려는 세력에 협력했다면, 손님으로 그곳에 가는 척을 하면서 살인자들이 라일라에게 접근하는 것을 도와줬을 수도 있었다. 베니니타스는 포트리스 사람들에 한해서는 감시를 조금 소홀히 하였기 때문이었다.

"설마…… 헤임달이 라일라님을 죽였다고 생각하는 건 아니겠지?

헤임달이 라일라를 가장 마지막으로 만난 사람이었다. 만일 살인자가 어떤 일행에 숨어들어 갔다면 헤임달이 들어갔던 시간만큼 적합한 시간이 없을 것이다.

"헤임달이 라일라님을 왜 죽여. 죽일 이유가 없잖아!"

맞는 말이었다. 죽일 이유가 딱히 없었다. 프레드릭은 깊은 생각에 빠졌다. 라일라가 죽음으로 이 스티폴로르는 거대한 전란에 휩싸였다. 만일 그들이 스티폴로르를 혼란에 빠뜨리고 얻으려고 한 물건이면 이곳에서만 존재하는 아주 귀한 물질일 가능성이 높았다. 그때 그의 머릿속에 한 가지 생각이 스치고 지나갔다.

"전에 토스 호무스 궁의 감옥에 갇혀 있을 때 말이야. 감옥 전체를 프레늄이 감싸고 있었어. 헤임달이 노리는 게 그거라면?"

"프레늄이라고? 그 귀한 걸로 감옥을 지었다고?"

레이라가 눈을 동그랗게 뜨자 프레드릭이 고개를 끄덕이며 설명했다. 감옥을 프레늄으로 지은 것을 보면 이 스티폴로르에 프레늄 광산이 있을지도 모른다. 그러나 그때 오르페의 반응을 보아서는 수인들은 프레늄의 특성을 모르는 것이 분명했다. 수인들은 강한 마력 저항력으로 마법을 쓰는 경우가 드물고 대륙과 떨어져 마법을 접할 기회가 더 드물어졌으니 프레늄에 대해 잊어버렸을 수 있었다. 수인들은 그냥 특이한 돌 취급을 하는 프레늄은 대륙에서는 억만금을 줘야 구할 수 있는 귀한 것으로 나라에서 관리할 정도였다.

"만약 스티폴로르 전역에 프레늄이 묻혀 있고 그것을 헤임달이 알았다면, 전쟁은 그에게 가장 좋은 기회가 아닐까?"

잦은 내전으로 수인들의 세력이 약해지면 포트리스에서 그 땅을 차지할 확률도 높아진다. 만에 하나 수인들이 내전을 벌이다가 공멸한다면? 그것이야말로 주인 없는 빈 땅을 거저 얻는 것이나 다름없었다. 프레늄은 채굴하기 어렵지 않은 광석이니 땅만 차지한다면 그것을 얻는 것은 식은 죽 먹기였다.

"그렇게 얻은 프레늄을 대륙에 가져다 파는 것이지. 알잖아. 헤임달은 대륙과 스티폴로르 사이의 바다 소용돌이를 통과할 수 있는 몇 안 되는 사람이야."

레이라가 손가락을 튕겼다.

"그러면 아편도 설명이 돼. 스티폴로르에서는 양귀비가 자라지 않아. 아편을 가져오려면 대륙으로 가야 하지. 프레늄을 판 돈이면 충분히 아편을 사고도 남았을 거야."

"그럼, 이 모든 일이 프레늄 때문이라는 거야?"

"정확히는 돈 때문이겠지. 프레늄이 대륙에서 어떤 가치를 지니는지 뻔하잖아. 지금 대륙은 전쟁 중이라고."

"헥터에게 아편을 주고 얻은 것이 프레늄일 수도 있겠네. 수인들에게는 프레늄은 그냥 검은 돌덩어리일 뿐이니까."

레이라가 덧붙였다. 프레드릭은 기특하단 듯 레이라의 머리를 쓰다듬었다. 괄괄한 여장부인 레이라는 프레드릭이 자신을 여동생 취급하는 것이 마음에 들지 않아 팔꿈치로 그의 배를 세게 찔렀다. 프레드릭이 억 하는 소리를 내면서 몸을 수그렸다.

"까불고 있어."

"큭. 아직도 형은 레이라에게 한 번을 못 이겨보네."

알렉스가 모처럼 배를 움켜쥐고 박장대소를 하였다. 최근 그는 머리도 복잡하고 우울하기도 했다. 루프스의 손에 토스 호무스로 끌려간 유채가 걱정되고 또 그녀를 지켜주지 못해서 미안했다. 게다가 요즘 렉스가 자꾸 강경파로 회유하는 중이라 그를 피해 다니는 것도 꽤 피곤했다. 강경파들은 당장에라도 전쟁을 할 준비를 갖추었다. 알렉스가 렉스의 후계자라는 자신의 위치를 이용해서 그들의 행동을 막고 있었으나 언제까지 그게 먹힐지 장담할 수 없었다.

"그러니까 이렇게 잡혀 살지."

프레드릭은 아픈 배를 문지르면서도 큭큭 웃었다.

"그래서 이제 어떻게 할 거야?"

"울피누스 호무스로 갈 거야. 오래되었지만 아직 증거가 남아 있을지도 몰라. 라일라님이 죽은 장소를 살펴봐야겠어."

"어떻게 거길 갈려고? 형, 그건 힘들어."

"렉스가 지금 헤르티아를…… 레이라!"

"아, 아파……."

레이라가 갑자기 배를 움켜쥐고 쓰러지듯이 바닥에 주저앉았다. 그녀의 다리 쪽이 물에 젖어들고 있었다. 예정일보다 빨랐다. 벌써 진통까지 시작된 모양새였다. 알렉스는 놀라서 허둥지둥했다.

"알렉스, 가서 산파를 불러와!"

"알, 알았어. 형!"

알렉스는 다급하게 밖으로 나갔다. 프레드릭은 레이라의 몸을 안아 얼른 침대로 데려가 눕혔다.

"아파. 아파. 프레드릭. 너무 아파……."

"괜찮을 거야, 레이라. 괜찮아."

프레드릭은 레이라의 이마에 입술을 눌렀다. 그는 몸을 떠는 레이라의 손을 꼭 잡고 연신 괜찮을 거라고만 중얼거렸다.

⚜

"헤임달 아저씨, 여기 편지 왔어요. 란텔 오빠인 것 같아요."

헤임달은 물고기로 가득 찬 상자를 끌어 내린 후 세라가 건넨 편지를 받았다. 란텔이 헤르티아의 일정을 상세하게 적어서 보낸 것이었다. 헤임달은 바닷물에 흠뻑 젖은 손으로 코를 문질렀다. 이제 늙기는 했는지 허리가 욱신거렸다. 빨리 일을 끝내고 대륙에 돌아가 모든 것을 결착 짓고 싶었다.

"형님, 란텔 녀석은 어디에 이용하시려고요? 헤르티아 암살?"

"미쳤나? 헤르티아가 얼마나 강한데 란텔을 이용해? 란텔이 시카리우스에 들어갈 정도로 강해도 헤르티아에게는 못 당해."

헤임달은 손을 바지에 문지르고 세라에게 편지를 다시 돌려주었다. 그에게는 시간이 없었다. 하워드 형제가 무언가를 눈치챈 것인지 요새 프레드릭 놈이 저를 찾는 일이 잦아졌다. 헤임달은 이를 갈았다. 레프스 사건으로 사람들의 신뢰를 조금 잃었다 하지만, 프레드릭과 알렉스는 여전히 포트리스에서 명망이 높았다. 헤임달은 입꼬리를 올렸다.

"곧 렉스가 울피누스 호무스로 갈 것이고 아마, 하워드 형제가 동행을 하겠지."

그는 프레드릭이 라일라의 죽임에 관해 캐고 있다는 것을 금방 알아챘다. 라일라에 대해 알아보려면 당연히 울피누스 호무스로 가는 길을 택할 것이다.

"세라, 알렉스와 프레드릭의 모습을 종이에 옮기고 란텔에게 편지를 써."

원래 전쟁은 사소한 계기로도 충분히 일어날 수 있다. 무고한 희생자 정도면 그가 바라는 대로 일을 진행시킬 수 있을 것이다. 그 희생자가 사람들에게 사랑받는 이라면 말이다.

"곧 그 형제가 울피누스 호무스로 갈지도 모른다고 전해. 그들을 만나면 죽여 버리라고 해."

무고한 희생자로 하워드 형제는 더할 나위 없었다.

⚜

"그래서 지금 뭐라? 레티티아의 목을 잘라서 포트리스에 보내자?"

루프스는 당장 뭐라도 던지고 싶은 기분을 억누르면서 원로의 오만한 말을 들었다.

"예. 최근 수인들의 간이 중요한 약재로 약탈되고 있다고 합니다. 벌써 벨라토르 몇도 살해당한 것으로 확인되었으며, 포트리스 가까운 곳에 사는 수인들의 원성이 자자합니다."

"그것과 레티티아의 목을 자르는 것이 무슨 상관인가?"

"경고의 의미입니다. 레티티아의 목을 잘라서 포트리스에 보내 그들에게 경고를 주고 성난 민심을⋯⋯."

나이가 지긋한 원로는 말을 채 끝내지 못하고 제 얼굴 옆을 엄청난 속도로 지나간 무언가를 피했다. 힐끔 돌아보니 벽에 부딪친 유리컵이 산산조각이 나 있었다. 루프스는 단에서 내려와 원로의 목을 잡아서 들어 올렸다. 원로는 숨을 쉬지 못해 발만 버둥거렸다.

"언제부터 너희에게 내 것을 마음대로 처분할 권한이 생겼지? 응? 내가 만만한가?"

"아, 아닙니다. 저, 저희는 그, 그저!"

"닥쳐라! 네들은 머리를 장식으로 달고 있는 건가? 경고를 해? 오히려 그들을 자극하는 것이 될 것을 모르나? 또한 그렇게 한다 하여 우리가 얻는 이익은 뭐지? 민심 안정? 그딴 개소리를 지껄일 것이면 그 돌 같은 머리를 굴려서 동물화에 대한 해결책이나 알아와!"

루프스는 원로의 몸을 벽으로 집어 던졌다. 그의 살기가 굉장했기에 원로는 아픈 것도 느끼지 못하고 몸을 벌벌 떨었다. 루프스는 다시 단 위로 올라가 나가라는 명령했다. 원로는 제 목을 조여오는 살기에 겁을 먹고 허둥지둥 빠져나왔다.

루프스는 눈썹을 긁으며 탁자 위에 널브러진 서류들을 살펴보았다. 동물화에 대한 문제가 심각해지고 있었다. 고양이 일족은 이미 멸족하였으니 더 말할 것도 없고 이제는 말 수인들의 상태가 심각했다. 그다음은 여우 수인과 소 수인들이었다. 포트리스와 근접한 땅의 동물화가 심각했고 또한 살해당했다 보고받은 수인들 태반이 말과 여우, 소들이었다. 루프스는 골치가 아파 머리를 움켜쥐었다.

헥터가 일으킨 내전으로 스티폴로르 전역이 온전하지 못했다. 말과 여우는 전쟁으로 인한 직접적인 피해는 없었으나, 수인화로 인해 혼란스러웠다. 궁까지 함락된 독수리 일족의 땅은 황폐화되었다. 독수리 일족은 수도 재건과 식량 확보에 모든 노력을 쏟았다. 양 수인도 어려운 상황이었지만, 중간에 항복을 한 덕택에 수도가 온전했다. 그럼에도 식량 부족으로 굶어 죽어가는 이들이 속출했다. 게다가 지금은 늑대 일족의 개입으로 안정되었다지만 언제 그들에게 반발하기 위해 폭발할지 모르는 소 수인들도 있었다. 소 수인들은 정치적으로 불안했지만, 전쟁으로 농토가 망가져 식량 수급에도 문제가 생겼다. 이런 상황에서 포트리스와 전쟁이 벌어지면 버거울 게 분명했다. 그렇다고 수수방관할 수는 없으니 이미 살해당한 벨라토르에 대한 조사를 위해 시카리우스 몇

을 파견해 놓은 상태였다. 정말로 그 모든 일이 포트리스의 소행
이라는 것이 드러나면 그때부터는 정말로 포트리스와 전면전이
벌어질 확률이 높았다.

"헤르티아."

루프스는 한숨처럼 헤르티아의 이름을 뱉었다. 요새 헤르티아
가 심상치 않다는 보고를 들은 루프스는 이마를 문질렀다. 최근
포트리스 근처에서 발견되는 변사체들을 빌미로 헤르티아는 군비
를 늘리고 군사들을 더 뽑았다. 포트리스 문제만으로도 머리가 아
픈데 헤르티아까지 끼어들면 정말 최악의 상황이 펼쳐질 것이다.

그나마 다행인 것은 지금이 스티폴로르에서 가장 중요한 축제
인 5월 여왕 기간이라는 것이었다. 이 기간 동안에는 전쟁은 일어
나지 않을 것이다. 5월 여왕 축제는 신의 축복을 받기 위해 벌이
는 축제였다. 여신의 축복을 받기 위해서는 땅에 피를 묻히지 않
아야 했다. 즉, 전쟁은 일어나지 않을 것이다. 그러니 이 사이에
빠르게 전략을 수립해야 했다.

"젠장할."

헥터가 내전만 일으키지 않았다면 이렇게 심각해질 일이 아니
었다. 헥터가 날뛴 건 유채를 겁탈하려다가 제게 처참하게 당했기
때문이고, 거슬러 올라가자면 유채가 이곳에 오지 않았다면 헥터
놈이 주제도 모르고 날뛸 일도 없었을 거란 얘기였다. 루프스는
유채가 없는 하늘을 떠올리면서 가슴을 움켜잡았다.

"그건…… 원하지 않아."

유채가 없는 세상은 생각하는 것만으로 끔찍했다. 그녀로 인해
전쟁이 시작되었고 이 스티폴로르가 위험해졌다고 하더라도 루프
스는 그녀가 제게 온 것에 감사했다.

"루프스님, 케릭스님께서 알현을 청하십니다."

궁녀가 보고했다. 루프스는 들어오라고 명을 내렸다. 케릭스는 플로서스에게 시카리우스에 관한 실무를 배우고 루프스의 명을 받기 위해서 들어왔다.

"전에 말씀하신 물건에 관해서 여쭤보러 왔습니다."

"아, 그것……."

"당신도 에리카를 잃고 평생을 후회했다며! 그런데 나는 어떨 것 같아요? 언니를 구하지 못했는데 내가 당신 곁에서 호의호식 하면서 웃을 수 있을 것 같아요? 당신도 괴로웠다며! 나라고 다를 것 같냐고!"

루프스는 입술을 깨물었다. 그래, 인정한다. 그는 지금껏 지극히 이기적으로 굴었다. 제가 행복하길 바라서, 유채에게 제가 행복을 줄 수 있을 것이라 합리화하며 오만하게 굴었다. 유채는 결국 괴로워하고 불행해질 것이었다. 유채가 저를 원망하고 미워하는 것은 참을 수 있어도 그녀가 불행해지는 것은 볼 수 없었다.

"찾으면 내게 가져와라. 바다에 버리지 말고."

유채는 은가연과 비슷한 경우일지도 몰랐다. 그는 방법을 바꾸었다. 유채가 자신의 세상으로 돌아갈 수 있게 도와주는 대신 그녀가 조금이라도 이곳에 미련을 갖고 돌아오고 싶어지게 해야 했다. 그러기 위해서는 시간이 필요했다. 유채가 동정이라도 할 시간이 필요했다. 그녀는 마음이 약하니 어쩌면 돌아와 줄지도 모른다.

"죽어버려요! 당신이 죽는 게 나랑 무슨 상관인데요!"

타인의 고통에는 연민하면서, 자신에게만 잔인한 유채가 미웠다. 하지만, 다 자신의 죄였다. 그러니 유채의 마음을 제게로 돌려야 한다. 그녀가 찾는 물건을 먼저 얻어서 보관하다가 그녀가 자신에게 마음을 조금이라도 내어주면, 조금의 희망이라도 보이면 돌려줄 생각이었다. 나는 여기서 너만을 기다리겠다고 말하며 돌려줄 것이었다.

"무슨 물건입니까?"

루프스는 유채가 찾는 물건을 찾기 위해 토스 호무스의 비밀 서고에서 에클레시아에 관한 모든 자료를 뒤졌다. 그리고 한 가지 정보를 찾아내었다. 본래 루프스는 본인의 이름을 버리면서 루프스의 자리를 물려받는다. 그리고 선대 루프스는 후계자에게 자리를 물려준 후에야 자신의 이름을 찾으면서 이니투스의 전언을 전달하게 되어 있었다. 여기서 문제는 칠백 년 전 반란으로 후계자 아닌 이가 당대 루프스를 죽이며 루프스의 자리에 올랐고, 그 바람에 이니투스의 전언은 실전되었다는 것이다. 루프스는 잃어버린 전언을 찾기 위해 이니투스의 유품을 이 잡듯이 뒤져서 실전된 전언의 일부를 발견했다.

"루비 조각."

"예?"

"피처럼 붉은, 깨진 유리구슬처럼 생긴 루비 조각을 찾아서 내게 가져와."

그에게는 시간이 필요했다. 유채의 얼어붙은 마음을 녹일 시간이.

루프스는 유채의 방 앞에서 한참을 서 있었다. 궁 밖은 축제를 맞아 온갖 색으로 물들어 있었다. 루프스는 유채의 방 문고리를 잡았다 놓았다 반복하며 망설이고 있었다. 이 문을 열고 들어가 그녀를 보고 싶다가도 그녀에게 또 폭언을 들을까 봐 괴로웠다.

유채에게 다가가기가 너무 힘들었다.

밥을 같이 먹고 싶어도 역겹다는 소리가 나올까 싶어서 포기해야 했다. 루프스가 유채에게 해줄 수 있는 것은 그녀의 입맛에 맞는 음식, 좋아하는 간식을 보내는 것과 유채가 잠들었을 때 몰래 그 잠든 얼굴을 도둑처럼 훔쳐보거나 어린 늑대로 변해 정원에서 그녀를 기다리는 일뿐이었다.

유채는 작은 늑대로 변한 자신을 반가워했고 여전히 다른 이에게는 말하지 못하는 이야기를 도란도란 털어놓았다. 유채의 따뜻하고 부드러운 품에 안겨 있을 때마다 그는 유채가 제 품에 안기는 모습을 떠올렸다.

루프스는 큰 결심을 하고 문고리를 돌렸다.

"레티티…… 아?"

유채는 탁자에 엎드려서 잠이 들어 있었다. 그녀의 주위에는 책이 널브러져 있었고 탁자에는 지도가 펼쳐져 있었다. 루프스는 그 지도를 살펴보았다.

네 군데에 동그라미가 쳐져 있었다. 펠레스 호무스, 소니페스 호무스, 울피누스 호무스, 미노르 호무스. 거기에 덧붙여 유채는 각각의 땅마다 연도를 표시하고 의미 모를 글자들을 나열해 놓았다. 그리고 울피누스 호무스와 소니페스 호무스에는 강조하려는 의미인지 별 모양이 여러 개 그려져 있었다.

루프스는 손으로 지도를 쓸었다. 이런 상황에서도 유채는 여전히 돌아갈 방법을 찾기 위해 노력하고 있었다. 포기하지 않는 유채가 좋았기에 사랑했으면서 다른 한편으로는 저를 떠나려는 유채가 원망스러웠다. 루프스는 유채의 다리에 감긴 쇠사슬을 풀어주려다가 잠시 멈칫했다.

"역겨우니까. 내 몸에 손대지 마요."

루프스는 손으로 눈을 가리고 한참을 가만히 있었다. 사랑하는 이에게 역겹다는 말을 들은 것은 너무 괴로웠다. 루프스는 이제 그녀에게 손을 내미는 일까지 다 겁이 났다. 그는 한참을 머뭇거렸다.

"……모르겠지."

루프스는 또다시 잠든 유채의 얼굴을 멍하니 바라보았다. 그녀의 머리에는 나비 모양 장식이 달려 있었다. 다른 것에는 관심도 없으면서 그것만은 마음에 드는지 계속 착용하는 것에서 루프스는 희망을 찾았다. 루프스는 머리 장식을 건드렸다. 그의 손가락이 이내 유채의 속눈썹에 닿았다.

잠든 모습이 아무리 아름다워도 깨어 있을 때의 모습에 비해서는 한참 모자랐다. 루프스는 바닥에 무릎을 대고 턱을 탁자에 기댄 채 유채의 잠든 모습을 유심히 쳐다보았다. 솜털이 보송보송하고 장밋빛으로 물든 볼, 숱이 많고 긴 속눈썹과 오똑한 코. 계속 보아도 질리지 않는 얼굴이었다.

"정말 큰맘 먹고 온 것인데."

루프스는 거절당할 것을 각오하고 찾아온 것이다. 유채가 깨어 있었다면 축제를 구경하러 같이 나가자고 하려던 것인데 곤히 잠든 그녀를 깨울 수는 없었다. 루프스는 엎드려 자는 유채가 불편할까 봐 그녀를 조심스레 안아 들었다.

"지금…… 뭐 하는 거예요?"

몸이 움직이는 것에 유채는 금세 잠에서 깼다. 잠기운이 가득한 눈을 몇 번 깜박이다가 그녀는 저를 안고 있는 루프스를 발견했다. 루프스는 당황해서 몸이 굳었다.

"그러니까 이건……."

"역겨우니까. 내 몸에 손대지 마요."

루프스는 식은땀을 흘렸다. 그는 횡설수설하며 침대 쪽으로 성큼성큼 걸어갔다.

"불, 불편해 보이기에 편히 눕게 해주려고 한 것이다. 결코 다른 의도는 없었다."

루프스는 유채를 침대 위에 내려놓았다. 따라온 쇠사슬이 짤랑거리는 요란한 소리를 내었다. 루프스는 뒷머리를 긁적이면서 유채의 시선을 피했다.

"불쾌했다면, 미안하다. 나는 그저……."

"됐고. 무슨 일로 왔어요?"

유채는 냉랭하게 말했다. 루프스는 얼음이 뚝뚝 떨어지는 그녀의 눈동자에 가슴이 얼어붙는 듯했다.

"네 얼굴이 보고 싶어서 왔다고 하면 쫓아낼 것인가?"

"시답지 않은 이유면 나가요. 나 머리 아파요."

유채는 더 듣지 않겠다는 듯 손을 앞뒤로 흔들며 나가라는 표시를 하였다. 루프스는 입술을 깨물고 그녀에게 손을 내밀었다. 유채는 그 손을 뭐냐는 듯이 바라보았다.

"머리가 아프다면⋯⋯."

이 한마디를 꺼내는 데 얼마나 많은 용기가 필요한지 유채는 모를 것이었다. 스티폴로르의 문제보다, 수많은 적들보다 그는 눈앞에 있는 작은 소녀가 더 두려웠다.

"나와 같이 축제에 나가겠나?"

루프스의 손은 미세하게 떨리고 있었다.

"싫어요."

유채는 깊게 생각하지도 않고 대답했다. 루프스는 내민 손이 더할 나위 없이 부끄러울 수 있다는 것을 이번에 처음 알았다. 그는 머뭇거리면서 손을 거두어야 하는지를 한참을 고민했다.

"크고 볼 것도 많은 축제다. 가면을 쓰고 하는 축제라 네가 마레 위르라고 해코지 당할 일도 없을 것이다. 보고 싶지 않나?"

"피곤해요."

유채는 루프스의 말을 무시하고 침대에 머리를 베고 누웠다. 그는 결국 손을 거두었다.

"가고 싶으면 말해라. 축제는 일주일 동안 열리니, 가고 싶다고 말하기만 하면 데려다주겠다."

"필요 없어요."

루프스는 한숨을 내쉬면서 유채의 위로 이불을 덮어주려 하였다. 그런데 그때 갑자기 유채가 그를 향해 돌아눕는 바람에 그는 어정쩡한 자세로 얼음이 되어버렸다. 유채는 그가 잡고 있는 이불을 빼앗고는 냉랭하게 말했다.

"날 위하는 척 위선 떨지 말아요."

"……."

"당신이 뭘 하든, 내 환심을 사기 위해서 인심 쓰는 척하는 것으로밖에 보이지 않아요."

루프스는 여기서 말을 더 붙여봤자 추접한 자기변명 외에는 되지 않는다는 것을 깨닫고 입을 다물었다. 그는 조용히 일어났고, 유채는 그게 더 꼴 보기 싫어서 더 말을 세게 쏘아붙였다.

"손은 왜 내밀어요? 내가 잡을 거라고 생각했어요?"

"기분 나빴다면 미안하다."

루프스는 유채에게 또다시 사과했다. 유채는 마치 비 맞은 개처럼 처량해 보이는 얼굴을 한 그를 보고 기가 찼다. 유채는 이불을 머리 위까지 덮어쓰고 다시 옆으로 돌아누웠다.

"나가요. 당신 보는 것만으로도 피곤하니까."

루프스는 잘 자라는 인사를 남기고 유채의 방을 나왔다. 루프스는 제 왼쪽 어깨와 팔을 문질렀다. 벌써 몇 달이 지났는데 왼쪽 팔의 상태는 점점 더 심각해졌다. 오른팔과 다르게 조금만 힘을 써도 근육이 결렸고 상처를 입으면 쉽게 낫지가 않아서 고생을 배로 해야 했다.

"이게 벌인가."

루프스는 그렇게 생각했다. 유채는 자신 때문에 더 오랫동안 고통받으면서 고생했다. 루프스는 뻐근한 왼쪽 어깨를 주무르면서 제가 한 짓에 대한 죗값을 받는 거라고 생각했다.

루프스는 제 방으로 들어가자마자 침대에 드러누웠다. 큰 용기를 낸 것이었는데 거절당한 것이 매우 아쉬웠다.

열두 살 이후로 루프스도 축제를 즐긴 적이 한 번도 없었다. 수인 내전 기간에는 축제가 열리지 않았고, 열렸다 하더라도 한가하게 축제를 구경할 여유 따윈 없었다. 루프스의 자리에 오른 초기에는 세력을 정리하기 위해서 바빴고 한가해진 후에는 축제 따위 생각하지 않고 살았다.

"당신 변태예요?"

"네 말이 맞는지도 모르겠다."

유채에 거절에 수없이 아파하면서도 미련을 놓지 못하고 또 상처 입을 것을 알면서도 매번 이러는 것을 보면 변태가 맞는 것 같았다.

❧

"잘 다녀왔어, 블루벨?"

"예! 케릭스님이 맛있는 사탕도 많이 사주시고 재미있는 것도 많이 봤어요. 유채님도 구경 가시면 좋을 텐데요."

블루벨이 축제에서 사온 거라고 하면서 꽃차를 쪼르륵 따라주었다. 유채는 웃으면서 고개를 저었다.

"아니야. 됐어."

"저하고 케릭스님이 동행한다고 하면 루프스님도 허락해 주실 거라니까요. 그러니까 같이 가요. 네?"

블루벨이 조르는데도 유채는 고개를 저었다. 유채는 블루벨의 볼을 잡고 늘였다. 단발머리가 된 블루벨은 예전보다 훨씬 더 귀여웠다.

"눈치 없게 내가 너랑 케릭스 사이에 왜 끼어? 그냥 둘이서 즐겁게 노세요."

"피. 전 유채님이랑도 놀고 싶은데."

블루벨이 입술을 샐쭉이 내밀고 턱을 탁자에 기대자 유채는 그녀의 머리를 헝클어뜨렸다. 블루벨은 유채가 가져온 수많은 책과 지도를 가리켰다. 그러고는 입을 내민 채로 툴툴거렸다.

"유채님은 저런 것만 보시니까 안 나가시려는 거예요. 근데 저건 왜 읽으셔요?"

"물건을 찾으려고."

"물건이요? 뭘 찾으시는데요? 파는 건가요? 책을 읽는 것보다 밖에 나가서 직접 찾아보시는 게 낫지 않나요?"

"파는 건 아니야. 나도 나가서 찾고 싶긴 한데 그러기 힘드니까."

"왜요? 루프스님이 붙잡아놓으셔서요?"

"아니. 그건 아니야. 그런 게 있어."

유채는 부드러운 블루벨의 하얀 머리카락을 헤집었다. 잠시 후 헤나의 목소리가 들리더니 루프스가 방으로 들어왔다. 전쟁이 끝난 후 뒤처리로 바쁜지 그는 요 근래에 복장이 꽤나 단정한 편이었다. 유채는 그를 한번 힐끔 보고는 이후로 시선을 주지 않았다.

블루벨은 둘 사이에 긴장감이 돌자 괜히 침을 삼켰다. 루프스도 별말을 하지 않고 그저 유채의 발목에 묶인 족쇄만 풀어주었다.

"블루벨, 산책 가자."

유채는 미리 챙겨놓은 우유와 빵, 고기를 들고 자리에서 일어났다. 여전히 루프스에게는 눈길도 주지 않은 채였다.

루프스는 블루벨의 손을 잡고 방을 나가는 유채의 뒷모습을 지켜보았다.

"헤나, 나도 쉬고 올 테니 일이 있으면 잠깐 뒤로 미뤄라."

"알겠습니다. 편히 쉬십시오."

루프스는 헤나를 뒤로하고 어딘가로 걸어갔다.

"어. 오늘도 왔구나."

유채는 환하게 웃으면서 은빛 늑대를 손으로 들어 올렸다. 블루벨이 케릭스를 만나러 뛰어가자마자 이곳으로 걸어왔다. 처음에 보았을 때는 젖을 막 뗀 것 같은 크기였는데 그새 이렇게 들어올리는 게 묵직하게 느껴질 정도로 자라 있었다. 유채는 늑대의 코에 자신의 코를 비볐다. 요즘 따라 이 늑대가 축 늘어져 보여서 꽤나 가여웠다. 유채는 늑대를 품에 안고 자리에 앉았다.

"너도 내가 이렇게 끌어안고 만지는 게 싫니? 생각해 보니까 내가 너한테 하는 행동들이 그 남자가 나한테 하는 행동하고 같아 보여서. 싫어?"

루프스는 순간 저도 모르게 고개를 저으려 했다가 멈칫했다. 지금은 동물인 척을 해야 했다. 펠릭스 다우스인 늑대들도 제 말을 어느 정도는 알아들었지만 의사소통을 할 수 있는 것은 아니었다. 루프스는 대신에 그녀의 품으로 파고들었다. 그러자 정수리에 그녀의 따뜻한 손이 닿았다. 루프스는 고개를 축 늘어뜨렸다.

유채는 늑대의 머리를 쓰다듬다가 접시에 우유를 부어주었다.

"동물을 키워본 적은 없어서…… 이런 것 줘도 되는지는 모르지만, 좋아하는 건 맞지?"

루프스는 대답하는 대신 우유를 할짝였다. 유채는 빵 조각과 고기도 주위에 놓아두었다. 루프스는 그것들을 한번 보고 유채를 올려다보았다. 유채는 양손으로 턱을 받치고 웃고 있었다. 저를 보고 웃고 있지만 저게 정말로 저를 향한 것은 아니기에 서글프면서도 이렇게라도 그녀의 미소를 볼 수 있음에 그는 감사했다.

"블루벨이 물건을 찾으려면 나가야 하는데 왜 책만 읽느냐고 했어. 대답할 말이 없어서 대충 둘러댔지 뭐야."

유채는 늑대의 등을 쓰다듬었다. 부드러운 털과 따뜻한 몸이 기분 좋았다.

"블루벨도 이제 케릭스가 지킬 것이고, 나도 혼자서 떠날 수 있는데 여기 계속 머무르고 있어. 아, 너를 걱정해서 떠나지 않는 건 아니야."

루프스가 유채를 올려다보았다. 유채가 가볍게 웃으면서 늑대를 안고 뺨을 비볐다.

"왜 실망했어? 나도 너 좋아해. 근데 상황이 어쩔 수가 없는 것이니까."

루프스는 유채가 하는 말 한 마디 한 마디를 머리에 새기며 들었다.

"예전 일 때문에 겁이 조금 많아졌거든, 그래서 수인들이 무서워. 근데, 그 물건을 찾으려면 수인들이 많은 곳을 돌아다녀야 하거든. 그것도 아주 많이."

루프스는 뜻밖의 말에 유채를 올려다보았다. 그가 아는 유채는 항상 당당했기에 남들 앞에 나서는 것을 무서워하는지 몰랐다. 유채는 쓴웃음을 지었다.

"나 되게 이상하지? 그렇다고 엄청나게 싫어하는 인간 뒤에나 숨어 있고, 그를 이용하고 말이야. 근데…… 나한테도 사정이 있어."

유채는 무릎을 세워서 얼굴을 묻었다. 언니를 위해서라면 더 적극적으로 행동해야 한다. 이제 어느 정도 정보도 많이 모은 상태였다. 셀레네가 준 권능 두 개를 모두 이동하는 데에만 쓴다면 리와인더의 조각을 찾는 건 예상보다 쉬워질 수도 있었다.

셀레네의 치료로 헥터의 일을 떠올려도 트라우마는 겪지 않게 되었지만 그래도 겁이 나지 않는 것은 아니었다. 헥터와 토모스, 그리고 이곳에 도착해서 저를 순간하려 했던 여우 수인들의 기억이 완전히 사라지는 것은 아니기에 유채는 수인들이 무서웠다.

능력이 있다 해도 그 능력을 활용하는 것은 자신의 역량에 달린 것이었다. 힘을 다루는 데 미숙해 그런 놈들에게 다시 잡힐까 봐 무서웠다. 그래서 좀 더 확실하게 조각이 있을 만한 장소를 추려내기 위해 신중을 기하려는 것도 있었다.

지금 가장 의심이 가는 곳은 두 군데였다. 말 수인 일족의 땅과 여우 수인 일족의 땅. 두 일족 모두 고양이 수인의 땅을 침략한 경험이 있었고 현재 이상 현상을 겪고 있었다. 여우 수인 일족은 어느 순간 그 이상 현상이 끊겼고 말 수인 일족들은 지금까지 지속되고 있었다. 유채는 말 수인 일족의 땅에 좀 더 무게를 두었다. 여우 수인 일족의 땅에 있던 리와인더 조각이 수인 내전의 혼란에 휩쓸려서 말 수인 일족의 땅으로 간 것이 분명했다. 이제 그것을 누가 소유하고 있는지를 알아야 했다.

이번 축제가 끝나면 동물화 문제 때문에 루프스가 말 수인 일족의 땅으로 간다고 하였다. 가능하면 같이 가서 유채는 권능의 소모량을 줄일 생각이었다. 지난번 에클레시아에서 한 번 써본 결과 이동 거리에 따라 소모되는 권능의 양이 정해지는 것 같았다.

"의심되는 곳을 찾았으니, 난 이곳을 떠날 거야."

떠날 거야.

유채의 말에 루프스는 귀를 쫑긋 세웠다. 유채는 풀이 죽은 듯한 은빛 늑대의 등을 쓰다듬으면서 다정하게 속삭였다.

"미안해. 나도 너랑 헤어지는 거 무지 섭섭해. 네가 얼마나 좋은 친구였는지 몰라."

유채는 늑대의 콧잔등에 입을 맞추었다. 루프스는 그 입술의 감촉을 오랫동안 곱씹었다. 저 품이 얼마나 따뜻했는지, 얼마나 부드러웠는지를 머릿속에 새겨 넣었다.

유채는 쫑긋 세워져 있던 늑대의 귀가 조금 처진 것을 발견하고는 늑대를 품에 꼭 끌어안았다.

"걱정 마. 지금은 안 떠나. 아직 좀 더 찾아봐야 할 게 있거든. 떠나게 되면 너에게 인사는 할 테니까. 걱정하지 마."

루프스는 낑낑대는 소리를 내며 유채를 바라보았다.

마지막 인사를 받는 그때가 되면 저는 어떻게 행동해야 할까? 옆에 붙어서 떠나지 못하게 붙잡을까, 아니면 그냥 보내줄까, 찾는 물건을 먼저 찾아서 네게 줄 테니 조금만 여기서 머물러 달라고 부탁할까. 어떻게 해야 하는 것인지 답을 찾지 못했다. 어떻게 해야 유채가 다시 이곳에 돌아오게 만들 수 있을까. 루프스는 답을 알 수 없는 물음만 계속 스스로에게 던졌다.

그는 결코 유채를 행복하게 해줄 수 없었다. 종국에는 그녀를 불행하게 만들 것이라는 것을 스스로 알고 있었다. 그럼에도 유채가 있는 이 삶이 행복해서 억지를 쓰고 떼를 써서라도 붙잡고 싶었다.

"근데, 너도 밖에서 한다는 축제에 대해 아니? 재미있을까? 블루벨이 엄청 자랑을 해대서 궁금하긴 한데, 그렇다고 이제 막 시작하는 연인을 방해할 수는 없잖아."

루프스는 내심 부러워하는 듯한 유채를 보면서 생각했다. 시간이 그냥 이대로 멈추었으면 좋겠다고.

루프스는 정원에서 돌아온 유채의 발목에 족쇄를 채워주었다. 둘 사이에는 아무런 대화도 없었다. 루프스는 유채의 가는 발목을 애잔하게 바라보면서 최대한 느리게 족쇄를 채웠다. 루프스는 천천히 몸을 일으키고 머뭇거리며 물었다.

"오늘도 축제에 갈 생각이 없나?"

어제처럼 손을 내밀 자신은 없어 넌지시 묻기만 했다. 루프스는 유채의 입술이 열리기를 기다렸다.

"당신들도 혹시 호구(戶口) 조사 같은 것을 하나요?"

"한다."

"그것에 관한 자료를 줄 수 있어요?"

루프스는 유채의 눈을 바라보았다. 당연하게도 민간에 공개하지 않는 자료를 요구하는 그녀에게 무어라 해야 할지 대답을 골랐다.

"그걸 주면, 오늘 밤에 같이 나가줄게요."

그 말은 루프스에게 마치 주문 같은 말이었다. 루프스는 더 생각할 것도 없이 고개를 끄덕였다. 그는 저녁을 먹은 후에 데리러 오겠다고 하곤 가벼운 걸음으로 방을 나갔다. 기분이 어찌나 좋은지 밖에서 만난 수인들이 모두 그를 보고 놀랄 정도였다.

하루 일정을 마친 후 루프스는 헤나를 불렀다.

"궁에 들어온 지 얼마 안 된, 토스 호무스 토박이인 철딱서니 없는 궁녀 하나만 불러와."

"예? 그런 궁녀는 어디에 쓰실 생각이십니까?"

"자세히는 설명할 수 없으니 일단 불러와라."

헤나는 고개를 갸웃거리며 루프스가 요구한 꽤나 구체적인 조건의 아이를 찾았다. 열일곱 살의 늑대 수인 신참 궁녀가 쭈뼛거리면서 알현실로 들어온 것은 그리 오래 지나지 않아서였다. 신참 궁녀는 헤나가 일러준 대로 바닥에 납작하게 엎드렸다.

"루프스님을 뵙습니다. 어쩐 일로 저를 찾으셨습니까?"

"5월 여왕의 축제에 자주 참여해 보았느냐?"

"예. 자주 참여해 보았습니다."

"그럼, 축제에서 암컷들이 좋아하면서도 많이 붐비지 않는 곳을 아느냐? 어떤 곳이든 괜찮다. 아는 대로 고하면 사례하겠다."

신참 궁녀는 눈을 반짝이면서 고개를 들었다. 그리고 술술 제가 알고 있는 곳들을 주절거렸다. 특별히 철딱서니 없는 이를 콕 짚어 고른 이유는 이것 때문이었다. 그를 겁내지 않아야 이런 정보를 얻을 수 있기 때문이었다.

루프스는 궁녀가 말한 곳을 빠짐없이 기억한 후 약속대로 사례를 했다. 궁녀의 한 달 월급에 달하는 금액이었다. 궁녀는 싱글벙글한 얼굴로 알현실을 나갔고 루프스도 만족했다.

분명히 유채도 좋아할 것이다. 조금쯤은 웃을지도 모른다. 루프스는 늑대로 변해 있을 때 본 그녀의 미소를 떠올리며 장밋빛 상상을 하였다.

봄에 하는 가장 큰 축제답게 거리는 갖가지 색의 등으로 화려하게 꾸며졌다. 5월 여왕은 스티폴로르 전역에서 열렸지만 토스호무스가 중심이 돼서 가장 성대하게 열리는 축제이기에 다른 일족의 땅에서 온 수인들도 많이 돌아다녔는데 가면을 쓰고 동물의 신체가 드러나는 부분은 가리고 다녔다. 이는 5월 여왕이 생김새에 따라 차별하지 않고 모두가 축복받는다는 이념에서 열리는 축제이기 때문이었다. 가면을 쓰면 생김새를 알 수 없어 모두가 평등하다는 것을 상징적으로 보여준다고 생각하는 전통에서 비롯된 것이었다.

루프스와 유채는 검은색의 로브를 걸치고 가면을 썼다. 루프스는 유채가 부담스러워 할까 염려되어서 그녀의 한 걸음 뒤에서 떨어져서 걸었다. 유채는 축제를 즐기는 수인들 사이를 지나다니며 중얼거렸다.

"꼭 베네치아 가면 축제 같네."

주변에 가면을 쓴 사람들이 많아 꼭 그렇게 보였다. 몸이 건강해지면 같이 베네치아의 가면 축제에 가자고 언니와 약속한 적이 있었다. 유채는 가만히 입술을 깨물었다.

"그곳에도 이런 종류의 축제가 있나?"

"있어요."

루프스는 대화를 하고 싶어서 축제에 관한 이야기를 하나하나 꺼냈다.

"에클레시아에서 셀레네님께 번영을 기원하는 제를 올리면, 그것을 기념하고 즐기고자 시작된 축제지. 힘들고 고된 겨울을 잘 났다는 뜻에서 시작된 축제다. 수인, 마레 위르 모두 차별하기 않고 축복을 내리시는 셀레네님의 뜻을 받들어 축제 참여자들은 스스로 신분을 감추지."

"그래요. 신기하네요."

유채는 건성으로 대답하다가 신기한 쇼를 보여주는 어릿광대 앞에서 멈춰 섰다. 어릿광대는 몇 가지 손재주를 보여주더니 아무것도 없던 손에 꽃다발을 만들어서 건넸다. 유채는 신기해하며 박수를 쳤다.

루프스는 기뻐하는 유채의 옆에 서서 광대에게 동전 몇 닢을 주었다. 어릿광대는 그것을 받아 모자에 감추고 인사한 뒤 다른 수인에게 향했다. 유채는 처음 보는 분홍색 꽃의 향기를 맡았다. 루프스가 유채에게 귀띔하였다.

"축제에는 저런 잡상인이 많다. 모두 상대하지는 마라. 개중에는 질이 좋지 않은 자도 있다."

유채는 루프스의 말은 듣는 둥 마는 둥 이번에는 다른 곳으로 향했다. 루프스는 유채의 뒤를 쫓았다. 유채는 가판대에 진열된 아기자기한 공예품을 바라보았다. 한국에서는 본 적 없는 스티폴로르만의 독특한 공예품들이었다. 루프스는 아까 궁녀가 말해준, 암컷들은 아기자기한 물건을 구경하는 것을 좋아한다던 말을 떠올렸다.

"가지고 싶은 것이 있나?"

루프스는 넌지시 물었다.

"없어요."

유채는 루프스의 그를 처다보지도 않고 대꾸했다. 루프스는 그녀의 시선이 오래 머물렀던 작은 열쇠고리를 보고는 유채의 팔목을 잡았다. 곧바로 아차 싶었지만, 그래도 가지고 싶은 것이 있다면 사주고 싶었다.

"부담스러워하지 말고. 내가 살 테니."

"그래, 아가씨. 이 청년이 사준다고 할 때 사. 어디 수컷이 암컷들에게 물건을 쉬이 사주는 줄 알아?"

가판대의 상인이 넉살 좋게 유채를 붙잡았다.

"자네는 어디서 이런 예쁜 아가씨를 찾았나? 아가씨는 그만 튕기고 이 청년이 사준다고 할 때 하나 사. 뭣하면 지금 들고 있는 꽃으로 대신 값을 치러도 되네. 와서 마음에 드는 게 있으면 얼른 골라. 5월 여왕 축제를 기념해서 만든 한정판이야."

유채는 상인까지 이렇게 나오자 못 이기는 척, 노란색 꽃이 유리구슬 안에 들어 있는 작은 열쇠고리를 골랐다. 유채는 들고 있던 꽃다발을 상인에게 건넸고 그는 꽃의 상태를 살펴보더니 재료로 쓸 수 있겠다는 말을 중얼거렸다. 루프스는 상인에게 나머지 값을 치렀고 유채는 그대로 자리를 떴다. 루프스도 그녀를 따라가기 위해서 움직였다.

"잠시만 청년."

상인은 루프스에게 유채가 가져간 열쇠고리와 쌍이 되는 열쇠고리를 건네었다.

"딱 보니 늑대 수인인데, 저 암컷 때문에 맘고생 심한 것 같아 주는 걸세. 나도 소싯적에 우리 부인 때문에 고생깨나 했거든. 동병상련이라 가여워서 주는 거야. 부적인 셈치고 가져가게."

"값은 얼마인가?"

"됐네. 나랑 같은 경험하는 놈들에게는 못 받겠더군. 얼른 가봐. 누가 채가면 어쩌려고."

상인이 장난스럽게 웃었다. 루프스는 열쇠고리를 들고 유채의 뒤를 쫓았다.

유채는 이곳, 저곳을 구경하느라 정신없어 보였다. 보석도 아니고 그렇다고 금이나 은으로 만든 세공품도 아니라 가죽이나 유리 같은 흔한 재료로 만든 공예품들인데도 관심을 보였다. 루프스는 유채를 뒤따라 다니다가 그녀가 다른 곳으로 이동하면 그녀가 관심을 보였던 물건을 샀다.

간만에 나온 바깥이 그리도 좋은지 유채의 만면에 미소가 가득했다. 루프스는 유채의 손을 잡으려고 손을 뻗었다가 황급히 거두었다. 그리고 빈주먹만 꾹 쥐었다. 저 손을 자연스럽게 잡고 나란히 걸어갈 수 있는 수컷이 자신이기를 바랐다. 하지만 루프스는 이내 헛웃음을 흘렸다.

이렇게 한 걸음 뒤에서 바라보기만 해야 하는 주제에 너무 많은 것을 바란다는 생각이 들었다. 유채의 웃음소리가 들렸다. 루프스는 걸음을 멈췄다. 유채의 입가에 미소가 그려져 있었다. 문득, 아무것도 상관없어졌다. 뒤에 있으면 어떻고 닿을 수 없으면 어떻단 말인가. 그녀가 제 앞에 있는데.

사랑하는 그녀가 저렇게 웃고 있는데.

루프스의 사고가 멈췄다. 온 세계의 시간이 멈춘 것 같았다. 봄바람이 불어왔다. 루프스는 웃고 있는 유채의 옆얼굴을 훔쳐보았다.

루프스는 한 걸음 뒤에서 평소와 달리 명랑하게 근심 걱정 없이 웃고 축제를 즐기는 유채를 바라보았다. 그는 유채가 축제를 즐길 수 있도록 그녀를 방해하지 않은 채로 조용히 따라다니기만 했다.

잠시 후, 둘은 인적이 드문 분수대 앞에 앉았다. 조금 전에 퍼레이드가 시작되어서 모든 수인들이 그쪽을 구경하러 가 한산해진 곳이었다.

"이거 받아라."

루프스는 유채에게 종이봉투를 건네었다. 뭔가 하고 받아서 안을 보니 제가 오늘 구경했던 것들이 모두 들어 있었다.

"이게 뭐예요?"

묻는 기세가 사뭇 날카로워 루프스는 볼 안쪽 살을 약간 깨물었다.

"예뻐 보이기에 샀다. 마음에 안 들면 버려도 좋다."

루프스는 유채가 제 성의를 또다시 거절할까 봐 얼른 말을 덧붙였다.

"마실 걸 사올 테니 잠깐 여기 앉아서 기다려라. 어디 가지 말고."

루프스는 혹시 몰라서 주위를 휙 돌아보았다. 중심가는 아니지만, 그렇다고 아주 외진 곳은 아니었다. 상점도 많고 벽에 붙은 등들이 거리를 환하게 밝혔다. 유채가 움직이지만 않으면 위험할 일은 없을 거라고 생각하고 루프스는 얼른 걸음을 옮겼다.

유채는 봉투 안에 들어 있는 것들을 보고 혀를 찼다. 제가 조금이라도 쳐다본 건 가리지 않고 다 쓸어 담은 모양새였다.

요 근래 루프스는 비 맞은 강아지처럼 굴었다. 그 모습에 유채는 기가 찼다. 그가 그럴수록 오히려 제가 더 나쁜 사람이 되는 것 같아 어이가 없을 정도였다. 꼭 어린아이 같았다. 원하는 것을 얻기 위해 눈치를 보는 아이와 다를 바 없었다. 그래서 유채는 루프스의 고백을 믿지 않았다.

"하. 대체 언제까지 저럴 거지?"

유채는 고개를 들어 밤하늘을 바라보았다. 오랜만에 평범한 사람처럼 시간을 보냈더니 나름대로 기분 전환은 되었다. 우울하던 기분도 나아졌다. 아무리 일이 바빠도 이 정도 쉼표가 그리 큰 사치는 아닐 것이었다.

"우에에엥. 엄마…… 아파…… 나 다리에서 피 나……."

어디선가 아이 우는 소리가 들렸다. 유채는 주위를 둘러보았다. 하지만 우는 아이는 보이지 않았다. 두리번거리던 유채의 시선이 어두운 골목 쪽에 닿았다. 유채는 애써 그 울음소리를 무시하려고 했다. 주변에 저 말고 다른 수인들도 있는데 군이 제가 나설 필요는 없을 것 같았다.

"젠장."

유채는 자리에서 일어나 골목으로 향했다. 예전에 심리학책에서 보았던 방관자 효과라는 것이 생각나 도저히 무시할 수가 없었다. 유채는 골목 앞에 서서 침을 꿀꺽 삼켰다. 생각보다 좁고 또 어두웠다.

유채는 천천히 골목 안으로 들어갔다. 아이의 울음소리가 멎었다. 유채는 자리에 멈춰서 주위를 둘러보았다.

"어디에. 읍."

갑자기 튀어나온 손이 유채의 입을 막았다. 깜짝 놀란 유채가 반항을 했지만 네 명이나 되는 장정 앞에서는 소용이 없었다. 등이 벽에 세게 부딪치고 그중 한 명이 손가락을 유채의 입안에 집어넣어 혀를 꾹 눌러 말을 하지 못하게 만들었다. 다른 둘은 유채의 양팔을 붙잡아 결박하고 다른 하나는 그녀의 가면을 벗겼다.

"이야, 역시 동정심은 가장 좋은 수단이야. 그치?"

"이 정도면 상등품인데? 마레 위르랑 잡종이긴 하지만."

"이런 미모면 부르는 게 값이겠다."

어둠속에서 남자들이 말했다. 남자들은 유채를 상품 취급하듯이 훑어보았다. 가면을 벗긴 남자가 로브를 들추고 몸매를 살폈다. 유채는 기겁을 하고 몸을 비틀었지만 남자들에게 단단히 붙잡힌 상태라 아무것도 하지 못했다.

"캬. 몸매도 좋고. 이거 정말 물건이네. 역시 위험을 감수할 만했다. 요즘 벨라토르 때문에 적당한 건수를 못 올렸는데."

"억!"

순식간에 양옆에 버티고 서 있던 남자들이 손이 떨어져 나가고 유채는 누군가의 든든한 팔에 안겼다. 그는 로브로 유채의 몸을 감싸 안았다.

"눈 감고 귀 막고 잠시만 기다려."

루프스의 목소리였다. 유채는 그의 말대로 눈을 감고 귀를 막고 그 자리에 쪼그려 앉았다. 비명 소리가 들리고 피비린내가 났다.

이내 아무 소리도 들리지 않자 유채는 귀를 막았던 손을 떼고 천천히 눈을 떴다. 루프스가 피가 튄 가면을 내던지고 무릎을 꿇고 앉아서 그녀와 눈을 맞췄다. 유채의 몸이 잘게 떨렸다. 루프스가 유채의 어깨를 움켜잡았다.

"위험하게 왜 이런 곳은 함부로 들어오는 건가? 무슨 일이라도 나면 어쩌려고!"

"놔요!"

유채는 벌벌 떨면서 그를 밀어냈다. 제가 무슨 잘못을 했다고 자꾸 이런 일만 생기는지 알 수가 없었다.

"위선 떨지 마요. 당신도 저 새끼들하고 똑같아. 똥 묻은 개가 겨 묻은 개 나무라지 마요."

고맙다는 말이 나오지 않았다. 유채는 자꾸 저에게만 이런 일이 벌어지는 게 화가 나서 아무 잘못 없는 루프스에게 화를 냈다. 그가 문제의 원인을 제공한 것도 아닌데 유채는 애꿎은 루프스에게 화를 내었다. 그렇지 않으면 그를 붙잡고 울어버릴 것 같았다. 그것만은 용납할 수가 없어 유채는 루프스를 밀치고 걸어갔다. 루프스는 다급하게 유채의 팔을 잡고 끌어당겼다.

"그쪽이 아니야. 저쪽으로 나가야 한다."

루프스는 유채를 데리고 얼른 골목 밖으로 나갔다. 유채의 손이 덜덜 떨리고 있는 것을 본 루프스는 입술을 깨물었다.

"위선 떨지 마요. 당신도 저 새끼들하고 똑같아."

루프스는 제가 유채에게 위로가 되지 않는다는 것을 알았다. 저를 계속 보는 게 그녀에게 더 힘든 일일 것이었다.

루프스는 유채를 분수대 앞에 두고 말했다.

"피만 씻고 돌아오마. 다시 궁으로 돌아가자."

루프스는 유채를 남겨두고 방금 전의 그 골목으로 다시 들어갔다. 그리고 유채에게 선물로 준 봉투를 찾았다. 덩그러니 바닥에 떨어진 그것이 마치 거절당한 제 마음 같아서 비참했다. 물건을 챙긴 그는 우물가로 가서 얼굴에 묻은 피를 씻었다. 얼굴에 찬물이 닿자 정신이 번쩍 들었다.

"젠장."

위로도 할 수 없는 처지가 처량했다. 아마 프레드릭이나 알렉스였다면 유채를 안고 위로를 해줄 수 있을 것이었다. 하지만 제가 그랬다가는……. 유채는 그것을 끔찍하게 여길 것이었다.

"윽."

루프스는 로브를 걷어 왼팔에 물을 뿌렸다. 좀 전의 일로 작은 상처를 입었다. 조용히 처리하려고 놈들이 도망가는 것을 다 막아내려 했더니 그 덕에 팔에 작은 생채기가 남았다. 하필 또 왼팔이었다. 루프스는 상처를 찬물에 씻어낸 후 보이지 않게 숨겼다. 유채가 이것을 보게 하고 싶지 않았다.

"레……."

다시 분수대가 있는 쪽으로 나온 루프스는 유채를 부르려다가 멈칫했다. 유채는 두 손을 얼굴에 묻고 어깨를 들썩이고 있었다. 루프스는 발을 돌려 손수건을 파는 노파 앞에 멈췄다.

"그 손수건 얼마인가?"

유채는 한참을 울었다. 너무 비참했다. 아무리 능력을 얻었다고 해도 그것을 사용하지 못해서는 아무 짝에도 쓸모가 없었다. 위급 상황에 쓰겠다고 마법을 배웠는데 막상 그런 상황이 닥치자 아무것도 하지 못했다. 이런 일을 두려워해서 더 정보를 모으려 했던 것이다. 저 혼자 돌아다니면 이런 일은 비일비재할 것이다. 그게 너무 무서웠다.

"……받아라."

유채는 고개를 들었다. 한참 만에 나타난 루프스가 손수건을 내밀었다. 유채는 그것을 받았다. 그리고 그는 또 다른 종이봉투를 들고 있었는데 그 안에는 과자와 사탕, 빵 등 군것질거리가 들어 있었다.

"에리카는 단것을 먹으면 기분이 풀린다고 했어서……."

루프스는 손수건으로 눈물을 닦는 유채를 바라보다가 그녀의 옆에 조금 떨어진 곳에 앉았다.

"내 잘못이다."

루프스는 힐끔 유채의 얼굴을 살폈다.

"수인 내전 후 인신매매가 성행했다. 다들 먹고살기 힘들어지니 해선 안 되는 짓을 하는 것이지. 난 그걸 알면서도 다른 일들이 더 급하다고 생각해서 그 일을 뒤로 미뤘다."

유채에게 준 손수건에는 은방울꽃과 라일락이 수놓여 있었다. 틀림없이 행복해진다는 꽃말을 가진 은방울꽃에 루프스는 유채의 행복을 바랐고 라일락으로 제 사랑을 전했다.

"최근에서야 벨라토르를 이용해서 인신매매단을 소탕하기 시작했다. 토스 호무스에서는 그간 납치가 일어난 적이 없어 안전하다고 안심했었는데…… 축제를 이용해서 이런 짓을 하려는 놈이 있다는 것은 미처 몰랐다. 그러니 내 잘못이다. 다 내 잘못이야."

변하겠다고 말했었다. 그래서 약한 이들, 여태껏 신경 쓰지 않았던 이들을 위한 일을 시작했다. 유채를 사랑하기에 변하고 싶었다.

루프스는 가엽게 떨리는 유채의 어깨를 쓰다듬어 주려고 손을 뻗다가 또다시 멈칫했다. 루프스는 이를 물었다. 그는 허공에 놓았던 손을 거두었다. 어떤 말을 해도 그게 유채에게 위로가 될 수는 없을 것이다.

"자책하지 말고 나를 때리고 욕을 해. 잘못은 내가 했어."

위로가 될 수 없다면, 유채가 분을 털어낼 수 있는 대상이 되어도 괜찮았다. 루프스는 유채가 아래로 늘어뜨린 손끝에 조심스럽게 제 손을 가져다 댔다. 유채는 손수건을 움켜쥐고 눈물만 뚝뚝 흘렸다. 루프스는 입술을 깨물고 유채의 손을 꼭 감싸 잡았다. 유채는 그것을 거부하지 않았다. 루프스는 유채의 손등 위에 제 손을 겹치고 온기를 전해주었다.

이 온기가 그녀에게 위로가 되었으면 했다.

한참 후에야 유채는 눈물을 훌쩍이면서 손수건으로 눈물을 닦고 루프스의 손 아래에서 제 손을 빼냈다. 루프스는 순순히 손을 치워주었다.

"오늘은 이만 들어가자. 내일은 대로 쪽으로 데려가마. 미안하다."

"내일 내가 나올지 안 나올지 어떻게 알고요?"

유채는 자기도 모르게 까칠하게 대꾸하곤 입술을 깨물었다. 루프스에게 도움을 받았고, 그 상황에서 그가 나타나지 않았다면 무슨 일이 벌어졌을지 모르니 그에게 감사해야 한다고 생각을 정리했고 아무 죄 없는 그에게 화풀이를 한 것은 옳지 않다고, 사과해야 한다고 생각하면서도 이렇게 말이 툭 튀어나왔다. 유채는 마음대로 되지 않는 게 짜증이 났다.

루프스는 유채의 이유 없는 짜증에 별말을 하지 않았다. 유채는 차라리 그가 제 말에 화를 내주기를 바랐으나 조용하기만 하자 괜히 초조해졌다.

"나오기 싫으면 나오지 않아도 된다. 오늘은 들어가자. 수인들 사이로 지나가는 것이 싫으면 다른 방법으로 데리고 가마."

"……그게 무슨 방법인데요."

"네가 잠시 참을 수만 있다면."

루프스는 자리에서 일어나서 궁의 방향을 가늠하고 지붕 위를 살폈다. 유채는 루프스가 무엇을 하려는지 알 수 없어서 가만히 있었다. 루프스는 공예품과 간식이 든 봉투를 유채에게 주었다. 그리고 잠시 머뭇거리다가 물었다.

"손이 닿아도 괜찮겠나?"

유채는 고개를 끄덕였다. 루프스는 유채의 허리와 다리 뒤를 받쳐서 안아 올렸다. 유채는 깜짝 놀라서 작게 비명을 질렀다. 루프스는 유채를 안은 채로 두 다리로 크게 도약해 지붕 위로 올라갔다.

눈을 질끈 감았다 뜬 유채는 고개를 돌려 발아래에 펼쳐진 축제의 밝고 활기찬 풍경을 바라보았다. 루프스는 다친 왼팔에 무게가 실리자 잠시 인상을 찌푸렸다. 하지만 유채의 몸이 흔들리지 않도록 단단히 안았다.

"무서우면 내 목을 끌어안아라. 되도록 빨리 갈 테니 조금만 참아라."

루프스는 지붕 위를 마치 평지를 걷는 것처럼 뛰어다녔다. 유채는 그러고 싶지 않았지만 루프스의 목을 감싸 안을 수밖에 없었다. 그리고 그 자세에 익숙해지자 아래를 내려다볼 수 있는 여유도 생겼다.

얼마 전 전쟁을 겪었다고는 믿을 수 없을 정도로 활기 넘치는 광경에 유채는 저도 모르게 미소를 지었다. 그때 한 커플이 보였다. 토끼 귀를 가린 소녀가 키가 큰 남자의 손을 잡고 통통 튀면서 걸어가고 있었다. 유채는 블루벨을 떠올리면서 쿡쿡 웃었다.

"엇."

루프스는 유채의 웃음소리에 정신이 팔려 그만 바보 같은 실수를 했다. 루프스는 보수 중이던 굴뚝에서 튀어나온 못에 긁힌 팔을 가만히 내려다보았다. 유채와 엮이면 항상 이런 식이었다. 하지도 않던 실수를 했고 평소라면 하지도 않던 바보 같은 짓을 했다. 루프스는 잠시 멈추어 서서 유채를 고쳐 안았다. 혹여 불쾌해하면 어쩌나 했는데 유채는 웃는 얼굴로 어딘가를 바라보고 있었다. 루프스는 그녀의 시선 끝을 좇았다.

'케릭스?'

케릭스 녀석이 옆에 조그마한 토끼 꼬마를 달고 있었다. 워낙 무뚝뚝하고 숙맥이라 연애는 제대로 할까 싶었는데 지금 보니 괜한 걱정인 모양이었다. 토끼 꼬마가 어리고 순박해서인지 나름대로 잘 지내는 것 같았다.

유채는 그가 움직이지 않자 이상함을 느끼고 고개를 돌렸다.

"아. 미안하다."

그 바람에 루프스와 코가 부딪쳤다. 루프스는 황급히 고개를 뒤로 뺐다. 유채의 미간이 찌푸려지자 루프스는 입술을 깨물었다. 그는 다시 지붕 위를 달렸다. 그리고 궁 가까이에 도착하자 유채를 안은 팔에 힘을 주고 지붕에서 뛰어내렸다.

루프스는 바닥으로 내려오자마자 유채를 놓아주고 무릎을 굽혀서 그녀의 치맛단을 정돈해 주었다.

"괜찮나?"

"괜찮아요."

루프스는 잔뜩 울어서 그새 부은 눈두덩을 안타깝게 바라보았다.

"들어가자."

유채는 고개만 끄덕였다. 루프스는 앞장서서 궁의 쪽문을 열었다. 지키고 있던 병사들이 루프스를 알아보고 고개를 숙였다. 루프스와 유채는 내궁에 도착할 때까지 아무 말도 하지 않았다.

방으로 돌아온 유채는 지친 표정으로 침대에 앉았다.

"혹 호신술을 배우고 싶으면 나에게 말해라. 가르쳐 줄 수인을 소개시켜 주마. 아리아도 있고 루크레치아도 있고 헤나도 충분히 도움이 될 것이다."

"알았어요. 나 피곤해요."

"그리고 네가 달라고 했던 자료는 내일 가져올 테니, 나가지 말고 얌전히 기다려라."

"알았어요."

"그럼 쉬어라."

루프스는 방을 나가려다가 잠깐 멈칫하더니 다시 유채에게 다가왔다. 유채는 또 뭔가 하고 그를 바라보았다. 루프스가 품에서 꺼낸 것은 잃어버린 줄도 몰랐던 머리 장식이었다. 유채의 시선이 그것에 오래 머물렀다.

루프스는 머리 장식을 만지작거렸다. 그에게도 애착이 많이 가는 물건이었다.

"골목에…… 떨어져 있더군."

유채는 그것을 받아서 탁자 위에 올려놓았다. 루프스는 편히 자라고 하곤 방을 나갔다. 유채는 그가 나가자마자 바닥에 주저앉아서 얼굴을 쓸었다. 머리가 복잡했다.

그녀의 안에는 지금 루프스에게 고마운 마음과 조금 미안한 마음이 공존했다. 사실 그의 품에 끌어 안겼을 때 안도했다. 그가 가만히 손을 잡아주었을 때는 고마웠다. 제 이유 없는 화를 받아준 것에 미안했다. 그러나 동시에 그런 마음을 품는 자신이 한심했다. 그동안 저 남자가 무슨 짓을 했는지 생각하면 그에게 고마워할 이유, 미안해해야 할 이유 따위는 없었다. 유채는 저 남자에게 잠깐이나마 의지했다는 것이 싫었다. 가만히 잡아주는 손의 온기에 잠깐 마음을 추슬렀던 자신이 한심했다. 스톡홀름 증후군에 걸리기 직전의 사람들이 겪는 정신 상태 같았다.

유채는 마음을 다잡았다. 그에게 속아 넘어가지 않게 마음을 단단히 붙잡았다. 유채는 탁자에 놓인 봉투를 뒤집었다. 반짝이는 공예품들이 쏟아졌다.

"하. 진짜. 스토커도 아니고."

뒤에서 따라오는 줄은 알고 있었지만 이렇게 저를 유심히 보고 있는 줄은 몰랐다. 유채는 공예품들을 봉투 안에 쓸어 담아 버리려다가 멈칫거렸다. 예뻐서 쳐다봤던 것은 분명하기에 그냥 내버리기에는 아까웠다. 여기에는 엄마와 아빠, 언니에게 잘 어울릴 것 같다고 생각했던 것들도 있었다. 유채는 그것을 앞에 두고 한참을 고민했다.

"내가 너를 연모한다."

루프스에게 좋아한다는 말을 들었을 때 유채는 분노했다. 또 무슨 수작을 부리려고 하는 것이라 믿고 속지 않겠다고 다짐했다. 그는 스스로의 감정을 착각하고 있는 것이 분명했다. 저러다가 다시 원래대로 돌아갈 것이다.

"미안하다."

당연히 진심이 아닐 텐데, 그의 표정에 자꾸만 기분이 묘해졌다.
유채는 아직도 루프스가 무섭고 싫었다. 그런데 왜…….
"젠장. 이게 뭐야! 잘못한 건 그 인간인데 내가 왜 고민해야 해!"
유채는 탁자에 머리를 박은 채로 옆을 돌아보았다. 루프스가 사온 또 다른 봉투가 보였다. 유채는 그 안에서 빵을 하나 꺼냈다.
"……달아."
전에 아빠가 사온 터키과자처럼 너무 달았다. 유채는 물도 마시지 않은 채로 봉투 안에 있는 과자와 빵을 삼켰다. 복잡한 고민들도 입에 우겨넣고 씹어서 삼켜 버리고 싶었다. 어느새 봉투가 홀쭉해졌다.

유채는 스트레스를 먹는 것으로 풀고는 곧장 침대에 누웠다.

"잠깐만……."

유채는 뭔가 이상하단 생각에 도로 일어나 앉았다. 이렇게 움직일 때마다 따라오던 소리가 나지 않았다. 유채는 제 발목을 내려다보았다. 루프스는 족쇄를 다시 채우지 않았다.

✤

"어! 유채님, 유채님도 축제 가셨었어요?"

블루벨이 루프스가 사준 공예품을 발견하고 눈을 크게 뜨고 물었다. 유채는 간만에 방해물이 없이 자유로이 방 안을 돌아다니는 중이었다. 블루벨이 열쇠고리나 다른 것들을 살펴보았다.

"저랑 같이 가자고 할 때는 싫다고 하셨으면서."

"그렇게 눈치 없는 짓은 안 할 거라고 했잖아."

유채가 블루벨의 코를 잡고 비틀었다.

유채는 말 수인 일족의 땅에 가서 해야 할 일을 생각해 보았다. 루프스에게 부탁한 호구 조사 자료를 참고하면 조사해야 할 위치를 정할 수 있을 것이다. 그리고 혹시 모르니 말 수인 일족의 궁을 조사해야 할지도 몰라서 쓸 만한 마법들도 알아보는 중이었다.

"그런데, 유채님은 소니페스 호무스에는 왜 가시려는 거예요?"

"찾을 물건이 있어서. 근데 그건 왜 물어?"

"어, 언뜻 듣기로는 유채님은 되도록 바깥출입을 혼자 안 하시는 것이 좋을 거래요. 요즘 수인들 분위기가 흉흉해서."

"흉흉하다니?"

유채가 노트에 글을 적다가 블루벨의 말에 고개를 기울였다. 블루벨은 아차 싶은 얼굴로 볼을 긁었다. 유채가 알아봤자 좋은 일도 아니었다. 오히려 들으면 불쾌해할 이야기였다.

"그, 대부분의 수인들은 이번 전쟁이 베노르 콩레수스 때의 일 때문에 일어났다고 여겨요. 유채님이 가만히 있으면 될 것을 괜히 루프스님을 움직이게 만들어 헥터의 기분을 상하게 해서 전쟁을 일으켰다고……. 또 유채님이 루프스님을 홀, 홀려서 젤다님을 죽이게 만들었다고도 하고요. 거기다 토모스님도 돌아가셨고 해서, 유채님 때문에 늑대 일족의 중요한 전력을 잃었다고……."

블루벨은 애써 순화해서 말했다. 수인들 사이에는 침대 위에서 다리 벌릴 줄 밖에 모르는 천박한 암컷 마레 위르가 요망한 밤 기술로 애먼 수인들에게 죄를 뒤집어씌워서 죽인 거라는 말이 돌고 있었다. 유채가 들으면 기함하고 상처받을 말이었다.

유채는 기가 차서 헛웃음을 뱉었다. 인간이라는 족속은 언제나 똑같았다. 어떤 일로 피해를 입으면 가장 만만한 자를 원망했다. 유채는 마치 동네북이라도 된 기분이었다.

"거기다 요즘 마레 위르가 수인들의 간을 가져간다는 소문도 돌고 있고요. 마레 위르에게 악감정을 가지고 있는 수인들을 중심으로 유채님을 벌해야 한다는 상소문들이 들어오고 있다고 해요. 루프스님이 막고 계시는데 놈들이 어떻게 유채님을 노릴지 모른다고 되도록 몸조심해야 한다고 헤나님이 그러셨어요."

유채가 뭐라 대꾸하려는데 누군가가 문을 열고 방으로 들어왔다. 루프스였다.

"나와라. 약속 지키겠다."

루프스는 유채를 데리고 자신의 방으로 갔다. 방 안에는 유채가 요청했던 호구 자료에 관한 책들이 있었다. 루프스는 유채에게 낮은 목소리로 경고했다.

"이 책은 나와 허락된 몇몇 외에는 읽지 못하도록 되어 있다. 그러니 이 방에서 조용히 읽고 조용히 나와. 알겠지."

"알았어요."

유채는 책을 펼쳐 읽기 시작했다. 루프스는 그녀를 잠시 바라보다가 방을 나가 알현실로 갔다. 그곳에는 미리 불러놓은 오르페가 기다리고 있었다.

루프스는 오르페에게 왼팔을 보였다. 왼팔에 감긴 붕대를 푼 오르페는 얼굴을 찡그렸다. 팔의 상태는 끔찍했다. 헥터에게 물린 상처는 보랏빛을 띠면서 쉽게 아물지 않았는데 오르페가 추측하기로는 헥터가 먹은 온갖 좋지 않은 약들 때문인 것 같았다. 게다가 어제는 또 어디서 다치고 오기까지 했다.

"크윽."

오르페가 소독을 하기 시작하자 루프스가 잇새로 신음을 뱉었다. 어지간한 고통에는 내성이 있는 그가 이렇게 신음을 흘릴 정도니 오르페는 걱정이 태산이었다. 소독 후에 약을 바르고 붕대를 갈았다. 루프스가 옷을 다시 입자 케릭스가 문을 벌컥 열고 들어왔다.

"루프스님!"

루프스는 케릭스가 왜 들어왔는지를 짐작할 수 있었다. 루프스는 오르페를 내보내고 케릭스와 독대하였다. 케릭스가 격양된 목소리를 최대한 죽이며 입을 열었다.

"지금 상황이 어떤지 알고 계시지 않습니까? 헤르티아가 혼란스러운 정국을 이용하여 마레 위르에게 반감을 품은 군소 일족들을 모으고 있습니다. 이게 무슨 뜻인지 않습니까? 그들이 지금 헤르티아에게 협력하는 건 루프스님이 레티티아님에게 보인 호의에 따른 불만입니다. 이 일이 와전되면 호시탐탐 꼬투리 잡을 일만 찾는 군소일족들의 반감만 더 커질 수 있습니다. 헤르티아는 제 일족의 번영보다 루프스님에게 복수하는 것이 더 중요한 암컷입니다. 기회가 생겼을 때 어떤 미친 짓을 할지 모른단 말입니다."

"레티티아의 목을 베야 한다고 주장하는 늙은이들의 의견에 너도 휩쓸리는 거냐? 그저 분노를 다스리기 위해 쓸데없는 희생양을 만드는 걸? 그리고 베노르 콩레수스에 한해서는 유채는 확실한 피해자다. 토모스가 벌인 일 역시 마찬가지고."

"제 말은 그게 아닙니다! 조금이라도 조심을 하자는 말입니다. 계속 이렇게 레티티아를 아끼는 모습만 보여주시다가는……."

"케릭스."

루프스는 케릭스의 이름을 불렀다. 케릭스는 당연히 노성을 터뜨릴 줄 알았던 루프스가 침착한 태도로 제 이름을 부르는 것에 놀라서 입을 다물었다.

"나는 싸우는 것이 싫었다. 승자는 모든 것을 갖는다는 룰이 싫었다. 수인들의 세계는 항상 강자가 모든 것을 차지했다. 난 내가 루프스가 된다면, 그 세계를 바꿔보고 싶었다. 싸움보다는 대화로, 윽박지름보다는 포용으로, 공격보다는 방어로, 약탈과 침략보다는 약자를 향한 보호로. 난 그런 세상을 만들어보고 싶었다."

루프스는 너털웃음을 터뜨렸다.

"하지만 에리카의 죽음 이후로 나는 그게 뜬구름 잡는 소리와 다름없었다는 것을 깨달았지. 약자를 위한 보호? 얼어 죽을. 대화? 그런 것은 폭력 앞에서는 아무 쓸모가 없었다. 세상은 강하고 약삭빠르며 교활하고 누군가를 먼저 눌러 지배하는 이가 되어야지만 살 수 있는 곳이었다. 그래서 나는 나 자신을 죽이고 남을 죽이고, 그렇게 피 묻은 손으로 여기까지 왔다. 반항하는 이를 죽이고 약한 이를 짓밟으면서 나는 포용보다 압제를 선택했지, 드미트리 놈들이 내게 그걸 알려줬거든, 그게 훨씬 좋은 것이라고.”

루프스는 블루벨을 지키기 위해서 아픈 몸을 이끌고 늑대 앞에 섰던 유채의 모습을 떠올렸다.

“근데 내게 사랑하는 암컷이 생겼다.”

루프스는 손을 턱에 괴고 딴 곳을 바라보면서 계속 말을 이었다.

“내가 내 신념을 버린 건 에리카를 구해야 하는 때에 그 애를 버려두고 도망갔던 그 순간부터였어. 내가 그 아이를 지키지 못하고 버렸을 때, 나는 내 신념을 버렸다. 내 소중한 것을 지키지도 못한 신념 따위 가차 없이 버렸다. 그런데 내가 사랑하는 암컷은 너무 약한 주제에 항상 다른 이를 지키기 위해서 위험 속으로 걸어 들어가.”

케릭스는 루프스가 말하는 것이 유채임을 알았다.

“내게 복종하지 않는 암컷의 기를 죽이고 내 밑에 무릎 꿇리고 싶은 거라고 생각했는데…… 그게 아니었다. 내가 잃어버린 것을 가진 채로 빛이 나는 게 부러웠던 거지. 수없이 어려운 상황에 처해도 포기하지 않고, 소중한 이들을 지키기 위해 노력하고. 나처럼 비굴해지지 않고 비겁해지지 않고 그렇게 계속 살아가. 아무리 힘들어도 무너지지 않고.”

루프스는 케릭스를 향해서 고개를 돌렸다. 케릭스는 항상 날이 서 있던 루프스의 청회색 눈동자가 부드럽게 풀린 것을 정말로 오랜만에 본다고 생각했다.

"그래서 나도 변해보기로 했다. 예전으로 돌아가기로 했다. 변하지 않으면 내가 그 암컷을 사랑하는 것을 스스로 부정하고 그것이 사랑이 아니라 추잡한 집착이라는 것을 인정하게 되는 거니까."

루프스는 단에서 내려와 케릭스의 손을 잡았다.

"십사 년 만에 돌아온 친구로서 한 번만 부탁할게. 도와줘. 헤르티아의 일도, 포트리스의 일도, 동물화의 일도 다 내가 해결할 테니. 조금만 도와줘."

케릭스는 자신보다 키가 큰 루프스를 올려다보았다.

"아버지를 설득하여 주변 여론을 돌려보겠습니다. 마레 위르를 싫어하는 분이시더라도 늑대 일족에 관한 충성심은 가득하신 분입니다. 수인 세계의 안정을 위하는 거라고 하면 기꺼이 도와주실 겁니다. 나머지 일은 어떻게 하실 예정이십니까?"

"말 수인 일족의 땅으로 가서 헤르티아를 만나봐야지. 정치적 위험이 크니 되도록 은밀하게 진행할 생각이다. 전쟁이 일어나지 않도록 군소 수인들을 설득하고, 동물화 일로는 일단 포트리스와 관계를 터볼 생각이다. 우리와는 다른 관점을 가진 자들이니 우리가 생각 못 한 해법을 가져다줄지도 모르지. 당연히 반발이 심할 테니, 비밀스럽게 진행해야겠지. 포트리스에 의사들을 보내서 전염병에 대해서 도움을 주겠다고 제안을 할 생각이다."

루프스는 다시 단 위로 올라가 의자에 앉았다.

"혼란을 수습하기 위해 벨라토르를 이용해서 치안을 돌보고 있다. 간이 사라진 시신과 인신매매 건을 위주로 조사하라 명령을 내렸지. 피해를 입은 지역에는 구호품을 보내고 있다. 생각보다 효과적이야. 예전에는 무조건 힘으로 누르려고만 해서 처리가 힘들었는데, 이렇게 하니 조금 수고스러워도 빠르게 진정되더군."

"그것으로 헤르티아에게 돌아선 수인들의 마음을 돌리실 수 있겠습니까?"

"혼란이 진정되면 안정을 원하는 이들은 더 이상의 분란을 만들지 않을 거야. 그들도 안정을 원해. 혼란한 상황에서는 일족의 피해가 더 클 것을 아니까. 헤르티아는 그 점을 이용하는 거야. 아직 상황이 완벽하게 안정되지 않았으니 불안감을 이용해서 자신의 세력을 늘리려는 거지. 그러니 나는 보호를 통해서 그들의 마음을 돌려야지."

"힘드실 겁니다."

"안다. 하지만, 변하기로 했으니 변해야지."

루프스는 홀가분한 얼굴로 웃었다.

유채는 루프스가 준 자료에서 말 수인 일족의 땅에서 가장 피해가 심했던 마을 두 개를 찾아내었다. 각각 펠레스 호무스, 울피누스 호무스와 가장 가까운 마을이었다. 유채는 두 마을의 누군가가 리와인더의 조각을 보관했을 가능성을 염두에 두고 그곳을 우선으로 조사하기로 마음먹었다.

계획을 세우고 난 뒤에는 머리를 식히기 위해서 루프스와 함께 다시 밖에 나왔다. 어제 나왔던 곳과 다른 방향이었는데 이쪽에는 여러 노점들에서 먹을 것들을 팔고 있었다. 노점 옆으로는 길게 늘어진 탁자들이 있었는데 수인들은 그곳에서 음식을 먹고 있었다. 루프스도 자리 값을 지불하고 자리에 앉아 유채의 앞에 음식들을 가져다주었다.

"입맛에는 맞나?"

"그쪽이 맛보고 가져온 것 아니에요?"

"난 예전에 전투에서 머리를 다친 적이 있어서 맛에 조금 둔한 편이다. 혹시 입맛에 맞지 않으면 다른 걸 가져다주마."

유채는 지금 이 상황이 못내 불편했다. 제게 저자세로 나오면서 하나라도 더 챙겨주지 못해서 안달이 난 것처럼 구는 루프스가 차라리 예전처럼 막무가내로 굴었으면 좋겠다고 생각할 정도로 그가 부담스러웠다.

"대체 나한테 왜 이래요? 날 불편하게 만들어서 괴롭히려는 건가요?"

"그게 아니다."

"그래요. 당신이 나를 좋아한다는 것이 사실이라고 해요. 그런데, 당신이 나를 사랑하지 않았다면 과연 나에게 사과했을까요? 아니, 당신은 죽어도 그러지 않았을 거야. 그러니 가증스러운 짓 그만해요."

"그래, 맞다. 나는 너를 사랑해서 사과할 생각을 했다."

유채는 그가 순순히 수긍하자 오히려 놀랐다. 유채가 입을 다물고 있자 루프스는 속을 털어놓았다.

"하지만 나는 너를 사랑하기에 변하기로 마음먹었다. 그저 너를 사랑하기만 하는 나였다면 너에게 내 감정만 강요하면서 윽박질렀겠지. 하지만, 나는 너를 사랑하기에 변화하기로 했고 사과하기로 했다. 내가 변해야만 너를 사랑한다는 것을 부정하는 일이 아닐 테니까."

그의 말을 들으며 유채는 계속 입을 다물고 있었다.

"너는 내가 에리카를 잃기 전에 가지고 있었던 것들을 가지고 있으니까. 그래서 나는 너를 좋아한다. 너를 동경하고 부러워한다. 네 외양 때문이 아니라 내가 잃어버린 신념을 가지고 있는 너를 사랑한다."

유채는 바실리사나 블루벨에게 들었던 예전의 루프스에 대해 떠올렸다.

"그래서 노력 중이다. 십 년 넘게 이렇게 살아와서, 아직 화를 참는 것도 힘들고 이렇게 말로 설득하는 것도 서툴지만…… 배려하고 포용하려고 노력하고 있다."

"위선 떨지 마요."

"나는 너의 환심을 사고 싶은 것이 아니라 내가 예전에 지은 죄를 사과하고 싶은 것이다. 내가 아니라 너를 위해서 더 사과해야 하는 거라고 생각했는데 내가 또 잘못하고 있는 거라면, 미안하다."

루프스는 아무 말이 없는 유채의 얼굴을 가만히 바라보았다.

"네가 요즘 우울해 보이기에 기분을 풀라고 데리고 나온 것이다. 네가 웃었으면 했다. 예전에 라일라님이 웃으면 기분이 좋아진다고 해서…… 불편했다면 미안하다."

유채는 대꾸하지 않고 시선을 아래로 내렸다. 이제 인정해야 할 것 같았다. 저 남자가 제게 품은 감정이 정말로 사랑일지도 모른다. 그가 말한 것처럼 제가 떠날까 두려워서 파렌티아를 풀어 주지 못한다는 말이 진짜일지도 모른다. 예전과 다른 모습을 보이는 것도 모두 사랑이기 때문에. 사랑을 모두 똑같은 방식으로 하지는 않으니 이게 저 남자의 사랑인 모양이었다.

유채는 힐끔힐끔 제 눈치를 살피는 루프스를 바라보았다. 어차피 당분간 여기 있을 것, 저 남자에게 사과란 사과는 다 받아보는 것도 나쁘지는 않을 것 같았다. 그가 자신을 사랑하는 게 진짜라는 것을 알았다고 해서 흔들릴 마음도 아니었다. 이렇게 생각하니 복잡했던 머리가 조금 가벼워지는 것 같았다.

"호신술, 당신이 가르쳐 줘요."

"뭐?"

"당신이 가르쳐 줘야 실감 날 것 같아. 그리고 당신은 때려도 미안하지 않을 것 같고."

루프스는 얼떨떨한 표정이 되었다. 이런 말을 하는 것은 조금이라도 제게 마음을 열었기 때문일까? 루프스는 웃음이 새어 나오려는 걸 막을 수가 없었다.

"알겠다. 시간 내서 찾아가지."

루프스는 작은 희망을 품었다.

"윽."

루프스는 유채가 호신술을 배우고 싶은 것인지 아니면 그냥 분을 풀고 싶어 하는 것인지 구분이 가지 않았다. 호신술을 가르쳐 주기로 하고서 바로 다음 날부터 루프스는 유채와 시간을 가졌다. 유채는 몸 쓰는 것에 소질이 있는 것인지 가르쳐 주는 동작들을 잘 따라 했다. 제대로만 배운다면 제 한 몸 지킬 수 있게 될 것 같았다.

그런데 실진에 돌입하기만 하면 유채는 배운 것은 아랑곳 않고 루프스를 때리는 데에만 집중했다. 지금이야 루프스가 유채를 다치게 할 생각이 없기 때문에 다 맞아주는 것이지만 만약 실제 상황이었다면 저렇게 막무가내로 나오는 유채에게 당할 수인은 없을 것이었다.

"이렇게 하는 것 맞나 보네요."

루프스는 일방적으로 때리기만 한 유채가 자랑스레 하는 말에 당황했다. 유채는 그러거나 말거나 다음 걸 계속 알려달라고 재촉했다. 루프스는 유채에게 얻어맞은 곳을 문지르면서 일어섰다. 다음 동작을 알려주기 위해 다가가 그녀의 손목을 잡고 비틀자 유채의 굽이 높은 신발이 그의 발등을 찍었다.

"악!"

루프스는 유채의 손목을 놓고 허리를 숙였다. 그러자 유채는 루프스가 알려준 대로 명치를 강하게 타격했다. 그는 엉덩방아를 찧었다.

"오, 생각보다 효과 있네요."

유채는 뿌듯해하며 머리카락을 쓸어 넘겼다. 셀레네가 준 능력으로 강화 마법을 실험해 보는 중이었다. 수인들은 어린 소녀라고 해도 모두 유채보다 힘이 셌다. 불리한 완력을 보완하기 위해서 마법에 의지하려는 것이었다. 마력 소모나 강도를 적당한 수준으로 조절하는 연습으로 루프스와의 호신술 수업은 참 좋은 기회였다.

"신발 굽으로 발등을 찍는 것은 어디서 생각해 낸 것인가?"

루프스는 신발을 벗고 발을 살폈다. 유채에게 찍힌 발등이 벌겋게 멍이 들어 있었다. 그는 왼쪽 팔을 공격당하지 않을 것을 다행으로 생각해야 하는지 고민했다.

"내가 사는 곳에도 호신술은 있어요. 주워들은 것을 이용한 것뿐이에요."

유채는 호신술을 핑계 삼아 루프스를 샌드백처럼 때릴 수 있다는 것이 나쁘지 않다고 생각했다. 통쾌하기까지 했다. 강화 마법도 익히고 호신술도 익히고 기분도 풀고 일석삼조였다.

유채는 땀을 식힐 겸 자리에 앉았다. 이제 5월 둘째 주였다. 에클레시아에 다녀왔던 게 지난주이니 아직은 조금 여유가 있었다.

"속은 후련한가?"

"예?"

"아니다. 마음은 편하냐고 묻는 것이다. 혹여나 내가 불쾌한가 싶어서 물었다."

"그래서 당신을 고른 건데요."

루프스는 궁녀들이 가져다준 물을 유채에게 건넸다.

"영광이군."

"별게 다 영광이네요."

유채는 시원한 물을 마셨다. 이곳도 사계절이 있는 것인지 5월 중순이 되자 날이 푹푹 찌고 너무 더웠다.

루프스는 손으로 차양을 만들고 하늘을 올려다보는 유채를 바라보았다. 저를 때리면서 후련한 표정을 짓던 유채가 이렇게라도 저에 대해 안 좋은 감정을 풀길 바랐다. 사과는 계속할 것이고, 유채가 제게 무슨 짓을 하든 그녀의 마음이 더 편해진다면 무엇이든 해줄 수 있었다.

"이제 메치는 걸 해보지."

"도움이 되는 거라면 알려줘요."

루프스는 유채의 손목을 잡고 어떻게 해야 하는 것인지를 보여주었다. 동작을 여러 번 본 후에 유채는 이해했다며 고개를 끄덕이고 루프스의 손을 잡고 연습을 했다.

"실전으로 해도 괜찮겠나?"

유채가 고개를 끄덕이자, 루프스는 뒤에서 그녀를 끌어안았다. 유채는 곧바로 루프스의 명치를 타격하고 무릎을 세게 친 다음 팔을 잡아서 그대로 땅에 메쳤다. 바닥으로 떨어진 루프스는 등보다 왼팔의 고통에 얼굴을 찌푸렸다.

"……정말 잘하네."

루프스는 아픈 팔을 주물럭거리면서 일어났다. 그리고 조금 쉴까 하며 유채에게 넌지시 말을 던졌다.

"지치지 않나? 몸이 벌써 땀으로 범벅이 되었는데."

루프스는 일을 보다가 온 것이라 예복 차림이라 더 답답했다. 루프스는 겉옷을 벗고 셔츠의 단추도 몇 개 풀었다. 팔도 걷고 싶었지만 붕대가 감긴 팔을 굳이 보여줄 필요는 없다 싶어서 그만두었다. 유채에게 괜히 죄책감 같은 걸 지어주고 싶지 않았다.

"더운 것 외에는 괜찮은데, 왜요? 아파서 쉬고 싶어요?"

유채는 루프스를 돌아보았다. 유채는 스스로 인식하지 못한 것 같지만, 잠깐 사이에 표정이 다채로워져 있었다. 잘 웃고 장난스러운 표정을 짓기도 했다. 루프스는 명치를 문지르면서 답했다.

"나도 괜찮다. 혹시 배는 안 고픈가? 벌써 점심때인데."

"벌써 시간이 그렇게 됐나?"

유채는 하늘을 다시 올려다보았다. 이곳에는 시계는 없어서 유채도 어쩔 수 없이 해를 보고 시간을 가늠하곤 했다.

"움직이기 귀찮으면 여기로 식사를 가져오라고 하지. 괜찮겠나?"

"마음대로 해요. 언제는 그쪽 마음대로 하지 않은 일이 있었나?"

"네가 하고 싶은 대로 해라. 원하는 대로 해주겠다."

루프스는 유채가 날이 선 말을 할 때마다 항상 억지로 그녀를 끌고 다녔던 것을 후회했다. 자신도 나가기 싫은 곳이 있고 마주하기 싫은 수인이 있던 것처럼 유채도 그랬을 것이다. 그럼에도 항상 유채를 제멋대로 데리고 다녔다. 지독하게 제 이기심만 채우려고 한 행동이었다.

유채는 제 대답만 기다리고 있는 루프스를 바라보았다. 꼬리만 달려 있었다면 저만 보는 강아지라고 해도 믿을 만한 표정이었다. 유채는 머리카락을 정돈하면서 말했다.

"여기로 가져오라고 해요. 오는 길에 블루벨도 불러오면 더 좋고."

"알겠다. 그렇게 하겠다."

루프스는 헤나를 불러서 명을 내렸다. 헤나는 제 아래에 있는 궁녀들에게 말을 전했고 궁녀들이 분주하게 움직였다.

"더 할까요?"

유채는 아까 전과 마찬가지로 루프스가 공격을 하면 알려준 대로 하면서 항상 카운터 하나를 더 날리곤 하였다. 주로 턱이나 복부였는데 루프스는 유채의 공격을 그대로 다 맞아주었다.

예상보다 유채의 힘이 세긴 했지만 그가 당해내지 못할 정도는 아니었고 전투 때에는 더한 공격도 더 많이 맞아보았다. 그리고 그런 이유가 아니더라도 유채가 주는 것이라면 피하지 않고 다 맞고 싶었다.

"헉. 헉. 헉."

유채는 숨을 몰아쉬었다. 뙤약볕 아래에서 몸을 계속 움직이는

데 지치는 것은 당연한 것이었다. 유채는 이제 그만하겠다는 뜻을 보이곤 그 자리에 주저앉았다. 유채는 강화 마법을 걸었던 팔을 흔들었다. 루프스도 돌조각에 긁힌 상처를 털면서 일어났다.

"당신 침으로 지혈 가능하지 않아요?"

유채가 손부채질을 하면서 물었다.

"위르형일 때는 효과가 별로 없다. 그리고 그냥 긁힌 정도니 지혈할 필요도 없다."

루프스 역시 더운 듯이 옷을 펄럭여서 바람을 일으켰다.

"호신술은 원래 누군가를 상해 입히는 게 아니라 상대방을 당황시켜서 도망갈 시간을 벌기 위한 거다. 일단 상대를 제압하면 더 상대하려고 하지 말고 당장 도망쳐."

유채는 루프스를 획 돌아보았다.

"나에게 맞는 것이 짜증 나서 그런 소리 하는 거 아니에요?"

"이 정도 맞은 거에 짜증을 냈다면 난 루프스가 되지 못했을 거다. 그리고 이건 너를 위해서 하는 소리야. 너는 원래 전투를 할 줄 알던 것도 아니니 너를 공격하는 자를 힘으로 이기려 하지 말란 말이야."

루프스는 물을 한 모금 마곤 계속 말을 이었다.

"내가 너를 항상 지켜줄 수 있다면 좋겠지만, 그게 가능하지 않을 것 같으니. 나는 네가 안전하게 몸을 지킬 수 있기를 원한다. 그러니까, 도망쳐서 나에게 달려오든 몸을 숨기든 해. 그게 네 안전을 위한 최고의 길이니."

루프스는 얼굴을 약간 찌푸리며 왼쪽 어깨와 팔을 만졌다. 유채의 눈이 루프스의 왼팔로 향했다. 그는 어지간해서는 몸을 뒤로 빼지 않았지만, 왼팔에 한해서는 주저하거나 무리하지 않으려는 기색을 보였다. 유채는 땀에 젖은 셔츠 안으로 붕대가 비치는 것을 보았다. 그리고 보면 이틀 전 밤엔 저를 들어 올리는 것도 부담스러워하는 것 같았다.

시간핵의 효과가 언제 다하는지는 프레드릭만이 안다고 하였다. 제가 박아 넣은 것 때문에 여태껏 고생을 하는 걸 보니 당연한 천벌이라는 생각이 들면서 한편으로는 죄책감도 생겼다. 유채는 괜히 마음이 불편해져 물만 벌컥벌컥 마셨다. 저건 천벌이었다. 그동안 자신에게 한 것에 대한 적합한 벌이었다.

"속은 후련하나?"

못 들은 척 했지만, 분명히 들었다.

유채는 머리를 헝클어뜨렸다. 어차피 헤어질 사람인데 마음이 불편하든 말든 신경 쓰지 않을 것이다. 유채가 생각을 털어낼 때쯤, 차가운 무언가가 볼에 닿았다. 유채는 고개를 들었다.

"더워 보여서 그런다. 불쾌했다면 미안하다. 불러도 대답이 없기에 그랬다."

루프스는 유채에게 찬물을 적신 수건을 넘겨주었다. 유채는 그것으로 땀을 닦고 몸을 식혔다. 유채의 기분이 또 심란해지려던 차에 궁녀들이 음식을 들고 왔다. 아쉽게도 블루벨은 케릭스와 같이 있다며 나중에 오겠다고 했고 유채는 루프스와 단둘이 밥을 먹게 되었다.

"블루벨이 오지 않은 것이 속상한가? 데려올까?"

"괜찮아요, 괜한 방해꾼이 되기는 싫어요. 그냥 심란한 거예요. 어린 딸 시집보낸 엄마의 기분이랄까. 우리 엄마도 나 시집보내면 그럴까 싶기도 하고."

"그곳에 있을 때는 수컷들에게 인기 있었나?"

"그게 당신이랑 무슨 상관인데요?"

유채가 냉랭하게 대꾸했다. 루프스는 꿀 먹은 벙어리가 되었다. 그런 그를 보고 유채는 한숨을 쉬었다.

"대답해 줄 테니까. 나도 뭐 하나 물어봐도 돼요?"

"뭐든 답해주마."

"왜 나한테 족쇄를 안 채우는 건가요? 이게 당신 찌르고 도망 갔던 거에 대한 벌이라고 하지 않았나요? 그러면서 방문을 걸어 잠그는 것은 똑같고."

"변하기로 결심했다 하지 않았나. 너를 사랑하기에 강압적으로 잡기보다 네가 스스로 내 곁에 남기를 원하기에 이렇게 했다. 보는 눈이 있어 차마 방문까지는 열어주지 못해 미안하다. 파렌티아는 당분간만 하고 있어라, 지금 상황이 좋지 않아. 그게 네 방어막이 될 거다."

"나는 떠나야 해요."

"……안다."

그래서 하루에도 수십 번씩 유채에게 수면제를 먹여서 영원히 재워둘까, 아니면 족쇄보다 더한 것으로 묶어놓을까 하는 생각을 했다. 하지만, 변하기로 했으니까. 강압보다는 배려로. 그렇게 유채의 마음을 돌리기로 노력했다.

"넌 내가 무슨 짓을 하든 도망갈 것이고 원래의 세상으로 돌아가려 할 테지. 나는 네가 없으면 죽을 만큼 괴로워할 것이고. 그래서 방법을 바꿨다. 만일 네가 신과 계약을 통해서 소원을 빌 수 있다면, 다시 내게 돌아오게 만들기로. 그러니, 변하고 있는 것이다. 네가 보기에는 아직도 부족해 보이겠지만."

"……."

"너에게는 끔찍한 기억밖에 없을 이곳을 더 좋은 곳으로 바꿔 볼 생각이다. 포트리스와도 합의점을 찾아볼 것이고 수인들 사이 의 갈등도 봉합해 볼 것이다. 너의 세상이 어떤 곳인지는 모르나 그곳만큼 좋게 만들어볼 생각이다. 이곳에서도 충분히 행복해질 수 있게."

루프스는 불편한 표정의 유채를 보면서 제 말이 그녀에게는 거 슬리는 것임을 알았다. 루프스는 먹고 있던 것을 대강 정리하고 일어섰다. 어차피 유채에게 자신은 마주 보는 것만으로도 불편한 이였다.

"일이 바빠서 먼저 일어나겠다. 잘 먹고 들어가서 쉬어라. 밤에 데리러 가지. 오늘은 축제의 마지막 날이라 볼거리가 더 많을 테 니 기대해도 좋다."

유채는 루프스의 뒷모습에 입안이 쓰고 마치 모래를 씹는 것 같았다. 그의 말대로 그는 변하고 있었다. 집요한 스킨십도 없었 고 몸도 자유로웠다.

유채는 머리를 감싸 쥐었다.

"젠장."

웃는 얼굴에 침 뱉기 힘들다는 말이 이제야 무슨 의미인지 정 확히 알 수 있었다.

축제의 마지막은 마치 촛불이 제 모든 힘을 다해서 발화하듯이 열기가 넘쳤다. 오늘은 여러 가지 놀이들을 할 수 있는 곳으로 구 경을 왔다. 루프스는 유채의 한 걸음 뒤에서 걸었다. 유채는 공을 던져서 과녁을 맞히면 경품을 얻어갈 수 있는 노점 앞에 멈췄다. 루프스는 팔짱을 끼고 유채가 하는 것을 구경했다.

"에이. 아깝게!"

유채는 벌써 아홉 번째 공을 던지고 있었다. 하지만 공은 매번 아슬아슬한 지점에서 떨어지거나 맞추더라도 과녁이 넘어가지를 않아서 경품은 하나도 얻지 못했다. 상인은 낄낄거리며 좀 더 잘 해보라고 유채를 약 올렸다. 유채는 그를 흘겨보고 마지막 열 번째 공을 던졌다. 이번에는 아예 조준조차 잘못하여 공은 엉뚱한 곳으로 날아갔다.

"아깝네, 아가씨."

"이거 사기 아니에요?"

유채는 상인에게 따져 물었다. 루프스는 유채가 흥분한 것이 귀여워 웃음을 터뜨렸다. 유채가 분한 얼굴로 쏘아보자 루프스는 표정을 가다듬고 유채 옆으로 다가와 상인에게 돈을 건넸다.

"내가 한번 해보지. 공을 주게."

"에이, 손님. 손님이 최소 벨라토르가 아닌 이상 힘드실 겁니다."

상인은 루프스에게 공 다섯 개를 담은 바구니를 주었다. 루프스는 그게 아까 전에 유채가 던진 것보다 더 가벼운 거라는 걸 눈치 챘다. 그는 얄팍한 상술에 상인을 힐끔 바라보고는 공을 던졌다.

"어! 넘어갔다."

유채가 손뼉을 치며 좋아했다. 상인은 어안이 벙벙한 얼굴로 루프스를 바라보았다. 힘이 세 보여서 일부러 공도 가벼운 것으로 골라주었는데 예상하지 못한 일이 벌어진 것이다. 루프스는 유채가 노렸던 과녁을 모두 넘어뜨렸다.

루프스가 공 다섯 개로 다섯 개의 과녁을 모두 쓰러뜨리자 상인은 사색이 되어서 경품을 주고 둘을 얼른 쫓아내었다.

"고마워요."

"별것 아니다. 눈을 감고도 할 수 있는 것이다."

"잘난 척은."

유채는 입을 삐죽이고는 다른 쪽으로 걸어갔다. 루프스는 유채의 뒤를 따라가다가 조금 용기를 내어서 그녀의 옆으로 걸음을 옮겼다. 유채는 그를 힐끔 바라보았지만 그렇다고 싫은 티를 내진 않았다.

다음으로 유채가 관심을 보인 곳은 뽑기판이었다. 게임은 간단했다. 원하는 번호 네 개에 판을 놓은 뒤 상인에게 돌려주면 상인이 판을 뒤집었다. 특정 번호 밑에는 받을 수 있는 경품이 적혀 있었는데. 만일 그 번호 위에 판이 있었다면 해당 경품을 받을 수 있었다. 유채는 심각하게 어디에다 사각형 판을 놓을지 고민했다.

"이봐요."

유채가 루프스의 옆구리를 찔렀다.

"어디에 놓는 것이 좋을 것 같아요?"

유채의 물음에 루프스는 적당한 지점을 손으로 짚어주었다. 유채는 루프스가 가리킨 곳에 판을 놓고 상인에게 건네었다. 루프스는 신내림이라도 받은 것인지 딱 정확한 위치를 짚었다. 유채는 경품을 받고 아이처럼 기뻐했다.

"당신도 이럴 때는 쓸모 있는 존재네요."

"다른 때에도 쓸모 많다. 뭐, 너 호신술 알려주는 것이나."

루프스의 농담에 유채는 작게 웃었다. 루프스는 유채가 제 말에 웃었다는 것에 가슴이 벅차올랐다. 그렇게 여러 노점을 돌아다니다 보니 유채의 손에는 금세 경품이 가득해졌다. 루프스는 그것들을 대신 들어주었다. 유채는 다시 가벼워진 몸으로 열심히 돌아다녔다. 그러다 지쳐서 잠깐 쉬기 위해 광장으로 나와 의자에 앉았다. 루프스는 유채에게 잠깐 기다리라고 한 후 어딘가에 다녀왔다.

"이거."

루프스는 유채의 앞에 독특하게 생긴 사탕을 내밀었다. 실처럼 가늘게 뽑아낸 사탕이 막대에 둘둘 감겨 있었다. 루프스도 똑같은 것을 입에 물고 있었다.

"엔젤헤어란 사탕이다. 설탕을 녹인 것을 길게 뽑아낸 거지. 맛있을 거다."

유채는 입맛을 다시며 사탕을 입에 넣었다. 설탕으로 만든 것이라 달기는 엄청 달았다.

"아침에 물었던 말 있지 않나? 수컷들에게 인기 있었냐고…… ."

"아, 그거. 딱히 인기는 없었어요."

유채는 건성으로 대답했다.

"그곳 수컷들은 죄다 눈이 멀었나 보군."

"그래도 남자친구는 있었는데."

유채는 둘둘 이어진 엔젤헤어를 손으로 떼어내면서 슬쩍 말을 던졌다. 물론 거짓말이었다. 루프스는 놀란 얼굴로 유채를 바라보았다. 유채는 루프스의 반응에 고개를 으쓱하며 아무렇지 않은 척 말했다.

"거기 애들이 죄다 눈이 먼 건 아니라서요. 설마 내가 당신하고 첫 키스를 했을 것 같아요?"

루프스는 유채가 딴청을 피우는 것을 보곤 그게 거짓말임을 알아차렸다. 루프스는 작게 웃었다. 유채가 그를 돌아보았다.

"왜 웃어요?"

"아니다. 저기 엎어진 수인 꼴이 볼만하여 웃었다."

루프스는 굳이 꼬치꼬치 캐물었다가는 유채가 화를 낼까 봐 모르는 척 넘어가기로 하였다. 그는 유채가 이런 식으로 장난을 걸었다는 데에 감격했다. 유채는 루프스를 흘겨보면서 엔젤헤어를 먹었다.

"맛있나?"

"사탕이 맛이 없을 리가 있나요. 다 맛있죠."

"마음에 든다니 다행이군. 간혹 너무 달다고 싫어하는 이들도 있다고 했다."

그때 마치 군악단의 음악 소리처럼 나팔 소리가 들려왔다. 유채는 소리가 나는 쪽으로 고개를 돌렸다. 퍼레이드 행렬이 지나가고 있었다. 수인들이 퍼레이드 행렬 가까이로 다가갔다. 멈춰 선 악단들이 연주하는 음악에 맞춰 수인들은 하나둘 짝을 지어서 빙빙 돌기 시작했다.

"축제 마지막 날의 가장 큰 행사지. 춤을 추면서 서로를 축복하는 것이다."

"아."

유채는 흥미로운 눈으로 춤추는 이들을 바라보았다. 루프스는 유채가 저기에 참여하고 싶어 하는 것을 알아차렸다. 그는 잠시 망설였다. 유채를 억지로 데리고 나가면 싫어할 것 같았다. 그렇다고 유채가 관심을 보이는데 이렇게 그냥 두기도 뭐했다.

루프스는 한참을 고민을 하다가 어렵게 입을 떼었다.

"같이 나가볼 생각이 있나?"

"어, 그게……."

"내가 싫은 것은 알지만, 그래도 나가보는 것도 좋을 거다."

유채는 주위를 둘러보았다. 모두가 흥겹게 어울려 춤을 추고 있는 게 참 즐거워 보였다. 유채는 루프스를 힐끔 바라보고 고개를 끄덕였다.

루프스는 유채의 오른손을 붙잡고 수인들 틈으로 들어갔다. 루프스는 처음 보는 춤을 어설프게 따라 하는 유채를 적당히 리드했다.

"괜찮나?"

유채는 대답이 없었다. 하지만 그가 보기엔 꽤 재미있어 하는 것 같았다. 서너 바퀴 정도 돌았을 무렵 음악이 멈추고 악단장으로 추정되는 이가 무어라 소리를 쳤다.

"이렇게 춤을 추고 난 뒤에는 작은 극을 보여주곤 하지."

주위의 수인들은 극을 보기 위해 모두 자리에 앉았다. 루프스는 옷을 벗어서 유채가 앉을 자리에 펴주었다. 마치 마당놀이를 보는 것처럼 악단을 중심으로 수인들이 빙 둘러앉았다.

유랑극단은 극을 시작했다. 수인 내전에서 늑대 수인들이 대승을 거두었던 전투에 관한 이야기였다. 루프스는 약간 불편한 기분이 되었다.

"저쪽이 그쪽인가 봐요?"

유채가 손가락으로 루프스 역을 맡은 뚱뚱한 중년 배우를 가리켰다. 연기력은 볼만했지만, 제 역할을 할 이를 저런 볼품없는 중년을 세워놓았다는 것에 루프스는 기분이 언짢았다.

"난 저렇게 안 생겼다."

루프스의 볼멘소리를 들은 유채는 비웃음인지 아니면 다른 의미인지 알 수 없는 웃음을 흘리며 다시 극에 집중했다. 루프스는 제가 겪은 일은 미화해서 유쾌한 활극으로 바꾸어놓은 이야기를 착잡하게 바라보았다. 실제 전투는 처절했고 잔혹했다. 조금의 유쾌함도 없었다.

루프스는 씁쓸한 표정으로 클라이맥스로 향해가는 극을 바라보았다. 유채는 이 이야기를 어떻게 보고 있나 싶어서 고개를 살짝 돌렸다. 유채의 고개가 앞뒤로 흔들리고 있었다.

루프스는 유채의 옆으로 다가갔다. 유채는 졸고 있었다. 당연한 일이었다. 낮에는 호신술을 배운다고 격한 운동을 했고 밤새 축제를 돌아다녔으니 피곤할 만도 했다. 루프스는 유채에게 어깨를 내어주었다. 유채는 루프스의 어깨에 기대어 편히 잠에 들었다.

극이 끝나자 폭죽이 터졌다. 색색깔의 빛이 하늘을 물들였다. 루프스는 시선을 아래로 내렸다. 어깨에 기댄 유채의 얼굴이 여러 빛으로 물들었다. 루프스는 하늘을 올려다보았다.

앞으로도 이렇게 계속 시간을 보낼 수만 있다면, 시카리우스들이 찾아온 루비 조각을 유채에게 건네주고 돌아와 달라고 애원하면, 돌아오겠다는 대답을 받을 수도 있겠다는 희망이 루프스의 가슴에 차올랐다.

⚜

"란텔님, 편지가 왔습니다."

신참 벨라토르가 란텔에게 편지를 가져왔다. 그는 란텔을 볼 때마다 항상 놀라곤 하였다. 약간 잘린 꼬리를 제외하면 마레 위르의 외관과 흡사하여 마레 위르로 보이지만 란텔은 마레 위르와 늑대 수인의 혼혈이었다. 동물형으로 변할 수 있는 혼혈이라 하더라도 수인들과 강함의 차이가 분명히 있었다. 하지만, 란텔은 그 차이를 당당히 자신의 노력으로 이겨내고 벨라토르 중 꽤나 높은 자리에 올라왔다.

"이리 줘봐라."

회색 머리카락의 란텔은 편지를 뜯었다. 그에게 아버지나 다름없는 헤임달에게 온 편지였다. 헤임달은 혼혈이라는 이유로 핍박받던 그를 돌봐주고 많은 것을 가르쳐 준 은인이었다. 란텔은 헤임달을 위해서라면 뭐든지 할 수 있었다.

애꾸눈의 란텔은 편지를 주욱 읽어 내렸다. 그는 편지를 접어서 품에 집어넣었다. 헤임달은 하워드 형제를 죽이라고 했다. 그것으로 다시 전쟁이 일어나면 란텔은 헤임달 곁으로 돌아가 그를 지킬 생각이었다.

"무슨 편지입니까?"

"은사님께서 뭘 좀 도와달라고 하시는군. 별 어려운 것이 아니라 들어드릴 생각이야."

"그러십니까. 아, 올페스 헤르티아님께서 찾으셨습니다."

"알겠다. 가마."

란텔은 자신이 혼혈이라 완전히 늑대 수인에 충성하지 않는다는 처지를 이용해서 헤르티아의 신뢰를 얻어내었다. 다 헤임달에게 배운 기술이었다. 란텔은 자신이 똑똑한 줄 알고 있는 헤르티아를 비웃었다. 헤르티아는 꿈에도 모를 것이었다. 라일라를 죽인 게 바로 자신이라는 것을 말이다.

"플로서스님, 도저히 안 되겠습니다. 저, 라이칸님께 사실을 고하겠습니다."

란텔은 토스 호무스에 돌아와 로보의 유화 정책의 틈을 파고 들어 시카리우스에 들어갔고 플로서스의 신뢰를 얻어냈다. 플로서스의 신임을 얻어내는 것은 간단했다. 혼혈로 마레 위르 어머니에게 학대받아 마레 위르를 혐오한다는 태도를 플로서스 앞에서 드러냈다. 적의 적은 친구라는 말처럼 그는 곧 플로서스의 측근이 되었다. 마레 위르에게 혐오감을 가지고 있는 플로서스를 설득하는 것은 어렵지 않았다. 결국 플로서스는 로보의 명 없이 독단으로 라일라를 암살하라는 명령을 란텔에게 내렸다. 헤임달이 원하는 것이 그것이었다.

란텔이 임무에 성공한 후 플로서스는 불안해했다. 라일라 암살의 배후에 자신이 있다는 것이 알려지면 무슨 일이 생길지는 뻔하기 때문이었다. 플로서스는 제 지위를 이용해서 진상이 파헤쳐지는 것을 막았다. 그가 만사 제쳐 두고 그 일에만 집중했던 덕에 가능했던 일이었다. 플로서스가 일선에서 물러난 것도 진실을 은폐하기 위해서였다. 그 덕택에 여태까지 로보의 억울함은 드러나지 않았다.

"안 돼! 그렇게 되면 자네나 나나 어떻게 되는지 모르는 건가! 입 다물게."

전쟁이 끝나고 란텔은 플로서스를 협박했다. 란텔은 신분을 세탁해서 벨라토르가 되어 울피누스 호무스에 자리 잡았다. 헤임달을 위해서 헤르티아의 동향을 살피기 위해서였다. 그리고 바로 지금 그가 스스로의 가치를 증명할 때가 왔다.

"부르셨습니까, 헤르티아님."

"란텔, 어서 와라. 네게 물어볼 것이 있어."

란텔은 저에게 절대적인 신뢰를 보내는 헤르티아를 비웃었다. 모두 헤임달의 손바닥 안이었다.

Chapter 12
말들의 땅, 소니페스 호무스 [Sonipes Humus]

"알렉스. 일은 어떻게 됐어?"

레이라는 오랜 진통 끝에 예쁜 딸을 낳았다. 프레드릭은 잠든 아기와 레이라를 남겨두고 방 밖으로 나왔다. 알렉스가 지친 듯한 얼굴로 앉아 있었다. 프레드릭은 레이라를 보살피기 위해서 자신의 권한을 알렉스에게 위임하고 그를 통해서 일의 진행사항을 주고받았다. 생각보다 상황이 좋지는 않았다. 렉스는 당장이라도 전쟁을 하려는 듯이 군사훈련을 하고 군비를 늘렸다. 렉스 휘하의 장군들은 전쟁에 우호적이었다. 그래도 조금씩 개선의 여지는 보였다. 수인들이 내전의 상처를 빠르게 회복하는 모습에 겁을 먹은 몇 장군들이 전력 차로 렉스의 의견에 반대하기 시작했다.

"일단, 상황은 좋은 것도 아니고 나쁜 것도 아니야."

"그게 무슨 소리야?"

"전력 차를 대면서 전쟁을 반대하는 게 어느 정도 먹혀들기는 했지만, 그래도 전쟁을 원하는 이들이 많아. 설마 마법사들까지 동원해 가면서 무기들을 만들어냈을지는 몰랐지. 그래도 우리 쪽으로 돌아선 사람들도 있어. 덕분에 여유가 좀 생겼고."

"그럼 전력 차 문제를 해결하기 위해 우방의 필요성을 역설했을 것이니까. 설마 헤르티아를 설득하는 것으로 시간을 번 것은 아니지?"

알렉스가 고개를 끄덕이자 프레드릭은 한숨을 내쉬었다. 예상 가능한 범위였다. 프레드릭은 두 손을 모으고 깍지를 꼈다. 일단 라일라의 죽음에 숨겨진 진실을 밝히면 렉스의 의지를 꺾을 수 있을 것이다. 렉스가 지금 이렇게 강경하게 나오는 것은 로보로 인해 라일라가 죽었다고 생각하기 때문이었다. 죽은 연인의 문제도 있었지만 동생을 아꼈던 그에게는 동생의 죽음이 더 큰 충격이었을 것이다.

과거의 그 일이 로보의 잘못이 아닌 것으로 밝혀진다면, 렉스의 분노는 갈 곳을 잃을 것이고, 그렇게 사그라질지도 모른다. 운이 좋다면, 라일라의 유지를 그가 다시 이으려 할지도 몰랐다. 그렇게만 된다면, 강경파들의 기세가 꺾이게 되는 것이다.

루프스도 아버지의 억울함을 알게 되면, 마음속의 응어리를 풀고 포트리스에 보다 유화적으로 나와줄 수도 있었다. 게다가 가장 중요한 것은 헤르티아였다. 헤르티아가 루프스와 적대하는 것을 그만두면, 운이 좋아 헤르티아가 루프스와 화해를 하게 된다면, 그것만큼 포트리스에 이득이 되는 일도 없을 것이다. 지금 헤르티아는 루프스와 대립하기 위해 군소 일족을 끌어들이려 의도적으로 포트리스와 척을 지는 중이었다. 그런 헤르티아가 루프스에 대적하는 것을 멈춘다면 포트리스도 한숨 돌리게 될 것이다.

여우 일족은 이 스티폴로르에서 늑대 수인 다음가는 세력이었다. 헤르티아가 포트리스의 우방이 되어 대화의 장을 마련하고 서로의 죗값을 치르기 위한 교류를 할 수만 있다면, 어쩌면 화합은 가능할지도 몰랐다. 대륙은 전쟁으로 사람이 살기 힘든 곳이 되어 있었다. 피비린내가 가시는 날이 없었다. 그중에서도 이 스티폴로르로 온 사람들은 모든 것을 잃은 사람들이었다. 수인들을 몰아내려고 할 것이 아니라 그들과 함께 살 방도를 찾아야 했다. 그러니 무엇이 어디에서부터 어떻게 잘못된 것인지, 그 원인을 정확히 규명해야 했다.

"렉스 스승님을 대표로, 강경파 측에서 두 명, 온건파 측에서 두 명이 올피누스 호무스로 가기로 했어. 나는 갈 거고, 형은 어쩔 거야? 또 레이라를 남겨두고 가겠다고 하는 건 아니지?"

프레드릭은 산후조리를 도우면서 레이라와 그것에 관해 이야기를 나눈 적이 있었다.

"프레드릭, 만일 여우 일족의 땅으로 가야 한다면 가도 좋아."

레이라는 환히 웃으면서 그렇게 말했다. 레이라의 부드러운 손이 프레드릭의 손을 감싸고 이해한다는 눈빛을 보냈다. 자신과 자신의 아이를 위해서 잠깐의 불안은 견딜 수 있다고, 생사를 알려주는 마법만 걸고 가달라는 레이라에게 프레드릭은 너무 미안했다. 프레드릭에게 레이라는 언제나 너무 과분한 존재였다.

"내 이름도 올려."

"뭐? 형, 진짜 미쳤어?"

"어찌 되었든 우리는 여우 일족의 땅에 한 번은 가야 해. 진실을 밝히기 위해서 말이야. 렉스 경을 따라서 가는 것이 가장 안전한 방법이야."

알렉스는 프레드릭을 타박하려다가 그의 꽉 움켜쥔 손을 보았다. 알렉스는 입을 다물었다. 당연한 일이었다. 프레드릭도 사람인데 아내와 딸을 두고 먼 길을 가는 것이 슬프지 않을 리가 없었다.

"알렉스. 포트리스는 대륙에서 핍박받던 사람들이 살기 위해 도망쳐 온 곳이야. 레이라도 마찬가지야. 레이라는 전쟁에 휩쓸려 포로로 잡혀서 온갖 고생을 하다가 겨우 도망쳐서 이곳으로 왔어."

레이라가 결혼 전에 털어놓은 이야기였다. 대륙에서 군인들에게 붙잡혀서 상상하기도 힘든 끔찍한 생활을 한 달가량 하다가 기적적으로 탈출했다고 제게 말했다. 그때 레이라의 나이는 열셋이었다. 레이라 같은 사연을 지닌 이들은 이 포트리스에 수두룩했다. 살기 위해서 위험한 바다를 건너 포트리스까지 왔는데 그들은 이곳에서도 편하게 살지 못했다. 병에 걸려도 약초를 구할 수 없어서 죽어나갔고 겨울에는 식량이 부족해서 굶어죽는 이들도 있었다.

"그들에게 마지막 희망인 이곳을 더 좋게 만들고 싶어. 그래, 강경파의 말처럼 수인들을 모두 쫓아내면 우리가 스티폴로르를 차지할 수 있지. 하지만 그동안 전쟁으로 고통받는 포트리스 사람들은? 그리고 아무 죄 없는 수인들은? 나는 모두가 행복할 수 있는 결말을 찾고 싶어. 수인들과의 화합을 통해서 우리도 스티폴로르의 일원이 됨으로써 포트리스 사람들을 안전하게 만들고 싶어."

알렉스는 숙연해지는 기분이었다.

"나는 내 딸에게, 내 아내에게 이런 세상을 주고 싶지 않아. 내한 몸 다 바쳐서라도 내 딸과 아내에게 배곯지 않는 세상, 쉽게 병을 치료할 수 있는 세상을 만들어주고 싶어. 나는 더 이상 두려움에 떨지 않는 세상을 원해. 그러니 가야 해. 지금 이 사태를 해결할 실마리를 가진 사람은 우리뿐이야."

알렉스는 프레드릭의 뜻을 따르기로 했다. 며칠 지나지 않아서 렉스와 바론 그리고 알렉스와 프레드릭이 여우 일족의 땅에 사절단으로 가는 것이 결정되었다.

"프레드릭, 그래서 언제 떠나는데?"

레이라는 딸, 레베카에게 젖을 물리며 물었다. 프레드릭은 자신과 레이라를 반반씩 빼닮은 레베카를 보면서 답했다.

"아직 멀었어. 가기로 한 사람만 결정했을 뿐 언제 움직일지는 정하지 않았어. 이제 5월 여왕 축제가 시작되었으니까. 아직은 가기가 좀 일러. 빨라도 일, 이 주 뒤야. 그러니 지금은 불안해하지 마. 이번 일은 지난번처럼 위험하지 않으니까 걱정하지 않아도 되고."

프레드릭은 자신이 없는 사이에 레이라를 돌봐줄 아이를 찾았다. 헤임달과 관련되지 않은, 이제 막 스티폴로르에 도착한 고아 여자아이로 이름은 베키였다. 프레드릭은 그녀에게 숙식을 제공하기로 했다.

레베카가 새근새근 잠이 들자 프레드릭은 레이라를 불렀다.

"레이라. 잠깐 보여줄 것이 있어."

"어딘데?"

프레드릭은 몸을 푼 지 얼마 안 된 레이라가 불편할까 걱정되어서 그녀를 안아 들었다. 레이라는 작게 웃으며 프레드릭의 목을 팔로 감았다.

프레드릭은 부엌으로 레이라를 데리고 가 그녀를 의자에 내려 놓았다. 그는 레이라와 손목을 뒤집어 자신의 손목과 겹치고 스펠을 읊었다. 레이라의 손목과 프레드릭의 손목에 끝이 이어진 리본 모양의 선 무늬가 새겨졌다.

"이게 뭐야?"

"우리가 서로 살아 있는지, 다쳤는지를 알 수 있게 해주는 거야. 그게 선명하면 내가 아주 멀쩡히 살아 있는 것이고, 그게 일부가 사라지면 내가 다쳤다는 거고, 그게 완전히 사라지면…… 알지?"

차마 제가 죽었다는 뜻이라는 것을 말할 수가 없었다. 레이라는 고개를 끄덕였다. 그녀는 그를 믿었다. 더 절망적인 상황에서도 그는 살아서 돌아왔다. 그러니, 프레드릭은 이번에도 살아서 돌아올 것이다.

"나도 네가 걱정되어서 하나 만들었어."

프레드릭은 자신의 손목에 새겨진 무늬를 가리켰다. 레이라는 고개를 끄덕였다. 그리고 프레드릭은 바닥에 깔린 러그를 들추었다.

"클라위스."

프레드릭의 말과 함께 갑자기 바닥에 문이 하나 생겼다. 레이라의 눈이 커졌다. 프레드릭이 그 문을 열어젖히자 아래로 내려가는 계단이 나오고 불이 켜졌다. 비밀 지하실이었다. 프레드릭이 입을 열었다. 포트리스가 불안했던 시절, 키르케가 제 한 몸을 건사하기 위해 다른 사람들 몰래 만들어놓은 시설이었다.

"키르케님이 만드신 거야. '클라위스'라고 말을 하면 숨겨져 있

던 문이 나타날 거야. 이 안에는 족히 일 년은 먹을 수 있는 식량
이 있어. 무슨 일이 생기면 여기로 내려와서 내가 찾으러 올 때까
지 숨어 있어."

"무슨 일?"

"만일을 대비해서야. 난 헤임달이 두려워. 내가 없는 동안 너에
게 해코지를 할까 봐 무서워. 물론 헤임달에게 그럴 이유가 없다
는 것을 알지만, 그는 어디로 튈지 모르는 사람이야. 그러니까,
무슨 일이 생기면 여기로 레베카와 베키를 데리고 내려와서 숨어.
아무리 마법에 능통한 자라고 해도 약속된 단어를 모르면 이 문
은 알 수도 없고, 열 수도 없을 거야. 그러니까 여기가 포트리스
에서 가장 안전해. 안에는 밖의 상황을 지켜볼 수 있는 마법을 걸
어놨으니 그걸 확인하면 돼."

"알았어, 프레드릭."

프레드릭과 레이라는 서로를 마주 안았다. 프레드릭은 레이라
의 온기, 향기, 촉감 그 모든 것을 기억하고 온몸에 새기고 있었
다. 프레드릭이 레이라에게 속삭였다.

"어릴 적에 사라 할머니가 말해준 적이 있어. 그분의 뜻 모를
예언이 거의 다 맞아들어 갔던 것을 보면 아마 이것도 맞을 거야."

고양이 일족의 고유 속성은 예지로 각 개체마다 정확도는 가지
각색이었다. 아주 잘 맞는 이가 있는가 하면, 아예 못 맞추는 이
들도 많았다. 하워드 형제를 잠시 길러주고 그들을 포트리스에 데
려다주었던 사라는 꽤나 정확한 예지를 하는 고양이 수인이었다.

"뭔데?"

"나와 알렉스는 분쟁을 불러오면서 동시에 분쟁을 잠식시키는
역할을 하게 된다고 하더라고."

레이라의 이마에 닿았던 프레드릭의 입술이 그녀의 콧날을 훑고 내려갔다. 레이라는 눈을 감았다. 프레드릭의 입술이 레이라의 입술 앞에서 멈췄다. 서로의 숨결이 입술에 닿았다.

"레프스로 분쟁을 일으켰으니까 이제 분쟁을 잠식시키는 역할을 하게 되겠지. 그러니까, 어쩌면 우리의 위험은 이게 마지막일 수도 있어. 걱정하지 마."

프레드릭이 레이라의 손을 꽉 잡았다.

"나는 너를 위해서 이 모든 일을 하는 거야. 얼른 포트리스와 수인 사이의 분쟁을 끝내서 너에게 이 스티폴로르를 보여줄게. 우리 레베카가 이 좁은 땅에서 약초를 얻지 못해 치료받지 못할 것을 걱정하지 않게 만들어줄게. 당신과 레베카가 나에게는 세상의 전부야. 난 너를 위해서, 우리 레베카를 위해서 꼭 성공하고 돌아올게. 조금만, 아주 조금만 기다려 줘."

"기다릴게. 난 여기서 널 기다릴게. 내가 선택한 남자인데 내가 믿어야지. 그러니까, 꼭 돌아와. 기다릴게."

프레드릭은 약속의 의미로 레이라의 입술을 자신의 입술로 덮었다. 레이라는 프레드릭의 목을 끌어안았다. 두 사람은 아주 오랫동안 서로의 입술을 음미했다. 그들 사이에 이별은 영원히 없을 것 같았다.

⚜

"크흑!"

"엄살이 느셨습니다."

오르페가 안경을 추켜올리면서 루프스의 왼팔에 난 상처를 소독했다. 오르페는 허락만 된다면 루프스를 상대로 연구라도 해보고 싶은 심정이었다. 도대체 뭐가 문제인지 왼팔만 계속 낫지를 않았다. 다른 신체 부위의 재생력은 그대로인데 왼팔만은 상처가 나으려 하질 않았다. 그런 중에 계속되는 부상으로 그의 왼팔은 마레 위르 수준으로 약해져 있었다. 오르페는 다시 붕대를 감아 주었다.

"다시 한 번 드리는 말씀이지만, 왼팔은 쓰지 않으셔야 합니다."

"알고 있다."

"그러시는 분이 유채 양에게 호신술을 가르쳐 주신다는 명목으로 단도를 건네주십니까?"

수인들은 전투시에 날붙이를 필요로 하지 않았다. 그들의 날카로운 발톱과 이빨, 단단한 피부가 마레 위르의 날붙이보다 훨씬 낫기 때문이었다. 하지만 마레 위르에게는 그런 무기가 필요하기에 루프스는 유채에게 마레 위르들이 쓸 법한 단도를 주었다. 그리고 그 단도를 이용하여 공격하는 방법을 가르쳤는데 당연하게도 루프스는 그로 인해 자잘한 자상들을 입었다. 유채가 단도를 잘못 다루어 다칠 것 같으면 날을 제 손으로 대신 잡는 일이 비일비재했다.

"오르페, 올해 나이가 몇인가?"

"이제 일흔을 향해 갑니다."

"그럼 그대의 지혜를 구하지. 내가 아주 많이 잘못을 한 어떤 이가 있어. 그이에게 진심으로 사과를 하고 싶고, 또 그이의 마음이 편해졌으면 좋겠다. 그렇게 하려면 어떻게 해야 하나?"

"용서를 바라십니까?"

오르페는 루프스가 누구를 마음에 품고 저런 말을 하는지를 알았다. 루프스는 쓴웃음을 지었다.

"아니라고 말하면 거짓이겠지. 그런데 내가 저지른 일이 너무 커서 감히 용서를 바라기는 힘들 것 같다. 하지만, 그이는 그 화와 분노를 가슴에 품지 않고 다 털어버리고 편해졌으면 좋겠다. 그러니까 그이가 나에게 충분히 보상을 받았다, 충분히 사과받고 있다고 느꼈으면 좋겠다."

조금이라도 화가 풀리면, 혹여나 자신 때문은 아니더라도 이곳에서 쌓은 인연들이 그리워 다시 돌아올지도 모른다는 희망이라도 품을 수 있을 것 같았다. 이것도 결국은 제 이기심인지라 루프스는 아직도 이러는 자신이 한심했다. 모든 것은 유채의 선택에 달렸는데 그 선택에 제 희망을 불어넣고 싶어 하는 것은 옳지 않았다.

"이 늙은이가 드릴 말씀은 하나입니다."

오르페가 의료 도구들을 챙기면서 입을 열었다. 뱀 수인 특유의 쉬잇거리는 소리가 적막 속에서 울렸다.

"잘못을 하셨고 그것을 아셨다면 온 마음을 다해서 용서를 비세요. 그리고 용서를 강요해서도 안 됩니다. 용서를 해달라고 비는 것이 아니라, 조금이라도 마음이 편해지기를 바란다는 진심을 보여야 하는 것입니다. 사실 용서를 빈다는 표현보다는 사과를 한다는 말이 더 맞습니다. 용서를 빈다는 것은 피해자가 아닌 자신을 위하는 말이니까요. 어찌되었건, 중요한 것은 진심입니다. 잘못을 아셨거든 그에 대해 진심으로 사과하세요. 수인이 수인을 용서하는 데에는 다른 방법이 없습니다. 그저 그 수인의 마음에 맡길 뿐, 사과를 하는 이는 그 수인을 위해 죗값을 치러야 합니다."

"나도 아는 소리를."

"원래 가장 기본이 가장 어렵습니다."

루프스는 오르페의 말에 쓴웃음을 지었다. 루프스는 유채에게 단검을 다루는 방법을 가르쳐 주었던 때를 회상했다.

✤

유채의 칼날에 볼이 찢겼다. 붉은 실금에서 피가 주르륵 흘러나왔다. 루프스는 손을 들어 피를 닦았다.

"괜찮다. 이 정도는 금방 낫는다."

루프스의 말대로 상처는 금세 아물었다. 유채는 지쳤는지 단검을 검집에 꽂아놓고 자리에 앉았다. 루프스는 유채에게 물을 건넸다. 유채는 나무그늘에 앉아서 땀을 식혔다.

루프스는 유도, 주짓수 비슷하게 몸을 움직이는 방법을 가르쳐 주더니 이제는 도구를 활용하는 방법을 가르쳐 주었다. 처음에는 봉이었고 다음에는 옷으로도 대체 가능한 천 쪼가리였다. 그러고는 오늘은 단검이었다.

"궁금한 게 있어요. 왜 단검을 가져온 거예요?"

피와 땀을 닦던 루프스가 입을 열었다.

"라일라님이 대륙에 계실 때 이야기를 해주신 적이 있다. 그곳에서는 언제나 단검을 호신용 삼아 가지고 다녔다고. 마레 위르에게, 특히 너처럼 연약한 마레 위르에게는 단검을 잘 다룰 수만 있다면 그보다 나은 무기를 없을 것 같았다."

"내가 당신 심장이나 목줄을 찌를 수도 있다는 생각은 안 했어요?"

"말했지 않나? 나는 쉽게 죽지 않는다고."

루프스는 곧 사라질 것만 같은 웃음을 지었다. 유채는 기시감에 눈을 찌푸렸다. 그리고 곧 그 말을 어디에서 들었는지 깨달았다. 에클레시아에서. 그래, 에클레시아에서 들었던 말이었다.

"네가 나를 때려서 분이 풀린다면, 아니, 지난번처럼 칼을 꽂아도 괜찮다. 네가 주는 벌이라면 모두 달게 받을 테니, 소원을 빌어서 돌아와 주면 안 되나? 돌아와 준다고 약속만 하면, 네가 찾는 게 무엇이든 도와주겠다."

"당신은 내가 당신을 때리거나 상해를 입히면 내가 당신을 용서할 거라 생각했나요?"

물을 마시려던 루프스는 얼른 물병을 내려놓고 고개를 흔들었다.

"그런 생각한 적 없다. 나는 그저 네 몸의 안전을 바랄 뿐이다. 네가 나를 연습 상대로 써서 후련해진다면 그게 내게는 더 다행이다."

루프스는 유채가 조금이라도 편해지길 바랐다. 유채의 용서를 바라고 한 것이 아니었다.

"불편해요."

유채가 드디어 그동안 담고 있던 말을 털어놓았다. 유채는 그의 모든 행동이 다 불편했다. 그냥 그가 예전처럼 굴었으면 하였다. 지금 이렇게 설설 기는 듯한 그가 더 보기 싫었다.

"난 당신의 이런 행동들이 모두 불편하고 가증스러워요. 사람은 원래 쉽게 변하는 것이 아니거든요. 나는 당신이 곧 원래대로 돌아올 거라고 생각해요. 그러니까, 그냥 예전처럼 굴어요. 내가 편하기를 원한다면서요. 나는 당신이 차라리 예전처럼 굴었으면 해요."

루프스는 하늘이 무너지는 기분이었다. 분명히 유채에게 전한 적이 있었다. 그녀를 사랑하기에 변하기로 했다고. 그런데 변하지 말라는 말은 제 사랑을 믿지 않는다는 말로 느껴졌다. 유채가 제 사랑을 받아주기를 바라지는 않지만 그래도 최소한 제 사랑이 부정당하지 않기를 원했다. 제가 그녀를 사랑하고 있음을 알아주기 만을, 루프스는 진심으로 그것만 소망하였다. 그런데 유채는 아니라고 부정한다. 거절은 견딜 수 있지만 부정은 견딜 수 없었다.

"그러니까 당신도 괜히 오해하지 않았으면 해요. 당신과 함께 축제를 보러 나간 건 그저 방법이 당신밖에 없어서예요. 당신이 마음에 들어서가 아니라. 그리고 내가 그런 것으로 당신에게 마음을 풀 거라고 생각하지 말아요."

"너의 마음을 얻기 위해 데려간 곳이 아니었다. 그저 너에게 좋은 기억을 만들어주고 싶었다."

루프스는 알렉스가 했던 말을 기억해 내었다. 좋은 기억을 만들어주어서 고맙다고 했다는 그 말이 떠올랐다. 그리고 제가 유채에게 했던 모든 일들이 주마등처럼 스쳐 지나갔다. 유채를 힘들고 아프게 한 일밖에 없는 자신은 죽어도 그녀에게 좋은 기억으로 남을 수 없었다. 하지만, 최소한 스티폴로르에서의 좋은 기억을 그녀에게 선물하고 싶었다.

"그래. 네가 이곳에서 즐거워하고 이곳과 맺은 인연을 생각해서 다시 돌아와 주지 않을까 하는 이기심이 아예 없었다고는 하지 못한다. 하지만, 그건 너의 환심을 사기 위해서가 아니었다. 그저, 네가 기뻐했으면 했다. 그뿐이었다. 정말 그 마음 이상의 것은 없었다."

"내가 아는 말 중에 최고의 복수는 그냥 잘 사는 거란 말이 있
어요."

유채가 루프스의 눈을 똑바로 바라보았다.

"나는 당신을 용서하고 싶지 않아요. 사과요? 들으면 고맙죠.
하지만, 당신과 나는 이미 너무 멀리 왔어요. 나는 돌아가서 당신
하고 겪었던 일은 과거로 남겨둔 채 잘 살 거예요. 내 삶이 있는
그곳에서. 그러니 당신은 이곳에서 살아요. 그게 나한테 용서를
구하는 유일한 길이에요."

루프스는 입술을 깨물었다. 지금이라도 무릎을 꿇고 가지 말라
고, 나는 너 없이는 죽을 것 같다고, 제발 한 번만 기회를 달라고
애원하고 싶었다. 그렇게 가족이 그리우면 차라리 네 가족과 같
이 이곳으로 오라고, 내가 네 가족을 위해서 뭐든 다 제공할 테
니, 한 번만이라도 다시 돌아온다는 선택지를 골라볼 생각이라도
해주면 안 되냐고, 내가 평생 사과할 기회를 주면 안 되냐고 빌고
싶었다. 하지만, 그것은 제 마음을 유채에게 강요하는 행위였다.

유채는 그의 마음을 책임질 필요가 없으니, 그의 마음은 그 혼
자 책임져야 하는 것이다. 루프스는 목이 메이는 것을 꾹 눌러 참
았다.

"알겠다. 하지만, 그래도 나는 네가 이곳에 있는 동안은 계속
용서를 빌고 싶다. 그러니까 사과를 하고 싶다."

"마음대로 해요. 아직도 내게 이동의 자유를 주지 않는 사람이
할 말은 아니라고 생각하기는 하지만."

루프스는 유채가 떠나기를 바란다면 언제든지 쉽게 떠날 수도
있다는 것을 알고 있었다. 이곳에 머무르는 것도 그녀에게 이득이

되기 때문이라는 것도 알았다. 그러니 그는 유채가 잠시 머무르는 동안 최선을 다해야 했다. 유채가 조금이라도 마음을 열기를 바라야 했다.

"불편해요."

그래도 루프스는 그 말에 희망을 품었다. 유채가 그래도 변한 자신을 인식한다는 말이었다. 부질없는 희망이라 할지라도 루프스는 그 희망에 의지했다.

루프스는 일이 있다고 말하며 자리에서 일어났다.

"소니페스 호무스(말 수인 일족의 땅)에 갈 것이다. 너도 따라갈 건가?"

"예?"

유채는 눈을 크게 떴다. 유채는 당연히 그가 저를 끌고 갈 줄 알았다. 매번 가지 말라고 하면서 저를 붙잡아두려고 하기에 당연히 이번에도 끌고 갈 줄 알았다. 말 수인 일족의 땅으로 출발할 날이 얼마 안 남은 상태였다.

"변하겠다고 말하지 않았나. 그러면 내 의견만 밀어 붙이면 안 되지. 그러니 묻는 것이다. 같이 갈 생각이 있나?"

루프스는 떨리는 목소리를 억지로 숨겨가며 물었다. 유채가 소니페스 호무스의 일을 마지막으로 제게서 도망치려는 것을 이미 알고 있었다. 그러니, 마지막 기회였다. 변하기로 했으니 유채의 의사를 존중해 주고 싶었다. 그렇게 하겠다는 것을 분명히 보여주고 싶었다.

"같이 갈 텐가?"

❀

"루프스님, 케릭스입니다."

헤나가 케릭스의 도착을 고했다. 루프스는 고개를 끄덕였다. 케릭스가 들어오고 루프스의 고갯짓에 따라 헤나는 밖으로 나갔다. 케릭스는 입을 열었다.

"아버지께서 거절하셨습니다. 아무래도 마레 위르에 대해 적대감이 강하신 분이라 어쩔 수 없을 것 같습니다. 하지만 최소한 토스 호무스의 여론은 조금 바꿨습니다. 한 곳씩 바꾸어 나가면 레티티아님도 더 이상 위험하지 않을 것입니다."

케릭스는 갈라진 입술에 침을 축였다.

"하지만 소니페스 호무스로 이동하는 것은 조금 무리입니다. 최근 군소 일족 측에서 마레 위르에게 간을 뜯겼다는 피해가 많아서 레티티아님에게 악감정을 품었을 가능성이 높습니다. 또한 마레 위르의 간이 수인의 동물화에 효과가 있다는 소문이 퍼지면서 레티티아님의 간을 노릴 이들이 있을 가능성이 있습니다."

"파렌티아가 있는데도?"

"원래 급박하면 못 할 일이 없는 법입니다. 루프스님의 보복보다는 당장에 제 친족들의 안위가 중요한 법이지요."

루프스는 눈썹을 쓸었다. 동물화는 오래전부터 기록되어 온 병이지만 아직도 해결책이 없었다. 수인 내전 이후에 더욱더 극심해진 동물화에 대해 어쩌면 마레 위르들은 해결책을 가지고 있을지도 모른다. 프레드릭이 연구한 내용을 본 의사들과 마법사 놈들도 마레 위르 관점에서의 독특한 해결책을 보곤 가능성이 있을지도 모른다고 말했었다.

"그래도 내가 없는 궁보다는 안전하겠지. 포트리스와 연락은 가능한가?"

"렉스가 워낙 엄중하게 지키고 있는지라 페드로나 필립 같은 이들에게 접근하기가 힘듭니다. 노력은 해보고 있습니다. 소니페스 호무스에 들어가면 보다 적극적으로 밀어붙일 생각입니다."

"그리고 보석상을 알아보는 건 어떻게 됐지?"

루프스는 유채가 찾는 것이 라일라의 결혼 선물이라고 추측했다. 그가 유채보다 알고 있는 것이 많았기에 알아낸 정보였다. 어릴 적, 라일라가 그것은 여우 일족의 수장고에 있던 물건이라고 귀띔해 준 적이 있었다. 그녀는 대륙에서 신녀였으니, 그것이 신물임을 눈치챘을 가능성이 높았다.

그 붉은 루비 조각은 라일라가 죽은 뒤에 사라졌다. 베니니타스가 암컷 늑대 수인을 죽이면 항상 목 부근을 살펴보고 주머니를 샅샅이 뒤진다는 말을 들었었다. 잃어버린 물건을 찾는 것이 분명했다. 지금 그것을 가지고 있는 것은 라일라의 죽음에 관여한 이일 것이었다. 아버지가 그랬는지 그러지 않았는지 여부는 모르지만, 일단 늑대 수인이 관여한 것은 사실이었다.

그 수인은 일이 심각해지니 보석을 팔았을 가능성이 높았다. 베니니타스가 노리고 있으니, 증거가 될 만한 것은 모두 없애려 했을 것이다. 보석을 처분하는 데는 당연히 보석상을 이용했을 것이고 말이다.

"아직 정보가 없습니다. 그런데, 그것을 찾으면 루프스님께 가져오기만 하면 됩니까?"

"그래. 가져와."

루프스는 유채가 지난번에 인신매매단에 잡혀갈 뻔하고 우는 것을 보고 호신술을 가르쳐 주면서 분명히 깨달았다. 유채는 이런 험한 일과 어울리지 않았다. 저를 때리면서도 무의식적으로 힘을 뺐다. 단도를 쓸 때도 제가 피를 흘리면 두려워하는 기색이 보였다. 곱게 자란 아가씨인데, 이런 일이 무서운 것은 당연했다. 그리고 깨달았다. 유채가 제 어깨를 찌르고 도망갈 결심을 하게 만든 자신이 얼마나 끔찍한 수인이었는지를. 곱디곱게 자란 유채에게 그런 잔혹한 일을 하게 만든 자신이 얼마나 끔찍한 놈이었는지를 알았다.

루프스는 유채가 루비 조각을 찾으면서 그런 고생이나 험한 일을 하지 않기를 원했다. 유채를 저와 같은 곳으로 떨어뜨릴 수 없었다.

"내가 필요해. 내가 내 죗값을 치르기 위해 필요해."

그러니 유채가 그것을 찾으러 가기 전에 자신이 찾아줄 것이다. 소니페스 호무스에서 유채를 도우면서 그 조각을 찾아서 건넬 것이었다.

나는 변했다고, 네가 말하는 사랑이 무엇인지 알고 있다고. 그러니 제발 한 번만 내게 기회를 주면 안 되냐고.

"돌아와 주면 안 되나."

루프스는 다시 혼자 남은 방에서 자신의 소망을 털어놓았다. 사랑이란 것은 한없이 이타적이면서 이기적이었다. 루프스는 놓지 못한 제 이기적인 소망을 다시금 되뇌어보았다.

✣

소니페스 호무스로 가는 길은 생각보다 험했다. 루프스는 유채의 안전을 생각해서 수인들이 가장 꺼려 하는 길로 이동했다. 카날리스 호무스(개 수인 일족의 땅)를 지나고 펠레스 호무스(고양이 수인 일족의 땅)를 지나는 길이었다. 대다수의 수인들은 펠레스 호무스를 저주받았다고 싫어했다. 어지간히 급한 일이 아니면 펠레스 호무스를 통과하기보다는 빙 돌아가는 길을 선택했다. 그 정도로 기피하는 땅이었다. 그러나 수인들이 피하는 길인 만큼 유채에게 안전한 길이었다. 하나 문제는 다른 곳에서 생겼다. 그동안 잘 버티던 유채의 몸이 탈이 난 것이었다. 유채는 갑작스러운 몸살감기로 앓아누워 버렸다.

"그래서 봤어? 얼굴?"

카날리스 호무스와 펠레스 호무스의 접경 지역에 있는 카니스의 별장에서 일하는 개 수인 궁녀와 궁관이 유채의 시중을 드는 궁녀인 실비의 허리를 찌르며 물었다. 유채의 몸 상태 때문에 일정을 늦추어 이곳에서 머무르게 되었다. 빅터가 바실리사 대신 별장으로 와서 그들을 맞이하여 루프스는 그를 피하며 떨떠름한 기색을 표했으나 유채의 상태 때문에 그냥 넘겼다. 실비는 미지근해진 대야를 조심스럽게 들면서 대답했다.

"어. 당연히 봤지."

"그래서 정말 소문대로냐? 진짜. 루프스쯤이나 돼야 품을 수 있는 암컷이야?"

궁관인 세드릭이 눈을 반짝이면서 물었다. 심미안이 있는 세드릭에게 저 멀리 토스 호무스에서 들려오는 소문은 정말 꿈만 같은 것이었다. 화가가 되는 것이 꿈이었으나 집안 사정으로 궁관이 된 세드릭은 미인의 초상화를 그려보는 것이 소원이었다. 때마침 스티폴로르 전역을 떠들썩하게 만드는 미녀가 나타나 세드릭은 그런 미녀의 초상화를 그릴 수 있다면 영광일 것 같다는 생각을 종종 하였다.

대야를 들고 있던 실비의 입술이 움직였다.

"더럽게 예뻐. 흑단 같은 검은 머리카락에 뽀얀 피부에 이국적인 분위기까지. 얼굴만 보면 마레 위르 창녀가 아니라 루프스님의 비(妃)라고 해도 믿겠더라고. 딱 수컷들의 정복욕을 들끓게 하는 얼굴?"

"근데 소문으로 저 마레 위르가 정말 루프스님의 비가 될지도 모른다고 하던데? 왜, 오페라티오에서 루프스님의 옆에 섰다잖아."

세드릭 옆에 서 있던 얌전한 인상의 궁녀가 말을 걸었다. 실비는 고개를 흔들면서 들고 있던 대야를 쭉 내밀었다.

"그렇게 얼굴 보고 싶으면 찬물 좀 떠와. 열을 식히려고 찬 수건을 이마에 계속 올려놓아야 하는데, 힘들다. 마레 위르 창녀 주제에 받는 대접은 진짜 루프스님의 비 수준이라니까."

"알았어! 얼른 떠올게."

세드릭이 대야를 대신 들고 찬물을 가지러 갔다. 얌전한 인상의 궁녀는 루프스가 몇몇 궁녀들을 제외한 이들의 접근을 막았다는 것에 굉장히 두려움을 품고 있었다. 혹시 모르는 사태에 대비해 그녀는 적당한 핑계를 둘러대고 뒤로 빠졌다. 세드릭이 찬물이 넘실거리는 대야를 들고 오자 둘은 주위를 살피고 방 안으로 들어갔다.

"콜록, 콜록."

유채는 끙끙대면서 오한에 이불을 끌어안고 있었다. 식은땀이 줄줄 흘러내려 베갯잇을 흠뻑 적셨다. 열이 오른 얼굴은 붉게 상기

되었다. 실비가 마지막으로 올리고 간 수건은 벌써 미지근해졌다.

세드릭은 대야를 내려놓고 '오!' 하는 탄성을 질렀다. 세간을 떠들썩하게 만든 미녀다웠다. 절벽에 핀 한 송이 백합 같은 외모에 세드릭은 넋을 놓았다.

"하여간. 수컷들이란."

실비는 끙끙대며 앓는 유채의 이마에 다시 찬물에 적신 수건을 올려놓았다. 그리고 다른 수건으로 땀을 흘리는 유채의 얼굴이나 팔 등을 닦아주었다.

세드릭은 신이 난 얼굴로 종이와 목탄을 꺼냈다. 이런 미인의 얼굴은 후손들을 위해서 남겨두어야 한다는 것이 그의 철칙이었다. 늑대나 개 수인 암컷들에게서는 찾아볼 수 없는 낭창함과 저 아련한 분위기는 박제를 해놓아야 하는 것이었다. 그는 열심히 손을 움직였다. 그사이 유채의 시중을 들고 있던 실비가 뒤를 획 돌아보았다.

"너. 내가 큰 위험을 무릅쓰고 데려왔으니까, 꼭 보답해야 한다. 알지?"

"알았어. 알았어. 지난번에 본 노란색 옷이면 되는 거잖아. 나 이번에 녹봉도 오르니까……."

"엄마야!"

실비가 비명을 지르면서 엎어지자 세드릭도 무슨 상황인가 뒤를 돌아보고 당장에 바닥에 엎드렸다. 인기척도 없이 루프스가 방으로 들어온 것이었다. 둘은 루프스의 명을 어겼다는 것에 벌벌 떨었다. 침이 마르다 못해서 침샘에 있는 침까지 증발해서 없어질 지경이었다.

"이게 무슨 짓이지? 내가 요새 좀 너그러워졌다고 기어오르는 것이냐, 아니면 빅터를 믿고 이러는 것이냐?"

유채는 앓고 있는 중이라 모르는 일이었지만, 개 수인 일족의 땅을 지나는 동안에도 군소 일족의 수인들이 그녀의 목숨을 노리고 몇 번이나 공격을 해왔다. 루프스는 유채의 안전 문제로 날이 서 있어 한껏 예민해진 상태였다. 그는 바닥에 엎드려 달달 떨고 있는 개 수인 수컷을 냉랭한 눈빛으로 바라보았다.

"그, 그게 아니오라 제, 제가 파, 팔에 쥐, 쥐가 나서. 저 치, 친구에게 대신 대, 대야를 들어다, 달라고 부, 부탁했습니다."

실비가 덜덜 떨면서 변명을 둘러대었다. 날카로워진 루프스의 눈이 세드릭을 향했다. 그는 뒤통수에 꽂히는 시선을 느끼고 납작 엎드렸다.

"맞, 맞습니다. 무겁다고 해서 들어준 것입니다."

"그럼 바로 나가지 않고 무엇을 했지?"

루프스는 유채가 끙끙거리고 고생하고 있는 것에 신경을 쓰고 있어 크게 소리를 지르지도 않고 살기를 내뿜지도 않았지만, 그 특유의 위압감에 둘은 벌벌 떨었다. 덜덜덜 떨던 실비의 손에서 떨어진 목탄이 데구르르 굴러갔다. 모두의 시선이 목탄으로 향했다. 루프스는 바닥에 떨어진 종이를 주웠다. 그의 눈썹이 실룩거렸다.

"네가 그린 것이냐?"

루프스가 궁관을 바라보며 물었다.

"예? 예! 송구합니다. 그, 그저 레티티아님의 아름다움에 탄복하여서……."

세드릭은 땀이 난 손을 바지에 닦았다. 루프스는 궁관의 그림 실력에 놀라 그의 얼굴을 한번 보았다.

"이름이 뭔가?"

"세드릭이라 합니다."

"이 그림을 제대로 그려서 완성해 오면 네게 죄를 묻지 않겠다."

세드릭의 눈이 번뜩였다. 루프스는 그에게 종이를 돌려주고는 나가라고 눈짓을 했다. 세드릭이 얼른 방을 빠져나가고 실비는 머뭇거리고 있다가 나가라는 루프스 말에 가슴을 쓸어내리며 뒷걸음질을 쳤다.

루프스는 의자를 끌어다 앉아서 유채의 땀에 젖은 머리카락을 정돈해 주고 찬 물수건을 이마에 올려주었다. 숨소리가 거칠었다.

"아무래도 갑작스럽게 긴장을 놓게 된 것이 원인인 것 같습니다."

오르페가 유채를 진료하고 한 말에 루프스는 안심했다. 유채가 긴장을 놓았다는 것은 적대감이든 불편함이든 뭐든 조금이라도 놓았다는 뜻이 아닌가 싶었다. 유채는 아파서 끙끙 앓는데도 고작 그 생각에 들떴다가 그런 저를 발견하곤 한심해하기도 했다. 루프스는 유채의 뺨과 목덜미를 물에 적신 수건으로 닦아주었다.

"이렇게 약해서야."

유채는 제가 조금만 힘을 주면 부러질 목을 가졌고 조금 긴장이 풀렸다고 이렇게 앓을 정도로 약했다. 그렇게 약한 주제에 심지는 굳어서 언제나 당당했고 저보다 남을 더 생각하고 위했다. 그래서 제가 동경하고 좋아하는 것이다. 저는 예전의 일을 이겨내지 못하고 그대로 멈춰 버린 약하기 짝이 없는 놈이었다.

"오늘 빅터를 만났다."

공적인 일로는 종종 만난 적이 있는 수인이었지만, 이렇게 사적으로 만난 것은 처음이었다. 어릴 적, 어머니와 아버지의 친구인 그와도 가깝게 지냈었다. 루프스에게 그는 베니니타스와 마찬가지로 선생님이었었다. 그런 그가 냉랭하게 변한 것은 블랑카의 죽음 이후였다. 아버지와 스승을 잃고 루프스는 마지막으로 빅터에게 의지하려 했지만 빅터는 정말 냉정하게 그를 내쳤다.

의지할 수 있었던 어른들을 모두 잃은 후에 루프스는 억지로 어른스러운 척을 하느라 마음이 서서히 닳아갔다. 그 좋아가던 마음이 완전히 터져 버린 것은 에리카의 죽음 이후였다. 그렇게 반쯤 미쳐서 떠돌아다니다가 빅터를 만난 것은 열넷과 열다섯 사이의 어느 날이었다.

솔직히 말해 그 시절은 누군가 거대한 발톱으로 긁어놓은 것 같아서 언제, 어디서 그랬는지는 명확하게 기억이 나지는 않았다. 아직 어렸던 그때의 루프스는 빅터를 다시 만났을 때 무언가를 기대했었다. 그것이 위로이든 동정이든 상관없었다. 그러나 빅터는 루프스를 만나자마자 이런 말을 했다.

"제 아버지만큼 못난 놈. 제 동생 하나 못 지키는 한심한 놈."

동정도 위로도 아닌, 냉대와 타박이었다.

그때, 빅터가 제게 괜찮으냐고 한 마디만 해주었어도 제가 이 지경까지 되지는 않았을 것이다. 물론 빅터가 그런 말을 해주지 않았다고 해서 제 모든 행동에 면죄부가 생기는 것은 아니지만 그래도 그때 빅터의 다정한 말 한마디가 있었다면 뭔가 변했을지도 몰랐다.

루프스는 얼굴을 쓸어내렸다. 그때 이후로 그는 빅터가 싫었다. 그렇게 데면데면하게 굴던 그가 저를 사적으로 불러낸 것은 근 십 년 만이었다.

루프스는 유채의 손을 붙잡았다. 쉬는 동안 몸이 조금 편안해진 것인지 숨소리가 어제보다는 훨씬 편하게 들렸다. 루프스는 유채의 이마에 입술을 붙였다. 제가 열이 날 때마다 어머니가 해주던 것이었다. 입술에 열기가 스치자 루프스는 분주하게 손을 움직여 다시 이마에 물수건을 올려놓았다.

"네게 이러는 것이 염치없음을 알지만, 네게 기대는 것이 정말 뻔뻔한 일임을 알지만⋯⋯."

루프스는 마치 한숨처럼 말을 뱉었다.

"내 이야기를 들어줄 이가 필요해."

루프스는 눈을 감았다.

⚜

"왜⋯⋯ 부른 건가?"

루프스는 빅터가 권한 자리에 앉으며 물었다. 빅터는 대답 대신 온갖 약초가 들어간 것 같은 약차와 과자를 권하였다. 방 안은 마치 약방인 것처럼 약 냄새로 가득했다. 빅터는 나이가 드니 몸이 예전같지 않아서 어쩔 수 없다며 양해를 구했다. 루프스는 빅터가 권한 차에 손도 대지 않고 물었다.

"용건만 말하지. 그대랑 나랑 언제부터 이렇게 잡담을 나누던 사이였는가?"

"많이 변했구나, 라이칸."

"그 이름은 버린 지 오래다. 그대가 내 아버지의 친우였다 할지라도 무례는 나도 참아줄 수가 없다."

루프스는 되도록 이 자리를 빨리 떠나고 싶었다.

빅터는 약차를 마시며 느긋하게 입을 열었다. 빅터도 이 자리가 바늘방석이었다. 로보를 눈앞에서 마주 보고 있는 기분이었다. 라이칸과 로보는 소름끼칠 만큼 닮아 있었다. 그래, 그는 로보에게 얼마나 큰 죄를 지었는가. 친구임에도 질투에 눈이 멀어서 어리석은 선택을 했고 그래서 죄 없는 아이를 얼마나 냉정하게 내쳤는지. 나이가 들어가면 고개 숙이기 힘들다는 말이 무슨 뜻인지 분명히 알 수 있었다.

"나이가 들면 후회가 많아진다지. 나도 이제 나이가 들어서인지 후회밖에 남지 않은 늙은이가 되어가더군."

"그런 잡소리나 떠들 거라면 가보겠다."

"미안하다."

내가 네게서 어머니를 빼앗았다. 질투에 눈이 먼 나의 선택이 네게서 어머니를 빼앗았고, 아버지를 빼앗았고 종국에는 동생마저 잃게 만들었다. 너희 가족을 무너뜨린 것은 나다. 속에 담긴 말이 많았지만 그는 결국 '미안하다' 한 마디밖에 하지 못했다. 기껏 용기를 내서 사과를 함에도 그는 여전히 뻔뻔했다.

"나는 너의 어머니를 오랜 시간 동안 사랑해 왔다."

"그대의 치정사까지 들어줄 만큼 한가한 수인이 아니다. 그깟 이야기를 할 것이라면……."

"그래서 나는 친구인 로보를 질투했고 로보와 찍어낸 듯이 닮은 너를 도저히 좋아할 수가 없었다. 내 옹졸함이 너를 불행하게 만들었다. 진심으로 미안하다."

빅터는 진정으로 사과해야 하는 것은 빼고 다른 이야기만 늘어놓는 자신의 한심함에 조소했다. 하지만, 그는 도저히 밝힐 수 없었다. 베니니타스에게 블랑카가 있는 곳을 안내한 것은 자신이라고, 블랑카에게 죽음의 길을 열어준 것이 자신이라고 말을 할 수 없었다.

루프스는 빅터의 사과에 머릿속이 멍해졌다. 빅터를 싫어했지만, 그렇다고 그를 증오하지는 않았다. 그러나 그는 지금 깨달았다. 어릴 적의 상처가 생각보다 깊었다는 것을. 빅터의 사과를 들으며 화를 내야 하나 아니면 별것 아닌 소리를 한다고 비웃어야 하나 고민하던 중 루프스의 머릿속에 섬광 같은 생각이 지나갔다.

너는 이것보다 심했겠구나.

루프스는 자리에서 벌떡 일어났다. 그 급박한 몸짓에 탁자 위의 찻잔이 쓰러져 찻물을 쏟아내었다.

"그대가 내게 사과할 일이 아니다. 내가 사과를 들어야 할 일도 아니고. 그러니 그대와 나 사이에 부채는 없다. 이만 일어나겠다."

루프스는 정신없이 방을 빠져나왔다. 그는 모퉁이를 돌아 인적이 드문 곳에 벽을 등에 기대고 얼굴을 쓸어내렸다. 유채가 어떤 기분이었을지 알았다. 미노르 호무스의 꽃밭에서, 에클레시아에서 제가 한 말을 들었던 유채가 어떤 기분이었을지 알았다. 얼마나 끔찍했을까? 얼마나 가증스러워 보였을까? 저부터가 빅터에게 괜찮다고 말하기가 힘든데, 유채는 제가 얼마나 위선적으로 보였을까. 루프스는 한참 동안 얼굴을 손으로 가리고 있었다.

⚜

"미안하다. 네게는 내 사과마저 정말 끔찍했겠지."

일방적인 사과는 그저 돌을 던지는 것에 불과했을 것이다 유채를 위해서라고 하면서 저도 모르게 그녀를 위해서가 아니라 저를 위해서 사과를 하고 있었다. 그는 이제야 유채가 저를 불편해한 이유를 알았다. 루프스의 눈에서 눈물이 떨어졌다. 유채의 말대로 하는 것이 이제 유일하게 남은 죄 갚음이 될 수 있을 것이다. 하지만, 아직도 그의 이기심은 그것만은 부정하고 있었다. 조금만 노력해 보자, 오르페의 말대로 기본을 지키면 유채가 편해질 것이다, 계속 속으로 속삭였다.

"미안하다. 정말, 미안하다."

이제는 제가 유채에게 했던 모든 것들이 미안했다. 루프스는 유채의 작은 손을 꼭 잡고 입술을 내렸다. 신에게 빌고 싶었다. 제가 당신의 뜻을 대신 이루어 드릴 테니 시간을 돌려주실 수 없는지, 그렇게 묻고 싶었다. 루프스는 고개를 한참 숙이고 있었다.

"놔…… 요."

유채의 목소리가 들렸다. 한참을 말을 하지 않은 덕에 제대로 소리조차 나오지 않는 말이었지만 루프스는 얼른 듣고 고개를 들렸다. 유채가 몸을 일으키려 하자 루프스는 그녀의 등 뒤에 베개를 받쳐 주고 물도 건넸다. 유채는 열로 바싹 마른 입술에 물을 축였다.

"얼마나 지났어요?"

"아직 하루도 안 지났다. 앉아 있지 말고 누워라. 오르페가 해열제도 지어놓았다. 속이 비어 있을 테니, 먹을 걸 가지고 오마."

루프스는 물수건을 올려놓아야 한다며 유채에게 다시 누우라고 권했다. 하지만 유채는 루프스의 손을 떨쳐 냈다.

"내일 떠날 거죠?"

"그 다음 날 갈 생각이다. 네 몸이 나아질 때까지 좀 더 쉬는 게 좋아."

"그냥, 내일 가요."

유채는 빨리 말 수인 일족의 땅으로 가서 일을 해결하고 싶었다. 몸은 이제 괜찮아질 것이다. 하루 정도 쉬면 나을 텐데 여기서 하루를 더 버리는 낭비는 하고 싶지 않았다.

루프스는 내일 바로 출발하자는 유채의 말에 놀랐다.

"지금 네 몸 상태가 어떤 줄이나 알고 그런 말을 하나? 열이 펄펄 끓어서 여태껏 정신도 차리지 못하고 앓고 있었는데, 여기서 움직였다가는……."

"헥터에게 막 당했을 때, 몸이 어느 정도 회복되니까 날 끌고 그 수인들 앞에 다시 세워놓았잖아요. 그런 적도 있는데, 이것도 못 버티겠어요?"

루프스는 입을 다물었다. 그때 그건 유채의 안전을 확보하기 위해 한 일이었다. 유채의 뒤에 제가 있음을 알리면 베노르 콩레수스 때와 같은 일이 없겠거니 하는 마음이었다. 하지만 그 모든 것도 결국 유채에게는 큰 괴로움이었을 것이다. 유채를 위해서라고 말을 하면서 결국에는 제 편할 대로 행동한 것이었다. 다 제 죄였다.

"미안하다."

유채는 루프스에게 잠깐 시선을 던진 뒤에 크게 기침을 했다. 루프스가 얼른 약을 준비해 주자 유채는 열이 올라서 어지러운 머리를 부여잡고 약을 먹었다.

"조금, 조금만 쉴게요."

"그래라. 편히 쉬어라."

유채는 지친 얼굴로 도로 누웠다. 그러고는 금방 잠에 들었다. 끙끙 앓는 소리를 내면서 땀을 흘리며 몸을 뒤척이는 그녀의 곁에서 루프스는 저녁 늦게까지 병수발을 들어주었다. 그것 외에는 그가 해줄 수 있는 일이 없었다.

✢

"에쿠우스 단테님께 연락이 왔습니다. 소니페스 호무스의 궁에서 수인을 보내겠다고 하셨습니다. 내일 점심쯤이면 도착할 것 같습니다."

"……다행이군."

루프스는 병사의 보고에 황급하게 보고 있던 종이를 품으로 감추었다. 루프스는 병사에게 케릭스에게 내리는 명을 전하라 하고 다시 품에 급하게 집어넣은 종이를 꺼냈다. 개 수인 궁관 세드릭이 그려서 바친 유채의 그림이었다. 잠든 모습이라 조금 아쉬웠지만 루프스는 틈날 때마다 그림을 꺼내어 보았다. 루프스는 애잔한 손길로 종이 위를 쓸었다. 손가락으로 쓸어봤자 까칠한 종이의 감촉밖에는 느껴지지 않음에도 그래도 이렇게라도 유채를 느꼈다.

"힘들면 힘들다고 할 것이지. 왜 그렇게 고집은 세서."

힘들면 잠시 멈췄다 가면 그만이었다. 소니페스 호무스에서의 일정이 그렇게 촉박한 것도 아니었다. 그럼에도 유채는 본인은 괜찮다고 하면서 강행군을 이어갔다. 유채의 몸이 온전치 않다는 것은 도저히 아픈 그녀를 케릭스 등 위에 홀로 태울 수 없어서 제가 직접 안고 가고 있었기에 가장 잘 알았다. 유채의 몸은 열로 펄펄 끓었다. 그런데도 무엇이 그렇게 급한지 고집을 꺾지 않는 이유를 알 수가 없었다.

아픈 유채를 볼 때면 루프스의 마음만 타들어갔다. 루프스는 그림 속 유채의 입술에 입을 맞추고 종이를 곱게 접어서 제 품으로 집어넣었다. 루프스는 조심스럽게 유채의 막사 입구를 들추었다. 유채는 오한에 떨고 있었다.

"뭐예요?"

유채의 까칠한 목소리에 루프스는 말로 설명해 봤자 길어질 것 같아서 행동으로 보여주었다. 루프스는 은빛 늑대로 변했다. 막사의 크기에 맞게 적당한 크기였다.

[늑대는 체온이 높다. 그러니, 정 추우면 나를 베고 자라.]

"콜록. 콜록. 당신을요?"

[내가 역겨운 것은 알지만, 아픈 것보다는 나을 것이다.]

루프스는 침대 위로 올라와 자리를 잡았다. 유채는 눈을 굴리다가 별수 없다는 표정으로 그를 베고 누웠다. 확실히 동물의 체온이 사람보다 높아서인지 금세 추위를 느낄 수 없게 되었다.

유채는 복슬복슬한 털에 몸을 묻고 담요로 몸을 칭칭 감은 채로 눈을 감았다. 열 때문에 머리가 깨질 듯이 아파왔다. 그나마 잠을 자고 있는 중에는 고통을 느끼지 못하기에 유채는 요즘 하루 종일 자기만 했다.

[이제 소니페스 호무스 안이다. 여긴 동물화로 인해서 텅 빈 마을이지. 늦어도 내일쯤이면 소니페스 호무스의 궁에 도착할 거니 조금만 더 고생해라. 궁에서 편히 쉴 수 있을 것이다.]

유채는 잠이 든 것인지 아무런 대답이 없었다. 루프스도 고개를 내리고 눈을 감았다. 본능적으로 따뜻한 것을 찾아 바르작거리는 유채가 루프스의 품으로 파고들었다. 루프스는 눈을 떠 그녀를 바라보았다. 열에 들떠서 붉어진 볼과 붉은 입술이 눈에 들어왔다. 루프스는 저도 모르게 주둥이를 그녀의 입술에 가져다 대려다가 화들짝 놀라서 머리를 내렸다. 유채에게 방해만 되지 않는다면, 털이 북슬북슬한 발을 올려서 제 머리를 때리고 싶었다.

아직도 제 욕심만 챙기려는 스스로가 한심해 죽을 것 같았다.

유채는 한결 나아진 상태로 소니페스 호무스의 궁에 도착했다. 이제는 머리도 어지럽지 않고 열도 떨어졌다. 단지 목만은 따끔거렸다.

"콜록, 콜록."

"괜찮으십니까?"

아리아가 루프스에게 물었다. 루프스는 괜찮다는 뜻으로 손을 휘휘 저었다. 자연스럽게 아리아는 멀쩡해 보이는 유채를 흘겨보았다. 아리아는 진심으로 유채가 싫었다. 그의 기침은 분명히 어제 저 암컷과 같은 막사를 쓴 탓일 것이다. 루프스를 진심으로 존경하고 충성하는 아리아는 그에게 해만 끼치는 유채의 존재가 너무나 싫었다.

"저…… 루프스님 기침약입니다."

루프스가 계속 기침을 하자 의관 하나가 기침약을 내왔다. 루프스는 단번에 쓴 기침약을 들이켰다.

"루프스님, 단테님께서 뵙자고 하십니다."

소니페스 호무스에는 궁녀보다 궁관이 더 많이 보였다. 건장한 체격의 궁관이 전하는 말에 루프스는 콜록거리면서 유채에게 말했다.

"나는 단테를 보고 와야겠다. 콜록. 괜히 움직이지 말고 들어가서 편히 쉬어라. 이 궁녀가 방을 안내해 줄 것이다."

말 수인 궁녀가 유채의 앞에서 고개를 숙였다. 루프스와 그 수행인인 케릭스와 아리아는 궁관의 안내를 받았다. 루프스의 모습이 사라지자. 궁녀가 공손하게 손짓을 했다.

"안내해 드리겠습니다, 레티티아님."

궁녀는 공손하게 두 손을 모으고 앞장서서 걸었다. 루프스가 유채의 안전을 위해 붙여준 호위 둘이 그녀의 뒤를 일정한 간격을 두고 따라왔다. 블루벨은 신기한 듯이 소니페스 호무스의 궁을 둘러보았다. 서양식과 동양식이 적당히 혼재해 있는 토스 호무스의 궁과 다르게 이곳은 서양식에 훨씬 더 가까운 모습이었다.

"유채님이랑 와서 신기한 구경 많이 하는 것 같아요."

블루벨이 유채의 팔에 매달렸다. 유채는 블루벨의 정수리를 쓰다듬었다.

"너희 일족의 땅은 어때?"

"음? 인디키움 건물 정도요? 그건 좀 신기했어요. 그 근처에서 살고 싶다는 생각도 했었어요. 어차피 떨어져서 지금은 미련도 없지만요."

"근데, 블루벨은 인디키움에서……."

유채는 싸한 기운에 잠시 주위를 둘러보았다. 뭔가 이상했다. 토스 호무스의 궁도 인적이 드문 곳이 많이 있었지만, 이렇게 사람의 흔적조차 느껴지지 않는 곳은 없었다. 호위로 붙여준 병사들도 뭔가 이상하단 걸 느꼈는지 여차하면 동물형으로 변할 태세였다. 유채는 블루벨을 보호할 요량으로 그녀를 제 옆구리로 끌어안았다. 막다른 길이 나왔다.

"무슨 짓이죠?"

유채는 자신을 여기로 안내해 온 궁녀에게 물었다. 궁녀는 아무런 표정 없이 유채를 돌아보았다.

"무슨 짓이긴. 내 명을 충실히 따라준 것뿐이란다."

유채는 뒤에서 들려오는 목소리에 소름이 돋았다. 몸을 돌린 유채의 얼굴이 창백하게 질렸다. 길을 막고 선 헤르티아의 옆에는 유채가 스티폴로르에 도착해서 처음 만난 수인인 간니오와 볼프가 서 있었다.

유채는 털이 쭈뼛 서는 기분이었다. 유채는 손을 덜덜 떨었다. 저를 윤간하려 한 둘이 눈앞에 있는데 어떻게 진정을 할 수가 있을까. 간니오는 유채의 기분을 안 것인지 기분 나쁜 웃음을 지으며 입모양으로 안녕이라고 속삭였다.

"뭐, 내가 아랫구멍을 맡고 네가 윗구멍을 맡으면 되지 않겠어?"

유채는 떨리는 팔을 감싸 안았다. 블루벨도 유채의 떨림을 눈치챈 것인지 그녀의 손을 꼭 잡아주었다.

"오랜만이구나. 내 진상품."

헤르티아가 소름끼치도록 다정한 미소를 지어 보였다. 유채는 그보다 소름끼치는 미소는 없을 것이라는 생각이 들었다.

"무슨 일이죠? 당신하고 나는 이미 볼일 끝난 사이 아니에요? 당신은 나를 루프스에게 바쳤고 나는 당신 덕에 죽을 만큼 고생했어요."

"고생도 했지만, 호강도 누렸지. 어디 루프스가 한낱 제 펠릭스 다우스에게 저렇게 서열이 높은 군인을 호위로 붙여줄까?"

유채는 뒷걸음질을 쳤다. 헤르티아의 뒤에서 나온 열 명의 수인이 유채의 일행을 에워쌌다. 말 수인 궁녀도 헤르티아의 편인지, 유채가 뒷걸음질 치자 그녀의 어깨를 움켜잡았다. 유채는 침착하게 그녀의 손을 떨쳐 내었다.

헤르티아가 유채에게 한 발짝 다가왔다. 루프스가 붙여준 호위가 그르렁거리며 동물형으로 변할 준비를 했다.

"아무리 주인을 향한 충성심이 좋다지만, 그래도 목숨 아까운 줄은 알 것 아니냐? 너희 따위가 나를 막을 수 있다고 생각하느냐?"

헤르티아가 손을 튕기자 화르륵 소리와 함께 한 늑대 수인의 옷에 불이 붙었다. 그는 화들짝 놀라서 얼른 옷을 벗어서 발로 밟았다. 헤르티아는 깔깔깔 웃으며 유채에게 한 걸음 더 다가왔다.

"무영창 마법이란다. 다른 말로는 무언 마법이라고도 불리더구나. 스펠에 아주 능통한 수인만이 오랜 수련을 통해서 영창을 하지 않고 쓸 수 있지. 아직 거기까지는 배우지 않았지? 습득력이 좋은 학생이라고는 들었는데 말이야."

"당신이 내 일상을 어떻게 알, 알아요?"

"루프스가 너를 꽁꽁 싸매서 보호를 하고 있다마는, 어디나 틈은 있기 마련이지."

헤르티아는 적당한 거리에서 멈춰 섰다. 블루벨은 유채를 보호하려는 듯이 유채의 앞으로 튀어나와서 팔을 벌렸다.

"이런. 나는 그저 대화가 하고 싶었을 뿐인데, 이런 취급을 받으니 굉장히 섭섭하네. 내가 루프스보다는 인자할 텐데, 이렇게 나오면 내가 굉장히 불쾌하지."

"대화를 하고 싶다는 사람이 이렇게 많은 인원을 끌고 와서 협박해요?"

"루프스가 너를 보내줄 리가 없잖니?"

유채는 주춤거리면서 뒤로 물러섰다. 유채의 옆으로 간니오와 볼프가 바짝 붙었다. 유채를 보호하듯이 선 블루벨이 헤르티아에게 말했다.

"헤르티아님. 지금 이건 루프스님께 전쟁을 선포하는 의미로 받아들여질 수 있습니다. 물러나 주세요."

"아가야, 전쟁을 선포하려면 말이다."

헤르티아가 블루벨의 팔목을 잡고 비틀었다. 블루벨이 비명을 질렀다.

"블루벨!"

유채가 헤르티아를 막기 위해 뛰어 나갔다. 하지만 간니오와 볼프가 그녀의 팔을 잡았다. 헤르티아는 간니오와 볼프에게 붙잡힌 유채를 바라보고 싸늘하게 웃었다. 헤르티아는 블루벨을 내동댕이쳤다.

"네 주인을 저 두 놈에게 던져 주고 에클레시아에서 못 한 것을 여기서 마음껏 하라고 했겠지. 루프스의 수하들이 지켜보는 눈앞에서 처참할 정도로 범해지는 것만큼 확실한 선전포고가 어디 있겠나."

헤르티아는 블루벨의 손목을 지그시 밟았다. 헤르티아는 블루벨의 끔찍한 비명소리를 들으며 유채를 향해 환히 웃었다.

"내가 조금 과격한 방법을 쓴 것에 대해서는 사과하마. 하지만, 이 방법 외에는 너를 만날 수가 없어서 말이지."

헤르티아는 유채와 눈을 마주했다.

"잠깐 나랑 이야기 좀 할까? 이야기만 끝나면 네 일행을 모두 곱게 보내주마."

유채는 주변을 살폈다. 헤르티아가 무슨 짓을 하려는 것인지는 몰랐으나 목표는 자신이었다. 저만 헤르티아의 말에 따른다면, 더 이상 아무 일도 없을 것 같았다. 유채는 침을 삼켰다.

"갈 테니까, 블루벨부터 치료해요."

"당연한 말이지. 간니오, 볼프."

간니오와 볼프는 유채의 양팔을 마치 죄수를 연행하는 것처럼 붙잡았다. 간니오는 유채의 얼굴을 가리고 있던 베일을 거칠게 잡아 뜯었다. 헤르티아가 데려온 다른 여우 수인들이 유채의 일행을 붙잡았다. 루프스에게 이 상황을 알리지 못하게 하려는 계략 같았다.

말 수인 궁녀는 헤르티아 앞에 서서 길을 안내하였다. 원래보다 더 깊숙한 곳에 위치한, 에쿠우스의 부인만이 기거할 수 있는 내궁이었다. 말 수인 궁녀가 문을 열자 헤르티아와 간니오, 볼프 그리고 유채만이 방으로 들어왔다. 나머지는 다른 여우 수인들의 감시를 받으며 방 밖에 붙잡혀 있었다. 미리 준비를 해놓은 것인지, 방 안에는 먹을거리와 마실 것이 놓여 있었다. 간니오와 볼프는 마치 취조실에 범인을 앉히는 것과 같은 모양새로 유채를 거칠게 의자에 찍어 눌렀다.

"손속이 거친 것은 이해하거라. 워낙 섬세하지 못한 아이들이라."

헤르티아는 유채의 맞은편에 앉았다. 간니오와 볼프는 유채의 한 걸음 뒤에서 여차하면 그녀를 어떻게 할 생각으로 서 있는 것 같았다. 헤르티아는 유채에게 음식을 권했다.

"먹지. 듣자 하니 아파서 제대로 먹지도 못했다고 해서 내가 특별히 친구에게 부탁해서 차려놓은 음식인데."

"……친구요?"

유채가 의아함에 물었다. 헤르티아는 닭고기의 다리 살을 덜어 가면서 대답했다.

"그래, 내 친구 단테. 이 소니페스 호무스의 주인이지."

헤르티아가 단테에게 부탁한 것은 세 개였다. 자신이 도착한 것을 숨겨주고 루프스를 오랜 시간 붙잡아 달라는 것과 유채와 이야기를 할 수 있도록 적당한 자리를 마련해 달라는 것. 단테는 그녀의 말을 충실하게 따라 루프스의 도착 시간을 늦춰서 이미 소니페스 호무스에 도착해 있는 헤르티아가 작전을 꾸밀 수 있는 시간을 제공해 주었다. 또, 루프스를 적당한 일로 불러내어서 붙잡아주었다. 헤르티아는 경계심 가득한 고양이처럼 날카로운 유채를 보면서 가소롭다는 듯이 웃었다.

"그래서 할 이야기가 뭐예요? 당신하고 나 사이에 할 이야기가 있나요?"

"글쎄다. 일단 좀 먹지."

헤르티아는 느긋하게 유채에게 고기 덩어리가 많이 들어 있는 스튜를 건네었다. 헤르티아는 유채가 초조해하는 것을 보았다. 나 이 어린 것들의 약점은 항상 일을 급하게 처리하려 드는 것이었다. 느긋하게 행동하는 것이 승기를 잡는 일이라는 것을 어린 것들은 몰랐다. 헤르티아는 일부러 더 여유롭고 느긋한 태도로 음식을 먹었다.

"왜? 내가 너에게 무슨 해코지라도 할까 봐? 루프스가 너를 연모하고 있음을 알아서 내가 너를 이용하려 들까 봐 무섭니?"

"당신은 그렇게 하고도 남을 사람 아닌가요? 당신이 나를 루프스에게 바친 뒤로 내 삶은 정말 지옥 같았어요."

"내가 너를 이용하려고 했다면 말이지, 너는 지금 이 자리에 앉아 있는 것이 아니라 내가 데려온 수컷들에게 붙들려 있을 것이란다. 그러니 안심해도 된다. 그리고 나도 루프스가 지척에 있는데 너를 이용할 만큼 멍청하지는 않단다."

헤르티아는 와인을 한 모금 마셨다. 유채에게도 권하였으나 그녀는 고개만 저었다.

"하지만, 네 예상은 맞다. 나는 너를 통해서 루프스를 치려고 하니까."

헤르티아는 와인잔을 내려놓았다. 늑대 수컷 놈들의 가장 큰 약점은 그들이 마음에 품은 암컷이었다. 하지만, 이건 다르게 말하면 꽤나 까다로운 약점이었는데, 웃기게도 그놈들은 제 암컷이 다치기만 해도 미쳐서 날뛰었다. 인질로 삼아서 협박까지는 가능하나, 늑대 놈들은 원체 다혈질이라 협박을 당해도 곧장 제 암컷을 구하려 했다. 합리적 판단은 어디 던져 버리는 수준이었다.

반려가 살해당하면 미쳐서 발광한다는 것도 꽤나 위험한데, 이 미쳐서 발광한다는 것은 제 목숨이 다할 때까지 원수를 향한 살육을 멈추지 않는다는 것을 의미했다. 이렇게 되면 굉장히 골치 아파지는 일이 많기에 늑대 수인의 반려를 인질로 잡는 것은 꽤나 힘든 일이었다. 잘못하면 배로 더 큰 손실을 입을 수도 있었다.

"여기서 너를 납치해서 데려간다면, 나는 루프스에게 바로 죽겠지. 이건 내가 장담한단다. 나는 루프스에 비해서 약하니, 이런 곳에서 너를 억지로 끌고 가거나 괜히 루프스를 건들게 된다면 손해 보는 것은 나지. 그러니 네 몸에 대한 걱정은 접어두어도 된

단다. 음식부터 먹어라. 배고프지 않니?"

유채는 헤르티아가 집요하게 음식을 권하는 것이 이상해 일부러 손을 대지도 않았다. 헤르티아는 그것을 흥미롭게 바라보았다.

"저는 그쪽하고 길게 이야기하고 싶지 않아요. 빨리 용건만 말해주세요."

"용건이라. 간단하지, 붉은 루비 조각을 찾고 있지 않니?"

"예?"

유채는 놀라서 자리에서 일어나려고 엉덩이를 떼었다. 그러자마자 바로 뒤에 있던 간니오와 볼프가 유채의 어깨를 눌러서 다시 주저앉혔다. 헤르티아는 유채의 반응에 만족스러워하면서 등을 편하게 기대었다. 혹시나 싶어서 떠본 건데, 이렇게 잘 넘어올 줄은 몰랐다.

"내 올케인 라일라님은 대륙에서 신녀였단다. 모종의 이유로 포트리스로 왔지만 그래도 꽤나 유능한 신녀였다고 하더군, 성력(聖力)을 쓸 수 있는 이였으니. 라일라님은 내 오빠와 결혼하며 울피누스 호무스의 궁에 있는 수장고에서 이것을 달라고 요청했지."

유채의 옆에 서 있던 볼프가 그녀의 앞에 그림을 꺼내어 보였다. 유채의 눈이 휘둥그레졌다. 리와인더의 조각이었다. 유채는 종이를 움켜쥐었다.

분명 의심 범위에 여우 일족의 땅도 있었다. 하지만, 여우 일족의 땅에서는 이상 현상이 멈췄기에 조각이 거기에 있을 가능성은 크게 염두에 두지 않았다. 유채가 고개를 들자 헤르티아는 와인을 한잔 마시고 계속 설명했다.

"내가 라일라님께 들은 바에 따르면, 그것에는 신의 힘이 깃들어 있다고 하더군, 하지만 신의 힘이 악기로 오염이 되어 있어 울피누스 호무스가 화를 입을 수 있기 때문에 자신이 가진 성력으로 정화를 하고 있다고 하셨다."

유채는 머리를 굴렸다. 유채가 올피누스 호무스를 뒤로 미룬 것은 어느 순간 동물화의 정도가 다른 일족의 땅 수준만큼으로 떨어졌기 때문이었다. 올피누스 호무스는 토스 호무스만큼이나 동물화의 비율이 낮다가 어느 순간 갑자기 상승하였고 또 별 이유 없이 가라앉았다. 그 시기가 라일라가 베니니타스와 결혼한 그때인 모양이었다.

"라일라님은 포트리스의 식량을 구하기 위해서 자신의 성력으로 동물화가 된 이들을 치료해 보겠다고 인질로 잡혀왔다가 내 오빠와 사랑에 빠진 거란다. 그러니 성력에 대해서는 의심하지 않아도 된다."

머리가 복잡해진 유채가 머뭇거리면서 입을 열었다.

"그런데, 이걸 왜 내게 알려주는 것이죠?"

"내가 가지고 있고 너는 그것을 찾고 있을 테니까."

헤르티아는 없는 물건에 대한 이야기를 그럴듯하게 꾸며내었다.

"라일라님이 암살당한 뒤, 저 물건이 없어졌단다. 내 오빠는 미친 듯이 목걸이를 찾으려 했고 결국 내가 오빠가 죽은 뒤에 유지를 이어받아서 간신히 찾았지. 늑대 수인들이 보석상에 팔아넘기고 여러 곳을 전전하던 것을 겨우 발견했단다."

헤르티아는 유채가 의심의 눈초리를 약간 거둔 것을 보고 본격적인 작전에 들어갔다.

"그것을 네게 주마."

"이것을요?"

"그래, 우리 올피누스 호무스에 온다면 네게 주마. 이게 필요하지 않느냐? 내 일을 아주 조금만 도와준다면 얼마든지 줄 수 있다. 오빠의 복수를 할 수 있으니 오빠도 라일라님도 그곳에서 마음에 들어 할 거야."

"도움이요?"

"그래, 루프스가 원망스럽지 않느냐? 너를 그리도 학대한 수인인데, 내가 너에게 그놈에게 복수할 기회를 주마. 그놈에게 죽는 것보다 사는 것이 괴로운 삶을 선사할 기회를 주겠다. 너를 고통 속에 몰아넣은 늑대 일족들을 모두 없애주마. 그러니, 나에게 협력하는 것이 어떤가?"

"내가 울피누스 호무스로 넘어가면, 나를 이용해서 루프스를 궁지에 몰 것인가요?"

"그래. 그럴 거다. 늑대 놈들은 제 암컷을 구하겠다고 뛰어올 테니 결국 내전이 일어나겠지. 물론 나에게는 네가 있으니 유리하고 말이야. 걱정 마라. 나는 네 몸은 손끝 하나 건들지 않겠다. 네가 할 일은 두 가지야. 직접 루프스에게 루프스를 배신했다는 것을 알리고 울피누스 호무스에 머무르면 돼. 내가 루프스를 잡는 동안만. 그럼 네게 그 루비 조각을 주마. 루프스는 평생 제 사랑에 배신당한 고통과 내가 그놈에게 선사해 줄 비참함을 안고 살아가게 해줄 테니. 너에게도 좋은 일이겠지."

"전쟁 때문이지. 한 번 더 전쟁이 일어나면 그 시기가 더 앞당겨질 테니 서둘러야 한다."

유채는 셀레네의 말을 떠올렸다. 전쟁이 일어나면 상황은 걷잡을 수 없어질 것이다. 그건 막아야 했다. 그리고 헤르티아의 말을 온전히 믿을 수도 없었다. 헤르티아 말대로 그것이 여우 일족의 땅에 잠시 있었다고 치더라도 지금 그게 거기에 있다는 건 확실하지 않은 일이었다. 유채는 헤르티아를 바라보았다. 저보다 나이도 많고 한 일족의 수장으로서 루프스와 적대하면서 큰 피해를 입지 않고 있는 여자였다. 저보다 똑똑하면 똑똑했지 멍청하지는 않을 것이다. 이대로 가다가는 저 여자의 말에 휘말릴 것 같아 유채는 헤르티아의 주의를 돌리기 위해 다른 말을 꺼내었다.

"왜. 당신은 루프스를 못 잡아먹어서 안달이에요?"

헤르티아는 생각하지도 못했던 말에 말문을 잃었다가 이내 웃음을 터뜨렸다.

"뭐, 루프스와 몸을 섞다 보니 이제 그에게 길들여지기라도 했나? 이거 걸작이군. 반항적이란 것도 다 쇼인가? 루프스가 다릴 벌리라고 하면 고분고분 벌리기라도 할 것 같군."

"아니요. 난 그 인간이 끔찍하게 싫어요. 근데, 난 당신도 그렇게 옳은 일을 한다고 보지는 않거든요."

헤르티아의 눈이 날카로워졌다.

"한 가지만 물어볼게요. 당신 오빠가 죽인 블랑카는 대체 무슨 죄를 지었나요? 설마 그 죄가 전대 루프스의 아내였다는 것인가요?"

"뭐?"

"베니니타스의 복수는 로보와 시카리우스에 한정이 됐어야 해요. 당신 눈에는 베니니타스가 완전무결한 사람으로 보일지라도 그는 결코 그런 사람이 아니에요. 죄 없는 사람을 죽인 살인자이지. 블랑카가 라일라를 죽였나요? 아니잖아요."

"그 입 닥쳐라. 네가 뭘 안다고 지껄이는 것이냐!"

헤르티아가 탁자를 주먹으로 세게 내려쳤다. 베니니타스는 평생 죽은 아이들과 아내 때문에 괴로워했다. 평생을 죄책감만 끌어안고 비참하게 살았다. 말년에 가서는 모든 것을 후회하며 고통스러워했다. 베니니타스는 그날 이후 살아도 산 것이 아닌 삶을 살았다.

헤르티아에게 베니니타스는 오빠 이상의 의미였다. 여우 수인 간의 권력싸움에서 부모를 잃은 두 남매는 힘겹게 살 수밖에 없었다. 베니니타스는 소년 가장으로서 헤르티아를 먹여 살리기 위해 안 해본 일이 없었다. 때로는 높은 서열의 암컷에게 몸을 팔기도 했고 높은 서열 수인 아이의 대련 상대가 되어서 온몸이 피투성이가 되어서 돌아온 적도 있었다.

베니니타스는 그렇게 번 돈으로 헤르티아를 남부럽지 않게 기르고 밑바닥에서부터 기어올라서 울페스가 되었다. 헤르티아에게 베니니타스는 오빠이자, 부모였다. 그래서 헤르티아는 평생 용서할 수가 없었다. 베니니타스를 나락에 빠뜨린 로보를, 그리고 그런 베니니타스를 결국에는 죽음에 이르게 한 루프스를.

"네가 감히 무엇을 안다고 그런 건방진 말을 지껄이느냐!"

"블랑카는 로보를 막지 못한 죄가 있다고 억지로 정당화하면, 그럼 루프스와 에리카 남매는 무슨 잘못을 했나요? 그 남매는 무슨 잘못을 했기에 어린 시절을 모두 도둑맞고 한 명은 비참한 죽음을 맞이해야 했나요?"

유채는 루프스의 비참한 시절을 동정은 했다. 하지만, 그뿐이었다. 아무리 그가 비참한 어린 시절을 가지고 있다 할지라도 그건 그거고 그가 유채에게 한 일은 별개의 일이었다. 유채는 루프스의 과거는 동정해도 그는 끔찍하게 싫었다.

"복수라는 말이 살인을 정당화해 주지는 않아요. 당신의 오빠인 베니니타스도 거기서 자유롭지는 않았죠? 로보를 죽이기 위해 라일라와 관련 없는 늑대 수인들을 죽인 것도 복수라는 미명하에 정당화될 수는 없는 거예요. 당신도 마찬가지예요."

"마, 찬가지?"

헤르티아의 목소리가 분노로 약하게 떨렸다. 헤르티아는 당장이라도 유채의 얼굴을 갈기갈기 찢어서 데리고 온 호위들에게 넘기고 겁간하라고 시키고 싶은 심정이었다. 하지만, 애써 마음을 진정시켰다. 이깟 어린애의 도발에 넘어가서 일을 그르칠 수는 없었다.

"당신의 복수에 정당함은 있나요? 장담하건대 없을걸요? 당신은 그저 분한 것뿐이에요. 오빠의 죽음이 슬픈 것뿐이에요. 그것을 다른 사람의 책임으로 전가해서 엉뚱한 사람에게 풀지 말아요. 당신도 루프스랑 다를 바……."

짝.

유채는 볼에서 불이 나는 것 같았다. 볼프가 참지 못하고 그녀의 뺨을 힘껏 내려친 것이다. 어찌나 세게 맞았는지 유채는 의자채로 옆으로 엎어졌다. 코에서 피가 흘러나오고 볼이 찢어졌다. 바닥에 머릴 찧은 탓에 어지럽기까지 했다. 볼프는 바닥에 엎어진 유채의 머리끄덩이를 잡고 몸을 질질 끌어서 상체를 일으켜 세웠다.

"감히 건방지게 헤르티아님께 그런 망발을 지껄이고 있나! 에클레시아를 침범한 죄로 죽어도 백번을 죽었을 네년을 살려주신 분께."

유채는 피가 섞인 침을 볼프의 얼굴에 뱉었다.

"당신이 할 말은 아니지 않나요? 당신 나 강간하려고 했잖아요? 그리고 헤르티아에게 고마워해야 한다고? 내가 스무 해를 살아오면서 들어온 말 중에 가장…… 아악!"

볼프가 유채의 머리채를 거칠게 잡아챘다. 유채는 머리카락이 뜯기는 감각에 비명을 질렀다. 볼프가 뒷머리를 손으로 누르자 유채는 마치 땅에 엎드려 절을 하는 듯한 자세가 되었다. 뒷머리를 누르는 손이 아프지는 않았지만, 굴욕적인 자세인지라 유채는 기분이 더러웠다.

"이게 원래 네 처지야. 밤시중으로 루프스의 총애를 받는 년에게 지금 같은 대접이 과한 줄 알아야지. 어디서 감히 헤르티아님께 말대답이야!"

볼프는 간니오의 말에 동의하면서 유채의 머리채를 틀어쥐고 몸을 질질 끌어올려서 다시 의자에 거칠게 앉혀놓았다. 헤르티아는 산발이 된 머리카락과 엉망이 된 얼굴을 보며 통쾌한 듯이 웃었다.

"그래도 손님이라고 손속에 자비는 두었구나, 볼프. 돌아가기 전에 내가 치료해서 보낼 것이라는 걸 알고 있는데도 말이야."

유채는 머리를 찧은 탓에 어지러운 시야로 헤르티아를 보았다.

"안 됩니다. 아악!"

밖에서 궁녀들과 궁관들이 비명이 들렸다. 그리고 곧 유채의 등 뒤에 있는 문이 부서지듯이 큰 소리를 내면서 열렸다. 갑작스러운 소란에도 유채는 뒤를 돌아볼 생각도 하지 못했다. 누군가 성큼성큼 들어와서 유채의 팔을 잡아서 끌어안았다. 유채는 단단하고 익숙한 품에 안겼다.

유채가 앉아 있던 의자가 헤르티아의 옆을 스쳐 지나가 벽에 부딪쳐서 박살났다.

"네년이 죽으려고 작정을 했군."

루프스는 엉망이 된 얼굴을 한 유채를 끌어안으며 헤르티아에게 이를 갈았다. 헤르티아는 루프스가 던진 의자를 가볍게 피하고 미소 지었다.

"오랜만입니다, 루프스님."

헤르티아는 제 뒤에서 박살난 의자에 가볍게 시선을 던진 뒤에 자리에서 일어나서 예를 취했다. 루프스는 부들부들 떨리는 손으로 앞에 놓인 물잔마저 집어 던졌다.

"헤르티아님!"

헤르티아의 머리에 유리잔이 부딪치곤 쨍그랑 소리를 내며 산산조각이 났다. 유리 조각 때문에 그녀의 머리 위로 피가 흘렀다. 헤르티아는 물과 피가 섞여 흐르는 것을 대충 닦고 젖어버린 머리카락도 쓸어 올렸다. 그녀의 입가에는 여전히 미소가 거두어지지 않았다.

"이 정도면, 제가 루프스님을 기만한 것에 대해 충분한 벌이라 생각됩니다."

"벌?"

루프스는 유채의 턱을 잡고 들어 올려 맞아서 부어오른 뺨을 살폈다. 얼마나 세게 내리쳤는지 충분히 짐작이 갈 정도였다. 이 작은 얼굴에 때릴 구석이 어디 있다고. 루프스는 유채의 뒤에 서 있었던 두 여우 수인을 보았다. 맞은 볼의 위치로 볼 때, 누가 범인인지 추려낸 루프스는 유채의 눈을 가리고 볼프의 머리를 움켜잡았다.

쾅. 루프스는 볼프의 머리를 그대로 잡고 탁자에 내리찍었다.

헤르티아 입가의 미소가 사라졌다. 루프스는 볼프의 머리를 탁자에 내리누르고 비틀었다. 볼프의 비명 소리가 방 안에 울렸다. 헤르티아가 무어라 소리쳤으나 이미 눈이 반쯤 돌아간 루프스는 볼프의 얼굴을 짓누르는 데만 집중했다.

"끄아악!"

볼프는 뭉개진 얼굴을 붙잡고 바닥을 굴렀다. 이마가 깨지고 코가 부러졌다. 이가 뽑히지 않은 것이 다행일 정도였다. 간니오가 볼프를 부르며 그를 부축했다.

"내가 예전에 경고했을 터인데, 나에게 속한 이들을 손대는 놈들은 가만두지 않겠다고."

루프스는 바닥을 구르는 볼프를 마치 쓰레기 치우듯이 발로 굴렸다.

"네년은 어떻게 찢어 죽여줄까? 감히 나를 기만하고 레티티아를 건드려?"

"저는 그저 대화를 하려고 레티티아를 부른 것입니다. 루프스 님께서 워낙 레티티아에 관한 접근을 막고 있으니, 어찌할 방도가 없어서 그랬습니다. 저는 레티티아에게 좋은 정보를 전해주려고 했을 뿐입니다."

"좋은 정보?"

루프스가 코웃음을 쳤다. 유채는 혹시 헤르티아가 제게 말했던 것을 루프스에게 그대로 전할까 겁을 내었다. 혹여나 저 남자에게 제가 찾고 있는 물건에 대한 소식이 들어가면 일이 정말로 꼬일 터였다. 유채는 탁자에 놓여 있던, 헤르티아가 건넸던 리와인더의 조각의 그림을 급하게 옷소매에 집어넣었다.

"별것 아닙니다. 곧 비(妃)가 되실 분께 수인들의 세력 판도는 알려드려야지요. 누가 진정한 친구이고 누가 적인지. 그런 조언 하나 드리고자 본의 아니게 루프스님을 기만하였습니다. 제가 조금 미묘한 시간에 도착한지라."

"조언을 하자고 한 것치곤 방법이 너무 거친 것 아닌가? 호위를 모두 다 떼어내고 끌고 와서 이게 과연 조언을 주는 것이라 누가 생각할 수 있지? 게다가 조언받는 이의 얼굴을 이 꼴로 만들어놓고? 날 더 이상 농락할 생각 마라, 헤르티아."

루프스가 이를 갈았다. 헤르티아는 루프스가 유채를 감추는 것을 보면서 웃음을 흘렸다.

"예의를 잘 모르는 레티티아다 보니 제게 사소한 무례를 저질렀고, 제 성실한 충복이 그에 대해 화를 주체 못 하고 무례를 범한 것 같습니다. 이정도면 적합한 처벌이지 않습니까?"

헤르티아는 유채의 곁으로 다가왔다. 루프스는 팔로 그녀를 막아섰다.

"비(妃) 되실 분에게 제 죄 갚음을 할 것이니 걱정 안 하셔도 됩니다."

헤르티아가 입매를 곱게 접었다. 그녀의 손이 유채의 얼굴에 닿았다. 붉은 기운이 유채의 얼굴을 뒤덮었다. 곧 붉은 기운이 사라진 유채의 얼굴이 상처 나기 전으로 돌아갔다. 헤르티아는 유채의 귓가에 작게 속삭였다.

"어디 한번 잘 생각해 보거라. 나는 함부로 이런 제안을 하지 않는단다. 기회는 한 번뿐이야. 그러니 무엇이 나은지 잘 재어보거라. 그리고 그동안 그 건방진 말버릇은 좀 고쳐 두고."

헤르티아는 유채의 멀쩡해진 뺨을 손가락으로 툭툭 건드렸다. 루프스의 얼음 같이 차가운 시선이 그녀를 향했다.

헤르티아는 몸을 곧게 펴고 루프스에게 고개를 숙였다. 루프스는 헤르티아를 여기서 찢어 죽일 것인가를 심각하게 고민했다. 문득 그는 시선을 내렸다. 제 소맷자락을 잡고 있는 유채의 손이 떨리고 있었다. 어제까지 열 감기를 앓다가 간신히 몸을 추스른 유채였다. 루프스는 일단은 유채를 방으로 데려간 뒤에 단테 놈과 헤르티아를 처리하기로 결정했다.

"넌 나중에 보지."

루프스는 유채를 안아 들고서 성큼성큼 걸어 나갔다. 케릭스와 늑대 수인들이 여우 수인들을 제압하고 밖에서 경비를 서고 있었다.

케릭스는 부러진 팔목에 부목을 감고 있는 블루벨을 감싸면서 헤르티아에게 분노의 시선을 보냈다. 헤르티아는 코웃음을 치며 그를 무시했다. 케릭스는 블루벨을 데려가면서 동시에 군인들에게 여기를 지키라는 명을 내렸다. 헤르티아는 의자에 다시 앉았다.

"볼프는 괜찮나?"

헤르티아의 찢어진 이마는 수인 특유의 빠른 회복력으로 서서히 나아가고 있었다. 간니오는 볼프의 코뼈를 맞춰주었다. 볼프의 비명이 방을 다시 가득 채웠다. 헤르티아는 반 정도의 성공에 아쉬워하면서 의자에 등을 기대었다. 방의 구석에서 내내 조용히 있던 레아가 나왔다. 볼프와 간니오가 그녀에게 고개를 숙였다.

"단테가 루프스를 오래 잡아둘 줄 알았는데, 이렇게 빨리 올 줄이야. 내가 그 애를 너무 과소평가한 것 같군."

"헤르티아님. 그래도 레티티아를 그렇게 다루신 것은 오히려 역효과이지 않을까요? 적당한 시점에서 볼프를 말리셨어야 합니다."

헤르티아는 차가운 웃음을 흘렸다. 헤르티아는 물 한 잔도 마시지 않았던 유채를 떠올렸다. 생각보다 영악한 암컷이었다. 이야기의 중간에 말을 돌리는 기술도 훌륭했다. 헤르티아는 턱을 비스듬하게 기울였다.

"나는 예상할 수 있는 확실한 선택지 하나가 좋아. 여러 개는 너무 신경 쓸 것이 많아서 별로야."

헤르티아는 와인을 한 모금 마셨다. 음식을 먹지 않는 것을 보면서 확실하게 깨달았다. 레티티아는 저를 신뢰하지 않을 것이다. 그렇다면 이제 그녀가 할 행동은 단 하나였다.

본래 헤르티아는 두 가지 미래를 예측하고 있었다. 첫 번째는 물건을 받는 대신 이쪽에 잠시 몸을 의탁하는 협력. 두 번째는 물건이 있는 곳을 알았으니 직접 물건을 찾으러 오는 것. 첫 번째는 당사자 간에 어느 정도 신뢰가 깔려 있어야 가능하다. 하지만 지금의 레티티아는 그럴 수 없을 게 분명했다.

신뢰라는 것은 짧은 시간 내에 쌓을 수 있는 게 아니었다. 이 소니페스 호무스에 머무르는 짧은 시간 동안 레티티아에게 신뢰를 주기란 어려울 것이다. 그렇게 되면 남은 것은 이제 하나뿐이다.

"차라리 잘됐어. 난 저 애가 나에게 당당하게 오는 것보다 도둑고양이처럼 몰래 오길 바랐거든."

볼프와 간니오는 헤르티아의 말을 이해하지 못하고 고개를 갸웃거렸다. 레아는 알았다는 듯이 고개를 끄덕였다.

"수장고의 경비를 늘리겠습니다. 언제 오든 잡을 수 있게."

"그래. 수장고에 놓은 덫으로 고양이를 잡아서 이용해야지. 안 그래?"

헤르티아가 밝게 웃었다.

루프스는 유채를 데리고 자신의 방으로 들어왔다. 이렇게 된 이상 유채를 다른 방에 둘 수가 없었다. 헤르티아가 미친년처럼 굴어서 유채에게 무슨 일을 할지 짐작을 할 수 없었다. 유채는 무슨 심각한 고민을 하는 것인지 골똘히 생각하는 표정이었다. 루프스는 유채의 앞에 한쪽 무릎을 꿇고 앉았다. 루프스는 헤르티아의 마법으로 이제는 상처가 사라진 유채의 볼에 손을 가져갔다.

"앗."

통증은 여전히 남아 있는 것인지 유채가 눈을 찌푸렸다. 루프스는 황급히 손을 거두었다.

"미안하다. 단테와 헤르티아가 친한 것은 알지만, 제 일족의 땅에 나를 들여놓고 너를 빼돌릴 생각을 할 줄은 예상하지 못했다. 헤르티아는 몰라도 단테는 선을 지키는 편이기에 이런 무모한 짓을 하리라 생각하지 못했다. 어디 더 불편한 곳은 없나?"

"없어요. 여긴 어디고 어떻게 찾아온 거예요?"

"네가 방으로 들어가면 바로 내게 와서 보고를 하기로 한 호위가 오지 않기에 수상함을 느꼈다. 그리고 단테가 평소와는 다르게 멍청하게 굴기에 나를 잡아두려고 그러는 것이라 추측하고 바로 나왔다."

막으려는 단테를 벽에 처박아두고 에쿠우스의 심복들까지 모조리 처치한 뒤에 급하게 달려갔다. 쉽게 접근할 수 없는 내궁으로 유채를 데려갔을 것이라 생각하고 달리니 예상대로 궁녀와 궁관들이 길을 방해했고, 예상지 못한 여우 수인들을 보자 눈이 돌아갔다. 그 뒤는 기억이 잘 나지 않았다. 형편없는 꼴로 망가져 있는 유채를 품에 안고서야 정신이 반 정도 돌아왔다.

"헤르티아와는 말도 섞지 말고 가까이 가지도 말아라. 네가 나에게 속한 마레 위르라, 너를 이용해서 나에게 피해를 입힐 수 있다는 생각이 들면 헤르티아는 네가 죽든 다치든 아무런 상관없이 나올 것이다. 워낙 영악해서 입에는 꿀을 담고 언제 발톱을 꺼내서 너를 찢을지 모른다. 그러니, 헤르티아와는 말도 섞지 마라."

루프스는 유채의 헝클어진 머리카락을 정돈해 주었다. 유채는 루프스의 손을 치우고 제 손으로 머리카락을 정돈했다.

"그리고 미안하다. 설마 싶었다. 너를 혼자 보내서는 안 되었는데."

"상황이 어쩔 수 없었어요. 여긴 어딘가요?"

"내가 머무를 방이다. 토스 호무스로 돌아갈 동안은 여기 머물러라. 헤르티아가 너에게 무슨 짓을 할지 모르니 내가 가까이 있겠다. 나는 바닥에서 자도 괜찮으니 몸도 안 좋은 네가 침대를 써라. 난 괜찮다."

루프스는 유채가 저를 불편해한다면 늑대가 되어서라도 이 방에 있을 생각이었다. 제 죄를 갚음에는 유채의 평안함이 기본 전제로 깔려 있었다. 유채가 괴로워할까 봐 사과조차 조심스러워진 지금에도 유채의 몸만큼은 편하게 만들어주고 싶었다. 유채가 꿈에서라도 편할 수 있다면 제 몸 하나 불편한 것은 별거 아니었다.

유채의 눈에 루프스의 오른손이 까진 것이 보였다. 루프스는 유채의 시선이 제 오른손에 닿는 것을 보고 황급히 괜찮다는 듯이 손을 흔들었다. 이건 제 잘못에 대한 정당한 대가였다.

유채는 한숨을 내쉬었다. 그리고 그의 손을 잡았다. 루프스는 당황해서 몸을 굳혔다. 유채의 부드럽고 작은 손이 제게 닿자 루프스는 순간 숨을 쉬는 것을 잊었다. 유채가 스스로 먼저 손을 뻗었다는 것에 머리가 하얗게 변했다.

"Beatitas."

유채가 시동어를 읊자 황금색 빛이 루프스의 상처에 스며들었다. 하지만 루프스의 상처는 조금의 변화도 없었다. 예상했던 상황이었다. 마력 저항력이 강해서 어지간한 마력을 쏟아 넣지 않는 이상 그의 상처는 쉽게 낫지 않았다. 루프스는 손을 거두어들였다. 루프스는 유채가 저를 걱정해 준 것에 가슴이 벅차올랐다. 품어서는 안 되는 욕심이 무럭무럭 자랐다. 루프스는 올라가려는 입꼬리를 애써 끌어내렸다.

"내 마력 저항력이 상당한 편이다. 괜히 마력 낭비하지 말고 쉬어라. 그놈들 문제는 내가 해결하마. 내일부터 일정이 바빠지니 편히 쉬는 것이 좋다. 블루벨은 걱정 말아라. 오르페가 진료 중이다."

루프스는 자리에서 일어났다. 이제 단테와 헤르티아, 두 수인들을 처리해야 했다. 그는 유채가 이곳에 지내는 동안 조금의 위험도 용납할 수 없었다.

유채는 잠시 머뭇거리다가 입을 열었다.

"저, 당신은 베니니타스와 마지막으로 만났을 때 어떤 기분이었어요?"

"……복잡했다. 내 아버지를 죽인 수인지만, 내 스승이었던 분이니. 한마디로 정의하기가 힘들어. 분노인지, 슬픔인지, 희열인지 구분이 가지 않아. 하지만 분명한 것은 베니니타스를 죽이고 난 한없는 슬픔을 느꼈었다."

루프스의 얼굴이 한 십년은 늙어 보였다.

"그래서 헤르티아를 함부로 쳐 내지 못해. 정치적인 이유도 있지만, 베니니타스가 생각나서. 벤자민, 프리드, 그리고 라일라님이 생각나서 도저히 쳐 낼 수가 없었다."

변하기로 하고 나서 자신의 뒤를 돌아보았다. 그제야 제가 그때 품었던 감정이 무엇이었는지를 알게 되었다. 헤르티아가 제 목숨을 노리고 있음에도 가만히 두었던 이유는 얼마 되지 않는, 남아 있는 제 찬란했던 유년시절의 증거이기 때문이었다. 정치적인 이유는 그저 핑계일 뿐이었다. 바실리사가 저를 라이라 불러도 화를 내지 않았던 것도 그것이었다. 그때가 그리운 것이다. 그 찬란했던 시절이 그리워서 어떻게든 붙잡고 싶었던 것이다. 겉으로는 그 시절을 버린 척했지만 진심은 그게 아니었다. 루프스는 유채를 가만히 응시했다.

잊고 살았던 모든 것을 떠올리게 해준 것은 유채였다.

유채에게 못할 짓을 정말로 많이 한 한심한 놈인 주제에 그녀에게 받은 것들은 너무 값진 것들이었다. 루프스는 유채에게 한없이 미안해졌다. 제가 연모하는 이에게 무엇 하나 편히 해줄 수 없는 자신이 정말로 비참했다.

"덕분에 별로 많이 안 다쳤어요."

유채는 엉망이 된 머리끝에 매달린 천을 풀었다. 그리고 루프스의 손에 감아주었다. 루프스는 그 모습을 황홀하게 바라보았다. 이렇게 대해주면 계속 욕심을 내게 된다. 용서받을 수 있다고 착각하게 된다. 하지만 저는 그런 욕심을 품기에는 너무 부족한 이였다. 루프스는 스스로에게 조소했다. 아직은 더 벌을 받아야한다. 힘들더라도 유채의 책망을 받는 것이 옳았다.

유채가 손을 거두었다. 루프스는 제 손에 어설프게 감겨 있는 천에 두둥실 뜨는 것 같은 기분이 들었다.

"나가서 그 둘을 처리하고 오겠다. 블루벨은 치료가 끝나는 대로 올 것이니, 안전이 확보될 때까지만 둘이 이곳에 있어라. 필요한 것이 있으면 케릭스에게 말해두고."

"알았어요."

유채는 루프스가 나가는 것을 지켜보고 침대로 쓰러졌다. 그리고 헤르티아의 말을 곱씹었다. 헤르티아가 진실을 말했다고 장담할 수가 없었다.

아직 시간은 있으니 돌다리도 두들겨 보고 건너랬다고, 일단 계획한 대로 소니페스 호무스를 뒤지기로 마음먹었다. 모든 자료를 조합해 본 결과 리와인더의 조각이 있을 만한 곳은 소니페스 호무스와 그곳의 수장고밖에 없었다. 그렇게 해도 찾지 못하면 헤르티아의 말을 믿어보는 수밖에 없었다.

"손속에 자비를 두었다, 라. 하."

유채는 헛웃음을 흘렸다. 만일 정말 헤르티아가 그것을 가지고 있다고 해도 제게 그것을 순순히 내어놓을까? 헤르티아는 분명히 그것을 무기로 저를 이용하려 할 것이고, 그로 인해 어쩌면 전쟁이 일어날지도 모른다. 그것이야말로 최악의 상황이었다.

헤르티아가 그 조각을 정말로 준다는 확신도 없고, 정말로 가지고 있다는 확신도 없었다. 그저 헤르티아가 보여준 그림이 증거의 전부였다. 헤르티아가 어떤 수인인가. 오늘 저를 대한 것만 보아도 그녀가 저를 어떻게 생각하는지는 안 봐도 비디오였다.

'근데, 정말 헤르티아가 가지고 있으면 어떻게 하지.'

유채는 손등에 새겨진 권능의 표식을 보았다. 지도만 있으면 올피누스 호무스의 궁으로는 이동할 수 있다. 하지만 문제는 수장고였다. 제아무리 루프스라도 그런 곳의 위치나 구조에 대한 지도까지 가지고 있을 리가 없었다. 무턱대고 들어갔다가 붙잡히기라도 하면……. 유채는 머리를 헝클어뜨렸다. 다른 단서가 하나 생겼건만 일이 더 복잡해지는 느낌이었다.

"유채님!"

블루벨이 붕대를 감은 손을 흔들면서 들어왔다. 오르페가 조심하라고 외치는 소리에 블루벨은 알았다고 대꾸를 하고 유채의 무릎에 달려들었다. 블루벨의 토끼 귀가 축 늘어졌다.

"죄송해요. 제가 너무 약해서. 제가 지켜 드렸어야 했는데."

"아니야. 괜찮아. 블루벨, 팔목은 괜찮아?"

"예! 오르페님이 봐주셔서 멀쩡해요. 오르페님이 잠깐만 조심하라고 부목을 대어주신 것이지 뼈는 멀쩡해요. 조금 아픈 것을 제외하면요. 유채님은요?"

"나도 괜찮아. 다행이다, 블루벨."

블루벨이 유채의 미소에 기분이 나아진 것인지 제 귀를 쭉 옆으로 늘렸다. 그리고 부끄럽다는 듯이 얼굴이 붉어졌다.

"아! 이럴 줄 알았으면 유채님께 인디키움 시험 얘기는 말하지 말걸 그랬어요. 엄마가 넌 인디키움의 망신이라고 깔깔깔 웃을 것 같아요."

유채의 머릿속에 문득 한 가지 생각이 스쳐 지나갔다.

"블루벨, 너희 어머니가 인디키움에 근무하셨다고 했지?"

블루벨은 갑자기 유채가 자신의 어깨를 잡으니 놀라서 옆으로 늘이고 있던 귀를 놓았다. 마치 고무줄처럼 제 위치로 돌아가려는 귀가 블루벨의 양 볼을 때렸다. 블루벨이 화들짝 놀란 얼굴로 볼을 움켜쥐고 그 자리에 주저앉았다. 유채는 시트콤에서나 볼 법한 황당한 사고에 웃음이 터졌다.

"푸하하하!"

"우엥. 유채님! 저 아파요!"

블루벨도 이 상황이 어이가 없는지 울상을 지으면서도 동시에 웃었다. 블루벨의 귀는 어느새 쫑긋 올라갔다. 유채는 마치 고무 줄 같은 블루벨의 귀 덕분에 한참을 깔깔대면서 웃었다. 블루벨도 마찬가지였다. 사람 기분이 참 간사한 것이 좀 전까지 좋지 않은 일을 당해서 우울했던 기분이 이렇게 통쾌하게 웃었다고 금방 풀렸다. 유채는 눈가에 고인 눈물을 닦아내면서 물었다.

"블루벨 같은 딸을 둔 엄마는 상당히 고민이 많겠어. 딸이 너무 귀엽기는 한데, 어디 내놓았다가 사고라도 칠까 봐 두려울 것 같아."

"음. 유채님 저희 엄마 같아요. 저희 엄마도 그런 소리 진짜 많이 하셨거든요. 엄마는 인디키움의 전설로 통하는데, 너는 어디 나사 백 개는 빠진 듯하게 군다고."

"인디키움의 전설?"

"원래 저희 엄마가 허풍이 좀 심하세요. 인디키움에 근무하시면서 웬만한 곳은 다 몰래 잠입해 보셨대요. 심지어는 토스 호무스의 궁에, 이니투스님의 물품을 숨겨놓았다는 곳도 들어가 보셨다지 뭐예요. 어차피 허풍이 반인 분이시라 진지하게 생각하시면 안 돼요."

"진짜 실력일지도 모르잖아."

"설마요. 우리 엄마 같이 괄괄하신 분이 어떻게 레푸스 트레모르님과 한 팀이었겠어요. 엄마는 아직도 비 오면 술 한잔하시면서 트레모르님의 자리는 엄마가 다 만들어준 거라면서, 트레모르는 자길 업고 이 스티폴로르를 돌아도 은혜를 갚을 수가 없다고 술 주정을 하시는데, 보는 제가 다 민망하다니까요. 같이 사시는 까마귀 수인 아저씨들도 엄마가 그런 내용으로 술주정 부리면 입부터 막으세요."

"매번 생각하지만 정말로 블루벨의 어머니는 세상을 유쾌하게 사시는 분 같아."

유채는 도저히 블루벨이 들려주는 이야기로 카넬리안이 어떤 여자인지 상상할 수가 없었다. 블루벨의 말에 따르면 키가 크고 늘씬하면서 눈 쪽에 긴 흉터가 있고 항상 삐딱하게 서서 팔짱을 끼고 까마귀 수인들을 머슴처럼 부려먹는다고 했다. 도저히 블루벨과 연관 지어서 떠올릴 수 없는 인상이었다. 블루벨이 순수한 소녀 같은 이미지라면 카넬리안은 알 거 다 아는, 뭔가 퇴폐적인 느낌이 물씬 풍기는 언니 같았다. 블루벨과 정반대의 이미지였다.

"뭐 그렇게 유쾌하게 사시지는 않아요. 예전에 크게 잘못하신 게 있다고 그 잘못을 바로잡겠다고 항상 바쁘신 분이거든요. 좀 괴짜인 구석이 있으신 분이지만, 저는 저희 엄마가 좋아요. 인디키움 출신에 성격도 시원시원해서 마을 사람들도 저희 엄마를 좋아해요."

"블루벨의 엄마라면 나도 좋아할 것 같아."

"엄마도 유채님 마음에 들어 하세요. 제가 이따금 편지 쓸 때마다 유채님 이야기를 했는데, 엄마가 언제 한 번 은혜 갚고 싶다고 만나자고 하세요."

유채는 블루벨을 무릎 위에 앉혔다. 어쩌면 블루벨 어머니의 도움을 받으면 헤르티아의 수장고에 들어갈 수 있을지도 모른다. 인디키움에 있었다면 분명히 한 번쯤은 그런 곳에 갔을지도 몰랐다. 만일 정말 소니페스 호무스에 루비 조각이 없고 헤르티아의 수장고에 들어갈 일이 생긴다면, 블루벨의 어머니가 다음 대안이 될지도 모른다. 유채는 머릿속으로 그동안 생각했던 작전을 약간 수정했다.

　살기등등한 루프스가 걸어가자 궁녀들과 궁관들이 지레 겁에 질려서 바닥에 납작하게 엎드렸다. 루프스는 발소리를 쿵쿵 울리면서 걸었다. 머릿속으로는 헤르티아와 단테 둘을 어떻게 처리해야 잘했다는 소리를 들을 수 있을지 고민했다. 다른 한편으로는 헤르티아와의 관계 개선에 대한 고민도 있었지만 지금은 유채의 일을 갚아주는 것이 먼저였다.

　루프스의 기세에 눌려서 감히 누구도 그를 막으려 하지 못하는 가운데 한 말 수인 궁녀가 용감하게 그의 앞에 엎드렸다. 용기를 많이 냈기는 했지만, 그래도 무서운 것인지 목소리가 떨렸다.

　"에, 에쿠우스님, 님께서 찾, 찾으십니다. 오, 오해가 있으신 것 같다고."

　"오해?"

　루프스는 헛웃음을 지었다. 궁녀는 저에게 날아올 다음 말이 두려워서 몸을 떨었다. 루프스의 잔혹함에 대해서는 능히 알고 있었다. 예전, 피투성이 루프스라 불리던 시절 발란테스 카르멘이 뭘 잘못해 놓고 사과랍시고 제 아래 수하를 보내자 그 수하를 피떡으로 만들었다고 했다. 아무도 나서지 않아서 앞장서서 오기는 하였으나, 사실 두려워 죽을 것 같았다.

　"안내해라."

　루프스는 잇새로 말을 뱉으며 주먹을 꽉 움켜쥐었다. 유채 말대로 죄 없는 이들이었다. 언제까지 제 화풀이 상대로 그들을 괴롭힐 수 없는 것이었다.

"예?"

"안내하라 하지 않았나?"

말 수인 궁녀는 그 말을 듣고 벌떡 일어났다. 그녀는 앞장서서 걸으면서 루프스의 기분이 좋은 것인지 나쁜 것인지를 끊임없이 확인했다. 혹여 갑자기 기분이 나빠져서 저에게 무슨 짓을 할까 겁이 났다.

루프스는 궁녀는 신경 쓰지 않고 유채를 지키면서 동시에 헤르티아와 단테를 막을 방법을 궁리했다. 대화로 해결해 보기로 했다. 두 번의 전쟁은 있어선 안 된다. 그러니 어떻게든 저들의 마음을 돌려야 했다. 사실 단테는 상관없었다. 단테는 헤르티아를 사랑했고, 그렇기 때문에 그녀를 돕고 있는 것이었다. 헤르티아만 설득하면 된다.

루프스가 여러 가지를 궁리하는 사이에 궁녀는 어떤 방문을 열었다.

"오셨습니까?"

단테가 자리에서 일어났다. 단테는 우람한 근육을 가졌고, 수인치고도 엄청나게 큰 키의 소유자로, 루프스가 올려다봐야 하는 몇 안 되는 수인이었다. 까무잡잡한 피부에 긴 검은 머리를 단정하게 묶은 단테는 천생 무인이었으나 본질은 학자에 더 가까웠다. 말 수인 일족이 동물화를 겪으면서도 고양이 수인 일족보다 덜 심각했던 이유는 단테의 적절한 정책 때문이었다.

루프스는 주위를 둘러보았다. 헤르티아는 없었다. 루프스는 단테의 멱살을 움켜쥐었다.

"오해를 논하기 전에 헤르티아부터 불러와야 하는 것이 아닌가?"

"제 손님인지라 제가 책임지겠습니다."

"잘난 사랑이군."

루프스는 단테를 멱살을 잡았던 것을 힘을 주어 뿌리쳤다. 뒤로 밀려났던 단테는 옷깃을 털고 루프스에게 자리를 권하였다. 루프스는 불편한 심기를 그대로 내보이며 자리에 앉았다. 단테가 직접 나섰다는 것은 헤르티아에게 가는 길을 막겠다는 뜻이었다. 아마 헤르티아는 이미 피신했을 확률이 높았다.

"그리도 헤르티아를 돕는 이유가 참 눈물겹군."

"루프스님도 마찬가지이지 않습니까? 레티티아를 위해서 벌써 몇 명과 척을 지셨습니까? 저 역시 마찬가지입니다."

루프스는 사실 단테를 상대하기 힘들어했다. 그는 저를 괴롭힌 이의 형이었고 제 과거를 알고 있는 이였다. 또한 단테의 동생을 죽인 것은 저였다. 루프스는 에리카의 복수를 한 것을 후회하지 않았다. 드미트리 패거리는 제가 죽여도 골백번을 죽였을 놈들이었다. 하지만, 단테는 카르멘처럼 제게 이빨을 드러내도 이상하지 않을 위치에 있었다. 그럼에도 그는 항상 저런 평온한 얼굴을 하고 저를 맞이하는데 불편하지 않으면 이상한 것이었다. 단테는 아직도 부어오른 얼굴을 하고 있었다. 초식 동물 계열 수인들은 회복력이 육식 동물 계열보다 느린지라 단테의 얼굴은 아까 얻어맞은 그대로였다.

"개소리 지껄이고 앉았군. 그래, 그렇다고 치지. 하지만 이번 일은 도가 지나쳤다. 도대체 레티티아가 무슨 죄가 있다고 그렇게 엉망을 만들어놓아야 했나?"

"원래 복수에 대상은 상관없는 겁니다. 언제나 자신이 옳은 것이고 자신의 공격은 정당한 것이 됩니다. 스스로를 피해자라고 생각하니까요."

단테는 루프스의 얼굴을 마주하는 것이 어려웠다. 죽은 제 동생의 마지막이 떠올라서 괴로웠으며 동시에 루프스가 말했던 동생의 못난 짓이 머릿속에 울려서 괴로웠다. 단테는 루프스를 바라보았다. 동생이 했던 일은 형이라고 해도 옹호할 수 없었다. 그랬기에 더 착잡했다. 동생을 관리하지 못한 제 자신이 너무나도 한심했다. 단테는 그 복잡한 감정을 억눌렀다. 지금은 그저 헤르티아의 일을 돕는 것뿐이었다.

"이번 일을 그냥 넘어가 주시면 제가 반드시 보답하겠습니다."

"보답?"

루프스가 눈을 좁혔다. 단테가 조용히 입을 열었다.

"개인적으로 레티티아 양을 불쌍하게 생각합니다. 그 나이에 가족과 떨어져 이 험한 곳에서 평생 한 번 겪기도 힘든 일들을 수없이 경험했습니다. 제게 마레 위르에 대한 혐오감이 있나 없나의 문제가 아닙니다. 단지 수인으로서 가질 수밖에 없는 당연한 동정심에서 나온 것입니다."

루프스는 단테의 말에 입안의 살을 깨물었다. 제 스스로의 잘못은 자신이 가장 잘 알고 있었으나 남에게 그에 관해서 듣는 것은 썩 기분이 좋지가 않았다. 루프스는 절로 숙연해지는 기분이었다. 제가 유채에게 한 잘못이 더 많은데 과연 제가 단테나 헤르티아에게 성질을 부릴 수 있나 의문이었다.

"만일 헤르티아가 레티티아 양을 노린다면 제가 막아드리겠습니다. 이번 일은 단지 헤르티아가 대화를 하고 싶다고 해 자리만 마련한 것이었습니다. 헤르티아가 레티티아 양에게 해를 끼치게 될 것 같으면 제가 막겠습니다. 무슨 일이 있더라도 제가 막을 테니 부디 이번 일은 넘어가 주시기를 간곡히 부탁드립니다. 소니페스 호무스에서의 안전은 제가 보장하겠습니다."

"내가 너를 어떻게 믿지? 너는 헤르티아가 속살거리기만 하면 금방 그 약속을 헌신짝처럼 버릴 것이지 않나?"

"루프스님, 저도 수컷으로서 긍지는 가지고 있습니다. 부디 제 진심을 폄하하시지는 말았으면 합니다. 저희가 악연으로 얽혀 있기는 하지만, 그래도 제가 어떤 이인지는 알고 계시지 않습니까?"

단테는 신경질적으로 책상을 두드리고 있는 루프스의 손가락을 보았다. 평소라면 지금쯤 뭔가 하나 날아와도 진작 그랬어야 했다. 루프스에게 들켰을 때, 사실 단테는 그와 큰 싸움까지 각오했었다. 하지만, 그는 이를 갈면서도 빨리 방을 빠져나가려고만 했다. 제가 루프스를 말렸기에 그가 제게 주먹질을 한 것이었다.

미래 따위는 없다는 듯이 살던 그가 변했다. 이게 긍정적인 것일지 부정적인 것일지는 알 수 없었지만, 단테는 이기적이게도 이런 루프스의 모습이 헤르티아를 조금이라도 설득해 주기를 바랐다. 헤르티아가 그 지옥불에서 빠져나오기를 간절히 바랐다.

"레티티아는 내가 지어준 이름이고 본명은 유채다. 한유채. 몇몇 마레 위르들처럼 성이 있는 이름이더군. 한이 성이고 유채가 이름이라고 했어."

단테는 루프스의 말에 고개를 들었다.

"그 이름으로 불러라. 토스 호무스에서 나는 노란색 들꽃 이름에서 딴 거라고 하던데, 생긴 것과도 잘 어울리고 예쁜 이름이다."

몇 번을 연습해 봤지만, 그녀의 앞에서는 도저히 유채라고 불러줄 수가 없었다. 그렇게까지 불러 버리면 영영 볼 수 없을 것만 같았다. 유채라고 불러 버리는 그 순간에 그녀가 바람에 실려서 제 앞에서 영영 사라질 것 같았다. 유채라 부르고 싶어서 가슴이 벅차올라도 그녀가 흩어져 사라질 것 같아서 이를 깨물고 부르지 못했다. 자신은 겁이 나서 도저히 불러줄 수 없는 이름이었다. 그러니 다른 이들에게라도 그 예쁜 이름을 많이 들었으면 하고 바랐다.

"그리하겠습니다."

단테는 루프스가 저의 말을 믿는다는 말을 그렇게 돌려 했다는 것을 알았다. 비스듬히 앉아 있던 루프스가 말을 꺼내었다.

"이번 일은 넘어가지만, 볼프였던가? 그놈에게 똑똑히 전해라. 비슷한 일이 또 일어나면 그땐 네놈의 머리는 내가 친히 갈기갈기 찢어주겠다고."

"그렇게 전하겠습니다. 감사합니다."

루프스는 고개를 숙이는 단테의 모습을 바라보았다. 헤르티아로 인해서 위험한 것은 저 하나로 족했다. 유채는 그저 그가 사랑한 모습 그대로 있기를 원했다. 제가 유채를 사랑하고 있다는 이유 하나만으로 그녀가 타인으로 인해서 괴롭지 않기를 원했다.

제 한 몸을 불태워서 지켜주어도, 제 마음이 바스러져 재가 되어도 그녀는 한 번도 저를 돌아봐 주지 않을 것을 루프스도 알고 있었다. 이 천을 제 손등에 감아준 것도 그제 제 죄책감을 덜기 위해서, 저와 채무관계를 만들지 않기 위해서 한 행동일 뿐 저에게 마음을 내어준 게 아님을 분명하게 알았다. 스스로를 위로하기 위해서 그랬을지도 모른다는 희망을 가졌다. 하지만 유채는 그럴 리가 없었다.

유채가 자신의 품에 있는 동안 만큼은 안전해야 했다. 아무리 그가 강하다 할지라도 신은 아니었다. 유채에게 닥친 위험을 제때에 알아차리지 못할 수도 있었다. 그러니 지금은 제 고집을 접어야 했다. 헤르티아와 단테에게 보복을 하고 싶어도 참아야 했다. 단테가 마음에 들지는 않지만, 신의는 있는 수인이었다. 제가 한 말은 그대로 지키는 수인이니 유채가 안전할 수 있다면 자존심은 내려놓고 단테에게 한 수 접는 것이 옳았다.

"감사는 받지 않지. 그럼 지금부터 동물화 관련 시찰에 관한 일정을 다시 짜기를 원한다."

단테는 유해진 루프스를 바라보았다.

사랑이란 것은 수인을 변화시켰다. 빌어먹을 방식이든지 아니면 좋은 쪽이든지. 뭐, 자신도 예외가 아닌 주제에 이것을 논하는 것은 굉장히 어리석은 일 같았다.

✿

"형~님! 내 색시는 언제 데리러 갈 수 있소?"

알폰소가 덩치에 안 맞는 애교를 부리면서 음식을 차리고 있는 헤임달에게 들러붙었다. 헤임달은 숟가락으로 알폰소의 머리를 내려쳤다. 알폰소는 숟가락으로 맞아서 부어오른 이마를 문질렀다.

"어울리지도 않는 애교는 그만 부려라."

"내 그럴 줄 알았다니까. 알폰소 오빠, 그놈의 색시 타령 좀 그만해. 일이 잘 끝나야 색시든 뭐든 생기지."

"넌 남자의 마음을 몰라. 가슴을 선득하게 만드는 미인을 만났고 그 미인을 얻을 수 있는 기회가 생겼는데 내가 얼마나 안달이 나겠니."

"삼촌, 진짜 병신 같은 거 알아?"

세라가 비웃자 알폰소는 노발대발 화를 내면서 그녀와 싸우기 시작했다. 헤임달은 종종 일어나는 일인지라 이제는 넌더리가 난다는 표정을 지었다. 헬라는 생선을 넣어서 끓인 스튜를 냄비째로 들고 오면서 헤임달에게 물었다.

"그래서 오빠, 라일라의 목걸이는 어디다 쓰려고."

헬라는 제 목에 걸린 목걸이를 힐끔거렸다. 헤임달이 나중에 필요할 때 가져가겠다고 헬라에게 말했기 때문에 아직 라일라의 목걸이는 그녀에게 있었다. 최근 대륙에 갔다 온 헤임달이 고급 사파이어 목걸이를 사왔지만, 이상하게 헬라는 이 싸구려 루비 목걸이가 더 좋았다. 헤임달이 목걸이를 필요로 한다는 것은 알았으나 그것을 어떻게 사용할 것인지는 듣지를 못하였다.

헤임달은 스튜를 그릇에 담기 시작했다.

"란텔에게 헤르티아가 소니페스 호무스로 갔다는 이야기를 들었지. 헤르티아의 눈을 피해서 란텔이 행동하기가 더 수월해졌어. 란텔이 라일라의 죽음을 조사하기 위해서 라일라의 사망 장소를 찾아간 하워드 형제를 죽이는 데 성공하면 말이야, 우리는 다음 작전에 들어갈 거야."

"무슨 작전?"

"당연히 렉스 놈이 분노를 하겠지? 렉스 놈은 하워드 형제와 성향이 다르지만 그래도 그들을 엄청 아끼거든. 그러니 하워드 형제의 복수를 위해서 루프스와 전쟁을 해야 한다고 할 거야. 그럼 우리는 또 다른 바람을 하나 잡아야지."

헤임달은 스튜 그릇을 각자의 자리에 놓았다.

"대륙에서, 전쟁 초창기에 한 영주가 어느 가족의 비극적인 죽음으로 여론을 선동해 자발적으로 입대한 영주민들을 모아서 전쟁에 참여했지."

그 영주가 지금의 베르나도테 공작의 선조였다. 베르나도테 공작이 대륙에서 가장 큰 세력을 차지한 것은 바로 그 엄청난 자원병의 수에서 기인했다. 헤임달은 이제 막 몸을 푼 레이라를 떠올렸다. 레이라는 본래 사냥꾼이었고 포트리스에서도 강한 편이었지만 지금은 막 아이를 낳은 여자일 뿐이었다. 그러니 지금이 기회였다.

"하워드 형제는 포트리스 사람들의 사랑을 받고 있으니 그들의 죽음에 복수를 해야 한다는 여론이 들끓겠지만 전쟁을 원하지는 않을 수도 있어. 그러니 우리는 그들이 전쟁을 원하게 만들 거야."

"설마 오빠, 레이라를?"

"그래. 레이라를 자살로 위장하는 것이지. 정말 좋은 얘깃거리 아니냐? 깨소금이 쏟아지는 신혼부부. 막 사랑을 결실을 맺은 젊은 부부에게 닥친 비극적인 최후. 남편의 사망 소식을 듣고 절망하여 어린 젖먹이를 남겨두고 목숨을 끊은 젊은 부인. 사람들의 마음을 자극하기에 충분한 소재지."

레이라는 프레드릭의 죽음에 슬픔에 취해 있어 경계가 덜할 것이었다. 그러니 그사이에 레이라의 집에 들어가 목을 졸라 죽이고 그녀가 스스로 목을 맨 것처럼 위장하면 된다. 마침 레이라의 집에 들어간 식모 소녀가 하나 있으니 그 아이가 최초 발견자가되어주면 금상첨화였다.

"그러고 나서 어떻게 할 거야? 전쟁이 일어났어. 그 뒤의 대책이 있어야지?"

헬라는 십사 년 전을 떠올렸다. 그때도 헤임달의 계획대로 전쟁이 일어났었다. 헤임달 일가는 펠레스 호무스로 들어가 프레눔을 채굴해서 그것을 대륙으로 가져가 공작에게 바쳤다. 그렇게 공작의 신뢰를 얻고 부를 쌓았다.

헤임달은 전쟁 동안 포트리스와 수인들이 스스로 자멸하기를 원했다. 서로를 죽이면서 세력이 약해지기를 원했다. 하지만 그의 기대와 달리 루프스라는 걸출한 강자가 나타나 생각보다 빠르게 내전을 정리하고 스티폴로르에 안정을 불러왔다. 그리고 그렇게 이어지던 불안한 평화는 한 소녀의 등장으로 깨졌다. 그러니 지금이 몇 안 되는 기회였다.

헤임달은 헬라의 목에 걸린 루비 조각을 가리켰다.

"난 그걸 이용해서 수인들과 포트리스 사람들을 몰살시킬 거다."

"몰살? 이걸로 어떻게?"

"조사를 좀 해보니 그 안에 엄청난 마력 같은 것이 들어 있더군. 그러니까 그 마력을 이용해서 거대한 폭발을 일으킬 거야. 수인들과 포트리스의 사람들이 전면전을 하게 되면 그때 펑 터뜨리는 것이지."

헤임달은 팔을 크게 벌렸다.

"그렇게 끝이 나면 내 복수도 매듭지을 수 있겠지."

헤임달은 낄낄거리며 웃었다. 헬라는 자신의 오빠를 연민의 눈으로 바라보았다. 원래 이렇게 악독한 사람은 아니었다. 대륙에서 살 때는 의사였던 그는 가난한 사람들을 무료로 진료해 주고 남을 도우며 살아가는 소박한 사람이었다. 생계가 어려워져 사냥꾼 일까지 하게 되었어도 의사로서의 긍지는 포기하지 않고 생명을 소중히 여기던 그런 오빠였다. 그런 그가 변한 것은 그때 사건 때문이었다.

아직도 오빠의 절규가 귓가에 맴돌았다. 목이 꺾여서 죽은 부인과 아들, 딸들을 부둥켜안고 울던 오빠를 아직도 기억했다. 그는 미쳐 돌아가던 대륙의 피해자였다. 헤임달은 범인을 알아도 조금도 보복을 할 수 없었다. 그의 부인과 자식들을 죽인 것은 발루아 백작의 심복인 오를레앙 남작이었다. 현재 대륙은 베르나도테 공작과 발루아 백작이 승기를 잡고 있는데, 헤임달이 베르나도테 공작에게 붙은 것은 오를레앙 남작에게 복수를 하기 위함이었다.

베르나도테 공작은 당연히 프레눔에 흥미를 보였다. 베르나도테 공작의 골칫거리가 바로 발루아 백작의 사생아였다. 그는 에어리얼 대지의 소유자이자 강력한 마법사로, 홀몸으로 전쟁의 승기를 뒤엎는 맹장이었다. 마법사를 막을 수 있는 유일한 대응책이 바로 프레눔이기에 베르나도테 공작은 그에게 약속했다. 프레눔만 제게 가져다준다면, 얼마든지 발루아 백작의 심복인 오를레앙 남작을 죽여주겠다고. 그렇게 헤임달은 제 복수를 위하여 스티폴로르를 망가뜨리기로 했다. 의사로서의 신념, 그런 것은 이미 버린 지 오래였다.

"이제 조금 남았어. 이번 일만 성공하면 그 찢어 죽여도 시원치 않을 오를레앙 놈을 죽여 버릴 수 있어."

헤임달이 중얼거렸다. 아내가 그렇게 비참하게 죽어가는데, 그는 아무것도 할 수 없었다. 그는 오를레앙 남작의 말에 속아서 아내가 죽어가는 것을 몰랐다. 그는 한 번도 그 자신을 용서한 적이 없었다. 그는 아내를 위해서, 아이들을 위해서 악마, 아니, 그 이상의 것도 될 수 있었다. 학살자라 불려도 된다. 지옥에 떨어져도 상관없었다. 그는 그의 복수만 완성할 수 있다면 그만이었다.

오를레앙 남작에게 죽음보다 더 비참한 고통을 선사할 수 있으면 그만이었다.

✤

　루프스는 단테와 일정을 다시 논의하였다. 헤르티아도 이곳에 온 명분은 있었다. 올피누스 호무스도 포트리스 접경지역과 조금 떨어진 곳에서 동물화가 진행되기 시작했다는 것이었다. 헤르티아 역시 소니페스 호무스의 모습을 보고 제 땅의 해결책을 찾으러 온 것이라는 명분을 둘러대었다. 루프스는 헤르티아가 따라올 것이라는 생각에 머리가 지끈거렸다. 유채를 보호해야 하고 동시에 동물화로 고통받는 수인들의 분노를 진정시켜야 하고 그 대책에 대한 실마리도 찾아야 한다.

　"일단 민심 진정이 우선이 되겠군."

　이미 동물화로 괴멸된 마을 옆에 있는 곳을 가장 먼저 방문할 예정이었다. 그는 유채가 따라오지 않았으면 했지만, 혹시 제가 없는 곳에 남겨 두었다가 헤르티아가 그녀를 납치할 것이 겁이 났다. 게다가 소니페스 호무스는 올피누스 호무스에 너무 가까웠다. 위험하더라도 제가 바로 옆에서 지키는 것이 나았다.

　"하아."

　루프스는 제 방의 문을 열었다. 유채는 침대 기둥에 몸을 기대고 졸고 있었다. 유채가 침대에서 편히 잠이 들지 못하고 저러고 있다는 것은 아직도 저를 경계하고 있다는 뜻이었다. 루프스는 유채를 안아 올려서 침대 위에 편하게 눕혀주었다. 유채의 검은 머리카락이 마치 고운 비단처럼 넓게 펴졌다.

　루프스는 유채의 얼굴을 쓸었다. 왜 신이 루비 조각을 찾으라고 요구했는지는 알 수 없었다. 그러나 유채가 이곳에 따라온 이유는 알았다. 유채는 이곳에서 조각을 찾을 수 있을 거라고 여기는 것 같았다. 루프스는 유채에게 제가 그 조각을 찾고 있으니 조금만 기다려 주면 안 되냐고 말하고 싶은 적이 한두 번이 아니었다. 유채가 스스로 위험 속으로 걸어 들어가는 모습을 보면서 그녀가 다치는 것에 마음을 졸이느니 자신이 찾아줄 테니 그냥 편하게 이곳에 머물면 안 되냐고 묻고 싶었다.

하지만 그럴 수 없었다. 당연히 유채는 어떻게 그것을 알았냐고 물을 것이고 더 심하게 의심하고 경계할 것이다. 그리고 홀연히 저를 떠날 것이다. 루프스가 예상하는 것보다 빠르게. 지금 이 소니페스 호무스에서의 시간이 유채가 저에게 허락한 마지막임을 그는 알았다. 그리고 지금이 유채의 마음을 조금이라도 돌릴 수 있는 유일한 기회였다.

"미안하다. 또 약속을 지키지 못해서. 그리고 너를 사랑한다는 이유만으로 너를 위험에 처하게 하여서."

루프스는 번번이 유채를 위험하게 만드는 자신이 한심했다. 그녀를 괴롭힌 주체였고, 그녀에게 역겨운 존재였고, 그녀에게 다른 종류의 위험을 불러주는 존재였다. 자신은 결코 유채에게 좋은 기억으로 남을 수 없을 것이다. 그나마 좋은 기억이었던 축제에서도 유채는 자신이 아니라 아름다웠던 광경을 기억할 것이었다. 루프스의 눈에서 눈물방울이 툭 떨어졌다.

"가지 마."

유채에게 닿지 않을 소망일지라도 그는 항상 그 말을 그녀에게 속살거렸다. 이렇게 계속 속삭이면 그녀가 마음을 돌릴지 모른다는 가난한 희망을 품었다. 루프스는 유채의 볼을 쓰다듬었다. 이렇게 얼굴만 보고 살아도 행복할 것 같았다.

"거짓이라도 좋으니 한 번이라도 돌아와 주겠다는 말을 해주면 안 되나?"

그러면 평생을 그녀를 기다리며 살 수 있을 것 같았다. 죽을 때까지 그 약속을 믿고 살아갈 수 있을 것 같았다. 하지만, 잔인한 여왕은 그런 말을 하지 않을 것이다. 그가 비참함 속에 죽어가기를 원하기에 인사도 없이 사라질 것이다. 그러니, 이번이 마지막 기회였다. 유채에게 거짓이라도 들을 수 있는.

루프스는 유채의 이마에 입을 맞췄다. 입술이 유채의 코를 타고 내려갔다. 루프스는 코끝에서 잠시 망설이다가 입술을 깨물고 고개를 들었다. 그리고 늑대의 모습으로 변했다.

은빛의 늑대로 변한 그는 침대에서 멀리 떨어진 곳에 자리를 잡고 누웠다. 동물형으로 잠을 청하기는 사실 꽤나 어려운 일이었다. 동물형일 때는 동물의 본능이 살아나기에 선잠밖에 잘 수 없었다. 내일 분명 피곤해질 테지만 그래도 잠에서 깬 유채가 저로 인해서 불편함을 느끼기를 원치 않았기에 이 정도는 감수할 수 있었다.

"안녕하십니까? 유채 양?"

말 수인 일족, 여우 수인 일족과 같이 동물화 격리 구역 마을로 가는 길이었다. 루프스보다 크고 훤칠한 키의 남자 수인이 다가오자 유채는 고개를 갸웃했다. 검은 머리카락을 가진 그는 루프스보다 더 그을린 피부에 우람한 체격이었다. 엉덩이에 달린 꼬리로 보아서 말 수인 일족 같았다. 유채는 그가 자신의 본명을 알고 있다는 것에 놀라서 주춤거리면서 뒤로 물러났다.

"경계할 필요 없습니다. 제 소개부터 하지요. 에쿠우스 단테입니다."

"단테님이요?"

유채는 떨떠름한 얼굴을 하였다. 헤르티아가 저를 데려갈 수 있게 틈을 내준 것이 에쿠우스 단테라고 하였다. 유채는 더 경계를 하고 뒤로 물러났다. 단테는 유채를 향해 고개를 더 깊게 숙였다.

"그때 일은 저도 죄송합니다. 제가 잘못했습니다."

"마음에도 없는 소리를 하시네요. 잘못한 것을 아시면 애초에 하지 마셔야죠."

"죄송합니다. 제가 무슨 말을 하든 용서하실 수는 없겠지만, 약소하게 보답은 하나 드리려고 합니다."

단테는 품에서 작은 단도를 꺼냈다. 세련되게 세공된 단도를 받은 유채는 검집에서 꺼내보았다. 날이 날카롭게 벼려져 있는 것이 한 번만 스쳐도 피가 날 것 같아 보였다.

"소니페스 호무스는 포트리스와 가까워 마레 위르의 물건이 많이 있습니다. 부디 다음번에 위험이 생겼을 때, 몸을 보호하는 데에 요긴하게 쓰시기를 바랍니다. 또한 소니페스 호무스에 계시는 동안 유채 양의 안전은 제가 책임지겠습니다. 이것으로 제 죄를 갚을 수 있을지는 모르겠으나, 부디 소니페스 호무스에 계시는 동안에는 평안하기를 빕니다."

유채는 우락부락한 외모와는 다르게 부드러운 어투에 적잖이 놀랐다. 단테는 더 오래 이야기해 봤자 불편할 뿐이니 먼저 물러나겠다고 말을 하였다.

"헤르티아와는 더 이상 부딪치지 않도록 조정을 해놓았으니 걱정하지 않으셔도 됩니다. 저는 먼저 물러나겠습니다. 유채 양."

유채는 단테가 준 단도를 만지작거렸다. 날이 서 있는 것이 혹시 모를 일이 생기면 꽤나 유용할 것 같았다.

유채는 한숨을 내쉬었다. 머리가 복잡했다. 원하는 곳에 도착했으니 리와인더의 조각을 찾아야 했다. 악기가 가장 강한 곳에 리와인더의 조각이 있을 거라고 믿어 동물화가 가장 심한 곳으로 왔다.

여길 찾아봐서 없으면…… 남은 방법은 헤르티아뿐일 것이다. 물론 그녀에게 협력할 생각은 없었다. 루프스가 좋아서도 아니고 그동안 제 목숨을 구해준 것에 대한 보답도 아니었다. 또한 헤르티아는 믿을 수 없는 여자니 멀리하는 게 답이었다.

그저 그 조각이 전쟁으로 인해 더 많은 악기를 머금고 더 빠르게 오염될 것이 걱정이었다. 제한 시간이 짧아지는 것은 유채가 원하는 바가 아니었다. 유채가 한참 고민하는 사이 누가 등 뒤를 툭툭 건드렸다.

"블루벨?"

유채가 뒤를 돌아보자 루프스가 서 있었다. 더위에 민소매 예복을 입은 그는 피곤한 기색이 역력한 얼굴로 유채에게 물었다.

"갈 준비는 되었나?"

유채는 등 뒤로 단테가 준 단검을 숨기면서 고개를 끄덕였다. 루프스는 피곤한 눈을 문지르면서 늑대로 변했다. 유채는 루프스의 등에 조심스럽게 올라탔다. 블루벨이 토끼로 변해서 귀를 쫑긋 세우는 것을 본 유채도 그녀에게 손을 흔들어주었다.

[그럼 이제 출발하지.]

루프스의 말을 신호로 동물로 변한 수인들이 빠르게 달리기 시작했다. 말 수인 일족들이 가장 앞에 섰고 그중 몇몇은 여우 수인 일족과 늑대 수인 일족의 중간에서 조율을 하였다.

루프스는 제 목을 끌어안는 유채의 팔의 감촉을 느꼈다. 부드럽고 따뜻한 몸이 맞닿자 꼭 잠이 들 것만 같았다. 어제와 그제 모두 늑대로 변해서 밤을 보내 깊은 수면을 취할 수가 없었다. 그는 지금 너무나 잠이 부족한 상태였다.

[너무 빠른가? 떨어질 것 같아?]

"괜찮아요. 빨리 달려도 돼요. 천천히 달려서 오래 멀미하느니, 빨리 가고 잠깐 머리 아픈 게 나으니까."

유채는 속이 더부룩한 것을 꾹 참았다. 루프스는 유채의 바람대로 빠른 속도로 달렸다. 얼마 지나지 않아서 마을 하나가 보였다. 마을 사람들로 보이는 말의 귀와 꼬리를 가진 수인들이 그 앞에 서 있었다. 다른 수인들과 루프스가 멈춰 서자 유채는 그의 목에서 팔을 풀고 땅 위로 내려왔다.

"루프스님을 뵙습니다."

노인과 그 주위에 선 이들이 바닥에 납작하게 엎드렸다. 헤르티아와 단테도 앞으로 나왔다. 루프스는 헤르티아를 힐끔 돌아보고 유채를 제 뒤로 감추었다. 유채는 헤르티아가 저를 보고 짓는 미소에 소름이 돋았다. 루프스의 말을 곧이곧대로 듣는 편은 아니었지만, 헤르티아에 대한 평가만큼은 그의 말이 옳은 것 같았다.

"일어나라. 겉치레는 이만하지. 과한 예는 부담스럽다."

그 말에 마을의 촌장으로 보이는 노인이 일어났다. 노인은 마을의 상황을 설명했다. 재작년에 괴멸당한 마을보다는 나은 상태였지만, 상대적으로 어린 수인들의 발병이 잦아지고 있었다. 단테가 알려준 해법으로 어느 정도 멈추어놓았으나, 안심할 수는 없다고 하였다.

루프스는 가져온 식량을 배분하라 지시했다. 한창 일을 해야 할 나이의 수인들이 발병하여 앓아눕게 되자 자연스럽게 식량도 부족해진 것이다. 그가 가지고 온 식량은 이들에게 큰 도움이 될 터였다.

헤르티아는 예전과는 다른 루프스의 정책에 적잖이 놀라고 있는 중이었다. 예전이라면 대강 와서 둘러보고 해결책만 세우는 것에 도움만 주는 이가 본격적으로 민생까지 관리했다. 수인 세계에서도 이례적인 일이었다. 촌장은 루프스가 가져온 식량을 보고 입이 귀까지 찢어졌다.

"안내해라. 뱀 수인 일족들도 데려왔으니 치료가 필요한 자들이 있으면 데리고 오고. 가장 효과적인 해결책이 뱀 수인 일족의 치유 속성을 이용하는 것이니. 일단 이곳이 가장 급하며 동시에 많은 사례가 있는 곳이니 어쩌면 실마리를 찾을 수 있겠지."

"감사합니다."

촌장이 허리를 깊게 숙였다. 몇 개월 전의 의례적인 방문과는 다른 모습이었다. 루프스를 안내하는 노인은 그의 옆에 있는 로브를 둘러쓴 작은 체구의 암컷이 그 유명한 펠릭스 다우스임을 눈치챘다. 이 암컷이 왜 여기까지 따라왔는지는 도통 알 수 없었지만 촌장은 그녀의 정체가 탄로 나지 않게 적당한 거리에서 앞을 가려주면서 걸었다. 혹시나 마을 수인들이 그녀를 알아보고 해코지를 하여 루프스의 심기를 거스를까 싶어서였다.

유채는 촌장과 루프스 사이에서 걸으면서 동물화가 된 수인들을 지켜보았다.

"세상에."

유채는 외마디 비명을 질렀다. 동물화라고 하기에 그냥 단순히 동물로 변하는 병이라 생각하고 있었다. 하지만 직접 눈으로 본 것은 생각보다 더 끔찍했다. 멀쩡한 신체 부위가 동물의 그것으로 변해가는 것은 보기 좋은 광경이 아니었다. 사람의 몸에 피부가 말처럼 변하는 것도 모자라 진물과 피까지 흘렀다. 그것도 모자라 날이 갈수록 증상은 심해지면서 고통 또한 동반하여 비명을 지르지 않는 이가 없었다.

유채는 입을 다물지 못했다. 돌아가는 것이 우선이라 생각하여 조각을 찾으려고만 했지 저들의 병에 대해서는 전혀 생각하지도 못했었다. 아니, 정확히는 신경 쓰지 않으려고 했다. 유채는 입을 틀어막았다. 동물화가 이런 것일 줄은 몰랐다.

"계속되는 같은 일족끼리의 혼인은 수인들의 병을 심화시켰고 그것이 아직도 남아 있는 악기에 맞물려 이제는 전체 수인들을 대상으로 동물화가 빠르게 퍼져 나가는 것입니다."

유채는 리네아의 말을 떠올렸다. 유전병에 가까운 것이 동물화였다. 하지만, 그 동물화를 가속화시킨 것은 악기였다. 솔직히 말해서 유전병이면 별 대책이 없었다. 유전자 레벨에서 문제가 생긴 것인데 그것을 수정하는 것은 지구의 현대 의학으로도 불가능한 것이었다. 유채가 조각을 찾아 셀레네에게 돌려준다면, 더 이상 악기의 영향으로 동물화가 빠르게 일어나지는 않을 것이지만, 이미 일어난 자들은 그 혜택을 받을 수 없고 또 앞으로 동물화가 영원히 일어나지 않을 거라고 장담할 수도 없었다.

차라리 보지 않았다면 생각도 하지 않았을 것이고 상관도 하지 않았을 텐데, 이렇게 눈으로 봐버린 이상, 그리고 그 해법을 조금 아는 이상 유채는 도저히 그들을 무시할 용기가 나지 않았다. 유채는 촌장이 안내한 거처에 들어가 의자에 털썩 주저앉았다.

"성력(聖力)이 항상 만능은 아닙니다. 때로는 인간의 의지가 악기를 해결하기도 하지요. 하지만, 그 의지가 길을 발견하기 전까지 성력(聖力)은 그 길을 도와야 합니다."

유채는 손등에 새겨진 권능을 만지작거렸다. 리네아의 말을 미루어 생각해 보니 성력(聖力)이면 어쩌면 이 동물화를 해결할 수 있을 것 같았다. 하지만, 저 혼자 쓰기에도 넉넉하지 않을 수 있는 성력을 이런 곳에 소모해 버리면 어떻게 될까? 유채는 머리를 감싸 안았다.

'일단 원래 계획대로 하자.'

유채는 손을 옆으로 길게 휘둘렀다.

"Beatitas."

은빛의 늑대가 나타났다. 마법에 관한 자료가 몇 없는 토스 호무스의 도서관을 뒤지고 뒤져서 찾은 마법이었다. 마법으로 시종을 만들어 물건이나 정보를 찾는 마법이었다. 직접 가보지 않아도 이곳저곳을 조사할 수 있는 쓸모 있는 마법이지만 문제는 마법으로 만든 시종의 형태와 기능을 유지할 수 있는 범위가 한정되어 있다는 것이었다. 유채의 경우는 스스로를 중심으로 한 마을, 무리하면 두 개의 마을까지가 고작이었다. 유채는 헤르티아를 만났을 때 몰래 가져온 리와인더 조각의 그림을 은빛 늑대 앞에 내밀었다.

"이걸 찾아야 해. 이것과 비슷한 것을 발견하면 나에게 알리면 돼. 알았어?"

마력으로 만들어진 은빛 늑대는 고개를 끄덕였다. 유채가 머리를 쓰다듬으니 늑대는 다른 이들의 눈에 띄지 않게 투명하게 변하여서는 달려 나갔다.

유채는 자리에 주저앉았다. 이제 저 마법에 모든 것이 달렸다. 유채는 탁자에 머리를 기대고 다시 동물화에 대해 생각했다. 이걸 유전병이라고 했을 때 유채는 조금 의문을 품었다. 고등학교 수준의 생물학 지식밖에 지니지 않은 유채가 볼 때도, 아무리 오랜 시간 동안 좁은 집단 내에서 서로 교배가 이루어졌다고 하나, 이런 유전병이 일어나려면 인구수가 엄청 적어야 할 것 같았다.

솔직히 아무리 작은 부족이라고 할지라도 이런 식으로 유전병이 일어나기는 힘들고 그들에게 특정 유전자가 많다는 연구 결과만 나왔을 뿐이었다. 예를 들어 몇몇 부족은 부족민의 혈액형이 거의 같다는 이야기들이었다. 스티폴로르의 인구는 부족 단위라 하기에는 나라의 단위인지라 이 상황이 잘 이해가 되지 않았다.

"아일랜드에서 일어난 감자 마름병."

감자 마름병은 감자역병균에 의해 감자가 썩는 병이었다. 그리고 아일랜드 대기근이 주요 원인이었다. 유채는 문득 생각난 것을 중얼거렸다. 리네아가 분명히 동물화는 악기가 결합되어서 일어난 현상이라고 했다. 만일 이게 바이러스와 같은 병원체가 악기의 영향을 받아서 심하게 번진 것이고, 수인들이 아일랜드의 감자 단일 품종처럼 유전적으로 차이가 없어져서 동물화가 집단적으로 발병한 것이라고 추정할 수도 있었다.

유채의 생각에는 유전병보다는 이게 더 가능성 있어 보였다. 조각이 있던 펠레스 호무스의 근처의 유니티오 호무스와 같이 개체수가 많은 쥐나 토끼 수인들은 피해를 덜 입은 것을 보면 오히려 이게 더 옳아 보였다. 리네아는 현대인이 아니니 셀레네가 설명한 것을 다르게 이해했을 수도 있었다.

"근데 이게 무슨 상관이야. 내 코가 석자인데."

유채는 한숨을 푹 내쉬면서 이마를 탁자에 박았다. 어차피 그녀는 고등학생 수준의 지식밖에 없었고, 전문가도 아니었다. 여기서 뭘 더 생각한다고 해결책을 떠올릴 수 있는 것도 아니었다.

유채는 쿵, 쿵, 이마를 탁자에 박았다. 그런 유채의 행동을 막은 건 그녀의 이마와 탁자 사이에 끼어든 따뜻한 무언가였다. 유채는 고개를 돌렸다. 루프스가 손을 내밀어 이마를 감쌌다.

"네가 저들을 돕지 못해서 미안해할 필요 없다."

"알아요."

"표정은 아닌데. 이런 상황에서 네가 죄책감을 가질 필요 없다. 너는 저들에게 빚진 것도 없지 않나."

루프스는 울적한 표정을 한 유채의 앞에 앉았다. 그는 더운 것인지 겉에 걸친 조끼 같은 예복까지 벗은 채였다. 유채는 루프스에게 넌지시 물었다.

"전에 블루벨에게 들었을 때, 당신은 그냥 마법사 몇 명만 데리고 의례적으로만 왔다 갔다고 들었어요. 그런데 이번에는 왜 다른 거예요?"

"변하기로 결심했으니, 달라져야지."

루프스는 갑자기 마주한 참상에 마치 제가 죄지은 것 같은 얼굴을 하고 있는 유채를 바라보았다. 이런 유채를 좋아했다. 유채는 언제나 남의 아픔에 공감을 했고 그들을 돕고 싶어 했다. 그녀가 돕고 싶어 하는 이들의 절반은 모두 그녀를 깔보고 욕한 이들이었다. 그들 중에는 피해자에 불과한 유채를 악녀라 몰아가고 전쟁의 원인이라 지목하며 죽여야 한다고 주장한 이들도 있을 것이다. 그럼에도 유채는 그들의 고통에 가장 먼저 공감하고 아무것도 할 수 없다는 것에 스스로 죄책감을 느꼈다. 그래서 그는 유채를 좋아했다. 그래서 변하기로 했다. 유채를 동경했기에, 그래서 사랑했기에 변하기로 했다. 그녀처럼.

"내가 루프스의 자리에 오른 것은 내 이기심을 위해서였다. 나는 두려웠다. 높은 자리에 올라가서 모두를 지배하면 드미트리 같은 놈들이 나에게 해를 끼치지 않을 것이라 생각했다. 내게 지배라는 건 그 정도의 의미였다. 바닥에 떨어진 내 자존심을 높이는 수단으로 나는 내가 최고의 권력을 가졌다는 것을 확인하려 잔혹하게 굴었고 그렇게 살았다. 루프스의 자리에 앉아서 나는 그저 내 권력을 공고히 하는 것에 모든 일을 집중했다."

유채는 루프스의 말이 불편했다. 그는 유채가 불편해하는 기색을 느끼곤 그녀를 위하여 돌려 말하기로 했다.

"너를 만나고 과거의 붙잡혀 있는 나의 모습을 볼 수 있었다. 너는 아무리 큰 상처를 받아도 극복하고 나아가는데, 나는 상처를 극복하려 하지 않고 숨어 있는 게 한심했다. 그래서 변하기로 한 것이었다."

유채에게 베푸는 선의는 위선이 아닌 순수한 제 사랑이었다. 그녀로 인해서 변했다. 유채의 선택을 바라는 것이 아니었다. 유채가 부정한 자신의 사랑을 자신의 방법으로 증명하는 것뿐이었다.

유채가 가만히 입을 다물고 있자 루프스는 그녀의 표정을 살폈다. 얼마 지나지 않아서 촌장의 부인이 음식을 가지고 들어왔다. 루프스는 유채가 불편할 것 같아 자리를 피하려고 하였다.

"앉아요. 나 당신한테 물어볼 것 있으니까. 음식이라도 먹으면서 이야기해야 마음이 편할 것 같아요."

루프스는 유채의 말에 곧장 의자에 엉덩이를 붙이고 앉았다.

촌장 부인은 루프스가 주인의 관심을 바라는 강아지 같아 보여서 속으로 조금 웃었다. 감히 쳐다보지도 못할 정도로 높은 분이라 어렵게만 생각했는데 저렇게 암컷에게 쩔쩔매는 것을 보니 그도 저와 같은 수인이구나 싶었다.

촌장 부인이 내어온 식사는 토스 호무스와 다르게 담백한 곡물 위주의 식단이었다. 향신료도 별로 들어가지 않아서 유채는 오히려 토스 호무스 때보다 더 마음 편하게 식사할 수 있었다.

"동물화 문제는 어떻게 처리 중인 거예요?"

유채가 포크를 내려놓고 넌지시 물었다.

"뱀 수인 일족의 치유 능력이 들어가면 상태가 호전되지는 않지만 그렇다고 나빠지지도 않는다. 그리고 레프스를 처방해서 진행을 늦춘 뒤에 의사들이 최근 개발한 약을 먹으면 그나마 진행이 멈추지. 운이 좋으면 거기서 병의 진행을 멈추고 살아갈 수 있지만. 이따금 정말 극단적인 방법으로는 변한 신체 부위를 절단한다. 정말 대책이 서지 않는 경우에 쓴 방법이지만 효과를 확실히 보기는 하였다."

유채는 밥을 깨작였다. 아빠라면 혹시 아실까 싶었다. 아빠는 본래 의대 출신으로, 의대를 다니다가 적성에 맞지 않는 것을 깨닫고 다시 약대에 들어간 케이스였다. 제약회사 연구원으로 일한 적도 있고 좀 더 편하게 일하려고 약국을 운영하던 중에 엄마를 만나 결혼을 한 것이다.

"뭐, 아는 것이라도 있는가?"

"나는 모르고 우리 아빠는 알지도 모르죠."

"너희 아버지?"

"약사시거든요. 의사가 되려다가 포기하시고 약사 되신 분이세요."

루프스는 유채가 처음으로 털어놓는 자신의 집안 이야기에 귀를 기울였다. 약사가 의사와 무엇이 다른지는 알 수 없었으나 유채의 세계에서는 서로 다른 직업인 것 같았다. 유채가 토스 호무스에 있을 때보다 밥을 잘 먹자 루프스는 그녀의 앞으로 접시를 밀어주었다.

"아니면, 언니는 알려나? 하긴 우리 언니 본과도 들어가지 못하고 아프기 시작했는데, 언니도 모르겠지."

유채는 울적한 기분으로 중얼거렸다. 제가 이런 걸 고민할 때가 아니었다. 언니부터 챙겨야 할 때인데 괜히 쓸데없이 오지랖만 넓었다.

루프스는 유채의 표정이 우울해지자 그 역시 기분이 가라앉았다. 그는 유채가 못 보는 사이 표정을 정리하고 우울한 기색을 숨겼다. 그리고 유채의 혼잣말을 듣지 못한 척하며 웃었다.

유채는 근심이 가득한 표정으로 물었다.

"당신에게 돈이 생겼어요. 그리고 그 돈으로 정말 소중한 사람을 구할 수 있는 약을 살 수 있어요. 그런데 당신 눈앞에 다른 아프고 가난한 사람들이 보여요. 돈에 여유가 있어서 나누어주어도 되는데, 잘못하면 약을 살 돈이 부족해질지도 몰라요. 당신은 그 상황에서 어떡할래요? 무시하고 지나칠 거예요?"

유채는 그가 무시하라고 하기를 바랐다. 저 인간이 변해봤자 본성은 변하지 않았을 것이라 생각했다. 그리고 루프스가 그렇게 말하면 유채도 능력을 쓰는 것을 접을 생각이었다.

"예전의 나라면 지나치겠지만……."

루프스는 나긋한 목소리로 말했다.

"이제는 그러지 않겠다. 도울 수 있다면 도와야 하지 않겠는 가? 힘이 닿을 때까지. 그게 옳은 것이지 않은가?"

유채는 머리가 더 복잡해졌다.

⚜

"여기도 아니네. 여기가 마지막인데."

유채는 손에 든 붉은 보석을 바닥에 내던지면서 중얼거렸다. 막사에서 잠이 들지 못하고 뒤척이던 중 은빛 늑대가 돌아와서 조사한 것을 알려왔다. 유채는 막사 구석에서 늑대로 변해 잠들어 있는 루프스를 한번 힐끔 보고는 은빛 늑대를 따라 권능을 써서 이동했다.

이미 동물화로 텅 비어버린 유령마을이었다. 늑대가 알려준 모든 곳을 뒤졌지만 리와인더의 조각은 나오지 않았다.

한숨을 쉬며 주저앉았다가 다시 일어난 유채는 생각에 잠겼다. 유채는 셀레네를 요즘 조금 다른 시각으로 생각했다.

죽었어야 할 자신을 살려준 것은 고마웠다. 시간이 지나고 냉정을 차고 나니 상황을 객관적으로 살필 수 있게 되었다. 셀레네가 이런 식으로라도 저를 살리지 않았다면 언니는 꼼짝없이 죽었을 수도 있었다. 그렇다고 셀레네에게 마냥 고마운 것은 아니다.

배려 없는 그녀 때문에 덕분에 스티폴로르에서 겪었던 일들이 어마어마하기 때문이었다. 유채는 불경죄로 잡혀갈 수도 있는 말을 용감무쌍하게 내뱉고 탁자에 기대었다. 잠긴 상자를 열기 위해서 썼던 단테가 준 단도는 옆에 내려놓은 채였다.

'하아. 아직 끝난 거 아니야. 소니페스 호무스 궁의 수장고도 있으니까. 포기는 하지 말자.'

유채는 다시 막사로 돌아가기 위해 탁자에서 일어섰다. 그때였다.

유채의 몸이 뒤로 넘어갔다. 유채는 갑자기 저를 덮친 힘에 당황했다. 벽에 부딪친 유채가 상황을 판단하고 대응하려 하기도 전에 긴 머리를 산발한 여자가 그녀의 위로 올라왔다.

"허윽!"

여자의 손이 유채의 목을 조였다. 유채는 허우적거리면서 여자를 떼어내기 위해 힘을 주었다. 숨이 막혀서 눈앞이 흐릿하게 보였다. 하지만 수인을 상대하는 데 그녀의 완력으로는 아무런 소용이 없었다.

"이 상황에는 이렇게 빠져나오면 된다."

절체절명의 순간에 유채는 루프스가 알려주었던 기술을 떠올렸다. 이판사판이었다. 통하든 통하지 않든 일단 시도는 해봐야 했다. 유채는 젖 먹던 힘까지 끌어올려 다리를 움직였다. 여자의 중심이 흔들렸다. 유채는 그 틈을 놓치지 않고 몸을 비틀었다. 그리고 위에서 내리 누른 여자의 손에 힘이 조금 빠지자 그 손목을 붙잡고 뒤로 꺾었다.

"아악!"

여자의 손이 떨어지자 유채는 그녀의 복부를 걷어찼다. 신선한 공기를 다급하게 들이마시는 유채의 목에는 붉은 손자국이 나 있었다. 뒤로 나가떨어진 여자는 형형한 눈동자로 유채가 떨어뜨린 단도를 집어 들었다.

"젠장."

유채는 몸을 낮춰서 단도를 피했다. 루프스가 알려준 동작이 자연스럽게 나왔다. 빌어먹을 정도로 쓸모없는 남자더라도 이때만큼은 도움이 되었다. 루프스는 단도를 쓰다가 상대에게 뺏겼을 때 취해야 하는 동작에 대한 것도 가르쳐 주었다.

유채의 볼이 단도에 스쳐서 길게 찢겼다. 그나마 다행인 것은 여자의 몸짓은 어설펐고, 검도 무작정 휘두르기 식이라 상대하기에 그리 힘들지 않다는 것이었다. 이제까지 루프스와 대련하던 것에 비하면 그녀는 쉬운 상대이기까지 했다.

유채는 죽기 살기로 덤벼들어 여자의 팔을 꺾었다. 루프스가 말하기를 완력의 차이는 나도 관절을 공격하는 것은 어느 정도 통할 것이라고 했다. 여자가 팔이 꺾인 고통에 단도를 떨어뜨리자 유채는 몸무게를 실어서 그녀를 바닥으로 쓰러뜨렸다. 유채는 얼른 바닥에 떨어진 단도를 들어 날카롭게 벼려진 날을 여자의 목 가까이에 가져다 댔다.

"당신 뭐야…… 악!"

작은 돌멩이가 유채의 머리를 때렸다.

"우리 엄마 죽이지 마! 나쁜 마레 위르야!"

유채는 뒤를 돌아보았다. 그리고 순간 외마디 비명을 삼켰다. 다섯 살 정도로 보이는 아이의 동물화는 심각한 상태였다. 아이는 동물이라고 말해도 무방할 정도였다. 팔다리는 모두 말의 형태를 하고 있었고 목도 말처럼 변하고 있었다. 온몸에서 피가 섞인 진물이 배어나왔다.

"으허허헝."

유채에게 제압당한 여자가 통곡을 시작했다. 유채는 당황해서 아무 말도 할 수 없었다. 갑자기 이게 무슨 상황인가 싶었다. 저를 죽이려고 한 주제에 갑자기 통곡을 하는 여자는 뭐고 또 갑자기 나타난 저 아이는 또 뭔지. 어안이 벙벙해진 유채가 우물쭈물하는 사이에 그 여자가 비명처럼 외쳤다.

"나도! 나도! 이러고 싶지 않단 말이야!"

비명에 섞여 나온 울음은 구슬펐다. 여자, 올가는 신세한탄을 시작했다. 그녀는 남편을 잃고 아들 하나를 키우는 과부였다. 큰 마을에서 옷을 팔며 아들과 알콩달콩 살던 그녀의 불행은 아들, 필레스의 동물화로 시작되었다. 동물화는 전염이 되는 병이 아니었지만 소니페스 호무스에서는 동물화를 반 정도 전염병으로 취급했다. 이유는 하나였다. 마을을 격리 조치하면 동물화의 속도가 늦춰진다는 믿음이 있기 때문이었다. 상업으로 먹고살던 마을 사람들은 마을이 격리되어 살길이 막히는 것을 두려워해서 두 모자를 냉정하게 내쫓았다.

올가는 있는 돈 없는 돈 모두 끌어모아 아들을 치료해 보고자 했다. 하지만 돈을 좋아하는 뱀 수인들에게 진료를 받기 위해서는 엄청난 돈이 필요했다. 에쿠우스의 도움을 받기 위해서는 격리 구역에 들어가야 하는데 격리 구역은 통제되고 있기에 올가는 그곳에 들어갈 수도 없었다. 답이 나오지 않는 상황에 올가는 절망하고 절망했다. 아무 데도 정착하지 못하고 떠돌아다니던 올가는 결국 아들과 이 유령 마을에 들어왔다. 하루하루 겨우 목에 풀칠만 하던 중 벨라토르들이 떠드는 소리를 들었다.

마레 위르의 간이 동물화를 치료할 수 있다는 이야기였다.

올가는 그 이야기를 듣자마자 눈이 번뜩였다. 평생을 옷 짓는 일만 하던 올가였다. 하지만 아들을 위해서라면 그깟 마레 위르 하나 못 잡을 리가 없었다. 포트리스 주위에 분명히 마레 위르 한둘은 지나다닐 것이었다. 그럼에도 살인이라는 것이 주는 공포감에 올가는 며칠을 뒤척이며 고민했다. 그리고 오늘 올가는 유채를 보았다.

"으허허헝. 나도, 당신 죽이고 싶지 않아! 하지만 우리 아들은! 죄 없는 우리 아들!"

올가는 이제 바닥에 엎드려서 통곡했다. 유채는 그녀와 아이를 번갈아 보곤 입술을 짓씹으며 손등의 권능의 흔적을 매만졌다.

"도울 수 있다면 도와야 하지 않겠는가? 힘이 닿을 때까지. 그 게 옳은 것이지 않은가?"

루프스의 말이 머리를 스치고 지나갔다. 유채는 스스로에게 작게 조소했다. 그렇게 증오하던 인간도 옳은 결론을 내는데 뭘 고민하고 있는 건가 싶었다. 도울 수 있으면 돕는 것이 옳다. 유채에게 언니가 소중한 만큼 그녀에게도 아들이 소중할 것이다. 제 이익만 채우겠다고 그녀를 무시하면 제가 그토록 싫어했던 루프스와 다를 점이 무엇인가.

유채는 어느새 올가의 품에 안긴 아이의 뺨을 감싸 쥐었다. 진물과 핏물로 더러워진 얼굴이지만 그런 것은 이제 아무런 상관이 없었다. 올가는 경계의 눈초리로 유채를 노려보았다.

"성공할지 어쩔지는 나도 몰라요. 하지만, 도울 능력이 있는데도 지나치는 것은 옳은 것이 아니니까."

"예?"

"도와준다고요."

유채의 손에서 빛이 나왔다. 그 빛이 올가의 아들, 필레스를 감쌌다. 빛이 닿는 부분마다 허물이 벗겨지듯이 사람의 모습을 찾기 시작했다. 올가의 눈이 커다래졌다. 유채의 이마에 땀이 맺혔다.

빛이 사라지고 필레스는 쓰러지듯이 올가의 품에 안겼다. 올가는 필레스를 끌어안고 오열했다. 치료할 수 없다는 동물화가 말끔하게 치료되었다. 올가는 유채의 손을 부여잡고 울었다.

"감, 감사합니다. 이, 이 은혜는 죽, 죽어서도 갚겠습니다. 감, 감사합니다."

"갚으실 필요 없⋯⋯."

유채는 갑자기 뒤에서 자신을 끌어안는 손에 말을 멈추었다. 오열하던 올가는 유채의 뒤에 있는 수인을 보고 기겁했다. 어깨에 달린 견장이 그가 누구인지를 증명했다. 올가는 필레스를 내려놓고 바닥에 납작하게 엎드렸다. 유채는 뒤를 돌아보았다.

"루, 루프스님⋯⋯."

급하게 달려온 것인지 루프스가 땀을 뻘뻘 흘리고 있었다. 그의 은빛 머리카락이 땀에 젖어서 달빛에 반짝였다.

"헉. 헉."

루프스는 급하게 숨을 몰아쉬었다. 루프스는 유채의 목덜미에 얼굴을 묻었다. 선잠 상태에서 그는 유채의 움직임을 감지하고 눈을 떴다가 혼비백산했다. 분명 침대 위에 있던 그녀가 흔적도 없이 사라져 버린 것이다. 루프스는 급하게 막사 밖으로 나와 유채의 냄새를 쫓았다. 하지만 어디에도 체취가 남아 있지 않았다.

그러다가 머릿속에 유채가 전에 지도에 표시해 둔 마을이 기억났다. 분명히 이 근처에 있는 유령 마을이었다. 루프스는 그곳을 향해 미친 듯이 달렸다.

이별은 수백 번 곱씹어보았지만, 이렇게 갑작스러운 이별은 원하지 않았다. 최소한 인사는 하고 갈 수 있는 것 아닌가? 이렇게 급작스럽게 사라져 버리면 저는 어떻게 하란 말인가? 왜 제게만 이렇게 잔인한 것인가. 루프스는 낼 수 있는 최고의 속도로 마을까지 달렸다. 그리고 드디어 그녀의 체취를 감지했다.

갑자기 빛이 번쩍였다. 루프스는 고개를 돌렸다. 저기다! 루프스는 곧장 그 집을 향해 달려가 문을 벌컥 열었다. 비쩍 곯아 있는 암컷 말 수인이 아이를 부둥켜안고 유채의 손을 붙잡은 채 울고 있었다.

루프스는 힘이 쭉 빠지는 기분이었다. 그는 그저 유채가 아직 떠나지 않았다는 것에 안도하며 그녀를 끌어안았다.

루프스는 유채의 목덜미에 얼굴을 묻었다. 그녀가 좋아하지 않을 것이라는 것을 알면서도 안도감에 취해 그것밖에 하지 못했다. 유채가 아직 제 곁에 있다는 확신을 얻고 싶었다. 피부의 부드러운 촉감이며 온기며 그 향기까지 고스란히 느껴졌다. 루프스는 그것 하나에 안도했고 행복했다. 루프스는 유채를 꼭 끌어안았다.

"그, 그러니까, 이건……."

유채는 갑자기 나타난 루프스에 당황했다. 그가 뭔가 눈치채서 이상한 짓이라도 할까 봐 걱정되었다. 유채는 몸이 굳어서 움직일 수 없었다.

올가는 몸을 달달 떨었다. 그제야 눈앞에 있는 마레 위르의 정체를 알아차린 것이다. 아무리 소니페스 호무스가 다른 일족의 땅보다 상대적으로 포트리스와 가까운 편이라고 해도 울피누스 호무스가 아닌 이상 쉽게 마레 위르를 볼 수 있을 리가 없었다. 목에 걸려 있는 저것은 파렌티아일 것이었다. 헥터와 젤다가 그레티아에게 한 일로 어떤 꼴이 되었는가? 올가는 걱정이 밀려왔다.

"죄, 죄송합니다. 몰, 몰라 뵈었습니다. 이, 이분이 레티아님인지 몰, 몰랐습니다."

루프스는 올가의 말을 들은 척도 하지 않고 그제야 유채의 상태를 살폈다. 볼에 난 상처와 엉망이 된 옷가지가 보였다. 거기에 붉게 손자국이 난 목까지. 그의 눈이 순식간에 사나워졌다.

"괜찮은 건가? 어디 다친 곳은 없고?"

"난 괜찮아요. 놓아줘요. 부담스러워요."

유채는 허리에 감긴 루프스의 팔을 떼어내려 했다. 루프스는 쉬이 그녀를 놓아주지 못하고 불안해서 머뭇거렸다. 그는 유채의 볼에 난 상처와 벌벌 떠는 말 수인 암컷을 보고 상황을 금방 유추했다. 하지만 그래도 의문이 남았다.

마레 위르의 간이 동물화 문제의 해결책이라는 소문이 돈다는 말은 그도 들었다. 그것 때문에 유채를 공격하려 한 것인가 싶었지만 저 암컷도 그렇고 아이도 그렇고 동물화에 걸린 것 같지 않았다.

루프스의 눈이 여자와 아이에게로 향하자 유채는 다급하게 외쳤다.

"내가 단검을 잘못 다뤄서 스친 상처예요. 저 여자는 아무 잘못 없어요. 여기 사는 여자인데 내가 갑자기 들어오니 놀라서 덤벼든 것뿐이에요."

"네가?"

루프스는 유채와 암컷을 번갈아 살폈다. 아니었다. 암컷은 공포에 질려서 벌벌 떨었다. 만일 유채의 말이 사실이라면 암컷은 그녀의 말이 옳다고 말을 보태야 했다. 루프스는 유채가 거짓을 말하고 있음을 알았다.

"내가 잘못한 것이고 저분은 아무 잘못 없어요. 이곳에 몰래 들어온 내 잘못이에요."

"그럼 왜 저 암컷이 이곳에 살고 있는 것이지? 여긴 모두가 떠난 빈 마을인데?"

"제, 제 아들이 동, 동물화에 걸, 걸려서 마을에서 내, 내쫓겼습니다. 그래서 이, 이곳에서 살고 있었습니다."

올가는 몸을 납작하게 숙였다. 그녀는 혹여나 유채에게 피해가 될 것을 걱정하면서 다른 말도 덧붙였다.

"레티티아님은 친절하게 저를 도와주셨습니다. 제, 제가 자, 잘못을 했음에도, 제 아, 아들의 병, 병을 낫게 해주셨습니다. 그, 그러니. 부, 부디 레티티아님께 자, 자비를 베풀어주, 주십시오."

루프스는 유채의 왼쪽 손등을 바라보았다. 문양이 바뀌어 있었다. 정확히 말하면 조금 지워졌다는 것이 정답이었다. 세 개 중 두 개의 일부가 조금 지워져 있었다. 루프스는 아까 보았던 빛의 정체가 무엇인지 알았다. 유채가 성력(聖力)을 쓴 것이었다.

에클레시아가 무너지고 스티폴로르에는 성력(聖力)을 쓸 수 있는 신관과 신녀들이 더 이상 나타나지 않았다. 유채는 신과 계약을 했고 그 계약을 이용해서 루비 조각을 찾는 것을 돕는 힘을 받았을 것이다. 그리고 유채는 지금 그 힘을 사용한 것이었다.

"지금 네가 무슨 짓을 한 줄 아나!"

루프스는 반쯤 공포에 사로잡혀서 유채의 어깨를 단단히 움켜잡았다. 동물화에 대한 문제로 공포에 질린 수인들은 잔뜩 예민해져 있었다. 이 상황에 유채가 성력으로 병을 치료할 수 있다는 것이 알려진다면 그녀는 모든 수인들에게 목숨을 위협받을 수 있었다. 루프스는 유채를 꽉 끌어안았다. 그의 손이 덜덜 떨렸다.

"지금 뭐 하는 거예요? 놔요!"

유채가 반항했다. 루프스는 두려움에 질려서 그녀의 눈을 똑바로 마주 보았다.

"아무것도 묻지 않을 테니 잠시만 나가 있어. 밖에서 기다려."

유채는 루프스의 가슴을 밀어내고 멀찌감치 떨어졌다.

"저분은 아무 잘못 없어요. 그러니까……."

"안다. 알고 있으니 나가 있어. 이 암컷과 내가 할 이야기가 있으니."

유채는 반신반의했지만 올가가 그녀의 치맛자락을 붙잡았다.

"괜찮아요. 나가셔도 돼요. 전 괜찮아요."

올가는 거듭 괜찮다고 말을 하고 유채를 내보냈다. 마지못해 밖으로 나온 유채는 만일 무슨 일이 생기면 루프스를 막을 각오를 하고 문에 귀를 붙였다.

루프스는 올가와 단둘이 남자 입을 열었다.

"이름, 그리고 직업이 뭔가?"

"올, 올가라 하옵니다. 옷, 옷 장사를 했습니다. 옷 짓는 재주가 있어서 입에 풀칠은 하고 살았습니다."

"솔직하게 말하면 해를 끼치지 않으마. 레티티아의 간을 노렸느냐?"

올가는 엎드려서 흐느꼈다. 올가는 아들을 구하기 위해 유채를 죽이려고 했다. 이유가 무엇이든 잘못은 분명히 제가 했다. 올가는 울먹이면서 제 죄를 고했다.

"아, 아들을 살리기 위해 모, 못할 것이 없었습니다. 그, 그랬는데도 레티티아님은…… 제 아, 아들을 사, 살려주셨습니다."

루프스는 미간을 문질렀다. 유채다웠다. 저를 죽이려고 한 수인마저도 동정해 버리고 마는 그녀는 너무 동정심이 많아서 탈이었다.

"소니페스 호무스의 수도에 옷가게를 차릴 만한 돈을 주겠다."

"예?"

올가가 눈물 젖은 얼굴을 들었다. 루프스는 얼굴을 쓸어내렸다.

"그대가 이런 일에 내몰린 것에는 내 책임도 있으니, 내가 그 일부분을 책임지겠다. 다시 가게를 차릴 자본을 줄 테니 아들을 데리고 그곳에 가서 살아라."

"감, 감사합니다. 정, 정말 감사합니다."

루프스는 이마를 바닥에 찧는 여인을 일으켜 세웠다. 올가는 몸 둘 바를 모르겠다는 표정이었다.

"대신 한 가지 부탁하지."

루프스는 본론을 꺼내었다.

"네 아들을 누가 치료했는지에 대해서 입을 다물어라. 그리고 소니페스 호무스의 궁으로 환궁하기 전까지는 레티티아의 시중을 들어라. 은인이니 그 정도는 해줄 수 있겠지."

시중은 핑계였고 입단속을 위해 루프스가 직접 감시할 목적으로 내린 명령이었다.

"알, 알겠습니다. 여, 여부가 있겠습니까."

올가는 루프스의 자비에 감격했다. 죄인에게는 한없이 잔혹한이라고 들었다. 루프스는 죄인을 잔혹하게 처벌하여 자신에 대한 공포를 수인들에게 주입하는 군주였다. 올가는 루프스의 너그러운 처사에 가슴을 쓸어내렸다.

올가의 옆에 누워 있던 필레스가 웅얼거리는 소리를 내면서 눈을 떴다. 올가는 아들을 꼭 끌어안았다. 필레스도 몸이 아프지 않다는 데 깜짝 놀라 제 손과 발을 내려다보았다.

"엄, 엄마. 나, 나 손이 보, 보여."

"응. 아까 그 마레 위르 누나가 필레스를 고쳐 줬어. 엄마가 나쁜 짓을 하려고 했는데, 그 누나가 우리 필레스 고쳐 줬어."

루프스는 서로 부둥켜안고 우는 모자(母子)를 보면서 자리에서 일어났다. 모자는 퀭한 눈에 비쩍 마른 몸이라 그동안의 고초를 짐작하고도 남았다. 루프스는 올가에게 유채와 잠깐 이야기하고 나중에 찾으러 올 때까지 이곳에서 몸을 추스르고 있으라고 언질을 주었다. 저와 유채와 같이 이동할 것이니 도망가지 말라는 협박도 잊지 않았다. 루프스는 모자를 남겨두고 문을 열었다.

"악!"

유채는 이마를 감싸 쥐고 엉덩방아를 찧었다. 루프스는 유채의 비명에 놀라 얼른 몸을 굽혔다.

"괜찮나? 왜 문 앞에 바로 붙어 있어서!"

"그냥…… 문에 이마를 찧었을 뿐이에요. 그러니까 호들갑 좀 떨지 말아요. 시끄러우니까."

유채가 차갑게 말하는데도 루프스는 그녀의 얼굴에 난 상처를 살폈다. 이마도 그렇고 볼의 상처도 크지 않았다. 루프스는 유채의 목에 남은 붉은 멍 자국을 애잔하게 쓸었다. 유채는 올가를 걱정해서 괜찮다는 표정을 지었다.

"몸은 괜찮나?"

"그쪽이 가르쳐 준 호신술 덕분에 다치지 않았어요."

루프스가 볼에 난 상처를 손으로 훑자 유채는 그의 손길을 피하기 위해서 주춤거리면서 물러났다.

"남 치료할 힘이 있으면 너부터 치료하지 그랬나? 암컷의 얼굴에 상처가 나면 안 된다고 내 어머니가 종종 말씀하셨다."

"별것 아닌 걸로 호들갑 떨지 말아요."

겨우 이 정도 상처에 마법을 쓰기도 뭐했다. 유채는 피만 대강 닦고는 루프스의 손아귀에서 벗어나려고 하였다.

그녀를 놓아준 루프스는 잠시 말을 고르다가 물었다.

"왜 이리 무모한 짓을 했나?"

"무모한 짓?"

"왜, 저 꼬맹이를 치료한 것인가? 네가 얼마나 위험해질 줄 알고."

"그쪽이 그랬잖아요. 도울 수 있으면 도와야 한다고."

"하지만, 너는 네 몸은 생각하지 않나? 지금 네가 한 일이 수인들 사이에서 퍼지면 어떻게 될지 몰라 그러는가? 너는 분명 수많은 수인들의 표적이 될 거야. 모두 다 너를 잡아서 동물화를 치료하려고 할 것이다. 그들이 너를 어떻게 대우할지는 나도 장담할 수 없다. 운이 좋지 않으면 너를 붙잡아 치료하도록 협박할 거고 운이 좋으면 신녀로서 대우하겠지. 하지만 어떤 식이든 네가 위험해질 거라는 건 확실하다!"

루프스는 가슴을 졸였다. 목소리가 절로 격양되었다. 유채가 위험해질까 봐 겁이 났다. 루프스는 유채가 독에 중독되었던 그때처럼 창백한 얼굴을 하고 제 앞에 쓰러져 있는 것을 다시 보고 싶지 않았다. 루프스의 얼굴이 일그러졌다.

"나는 이래서 당신 행동이 다 가식 같고 위선 같아요. 결국 당신이 오늘 했던 말도 그저 내 환심을 사기 위해서 한 말에 불과하단 거잖아요. 내가 남을 도우면 당신의 물건인 내가 망가……."

"걱정하는 거야!"

루프스가 버럭 소리를 질렀다. 유채는 루프스의 노성에 입을 다물었다.

"젠장."

루프스는 작게 욕설을 내뱉고는 제 얼굴을 한 손으로 감쌌다. 이렇게 해서는 안 됐다.

"소리…… 질러서 미안하다……."

루프스는 사과했다. 둘 사이에 더운 바람이 스치고 지나갔다. 유채는 한 손에 얼굴을 묻은 루프스를 바라보았다. 저런 루프스는 너무 불편했고 낯설었다. 왜 저렇게 괜한 궁상을 떠는지 이해가 되지도 않았다. 짜증이 났다.

"나는 너를 걱정할 권리도 없나?"

루프스는 비참한 기분으로 입을 열었다. 유채는 제 걱정도 가식이고 위선이란다. 도대체 그럼 제가 어떻게 대해야 있는 그대로 받아들여 줄까? 도대체 무엇을 해야 제 진심을 곡해하지 않고 그대로 받아들여 줄까?

루프스는 얼굴을 쓸어내렸다. 그녀의 앞에서 제 처지를 호소하며 눈물을 흘리는 것만큼 염치없는 일도 없기에 그는 고개를 숙인 채 표정을 정리했다. 굳어서 뻣뻣한 입을 움직여서 애써 미소를 만들어내었다. 그리고 고개를 들었다.

유채는 루프스의 표정이 마치 울고 있는 피에로 같다고 생각했다.

"나도 하나 물어도 되나? 네 언니가 어떤 마레 위르를 구해주었는데 그 마레 위르는 적이 많은 이였다. 그래서 그 마레 위르를 구해주었단 이유 하나로 그의 적들이 네 언니를 노리게 되었다. 그럼 너는 네 언니에게 무조건 잘했다고 말할 것인가? 걱정하지 않고 잘했다고만 할 건가?"

"그건……."

유채는 할 말이 없었다. 아마 그 상황이면 유채도 언니를 걱정했을 것이다. 오지랖 떨지 말라고 화를 냈을 것이다. 언니의 행동이 옳다는 것은 알지만, 그러나 유채에게 더 소중한 사람은 일면식도 없는 사람이 아니라 언니니까.

"나도 그냥 너를 걱정하는 것이다. 네가 내 연정을 무시해도 된다. 받지 않아도 된다. 하지만, 내게 그 마음까지 품지 말라고 하지는 마라."

루프스는 유채의 손을 제 가슴 위로 올렸다. 그녀에게 제 마음이 전해졌으면 했다. 루프스는 울 것 같이 일그러진 얼굴을 펴기 위해 노력했다. 그는 굳은 입가를 위로 올리고 눈물을 참기 위해서 최선을 다했다.

"나는 네가 걱정된다. 네가 다치지 않았으면 하고 울지 않았으면 하고 네가 행복하기를 원한다."

루프스가 손을 놓아주자 유채는 손을 거두고 그의 손이 닿았던 팔목을 매만졌다.

그런 유채의 행동에 루프스의 입가에 쓴 미소가 머물렀다. 아직도 저를 꺼리는 그 모습에 비참해졌다. 이제 그만 입을 다물어야 한다는 것을 알지만 한번 터져 버린 입은 다물어지지 않았다.

"그저 내가 너를…… 그러니까…… 너를 걱정할 수 있게만 해 줘라. 위선도 아니고 너에게 환심을 사기 위해서 한 말도 아니다. 그저 걱정이 되어……."

루프스는 주먹을 말아 쥐었다.

"젠장."

루프스는 얼굴을 쓸어내렸다.

유채는 혼자서 신파극을 찍는 것 같은 그를 가만히 바라보았다.

"그냥, 걱정만 하게 해줘…… 더 큰 것은 바라지 않을 테니……."

애원처럼 나온 말에도 유채는 별다른 대답 없이 그를 지나쳐서 두 모자가 있는 집의 벽에 등을 붙이고 앉았다.

유채는 하늘만 올려다보았다. 루프스도 유채가 올려다보는 하늘을 보았다. 수많은 별들이 밤하늘에 가득 수놓아져 있었다. 누가 하늘에 물을 뿌리기라도 한 것인지 뿌옇게 번져 보였다. 루프스는 주춤주춤 유채의 옆에 조금 떨어져서 앉았다.

"마음대로 해요."

루프스는 유채의 말에 놀라서 그녀를 바라보았다. 두 다리를 쭉 뻗은 유채는 고개를 한껏 젖히고 하늘을 올려다보고 있었다. 루프스는 달빛에 반짝이는 유채의 옆얼굴을 바라보았다.

"당신은 내가 하지 말라고 해서 하지 않는 인간도 아니니까. 당신 마음대로 해요. 언제 당신이 당신 마음대로 하지 않은 일이 있었나요?"

루프스는 유채의 까칠한 말에 마음이 다시 바닥에 처박히는 것을 느꼈다. 하지만 그는 고개를 끄덕였다. 그녀의 진심이 무엇이든, 걱정해도 된다고 허락을 해주었다.

"난 당신이 왜 여기에 있느냐고, 그것부터 물을 줄 알았는데요."

"네가 내 앞에 있으니 됐다. 묻지 않아."

루프스는 유채가 원한다면 저를 떠날 수 있다는 것을 알았다. 이번만 해도 제가 눈치채지 못하는 사이에 사라졌다. 더 이상 그녀를 붙잡을 수 있는 수단이 없었다. 유채의 자비를 바라는 것 외에는.

"다만…… 어디를 가면 간다고 행선지만 말해라. 아니면, 인사라도 해줘. 가고 싶은 곳이 있다면 내게 데려다 달라고 해도 된다."

루프스는 조심스럽게 제 바람을 꺼냈다.

"어디 있든 내가 너를 지킬 수 있게. 그렇게 해줄 수 없나?"

루프스는 유채의 턱을 잡고 제 쪽으로 돌렸다. 위르형의 상태로는 별로 효과가 없을 테지만 그래도 안 하는 것보다 나을 것이었다. 루프스는 혀를 내밀어서 유채의 상처를 핥았다. 유채는 더럽다고 질겁하며 그를 밀어내었지만, 그는 해줄 수 있는 것이 이것밖에 없기에 밀려나지 않았다. 유채는 더러운 것이라도 묻은 것처럼 손으로 뺨을 벅벅 문지르다가 피가 더 이상 흘러나오지 않는다는 것을 알고는 문지르는 것을 멈췄다. 확실히 침에 지혈 효과는 있는 모양이었다.

"저 모자가 진정할 때까지만 잠시 기다리지."

"알겠어요."

루프스와 유채 사이에는 더 이상 대화가 오가지 않았다. 루프스는 눈을 끔벅였다. 유채를 찾았다는 안도감에 긴장이 풀리고 잊고 있던 피곤이 몰려오자 무거워진 눈꺼풀이 자꾸만 아래로 내려왔다. 루프스의 몸이 옆으로 약간 기울어졌다. 그의 머리가 유채의 어깨에 닿았다. 유채는 제 어깨에 닿는 묵직함에 고개를 돌렸다. 다 큰 사내가 마치 아이처럼 제게 기대 잠이 든 것에 유채는 복잡한 감정이 되었다.

변했다고 생각해도 될까?

처음 만났을 때와 지금을 비교하자면 완전히 다른 사람이 되었다고 해도 될 정도였다. 그래도 믿을 수 없었다. 언제 그가 다시 돌변할지 알 수가 없었다. 예전에도 변덕이 죽 끓듯 하던 남자였다. 사람은 생각보다 쉽게 변하지 않는다. 속지 말아야 한다.

"무거워."

바람이 스치고 지나갔다. 유채의 시선이 루프스의 얼굴에 머물다가 다시 하늘로 향했다.

"자면서도 웃는 인간은 처음이야."

유채는 아래를 힐끔 내려다보았다. 루프스의 입가에는 미소가 지어져 있었다.

루프스는 꿈에서 유채와 만나고 있었다. 그녀는 저를 보고 웃었고 다시 돌아오겠다고 약속했다. 단번에 이것이 꿈임을 알았지만 그럼에도 가슴이 벅차도록 행복하여 그는 꿈에서 깨지 않기를 원했다.

가슴이 벅차올랐다.

"란텔 형님!"

벨라토르의 신참인 헨리는 큰 소리로 란텔을 찾았다. 헨리는 란텔이 자신을 찾는다는 말에 라일라가 죽었다는 장소까지 머뭇 거리며 들어왔다. 평소 귀신을 무서워하는 헨리는 혹여나 억울하 게 죽은 라일라의 귀신이 자신을 덮칠까 봐 겁을 내고 있었다. 헨 리는 오밤중에 이렇게 으스스한 곳에서 만나자고 한 란텔을 속으 로 욕했다.

"왁!"

"으허허헉!"

헨리는 갑자기 뒤에서 큰소리가 나자 이상한 비명을 지르면서 바닥에 엎어졌다. 란텔이 장난기 가득한 미소를 지으면서 헨리를 내려다보았다.

"놀랐잖소, 형님! 정말 이상한 취미가 있다니까!"

헨리는 툴툴대면서 일어섰다. 란텔은 껄껄 웃는 척을 하며 그 가 이곳에 오면서 남긴 흔적들을 바라보았다. 아직 좀 더 많은 흔 적이 필요했다. 란텔은 순박한 얼굴을 하고 저를 잘 따르는 헨리 를 속으로 비웃었다. 그에게 악감정은 없지만, 헤임달을 위해서라 면 손에 피를 묻히는 일쯤은 얼마든지 할 수 있었다. 란텔은 저 멀리서 라일라의 살인에 관해서 조사하고 있을 하워드 형제에게 시선을 던졌다. 아주 조금 남았다. 란텔은 헤임달의 숙원이 이루 어지기를 간절히 바랐다.

"형님. 근데 요즘 여기는 왜 이렇게 자주 다니오?"

"어? 네놈 담력 훈련시키려고 그런다!"

란텔은 그럴 듯한 거짓말을 둘러대었다.

"근데 형님, 우리 저 마레 위르들에 대해 보고 올려야 하지 않소? 벨라토르로서 그냥 두고 보고 있는 거 들켰다가는 우리……."

헨리는 손으로 목을 긋는 시늉을 하였다. 이런 중요한 일을 보고하지 않은 것을 알면 루프스가 저희를 죽이려들 것이었다. 헨리는 루프스에 대한 공포로 몸을 떨었다. 란텔이 헨리의 어깨를 끌어안았다.

"걱정 마. 그리고 솔직히 말해서 우린 보고 올려도 까일 거야. 왜 그런 줄 알아? 마레 위르들의 침입을 못 막았잖아. 그러니 그냥 입 다무는 게 우리가 살길이야, 헨리."

하워드 형제 일행이 편하게 울피누스 호무스로 들어온 것에는 란텔의 힘이 크게 작용했다. 란텔은 헤임달의 보고를 듣고 얼른 벨라토르의 순찰 시간을 조정해 하워드 형제 일행이 들키지 않고 울피누스 호무스로 들어오게 만들었다. 그 뒤의 일은 쉬웠다. 렉스와 울피누스 호무스의 고위 서열 수인들은 어느 정도 아는 사이였고, 헤르티아의 측근으로 활동하는 저에게 그들의 처우를 일임한 것이었다.

"아무튼 형님, 담력 훈련이라는 장난은 그만 치고 요즘 여긴 왜 이리 자주 나가 계십니까?"

"글쎄? 옛날 추억 떠올려 보려고?"

란텔은 씁쓸한 미소를 지었다. 그는 수인과 마레 위르 혼혈이라 스티폴로르에서는 배척받다가 포트리스에 들어갔다. 동물형이 일찍 발현됐으면 좋으련만 자신은 돌연변이라도 되는지 발현 시기가 늦었다. 원래 혼혈 중 변할 수 있는 능력을 가진 일부 수인이건 순혈 수인이건 세 살 때면 모두 동물형을 취할 수 있었지만,

란텔은 돌연변이로 그 시기가 늦었다. 그렇게 포트리스로 흘러 들어왔건만 이제는 동물형을 할 수 있다는 것이 알려져 그곳에서도 배척당했다. 양쪽에서 환영받지 못하는 그를 불쌍히 여겨주었던 것은 라일라 뭐였다. 얼마 지나지 않아서 울피누스 호무스로 가 버렸지만. 수인과 마레 위르 양쪽에 원한을 품으면서 자라던 중 그의 앞에 나타난 것이 헤임달이었다.

헤임달은 그를 친아들처럼 길러주었다. 동물형을 할 수 있다는 것을 알았어도 그를 받아주었다. 란텔에게 헤임달은 구원자였다. 그러니 헤임달을 위해서라면 모든 일이든 할 수 있었다. 라일라가 그를 도와준 것은 사실이지만, 그녀는 무책임했다. 그녀는 동정만 베풀었을 뿐, 헤임달처럼 책임져 주지는 않았다. 그래서 란텔은 그녀를 죽이는 데 죄책감을 갖지 않았다.

란텔은 마지막까지 저를 붙잡으면서 아들들이 도망갈 시간을 벌어주려던 라일라를 기억했다.

"바보 같긴."

"예?"

헨리가 란텔의 혼잣말에 고개를 갸웃거렸다. 란텔은 헨리의 머리를 거칠게 쓰다듬었다.

라일라가 마지막 발악 끝에 죽은 뒤, 란텔은 그녀의 아들들을 쫓았다. 아직 어리고 동물형을 취할 수 없는 혼혈로 태어난 두 형제는 늑대로 변한 란텔에게 금방 따라잡혔다. 까마득히 높은 절벽에서 두 형제는 서로를 부둥켜안은 채 아래로 떨어졌다. 밑에는 물이 흐르고 있었지만 그 높이에서 떨어지고 살 확률은 극히 적었다. 그래서 란텔은 그들이 죽었을 거라 믿었지만 라일라의 시신 옆에 형제의 시신이 없는 것이 마음에 걸렸다. 운 좋게 근처에

서 놀던 그 형제의 또래의 수인을 발견하였고 죽인 뒤에 꼬리와
귀를 잘라내고 불에 태웠다.

"이제 돌아가자. 그렇게 좋은 기억이 많은 장소도 아니거든."

"그럼 나는 왜 부르오."

헨리가 투덜거렸다.

"그만 투덜거려. 내가 술 사줄게, 뭐 먹을래?"

"진짜요? 뭐 마실까……."

아직 나이 어린 헨리는 그 말에 신이 나서 먹고 싶은 것들을
중얼거렸다. 란텔은 열심히 얼마 안 남은 흔적을 찾고 있는 하워
드 형제를 돌아보았다.

마음대로 하라고 그러지.

어차피 죽을 놈들이었다. 진실쯤 알고 가게 해줘도 나쁠 것이
없었다.

꿀 같은 잠을 자고 난 후 루프스는 제 어깨를 흔드는 손길에
슬며시 눈을 떴다.

"적당히 잔 것 같은데, 일어나는 건 언제요?"

유채의 얼굴이 바로 눈앞에 보였다. 루프스는 당황해서 눈만
굴렸다. 어느새 그는 유채의 무릎을 베고 누워 있었다. 루프스는
화들짝 놀라서 벌떡 일어나 앉았다. 그러나 당황한 나머지 앞을
살피지 못해 그만 유채와 정면으로 부딪치고 말았다.

"큭!"

"아악!"

딱 소리가 날 정도로 이마를 세게 부딪쳐서 루프스는 인상을 찌푸렸고 유채도 고통스러운지 얼굴을 잔뜩 일그러뜨린 채 이마를 감싸 쥐었다. 유채는 몸을 웅크리고서 온갖 짜증 섞인 말을 토해내면서 이마를 문질렀다.

"미안하다. 좀…… 일찍 깨우지."

"이봐요. 그게 나한테 할 소리라고 생각해요?"

유채는 날카롭게 대답했다. 루프스는 생각해 보니 잘못해 놓고 변명을 하는 것 같아서 입을 다물었다. 루프스는 유채가 마법을 사용할 줄 아는 것을 알기에 조심스럽게 입을 물었다.

"멍든 것은 마법으로 해결할 수 없는 것인가?"

유채는 어깨를 으쓱였다.

"내가 멍든 거 없애는 마법은 몰라요."

유채는 사소한 것에 권능을 소모하는 것은 낭비라고 생각했다. 그래서 이마는 오르페에게 부탁하자고 결정을 하곤 다리가 저려서 풀 생각으로 자리에서 일어났다. 루프스가 반사적으로 유채의 손목을 붙잡았다. 유채는 불쾌한 얼굴로 그를 내려다보았다.

"뭐요? 더 할 말 있어요?"

"……왜 그냥 내버려 둔 건가? 깨울 수도 있었을 텐데."

루프스는 유채의 무릎을 베고 누워 있었다는 것에 놀랐지만, 그보다 더 놀란 것은 그녀가 자신을 떨쳐 내지 않았다는 것이었다. 루프스는 유채의 답을 기다렸다. 이번은 긍정적인 답변이 돌아오지 않을까 기대를 하였다.

"하."

하지만 돌아온 것은 차가운 헛웃음이었다. 루프스는 유채의 얼굴을 보기가 겁이 났다.

"나는 당신하고 달라서 최소한의 사람의 도리는 지켜요."

붙잡은 팔목에서 느껴지는 따뜻한 온기와 다르게 말은 차갑기 그지없었다. 감히 올려다보지 못하는 얼굴도 마찬가지일 것이다. 루프스는 암담한 기분으로 그녀가 하는 말을 듣고만 있었다.

"복수를 하더라도 타인에게 피해를 주어서는 안 되며, 내가 부당한 일을 당했다는 것이 그것이 내게 남을 해할 수 있는 권리가 되는 것이 아님을 알고 최소한의 인정을 베풀어야 함을 나도 알아요."

그래서 유채는 항상 너무 친절했고 자비로웠다. 사실 루프스는 유채가 지금 그에게 내어주는 것만으로도 충분한 자비임을 알고 있었다. 그럼에도 더 많은 것을 바라게 된다. 자신이 얼마나 욕심이 많고 한심한 이인지는 매일매일 새롭게 깨닫게 되면서 그럼에도 더 많은 자비를 바랐다. 루프스는 자신의 욕심에 조소를 보냈다.

"나는 피곤에 찌들어서 겨우 잠든 것 같은 사람을 내칠 정도로 냉혹하지 않아요. 당신에게 베푼 것은 호의가 아니라 그저 도리를 지킨 것뿐이에요. 착각하지 마요. 그리고 손목 놔요."

루프스는 힘없이 손을 떨어뜨렸다. 유채는 기분을 환기시키고 싶은 것인지 크게 한숨을 들이마시고 내쉬었다. 루프스도 자리에서 일어났다. 그는 여전히 아름답게 하늘을 수놓은 별을 올려다보았다. 그때였다.

"어. 별똥별이다."

유채가 긴 궤적을 그리며 떨어지는 별을 보며 말했다. 유채는 바람에 흩날리는 머리카락을 한 손에 움켜쥐면서 고개를 돌렸다. 그녀는 아이처럼 웃고 있었다.

꿈에서나 볼 법한 얼굴로 웃고 있는 유채를 보고 루프스는 별똥별에 소원을 빌었다. 어차피 다 미신이고 자신의 소원은 그 누구도 들어줄 수 없다는 것을 알면서도 그래도 지푸라기라도 잡는 심정으로 빌었다. 루프스는 유채의 검은 머리카락이 휘날리는 뒷모습을 바라보았다. 아마 자신은 저 뒷모습만 바라볼 수 있게 허락된 운명일지도 몰랐다. 검은색의 아름다운 천으로 짜인 하늘과 당장이라도 거기에 섞여서 사라질 것 같은 연모하는 이의 뒷모습을 바라보기만 할 수밖에 없는 운명인가 싶었다.

시간을 돌릴 수만 있다면, 무엇이든 다 바칠 수 있을 텐데. 제 영혼이라도 내어서 시간을 돌릴 수 있다면 기꺼이 돌아갈 것이다.

"이제 돌아가…… 요?"

유채가 몸을 돌렸다. 루프스는 그녀의 표정이 이상하게 변한 것을 보고 제 얼굴을 쓸었다. 손에 눈물이 만져졌다. 루프스는 고개를 숙이고 눈가를 닦아내었다.

"당신?"

"먼지 때문이다. 그러니까…… 어. 먼지 때문이야. 먼지……."

루프스는 횡설수설했다. 뭐라고 해야 유채가 덜 불편해할지 알 수가 없었다.

"알았어요."

유채가 그의 어수룩한 변명을 믿는 것인지 아닌지는 알 수 없었다. 루프스는 얼굴을 정리한 후 유채의 뒤를 따랐다. 말 수인 모자와 함께 원래 있던 마을로 돌아온 뒤, 루프스는 예상치 못한 일을 맞닥뜨려야만 했다.

루프스는 유채의 주위에 모여 감사하다고 눈물을 쏟으면서 이

은혜는 절대 잊지 않겠다고 말하는 이들을 보았다.

말 수인 일족은 다른 일족보다 동물화에 대한 통제를 빨리 시도했다. 지원 대상의 우선순위를 정할 때, 제일 먼저 고려하는 요소는 치료가 가능한가, 였다. 간단한 치료로도 일상에 복귀할 수 있는 수인들을 우선으로 진료하고 지원하는 것이 원칙이라 병의 진행도가 심각한 수인들은 치료의 기회도 얻지 못하고 뒤로 밀리기 일쑤였다.

그로 인해서 동물화가 발병한 마을들은 저도 모르는 새에 환자들의 정도에 따라서 심각한 관리에 들어갔다. 지금 유채의 눈앞에 있는 이들은 모두 마을 사람들이 지원을 위해서 쫓아낸 중증의 환자들이었다. 이들은 올가처럼 수인들의 눈에 덜 띄는 펠레스 호무스라든지, 이런 유령마을에 살았다. 당연하다면 당연하게도 올가는 그들과 친분이 있었고 그들을 동정했다. 당연히 유채에게 그들을 도와줄 것을 간청했고 유채는 그것을 수락했다.

유채는 루프스에게 그들을 돕고 싶다고 부탁했다. 루프스는 그것이 위험한 일이라는 것을 알면서도 그녀를 말리지 못했다. 유채의 의지는 확고했고, 루프스는 그녀를 도울 수밖에 없었다.

유채의 도움을 받은 수인들이 눈물을 흘리며 그녀에게 감사를 표하는 것을 지켜보면서, 루프스는 혹시라도 그녀에게 닥칠 위험에 온몸을 긴장하고 있었다.

루프스는 방금 치료를 받은 여우 수인에게 가지고 온 식량과 돈을 주었다. 원래 살던 마을로 돌아가기 전까지는 먹고살 수 있을 만큼이었다. 여우 수인은 고개를 꾸벅 숙였다.

"내게 약속할 것은 하나다. 아무리 어려운 수인을 보아도 네가 어디서 어떻게 치료받았는지 말하지 마라. 그것만 지킨다면 나도 네가 무엇을 하든 신경을 쓰지 않겠다."

"여부가 있겠습니까?"

여우 수인은 덜덜 떨었다. 말로만 듣던 루프스를 직접 보니 오금이 저렸다. 이 일은 무덤까지 가지고 가야 할 일이었다. 루프스는 고개를 숙이고 물러나는 여우 수인을 한 번 보곤 여전히 수인들을 치료하고 있는 유채를 바라보았다. 식은땀을 흘리는 것을 보면 힘든 것이 틀림없었다. 예전에 라일라가 말하기를 성력(聖力)은 신의 힘이기 때문에 신의 육체를 가지지 못한 마레 위르가 성력을 사용하는 것은 몸에 부담을 준다고 하였다. 유채 역시 다를 바 없었다. 그럼에도 유채는 활짝 웃고 있었다.

그래서 사랑했다. 저런 모습이 좋아서.

한편, 유채는 치료를 받아야 하는 수인들과 혹시 몰라 주위를 살피라 했던 은빛 늑대의 보고를 들으면서 한숨을 내쉬었다.

이곳에는 리와인더의 조각이 없었다.

유채는 손등의 문양을 살폈다. 루프스를 이용한 덕택에 이동 관련한 권능은 거의 닳지 않았다. 치유 관련 권능도 생각 외로 많이 닳지 않았다.

'생각할수록 신으로서 최악이고 쓰레기야.'

유채는 이제 새로운 의문을 가졌다. 조각으로 스티폴로르의 멸망을 막을 수 있다 치더라도, 현재 피해를 입고 있는 사람들은 어떻게 구제를 한단 말인가? 신이 인간의 일에 개입할 수 없다고 했으니 그녀가 직접 나서 저들을 치료해 주지는 않을 것이다. 결국 이들은 이렇게 계속 고통받을 것이다. 유채는 생각할수록 셀레네의 뻔뻔함에 몸을 떨었다.

"다 끝났나?"

루프스가 가져온 식량과 돈을 다 나누어준 것인지 유채의 곁으로 다가왔다. 유채는 새삼스러운 눈으로 그를 보았다. 루프스는 분명히 제가 그를 이용하고 있는 것을 뻔히 알고 있음에도 묵묵히 도와주었다. 그는 마치 키다리 아저씨처럼 돌아보면 있을 것 같은 거리에 서서 도와주기만 하였다.

"끝났으면, 같이 걸을 생각 있나? 근처에 풍광이 아름다운 곳이 있다. 네 기억에 남기기에 나쁘지 않은 곳이지."

"알았어요. 어차피 머리도 식히고 싶으니까."

유채는 나무 그루터기에서 일어났다. 권능을 너무 과도하게 쓴 것인지 순간 머리가 어지러워 휘청거리는 그녀의 몸을 루프스가 얼른 붙잡았다. 유채는 루프스의 품에 몸을 기대었다.

"괜찮나?"

"괜찮아요."

루프스는 유채의 몸을 부축했다. 둘의 시선이 얽혔다. 유채의 팔을 잡은 루프스의 손에 힘이 들어갔다. 유채는 제가 중심을 온전하게 잡았는데도 아직도 제 팔을 잡고 있는 루프스의 손에 시선을 던졌다. 루프스는 그제야 손에 힘을 풀었다.

유채는 곧장 한 걸음 떨어졌다. 루프스는 유채의 온기와 촉감이 남아 있는 제 손과 그녀와 저 사이의 거리를 바라보았다. 좁혀지지 않는 거리가 안타까웠다. 유채는 저기 멀찌감치 떨어져 걸어가고 있었다. 루프스는 반사적으로 손을 뻗었다가 거두었다. 그는 허공을 움켜쥐었다.

비어 있는 손. 이게 그에게 허락된 것이었다.

루프스의 말대로 풍광이 아름다운 곳이었다. 돌아가도 이만한 풍경은 볼 수 없을 것이었다. 유채는 하늘과 들판 모두를 눈에 담으며 걸었다.

멀찌감치 떨어져 있던 루프스가 유채의 곁으로 한 걸음 다가왔다. 그와 그녀 사이는 이제 한 걸음 정도가 남아 있었다. 루프스는 유채의 옆얼굴을 힐끔 훔쳐보았다. 그는 망설이다가 간신히 입을 열었다.

"몇 가지 물어봐도 되나?"

"마음대로 해요."

유채의 선선한 대답에 루프스는 용기를 얻었다. 그는 가벼운 이야기부터 시작했다.

"좋아하는 음식은 뭔가?"

"티라미수요. 그러고 보니까 못 먹은 지 꽤 됐네. 돌아가면 실컷 먹어야지."

루프스는 처음 들어보는 음식의 이름에 당황했지만, 이내 진정하고 다른 것을 물었다.

"생일에 받고 싶은 것이 있나?"

"글쎄요. 딱히 생각나는 건 없네요. 대학교 합격 통지서? 그거면 되려나?"

유채는 루프스의 말에 문득 셀레네가 소원을 들어주겠다고 했던 것을 떠올렸다. 이왕이면 셀레네를 골려줄 수 있길 바랐기에 머리를 굴리는 중이었다. 루프스는 그 사이에 사소한 것들을 물어봤다. 무엇을 좋아하는지, 무엇을 싫어하는지, 행복했던 때, 스티폴로르에서 가장 기억나는 장소, 가족들이 언제 가장 생각났는지 등을 물었다. 유채는 별 생각 없이 답해주었다. 왜 저런 것을 묻는지 의문이었지만, 딱히 숨겨야 하는 비밀도 아니었다. 그는 무슨 생각을 하는지 도무지 짐작할 수 없는 표정이었다.

"좋아했던 수컷은 있나?"

유채는 걸음을 멈췄다. 유채는 루프스의 진위를 파악하기 위해서 그를 향해 몸을 돌렸다.

"……있었어요. 옆집 오빠. 착하고 다정하고 훈훈하게 생긴 오빠였는데, 결혼했어요. 결혼식에 초대받아 가서 헤어진 전 여친처럼 펑펑 울었어요. 엄마랑 아빠가 뭐 하는 짓이냐고, 부끄럽다고 타박을 했지만."

유채는 중학교 1학년쯤에 있었던 이야기를 털어놓았다.

"만일 내가 너를 처음 만났을 때부터 그 옆집 오빠라는 수컷처럼 대해주었다면 너는 나와 헤어지기를 아쉬워했을 것 같나?"

루프스는 간절한 마음으로 물었다. 비록 가정형밖에 될 수 없지만 그래도 유채에게 아쉬웠을 것 같다는 이야기를 듣고 싶었다. 졸렬하지만, 그럼에도 그런 대답을 원했다.

유채가 말을 하지 않고 가만히 있자 루프스는 제가 실언했음을 깨달았다.

"말하기 싫다면……."

"아쉬워했을 것 같아요."

루프스는 눈을 크게 떴다.

"내 세계에 찰리 채플린이라는 사람이 있어요. 그가 이런 말을 했죠. 인생은 가까이서 보면 비극이지만 멀리서 보면 희극이다. 그 말이 어떤 소리인지 이제야 알 것 같아요. 여기에서의 좋은 기억이라고 해봤자 손에 꼽을 수 있을 정도로 적은데, 막상 떠난다고 생각해 보니 아쉬운 점도 있어요."

이국적인 건물들, 이국적인 풍습, 때 묻지 않은 자연, 밤하늘에 가득한 별들. 막상 두 번 다시 보지 못한다고 생각하니 아쉬웠다.

블루벨, 그 귀여운 아이의 도움이 없었더라면, 고독으로 진작 미쳤을 것이다. 오르페도 있다. 처음엔 그를 보고 기겁을 했었지만 그는 몇 번이고 제 목숨을 살려주었다. 그가 아니었다면, 이미 골백번은 더 죽었을 것이다. 프레드릭과 알렉스 형제에게도 고마웠다. 그들이 아니었음 저는 토스 호무스를 탈출하지 못했을 것이고 셀레네도 만나기 힘들었을 수도 있다. 바실리사와 에릭도, 그들 덕분에 베노르 콩레수스의 충격에서 쉬이 헤어 나올 수 있었다.

유채는 작게 미소 지었다. 막상 돌아간다고 생각하니 그들이 아쉽고 벌써 그리워졌다.

루프스는 눈을 감은 유채를 응시했다. 그녀의 입가에 지어진 미소를 음미했다. 저 미소는 저를 위한 것이 아니었다. 그럼에도 루프스는 그녀를 뚫어져라 바라보았다. 이 순간이 영원했으면 했다. 헤어짐도 없이 그저 이 순간 속에서만 영원히 살고 싶었다.

모든 것이 멈춘 것 같다고 느낀 순간, 유채의 속눈썹이 파르르 떨렸다. 바람은 바람일 뿐이었다. 루프스는 그녀의 말에 귀를 기울였다.

"만약 당신과도 좋은 기억으로 얽혔다면 당신과 헤어지는 것이 아쉬웠겠죠."

5월의 바람이 둘 사이를 휩쓸고 지나간다. 머리카락이 바람에 흩날리고 유채가 그대로 사라질 것 같자 루프스는 반사적으로 한 걸음 앞으로 내디뎠다.

"역사에 만약은 없듯이, 당신과 나 사이에도 만약은 없어요. 이미 일어난 일뿐이죠. 난 당신이 싫고 끔찍해요. 당신이 괴로워하는 모습을 봐야 속이 후련할 것 같아요."

유채는 말을 하면서도 조마조마해서 그를 보았다. 루프스는 슬 퍼 보이는 미소를 짓고 있었다.

"당신이 내 목숨을 구해준 건 고마워요. 하지만, 거기까지예요. 난 당신이 아직도……."

"고맙다."

루프스가 유채의 말을 잘라먹었다.

"고맙다. 솔직하게 말해줘서."

루프스는 수많은 뒷말을 목으로 삼켰다. 제게 살아 있다는 것 이 무엇인지를 다시 알려주어서, 어릴 적 품었던 꿈을 다시 떠올 릴 수 있게 만들어주어서, 제 세상에 새로이 색을 찾아주어서, 제 세계에 빛으로 나타나 주어서, 그리고…….

사랑을 한다는 것이 이렇게 찬란하면서도 행복하고 벅차오르 는 것임을, 그리고 또 그만큼 아픈 것임을 알려주어서 고맙다고, 제 사랑으로 나타나주어서 고맙다는 그 말을.

"고맙다."

그 한마디에 모두 담았다. 사랑한다는 말도 미안하다는 말도 부담이고 불편하다는 유채에게 유일하게 할 수 있는 말이었다. 이 벅찬 감정을, 수없이 얽힌 복잡한 마음을 루프스는 이렇게 표현 했다. 그것 외에는 자신의 마음을 전할 방법이 없었다.

평생을 사랑할 것이고 평생을 바랄 것이다. 루프스는 유채에게 부담을 주기 싫어서 애써 입꼬리를 끌어올렸다.

유채는 제게 고맙다고 말하는 루프스를 올려다보았다. 웃는 얼 굴이 이상하게도 어미 잃은 짐승처럼 비참하고 슬퍼 보였다.

⚜

프레드릭과 알렉스는 라일라가 죽은 숲에 여러 번 들락날락거렸지만, 이렇다 할 증거를 찾지 못하였다. 당연했다. 벌써 십사 년도 더 지난 일인데 아직 증거가 있는 것이 기적이었다.

프레드릭은 지끈거리는 머리를 감싸 쥐었다. 이곳에 드나들 때부터 머리가 아프고 가슴도 두근거렸다. 왠지 익숙하다는 생각도 들었다. 프레드릭만 그런 것이 아니라 알렉스도 마찬가지였다. 심지어 알렉스는 처음 온 울피누스 호무스의 궁에서 길을 찾기까지 했다.

"형. 여기 되게 익숙해 보이지 않아?"

"너도 그래? 사라 할머니가 우리를 이곳에 데려온 적이 있나?"

프레드릭은 아무리 기억을 더듬어도 울피누스 호무스에 왔었던 적은 없는 것 같았다.

검을 옆에 내려놓고 물로 목을 축인 알렉스는 무심코 고개를 젖히고 하늘을 올려다보았다.

"프리드, 하늘이 예쁘지?"

알렉스는 갑자기 머릿속을 스치고 지나간 여자의 목소리에 움찔했다. 그리고 다시 시작된 두통에 관자놀이를 문질렀다. 여기만 있으면 이상하게 머리가 지끈거렸다. 프레드릭을 부르려고 했는데 그는 어느새 보이지 않았다.

"으악!"

덤불 너머에서 프레드릭의 비명소리가 들렸다. 알렉스는 얼른 그쪽으로 뛰어갔다. 회색과 검은색이 섞인 털을 가진 애꾸 늑대가 프레드릭을 공격하고 있었다. 프레드릭은 벌써 어깨와 다리를 물려 피투성이가 되어 있었다.

"형!"

알렉스는 손을 허리에 대고 검을 꺼내려고 했지만 소용없었다. 그는 스스로를 저주했다. 아까 잠깐 쉬면서 검을 내려놓았는데 급하게 뛰어오느라 그것을 잊은 것이었다. 검사로서 한심하기 짝이 없는 행동이었다.

알렉스는 하는 수 없이 맨손으로 늑대의 앞으로 뛰어들었다. 그는 늑대의 공격을 피해 프레드릭을 낚아챘다. 늑대는 피 묻은 주둥아리로 알렉스와 프레드릭의 주위를 경계하듯이 빙빙 돌았다.

"형. 괜찮아?"

"얘들아, 괜찮니?"

숨을 헐떡이던 중 프레드릭은 환청 같은 소리를 들었다.

늑대는 형제를 공격할 준비를 갖추었다. 알렉스는 두고 온 검이 아쉬웠지만 부상을 입은 프레드릭을 데리고 거기까지 가는 것은 무리였다. 알렉스는 프레드릭의 팔을 어깨에 둘렀다.

"형. 뛸 수 있어?"

"벤자민, 프리드! 엄마는 괜찮으니까 얼른 도망쳐. 도망쳐서 레아 누나 불러오는 거야, 알았지!"

머릿속에 울리는 목소리에 프레드릭은 알렉스의 말에 대답을 하지 못했다. 그는 숨을 헐떡이면서도 늑대를 뚫어져라 바라보았다. 저 늑대가 나타났을 때, 그는 당황하기도 했지만 순간 몸이 굳어버릴 정도로 공포에 사로잡혔다. 저 늑대가 분명히 자신을 죽일 것이라는 공포였다.

늑대가 다시 형제에게 달려들었다. 알렉스는 형을 부축해서 뛰기 시작했다. 그와 동시에 형제는 또 다른 기시감을 느꼈다. 이 길을 예전에도 이렇게 뛰었던 적이 있는 것 같았다.

"형, 엄마는? 엄마는?"
"괜찮아. 프리드, 일단, 레아 누나 불러오는 거야."

그래, 그때도 알렉스와 같이 이곳을 달렸었다. 뒤를 쫓는 거대한 늑대를 피해서 달리고 또 달렸다. 넘어져서 무릎이 까져도 살기 위해서 일어났다. 헤르티아의 측근이자 늑대 일족에서 다섯 손가락 안에 들어가는 실력자인 레아를 데려오기 위해서 죽을힘을 다해서 달렸다. 프레드릭과 알렉스는 숨을 몰아쉬었다. 그들은 이 앞에 무엇이 있을지 직감했다.

"형!"

깎아지른 높은 절벽 아래로 돌이 굴러떨어졌다. 그 소리가 소름끼쳤다. 알렉스는 프레드릭을 감싸며 뒷걸음질 쳤다. 둘은 높은 절벽의 끄트머리에 섰다.

[이거 묘한 우연이군.]

[이쪽으로 와. 그럼 목숨만은 살려주마.]

알렉스와 프레드릭은 서로의 몸에 의지해서 늑대를 바라보았다. 분명히 이런 상황이 과거에도 있었다. 프레드릭은 알렉스를 돌아보았다. 알렉스의 눈동자가 흔들렸다.

"형. 우, 우리 어떻게 해."

어린 알렉스의 목소리가 들렸다. 그때, 자신이 뭐라고 했던가?

"괜찮을 거야. 형이 있잖아."

알렉스는 프레드릭에게 속삭였다.
"형. 나 꽉 잡아."
알렉스는 프레드릭을 감싸 안고 아래로 뛰어내렸다. 차가운 바람에 볼이 에이는 듯했다. 그때도 이렇게 절벽에서 떨어졌었다. 하지만 그때와 달리 지금은 스스로 뛰어내렸다. 그때는 프레드릭이 발을 헛디며 중심이 흐트러져 어쩔 수 없이 떨어진 것이었다. 그리고 이 기나긴 낙하의 끝에는.
풍덩.
차가운 물이 기다리고 있었다. 두 형제의 몸을 차가운 물이 감싸 안았다. 형제는 비로소 여태껏 느꼈던 위화감의 정체를 알 수 있었다. 형제가 잊었던, 너무 괴롭고 무서워서 잊어버려야 했던 바로 그 기억이었다. 차가운 강물은 그들에게 과거의 기억을 찾아주었다.

"콜록, 콜록,"

알렉스와 프레드릭은 물에 푹 젖은 몸으로 강에서 빠져나왔다. 온몸이 욱신거렸다. 하지만 몸보다 괴로운 것은 기억이었다. 강가에 대자로 누운 알렉스와 프레드릭의 두 눈에서 눈물이 줄줄 흘러내렸다.

"크아아악!"

두 형제는 답답한 마음을 담아서 고함을 쳤다. 그래, 결코 잊어서는 안 되는 기억이었다. 죄책감과 두려움에서 도망치고 모든 기억을 묻고 봉인해 버렸다.

알렉스와 프레드릭은 가슴을 내려치면서 서로를 바라보았다. 그게 신호가 되었다. 두 형제는 서로를 부둥켜안고 오열했다.

그들은 알렉스와 프레드릭이 아니었다. 그들은 인간 고아가 아니었다. 그들의 죽음으로 수인 내전이 시작되었다. 어머니는 목숨을 바쳐서 형제를 살렸고 아버지는 절친한 친구를 오해해서 이스티폴로르에 피바람을 불렀다. 형제는 부모의 임종을 모두 지키지 못했다. 좋아했고 많이 따랐던 형은 그들로 인해 촉발된 수인 내전으로 수많은 것들을 잃고 종국에는 자기 자신까지 잃어 허울뿐인 몸뚱어리를 끌어안고 정상의 자리에 앉아 있었다.

"으흑. 헉. 허억. 흑."

그들의 이름은 벤자민과 프리드였다. 베니니타스와 라일라의 아들, 벤자민과 프리드.

결코 잊어서는 안 되는 기억이었다.

⚜

그날은 여느 때와 별다를 것 없는 날이었다. 조금의 차이라면 베니니타스가 토스 호무스에서 머물고 있다는 것이었다. 베니니타스가 자리를 비운 동안 라일라는 엄중한 호위를 받았다. 그녀는 수인과 인간 사이 화합의 상징이었던 터라 마레 위르를 좋아하지 않는 수인들이 그녀의 목숨을 노릴 수도 있기 때문이었다. 대부분의 수인들은 라일라의 뒤에 베니니타스를 비롯하여 루프스까지 있는 것을 알기 때문에 쉽사리 건드리지 못했다. 하지만 그렇다고 공격이 없는 것은 아니기에 라일라와 벤자민, 프리드는 항상 갑갑할 정도로 호위를 받았다.

"엄마. 오늘 우리 산책 언제 가?"

벤자민이 라일라의 무릎에 매달리면서 물었다. 라일라는 아들의 머리를 쓰다듬었다.

"매일 가던 시간에 가야지."

베니니타스는 부인의 안전을 많이 걱정했다. 그로 인해 울피누스 호무스 궁 근처의 숲으로 산책을 나가려 해도 라일라는 호위를 달고 다녀야 했다. 남편의 걱정을 알기에 라일라도 답답하지만 그의 말대로 정해진 시간에 정해진 곳으로만 산책을 나가곤 하였다.

"웅…… 토스 호무스에서 라이칸 형이랑 있을 때는 마음대로 뛰어놀 수 있었는데."

"거긴 토스 호무스잖니. 루프스님도 계시고 블랑카님도 계시니 안전하지만 여기는 아니잖니. 그러니 조금만 참자."

"핏, 알았어요."

벤자민이 토라진 얼굴로 책을 읽고 노는 프리드에게 다가갔다. 프리드는 형을 올려다보았다.

"형. 왜?"

"너는 매일 책이나 읽고 지루하지 않아? 이럴 때보면 라이칸 형하고 잘 맞을 것 같은데, 묘하게 형이랑 많이 싸운다니까."

"난 라이칸 형하고 안 싸워. 형이 나를 미워하는 거지. 그리고 형이 나한테 이 핀도 줬어!"

프리드는 라이칸이 준 에메랄드 핀을 자랑하듯이 꺼내 보였다. 벤자민은 너 잘났다는 표정을 짓고는 다시 라일라의 옆에 붙었다.

"라일라님. 산책 가실 생각이십니까?"

라일라의 호위를 맡은 여자 여우 수인이 들어왔다. 라일라가 자리에서 일어나자 프리드와 벤자민은 신이 나서 그녀의 뒤를 따랐다.

그들은 울피누스 호무스 근처의 산으로 나왔다. 덜 활동적인 프리드도 벤자민을 따라서 이곳저곳을 뛰어다녔다. 라일라는 명치 부근을 어루만지면서 나무 그루터기에 앉았다. 그녀를 보고 호위로 따라온 여자 여우 수인이 물었다.

"몸이 안 좋으십니까?"

"아니요. 그냥 요즘 따라 속이 좀 안 좋네요."

"혹시, 임신하신 것 아니십니까?"

"에이. 설마요?"

"요즘 잠도 많아지지 않으셨습니까?"

라일라는 여우 수인의 말에 곰곰이 생각을 해보았다. 소화가 잘 되지 않고 잠도 눈에 띄게 늘었고, 결정적으로 달거리를 하지 않았다. 하지만 신녀였던 영향으로 그녀는 평소에도 달거리가 불규칙한 면이 있어서 그것만으로는 확신할 수가 없었다. 그리고 목걸이에 들어 있는 힘의 영향을 받았을 가능성도 있었다. 이 안에 들어 있는 힘이 자신을 힘들게 만들고 있는 것이다. 라일라는 아닌 것 같다는 말을 하려다가 임신이라고 확신한 것 같은 그녀에게 찬물을 끼얹을 수는 없어 말을 아꼈다. 대신 돌아가서 확인해 보자고 했다.

"만약 임신이라면, 이번엔 딸이면 좋을 것 같아요. 베니니타스가 에리카를 예뻐하는 걸 보니 딸을 갖고 싶은 모양이에요."

라일라는 신비로운 보라색 눈동자가 보이지 않게 될 정도로 눈을 접으며 해사하게 웃었다. 그때 한 여우 수인이 헐레벌떡 뛰어왔다.

"라일라님! 오늘 만나기로 한 마레 위르가 조금 빨리 도착했습니다. 기다린다고 하였으나 혹시 이곳으로 모셔오는 것도 괜찮은가 하여 여쭈어보러 왔습니다. 괜찮다고는 하지만 급한 사정이 있는 것 같아 보여서요."

"급해요?"

라일라는 오늘 만나기로 한 이들을 떠올렸다. 대륙에서 이곳으로 온 지 얼마 안 된, 악몽 때문에 도움을 청하던 남매였다.

대륙이 전쟁으로 몸살을 앓게 된 이후 사람들은 더욱 더 성력에 의자하게 되었다. 라일라는 어릴 때부터 신전에 살았기에 그런 사람들을 수도 없이 보았다. 신화의 시대의 종말 이후 성력 소유자들이 줄어들면서 그들은 몇 안 되는 신녀와 신관들에게 절박하게 매달렸다. 아마 지금 찾아온 남매도 그들과 다를 바가 없을 것이다. 얼마나 절박했으면 예정된 시간보다 일찍 왔나 싶었다.

"여기로 오시라고 하세요. 그분들이 저를 위협할 분들도 아닌데요."

여우 수인은 궁 쪽으로 뛰어갔다. 라일라가 성력을 쓸 수 있는 신녀이기 때문에 포트리스 사람들은 그녀에게 경외심을 갖고 있었다. 따라서 베니니타스도 포트리스의 사람들은 크게 경계하지 않았는데, 그것이 이 비극의 시작이었다.

"엄, 엄마."

라일라는 벤자민과 프리드를 인질 삼은 헤임달과 헬라, 그리고 알폰소를 보았다. 이미 근접 호위를 맡고 있던 수인들은 모두 쓰러진 후였다. 라일라는 얼굴이 하얗게 질렸다.

"내, 내 아이들에게 무슨 짓을 하려는 건가요!"

헤임달은 덜덜 떠는 라일라를 비웃었다. 아들들의 목숨을 살리기 위해 라일라는 그가 시키는 대로 따라야 했다. 라일라는 입술을 깨물었다. 헤임달이 요구하는 것들은 모두 그의 죄를 숨기기 위한 작업들이었다. 라일라는 마음을 단단히 먹었다. 그가 목표로 하는 것은 저와 아이들의 죽음이었다. 저는 죽더라도 최소한 아이들은 살려야 했다.

헤임달의 가방 속에서 회색과 검은색이 섞인 털을 가진 늑대가 나왔다. 주둥이에 피가 잔뜩 묻은 늑대는 순식간에 크기를 키웠다.

"란, 란, 란텔? 네가 왜? 아악!"

"엄마!"

란텔은 라일라를 물어뜯었다. 라일라의 한쪽 팔, 팔꿈치 아래가 뜯겨나갔다. 라일라는 아찔한 고통에 신음을 흘렸다. 그녀의 두 아들들은 울음을 터뜨렸다.

"소리 지르지 마. 그랬다간 네 아들놈들의 목숨을 장담 못 하니까."

헤임달이 벤자민과 프리드의 목에 검을 겨누고서 협박했다. 라일라는 그대로 란텔이 자신의 몸을 산 채로 물어뜯는 것을 지켜

보아야 했다. 라일라는 고통에 몸부림치고 땅을 긁었다. 손톱이 몽땅 빠지는 고통은 그에 비할 바가 아니었다. 헤임달이 하늘을 올려다보고 대강의 시간을 추측하더니 헬라에게 눈짓을 했다. 헬라는 고개를 끄덕이고 잠깐만이라고 속삭인 뒤 라일라 앞으로 다가갔다.

"이거 나 가져도 되지?"

헬라는 라일라의 목걸이를 빼앗았다. 처음 보았을 때부터 아름다운 붉은빛으로 저를 유혹하던 것이었다. 헬라는 탐욕스러운 눈을 빛냈다.

리와인더의 조각은 신에게 부여받은 단 하나의 명령인 세계의 멸망을 방해하는 라일라를 벗어나고 싶었다. 그런 리와인더의 조각에게 헬라는 좋은 먹잇감이었다. 리와인더의 조각은 헬라를 유혹했다.

붉은 루비 조각에서 넘실거리는 검은 악기(惡氣)가 헬라를 유혹하는 것이 라일라의 눈에 보였다. 그 악기(惡氣)가 헬라의 탐욕을 먹게 되면 얼마나 강해질지 알 수가 없었다. 막아야 했다. 스티폴로르를 멸망으로 가게 할 수 없었다.

"안 돼요! 그건 안 돼요. 그건 재앙을……. 악!"

"곧 죽을 년이 별 소리를 다해."

헬라는 라일라의 머리를 세게 치고 목걸이를 가지고 헤임달에게 갔다. 헤임달은 오늘의 증거가 될 수도 있는 목걸이를 가지고 가는 것이 마음에 들지 않았으나, 지금 이 상황을 들키지 않는 것은 헬라의 환영마법 때문이라 참고 넘어갔다. 헤임달은 자신을 향한 의심을 완전히 없애기 위해서 나머지는 란텔에게 맡겨두고 빠질 생각이었다. 그는 일을 확실하게 처리하기 위해 데리고 있던 아이들까지 죽이려고 하였다.

"……도망가!"

헤임달은 눈을 크게 떴다. 분명 아이들을 노렸던 그의 검은 라일라의 배를 관통했고, 원래 라일라가 누워 있던 곳에 두 형제가 쓰러져 있었다. 라일라는 배를 뚫린 고통에 이를 악물었다.

그녀는 때를 보고 있었다. 라일라는 성력(聖力)이 있었기에 마력을 사용할 수 없었다. 에르비오네 린처럼 강력한 성력의 소유자도 아니었지만 그럼에도 성력은 성력이었다. 성력은 신이 빌려주는 자신의 권능의 일부였고 세계의 법칙을 깨는 힘이었다.

라일라는 자신이 쓸 수 있는 모든 힘을 짜내 아들들과 자신의 위치를 바꾸었다. 그리고 그때 생기는 빈틈을 노려 품에 숨기고 있던 호신용 단도로 헤임달을 내려찍었다. 란텔이 달려오는 것을 보고 라이라는 목소리를 쥐어짜냈다.

"벤자민, 프리드! 엄마는 괜찮으니까 얼른 도망쳐. 도망쳐서 레아 누나 불러오는 거야!"

라일라의 입가에서 피가 흘러내렸다.

"엄, 엄마!"

"아악!"

란텔이 라일라의 등을 물어뜯었다. 라일라는 온 힘을 다해서 헤임달을 찌른 단도를 놓지 않았다. 제가 그와 란텔을 붙잡고 있는 사이에 아이들이 도망칠 수 있기를 바랐다.

"어서! 벤자민!"

벤자민은 프리드의 손을 잡고 정신없이 뛰었다. 라일라는 가물거리는 의식을 억지로 붙잡으면서 시간을 벌었다.

"아악!"

불행히도 란텔의 힘이 더 강했다. 란텔은 라일라를 입에 문 채로 땅바닥에 내던졌다. 바닥에 떨어진 라일라의 목이 꺾였다. 보라색 눈동자가 유리구슬처럼 변했다. 란텔은 확실히 하기 위해서 그녀를 다시 물어뜯으려 했지만 헤임달이 다급하게 소리쳤다.

"저 꼬맹이들 쫓아가! 저놈들도 죽여야 우리 목적을 이루는 거야. 알지? 우리는 최대한 베니니타스의 화를 이끌어내야 해."

란텔은 고개를 끄덕이고 두 형제를 쫓았다. 헤임달은 헬라의 도움을 받아서 상처를 환영마법으로 숨기고 그곳을 빠져나갔다.

벤자민과 프리드는 정신없이 도망쳤다. 형제의 뒤를 란텔이 무섭게 쫓아갔고, 벤자민과 프리드는 쉴 틈도 없이 혼비백산해서 뛰었다.

공포와 슬픔으로 눈물이 주륵주륵 흘러내렸다. 어머니가 어떻게 될지도 모르는데, 원수에게 맞서보지도 못하고 도망치기밖에 못하는 자신들이 한심했다. 두 형제는 비탈을 구르기도 하면서 간신히 어두운 숲을 통과했다.

"으악!"

벤자민이 절벽 아래로 굴러떨어질 뻔한 프리드를 붙잡았다. 절벽은 까마득했다. 둘은 서로를 끌어안고 벌벌 떨었다. 란텔이 서서히 다가왔다. 둘은 조금씩 뒤로 물러났다.

[이쪽으로 와. 그럼 목숨만은 살려주마.]

두 형제는 그것이 당연히 거짓임을 알았다. 프리드는 떨면서 벤자민을 꼭 끌어안았다.

"형. 우, 우리 어떻게 해."

벤자민은 떨리는 목소리를 애써 가다듬으면서 프리드를 달랬다.

"괜찮을 거야. 형이 있잖아."

벤자민은 으르렁거리며 다가오는 란텔을 경계하면서 발을 뒤로 내디뎠다. 자갈이 발에 밟혔다. 그리고 그와 동시에 중심이 흐트러졌다.

"어억!"

"으악!"

두 형제의 몸이 아래로 떨어졌다. 그 와중에 벤자민은 동생을 지켜야 한다는 생각에 프리드의 몸을 감싸 안았다. 신도 이 아이들이 가여운 것을 안 것인지 다행히 형제는 날카로운 바위를 피해서 곧장 강물로 떨어졌다. 그리고 그것이 그들이 스스로를 벤자민과 프리드로 기억하는 마지막이었다.

의식을 잃은 형제는 강을 타고 흘러내려가다가 강가에 살던 고양이 수인 사라에게 발견되었다. 사라는 형제가 깨어날 때까지 지극정성으로 돌보았다. 그리고 그 이후는 그들이 기억하는 그대로였다.

⚜

알렉스와 프레드릭은 아무 말도 하지 않고 모닥불만 바라보았다. 어느새 날이 어두워졌다. 그리고 내일은 헤르티아가 다시 울피누스 호무스로 돌아오는 날이었다.

알렉스는 프레드릭을 돌아보았다. 이제 그들은 자신들이 빠른 재생력을 가지고 있는 이유를 알게 되었다. 수인의 피가 흐르기 때문이었다. 프레드릭은 수인의 재생력에 치유마법까지 더해 상처를 말끔하게 치료했다.

사라 할머니의 말이 옳았다. 그들이 분쟁을 불러왔다. 그들이 기억을 잃지만 않았어도, 아니, 제때 기억만 찾았더라도 이런 일은 벌어지지 않았을 것이다. 베니니타스가 친구를 죽이는 어리석은 선택을 막을 수 있었다.

"형. 그 늑대, 란텔 맞지. 벨라토르이지만 헤르티아…… 고모의 측근이라는."

"그래, 맞아. 그리고 어머니를 죽인 수인이고."

프레드릭은 주먹을 움켜쥐었다. 어디서부터 그놈의 손아귀에 놀아난 것일까?`늑대 수인을 자신의 수하로 부릴 만큼 헤임달이 술수가 좋은 이인 줄은 몰랐다. 란텔을 가까이에 두고 있는 이상 헤르티아도 언제 위험해질지 모르는 일이었다. 프레드릭은 이를 갈았다. 대관절 도대체 무엇 때문에 단란했던 가정을, 두 가족을 파탄을 내었단 말인가. 형제는 부모를 잃었고 루프스는 가족을 잃고 고통받았다.

프레드릭이 분노에 몸을 떨고 있을 때, 알렉스가 입을 열었다.

"형. 우리 이제 빨리 움직여야 할 것 같아."

알렉스는 별로 좋지 않은 머리를 열심히 굴렸다. 지금 저희가 다시 찾은 기억도 중요하고 헤임달에게 분노하는 것도 중요했지만, 지금 여기서 이러고 있는 사이 헤임달이 무슨 일을 벌일지 모르는 일이었다.

"그게 무슨 소리야."

"헤임달의 목표는 언제나 전쟁이었어. 헤임달과 란텔이 한패라면 그는 우리를 전쟁의 도화선으로 사용하려는 게 분명해. 당연하잖아. 루프스의 벨라토르로 인해 무고하게 죽은 포트리스의 헌신적인 형제들. 얼마나 사람들을 선동하기 쉬운 주제야."

프레드릭은 자리에서 벌떡 일어났다. 맞는 말이었다. 자신들의 죽음은 헤임달에게 최고의 기회를 만들어줄 것이다. 그것만큼은 막아야 했다.

"그럼 누구를 만나야 하지? 렉스 삼촌? 헤르티아 고모?"

"헤르티아 고모. 포트리스는 여우 일족이 협력을 약속했을 때 전쟁을 하기로 했으니 우리가 죽었다는 거짓 소문이 돌면 당연히 전쟁을 결정할 거야. 헤르티아 고모는 최근 라이칸 형과 전면전을 준비 중이고 아마 포트리스가 합류 의사를 표명하면 움직일 가능성이 높아. 그러니 우리는 먼저 헤르티아 고모를 만나 누가 진짜 범인이고 적인지를 알려야 해. 헤르티아 고모가 라이칸, 아니, 루프스에게 가진 잘못된 원한을 없애야 전쟁을 막을 수 있어. 전쟁부터 막고 그 뒤에 모든 진실을 밝혀내고 헤임달의 처벌을 논의하면 돼. 우리가 증인이야."

프레드릭은 상처는 치료했지만 통증은 남아 욱신거리는 몸을 억지로 일으켜 세웠다. 알렉스는 급하게 생각난 것이 있는지 프레드릭에게 물었다.

"형, 레이라는? 헤임달이 레이라에게 해코지하면 어쩌지?"

"괜찮아. 레이라하고 난 서로의 상태를 공유하고 있어. 레이라는 내 생존 여부를 알아."

프레드릭은 손목의 문양을 보여주었다. 프레드릭은 레이라의 선견지명에 감탄했다. 그녀가 이런 것을 원하지 않았다면 어쩌면 둘 모두 헤임달의 손 위에서 놀아났을 수도 있었다.

"그리고 레이라에게 헤임달을 조심하라고 알려줬어. 그리고 키르케 스승님이 파놓은 지하실도 알려줬으니까. 여차하면 거기에 숨으라고 했으니 괜찮을 거야."

미묘하게 떨리는 프레드릭의 목소리에 알렉스의 표정이 안 좋아졌다. 스티폴로르 최악의 범죄자가 레이라의 가까이에 있는 상황인데 남편으로서 걱정되지 않으면 이상한 일이었다.

알렉스는 모래를 덮어서 모닥불을 껐다. 식량도 지도도 뭣도 없는 상황이지만 일단 움직여야 했다.

"근데, 형. 우리 이제 이름을 뭐라고 해야 할까? 알렉스? 프리드?"

"네가 편한 쪽으로 해."

"고민 좀 해봐야겠네."

알렉스의 노력에도 불구하고 분위기는 여전히 어두웠다. 기억을 되찾은 뒤, 형제를 지배하고 있는 감정은 죄책감과 미안함이었다. 하지만, 이대로 그 감정에 무너지고 있어서는 안 되었다. 일이 더 잘못되기 전에 빨리 바로잡아야 했다.

"정말 다행인 것 하나 알려줄까?"

알렉스가 품에서 에메랄드 핀을 꺼냈다. 어릴 적 루프스가 그에게 선물로 주었던 핀이었고 세상에서 단 하나 있는 핀이었다. 루프스는 이것이 무엇인지 바로 알아볼 수 있을 것이다.

"혹시 부모님을 찾을 수 있을까 하는 마음으로 매일 가지고 다녔거든. 이게 우리가 누구인지 증명해 줄 수 있을 거야."

"근데, 우리 이제 라이칸 형과는 어떻게 되는 것일까?"

"글쎄."

모든 진실이 드러나면 베니니타스는 루프스에게는 죄인이 될 것이다. 그리고 동시에 형제에게 루프스는 아버지를 죽인 원수가 된다. 오해로 빚어진 참극이었다. 이 비극의 시작이 무엇이었는지 알게 되고 서로 오해를 풀더라도 루프스와는 이전과 똑같은 사이로 돌아갈 수는 없을 것이다. 하지만, 그래도 진실은 밝혀져야 했다.

"일단 만나보면 알겠지. 라이칸 형에 대한 우리의 감정이 분노인지, 미안함인지, 그리움인지."

"그렇겠지."

"지금은 우리가 할 수 있는 일을 하자."

프레드릭은 무거운 발걸음을 떼었다. 일단은 헤르티아가 먼저였다.

✤

"오늘 헤르티아가 떠난다고?"

유채는 루프스와 같이 동물화 발병 지역을 떠돌다가 소니페스 호무스의 궁으로 돌아온 날 헤르티아가 떠난다는 소식을 들었다. 단테와 루프스의 노력으로 유채는 그간 헤르티아를 포함한 여우 수인들과 부딪친 적이 없었다. 블루벨은 고개를 끄덕였다.

"예. 근데, 예의상 나가봐야 한다는데, 유채님은 아프다고 하고 나가지 마세요. 혹시 모르잖아요."

유채는 입술을 살짝 깨물었다. 소니페스 호무스에서는 조각을 찾지 못했다. 헤르티아가 한 말이 머릿속에 계속 맴돌았다. 그녀를 믿을 수 있을까? 유채는 자리에서 일어났다.

"블루벨. 헤르티아에게 안내해 줘. 그 여자를 만나야겠어."

"예? 유채님! 안 돼요! 또 무슨 일이 생기면 어떻게 하시려고요."

"괜찮아. 걱정 마. 이번에는 안 당해. 그때는 경황이 없어서 당한 것이고 이번에는 만반의 준비를 하고 갈 테니까. 그리고 이렇

게 대놓고 가면 보는 눈이 많아서 오히려 그쪽에서도 지난번처럼
은 못 해."

블루벨은 볼을 부풀리고 귀를 베베 꼬면서 불안해했지만, 유채
를 막을 수는 없었다. 블루벨은 유채의 팔을 꼭 껴안고 매달려서
주위를 경계하며 그녀를 따라갔다.

"블루벨. 꼭 몽구스 같아."

"몽구스? 그건 뭔데요?"

"음. 족제비처럼 생긴 동물인데······."

"카악! 그 재수 없고 얍삽한 족제비들은 입에 담지도 마세요.
족제비 놈들이 얼마나 얍삽한지 아세요? 그놈들은 우리 유니티오
호무스의 골칫거리라고요. 그런 놈들하고 저를 비교하시면 저도
섭섭해요."

블루벨의 토끼 귀가 옆으로 축 늘어졌다. 족제비 수인들을 본
적이 없어서 모르겠지만 토끼 수인과 사이가 좋지 않은 모양이었
다. 유채는 블루벨의 기분을 풀어주고자 옆으로 축 늘어진 귀를
잡아 올렸다.

"흐갸갸갸!"

블루벨이 귀를 꽉 움켜쥐자 유채는 아차 싶었다.

"유채님!"

"미안해, 블루벨. 내가 깜박했어. 미안해."

"어머나. 귀여운 아가씨 둘이 여기는 무슨 일인가?"

유채는 헤르티아의 목소리에 고개를 들었다. 헤르티아는 어쩐
일인지 평소보다 배로 화려한 옷차림이었다. 유채는 헤르티아를
마주하고도 고개를 빳빳이 들고 있었다. 당연하게도 헤르티아의
뒤에 서 있던 여우 수인들이 이를 갈았다. 헤르티아는 손을 들어

서 그들의 반발을 막았다.

"예의를 배우지 못한 건 참아주마. 또 내가 잘못한 일이 있으니 너그러움을 베풀지. 무슨 일로 왔나?"

"지난번 내게 말한 일로 왔어요."

"아. 그거? 왜, 그것이 내게 있다는 걸 믿을 수 있는 것이냐?"

"아니요. 찾았어요."

유채는 헤르티아를 떠보기 위해서 거짓말을 했다. 그리고 그녀의 표정을 유심히 살폈다. 헤르티아는 눈썹만 꿈틀거렸다. 그녀는 잠시 침묵하다가 비웃음을 띠고 되물었다.

"그래? 그럼 왜 여기까지 굳이 수고해서 온 것이냐? 내 제의를 무시하면 될 것을."

맹랑한 계집애.

헤르티아는 유채가 저를 떠보려고 한 거짓말을 알아챘다. 표정을 잘 갈무리한 것이 다행이었다. 자칫했다가는 모든 것을 망칠 뻔했다. 헤르티아는 느긋하게 입을 열었다.

"왜? 알고 보니 그게 가짜 같든?"

유채는 헤르티아의 속을 짐작할 수 없었다. 쉽게 그녀의 속을 들여다보려고 한 것이 문제였다. 유채는 애써 태연한 표정으로 헤르티아에게 물었다.

"당신이 가짜를 가지고 있는 듯해서 알려주려고 했어요. 그리고 당신이 내게 그런 거짓부렁을 말한 저의가 궁금하기도 해서요."

"순진한 것인지, 아니면 지나치게 착한 것인지. 내가 너를 해하려 한 것은 생각하지 않느냐?"

헤르티아가 한 걸음 앞으로 다가왔다. 유채는 저와 헤르티아의 사이에 끼어드는 블루벨을 막았다. 헤르티아가 허리를 숙여 유채의 귓가에 속삭였다.

"믿고 싶지 않으면 믿지 않아도 된단다, 아이야. 원래 수인이든 마레 위르든 간사한 자들은 자기가 믿고 싶은 것만 믿지."

헤르티아는 유채의 목덜미와 귀를 살폈다. 아무리 표정은 관리할 수 있다고 해도 여기에서는 티가 나기 마련이었다.

"아직 기회는 있단다, 얘야. 오고 싶다면 언제든지 오렴. 그럼 나는 너에게 루비 조각을, 라일라님의 유품을 기꺼이 보여주지."

저 맹랑한 계집애가 진짜를 찾았든 아니면 가짜를 찾아놓고 의기양양한 것이든, 없는데 저를 떠보려고 한 것이든 헤르티아가 지금 할 수 있는 것은 배짱을 부리는 것이었다. 그래야 찾은 것을 의심할 것이고 제게 넘어올 것이다.

모험에서 살아남는 자는 조심하는 자가 아니라 담이 큰 자였다.

"아직 기회는 많단다. 그러니, 잘 생각……."

"내가 경고를 여러 번 했을 텐데."

헤르티아는 루프스의 목소리에 고개를 들었다. 루프스의 얼굴을 확인하기도 전에 그녀의 몸이 벽에 처박혔다.

"크헉!"

"헤르티아님!"

헤르티아는 간신히 중심을 잡고 서서 입가에 흘러내리는 피를 닦았다.

유채는 예정에도 없고 별로 필요하지도 않았던 루프스의 등장에 경악해서 입을 벌렸다. 헤르티아에게 더 캐물어야 하는데, 하필 이 상황에서 등장할 것은 뭐란 말인가!

루프스는 유채를 제 품으로 끌어안았다. 명백히 보호하려는 모습이었다.

"레티티아에게 접근했다가는 가만두지 않겠다고."

유채는 자신이 먼저 그녀를 만나러 왔다는 말은 하지 못하고 입을 다물었다. 거짓말로 다른 사람에게 피해를 입혀선 안 된다고 배웠지만 유채는 괜히 나서서 헤르티아를 두둔하지는 않았다. 솔직히 지난번에 그녀에게 당했던 것을 갚아주는 기분이 들었기 때문이었다.

"나도 이제 네 방종을 많이 참아준 것 같은데."

루프스는 이를 갈았다. 설마, 설마 했더니 헤르티아가 또 사고를 칠 줄은 몰랐다.

헤르티아는 속으로 웃음을 삼켰다. 계집애의 얼굴을 보니 자기도 예상하지 못한 상황인 듯했다. 루프스 혼자서 지레 겁을 먹고 찾으러 온 것이다. 헤르티아는 루프스가 저 계집애에게 푹 빠졌다는 것을 다시 한 번 더 확신했다. 더할 나위 없이 좋았다. 복수를 위해서는 루프스는 저렇게 굴어야만 했다. 그는 연인의 배신으로 비참함과 슬픔 그리고 고통을 겪게 될 것이다.

오빠인 베니니타스가 겪었던 그 고통을 그대로.

"그렇긴 하지요. 그 잔혹하신 분이 벨라토르로 그리도 감시를 하시면서 아직까지 제게 별 제재가 없으신 것을 보면 말입니다."

헤르티아는 루프스가 저를 봐주는 이유를 알고 있었다. 헤르티아는 과거 베니니타스의 영광의 잔재였다. 루프스는 잔혹한 성정과 달리 분쟁을 원하지는 않았다. 그가 잔혹한 짓을 하는 이유는 바로 전쟁을 막기 위해서였다.

헤르티아가 루프스에게 죽으면 그녀는 베니니타스를 잇는 영웅과 상징이 되어서 여우 일족, 더 나아가서는 루프스를 위협하는 세력의 정신적 지주가 될 수 있었다. 루프스는 헤르티아를 살려두는 것 하나만으로 자신의 권력을 공고히 하고 자신의 반대 세력도 누르고 있는 것이었다. 헤르티아는 그것을 알기 때문에 그간 영악하게 그의 심기를 거스르는 짓을 많이도 한 것이고 말이다.

"그대는 그 이유를 알지 않은가?"

루프스는 피를 훔치는 헤르티아를 바라보았다. 그가 헤르티아를 치지 못한 이유는 꽤나 복합적이었다. 정치적인 것을 제외하고 헤르티아는 몇 남지 않은 제 유년시절의 흔적이기 때문에 과감히 잘라낼 수가 없었다. 반쯤 미쳐 살았던 시간에도 베니니타스의 공허했던 그 시선이 마지막으로 향했던 것이 그의 여동생이었음을 저도 모르게 신경을 썼던 것 같았다.

"글쎄요. 저는 아둔하여 모르겠습니다."

유채는 헤르티아가 자신의 억울함을 토로하지 않는 것에 놀랐다. 그리고 눈이 마주친 그녀가 묘한 미소를 짓는 것에 또 놀랐다.

"그대가 미워해야 할 수인은 내가 아닌가?"

루프스는 한숨을 뱉었다. 그는 헤르티아와의 원한을 풀고 싶었다. 스스로를 사로잡고 있던 분노를 떨치고 나니 이제 객관적으로 볼 수 있게 된 것이다. 베니니타스의 일과 헤르티아는 별개였다.

"그러니, 상관없는 이들에게 피해를 입히지 마라."

루프스는 머뭇거렸다. 어차피 나중에 울피누스 호무스를 비공식적으로 찾아갈 생각이었지만, 이렇게 된 김에 해결을 하고 싶었다. 계속 이렇게 계속 자신이 헤르티아와 험악한 관계로 있다가는 유채가 그 피해를 고스란히 입을 수 있었다. 루프스는 근 몇 년간으로 품어왔던 말을 내뱉었다.

"이제 그만 우리 둘도 원한을 풀어야 하지 않는가?"

"원한을 풀어?"

헤르티아는 루프스의 말에 화가 머리끝까지 차오른다는 말이 무슨 뜻인지 분명하게 알았다.

"네놈은 가해자이니 그딴 말을 지껄일 수 있는 것이겠지?"

"가해자?"

루프스의 주먹이 파르르 떨렸다.

"그럼 내가 묻지. 베니니타스가 내 아버지를 죽인 것, 그것만큼은 내 아버지의 죄에 따른 정당한 복수라고 인정하겠다. 그러면 내 어머니는 무슨 잘못을 했지?"

루프스는 분노로 몸을 떨었다. 헤르티아의 분노는 이해하지만 그녀의 말은 들을수록 이해할 수가 없었다. 헤르티아는 입을 다물었다. 루프스는 속으로 냉소를 흘렸다.

헤르티아는 여기서 감정 소모를 해보았자 별 이득이 없다고 생각하고서는 앞머리를 쓸어 올리고 표정을 정리해서 싱긋 웃었다.

"무례는 아까 처벌받은 것으로 생각하겠습니다. 그리고 더 이상 하실 이야기는 없으신 것 같으니 이만 물러가겠습니다. 다음에 다시 보는 건 추수제가 되겠군요. 부디 그때 외에는 보는 일이 없었으면 합니다."

헤르티아는 루프스에게 고개를 숙이고 물러났다. 루프스도 더이상 일을 벌이지 않고 그녀를 보내주었다. 그리고 그제야 품에 안고 있던 유채를 풀어주었다.

"헤르티아를 만나면 피할 것이지, 왜!"

"아무 일 없었으면 됐지 그쪽이 무슨 상관이에요!"

유채는 루프스로 인해서 깨진 산통으로 화가 나서 소리를 질렀다. 루프스는 되레 화를 내는 유채에게 놀라서 뒷걸음질을 쳤다.

유채는 땅이 꺼져라 한숨을 쉬었다. 헤르티아를 왜 만났는지를 설명했다가는 일이 꼬일 것 같고 그렇다고 무작정 화를 더 내기도 그가 저를 의심할 것 같았다. 유채는 밀려오는 짜증에 발만 굴렀다.

"도와준 건 고마운데, 나는 병아리가 아니에요. 나에게 이래라 저래라 하면서 유난 떨지 말아요. 난 당신이 이러는 것 때문에 더 위험에 처할 것 같아서 걱정돼요. 헤르티아가 나를 노리는 이유가 당신 때문이라면서요. 당신이 이렇게 나오지만 않아도 걱정할 일이 하나는 줄어들 것 같다고요."

유채의 말에 루프스는 고개를 푹 숙였다. 그는 한 손으로 제 얼굴을 덮었다. 맞는 말이었다. 아무리 유채가 걱정이 되어도 그녀를 과보호하기만 하면 당연히 더 위험해질 수 있었다.

"미안하다. 내 생각이 짧았다."

루프스는 유채에게 사과해야 할 일만 하는 스스로가 정말로 한심했다. 왜 자신은 유채에게 도움이 되지 못하는 것일까?

"루프스님."

아까 전부터 함께 있었던 단테는 부부 싸움을 한 후의 부부 같은 냉랭한 둘을 보고는 헛기침을 하면서 입을 열었다.

"루프스님께서 수장고에 있는 고서를 보고 싶으시다 하여 준비를 해놓았습니다. 유채 양도 수장고로 같이 들어가시렵니까?"

"수장고?"

"소니페스 호무스는 고대 수인 유적이 엄청 많아요. 그래서 수장고에 유명한 유물이 많아요. 나름 소니페스 호무스의 자랑거리예요."

블루벨이 유채에게 설명했다. 블루벨은 일이 다행히 잘 해결된 것이 다행이라 생각하면서도 유채가 뭔가 감추는 것이 있다는 생각에 머릿속이 복잡했다. 블루벨의 눈이 가늘어졌다. 결과야 어쨌든 블루벨은 인디키움의 시험을 통과한 인재였다. 그녀는 전에도 유채가 몇 번 수장고라고 중얼거린 것을 들은 적이 있었다. 유채가 감추고 있는 비밀을 알아야 했다.

"유채님. 한번 보시는 것 어때요?"

"다 보여주시는 건가요?"

"예. 다 보여드리겠습니다. 루프스님과 동행하시는 게 어떻습니까?"

유채가 흥미를 보이자 단테는 이따 안내할 궁인을 보내겠다고 하곤 먼저 자리를 떴다. 헤르티아를 배웅하려는 것 같았다.

유채는 루프스를 돌아보지 않은 채 블루벨과 돌아가 버렸다. 루프스는 유채를 붙잡지 못했다. 그녀가 시야에서 사라지자 루프스는 케릭스의 직속 부하인 유안을 불렀다. 유안은 루프스의 앞에 부복했다.

"부르셨습니까?"

"루비 조각은 찾았나?"

"아직 못 찾았습니다. 깨진 유리조각 같은 모양이라 해서 쉽게 찾을 수 있을 것이라 생각했지만, 위치를 알 수가 없습니다."

루프스는 알겠다고 하고 유안을 돌려보냈다. 그는 복도에 그대로 서서 벽에 등을 기댔다. 그는 손으로 이마를 짚었다. 이제 얼마 남지 않았다. 토스 호무스로 돌아가면 유채는 떠날 것이다. 아니, 그 이전에 떠날지도 모른다. 루비 조각을 찾아주면 유채의 마음을 돌려볼 기회라도 얻을 수 있지 않을까 하는 기대로 루프스는 모든 희망을 거기에 걸었다.

다시 제 삶에 찾아오게 될 공허라는 공포에 그는 쓰게 웃었다.

모두 제가 저지른 죄의 결과였다.

"유채님, 제게 숨기는 것 있으세요?"

방으로 돌아온 블루벨은 유채를 붙잡고 물었다. 단테가 초대한 것은 유채와 루프스뿐이기에 블루벨은 수장고에 들어갈 수 없었다. 그러니 지금이 아니면 기회가 없다. 유채는 고개를 저었다.

"아니야. 숨기는 것 없어."

"거짓말 마세요. 제가 유채님이랑 가장 많은 시간을 보내요. 제 눈에는 유채님이 뭔가를 찾고 있는 것처럼 보여요."

블루벨은 유채의 손을 잡았다.

"솔직하게 말씀해 주세요. 제가 도와드릴게요. 유채님은 제 생명의 은인이시잖아요."

유채는 볼 안쪽 살을 짓씹었다. 만일 이번에 수장고에서 아무것도 발견하지 못하면 이제는 별수 없이 울피누스 호무스로 가야 한다. 그 일에 블루벨의 어머니인 카넬리안의 도움을 받을 수 있다면 좋겠다고 생각은 하고 있었지만 블루벨이 자신의 일을 돕다가 위험에 처하는 것을 원치는 않았다. 유채는 머뭇거렸다.

"수장고에 갔다가 돌아오면……."

유채는 블루벨에게 미소 지어 보였다.

"그때 말해줄게. 조금만 기다려 줘."

때마침 단테의 궁녀가 안내를 하기 위해 찾아왔다. 유채는 그녀를 따라서 방을 나갔다. 단테와 루프스는 이미 수장고 앞에서 기다리고 있었다. 단테는 먼저 수장고 안으로 들어가고 유채와 루프스는 그 뒤를 따랐다.

"아까는 유난 떨어서 미안하다. 내 행동이 너무 경솔했다."

루프스는 유채에게 사과했다. 유채는 수장고를 살피는 것에 정신이 팔려 있어서 그의 사과를 온전하게 듣지 못했다. 루프스는 유채가 자신의 말을 듣지 않는다는 것을 알아차리곤 제 말이 그만큼 듣기 싫은가 싶어서 다시 한 번 더 기분이 아래로 추락했다. 루프스는 씁쓸함을 삼키며 유채의 뒤를 좇았다.

수장고 안을 둘러보는 유채의 표정은 금세 심각해졌다. 보석 조각으로 보이는 것은 하나도 없었다. 정말로 헤르티아가 그것을 가지고 있는 것일까? 점점 초조해졌다.

"짝퉁이 여기 있군."

루프스가 중얼거리는 소리가 귀에 꽂혔다. 유채는 루프스가 있는 곳으로 돌아갔다. 그는 하얀색의 천에 금실로 자수가 놓인 베일을 보고 있었다.

"짝퉁이요?"

"토스 호무스의 궁에 이니투스의 개인 수장고가 있다. 거기엔 이니투스의 보자기라고 불리는 물건이 있지."

유채는 눈을 크게 떴다. 혹시 그게 상아함을 감싼 그 보자기가 아닌가 하는 생각이 들었다. 유채는 루프스가 짝퉁이라고 말한 베일을 유심히 살폈다. 에클레시아에서 셀레네가 보여주었던 상아함 밑에 깔려 있던 것과 비슷한 모양새였다. 유채는 손가락으로 베일을 가리켰다.

"저것처럼 생겼나요?"

"비슷하게 생겼다. 이니투스님이 이 스티폴로르에 오실 때 가지고 온 물건이며, 대대로 신의 가호를 받은 신물로 루프스의 비(妃)가 되는 암컷과 결혼식을 올릴 때 쓰는 물건이지. 이니투스님 때부터 대대로 쓰던 물건이다."

찾았다! 유채는 머릿속으로 복잡한 주판알을 굴렸다. 수장고에
도 조각이 없다면 유채는 블루벨과 함께 카넬리안에게 갈 생각이
었다. 그녀의 도움을 받으면 올피누스 호무스에 몰래 들어갈 수
있을 것 같았다. 조각을 찾는 일이 급해져 유채는 애초에 상아함
을 감쌌던 보자기를 찾는 것은 포기한 상태였다. 하지만 이제
보자기가 어디에 있는지 알았는데 그것을 그냥 포기하기에는 너
무나 아까웠다.

만일 피치 못할 사정으로 조각을 바다에 버릴 수 없게 되면 에
클레시아에 있는 상아함을 이용해야 했다. 그러니 그 보자기, 즉
이니투스의 보자기가 필요했다. 유채는 입술을 깨물었다. 토스 호
무스보다는 소니페스 호무스를 탈출하는 것이 더 쉬울 터였다.

. 유채가 심각하게 고민할 무렵 루프스가 입을 열었다.

"토스 호무스에 돌아가면, 너를 방에 가두지 않겠다. 그러니 그
만 불안해해도 된다."

루프스는 베일을 바라보면서 입을 열었다. 유채의 얼굴을 직접
바라볼 용기를 낼 수 없었다. 루프스는 희미한 불빛을 받아 유리
창에 비쳐 보이는 유채의 얼굴을 응시했다. 루프스는 제 앞에 있
는 것과 같은 모양의 베일을 쓰고 서 있는 유채를 상상했다. 정말
로 고울 것 같았다.

내일이 돌아가는 날이다. 유채의 선택이 남았다. 오늘 유채가
흔적도 없이 사라진다면 그녀는 제게 조금의 여지도 허락하지 않
은 것이다. 오늘이 제 마음을 토로할 마지막 기회였다.

"당신, 갑자기 왜……."

유채는 루프스의 뜬금없는 말에 당황해서 물었다. 루프스는 작
게 웃어 보였다.

"사랑한다. 너를 연모한다."

루프스가 유채에게 한 걸음 앞으로 다가갔다. 유채는 반사적으로 뒤로 물러섰다.

한 걸음.

영원히 좁혀지지 않을 거리였다. 루프스도 알았다. 이 거리가 영원히 좁혀지지 않을 것임을. 제 마음은 이 거리를 넘어 전해질 수 없다는 것을. 그럼에도 그는 반걸음이라도 좁히고 싶었다. 제 마음을 한 걸음 너머로 전해보고 싶었다.

루프스 청회색의 눈이 유채의 검은색의 눈과 얽혔다. 언제부터였을까? 시간이 멈춰 버린 것처럼 둘은 그 자리에 가만히 서 있었다.

"네 말이 맞다. 그동안 내 사랑은 집착이었다. 이기적인 나의 집착이다."

유채는 당황해서 어버버거렸다. 루프스는 다시 반걸음을 다가가려다 그 자리에 멈췄다. 이곳이 유채가 제게 허락한 최대치였다. 거절과 부정이 두렵지만 그래도 두 손 놓고 있는 것보다는 나았다. 거절과 부정이 돌아올지라도 제 마음을 그 어떤 가감 없이 말하고 싶었다.

"솔직히 난 아직 사랑이라는 것이 무엇인지 잘 모르겠다. 하지만 지금까지 내가 한 것이 그저 욕심이라는 것은 안다."

루프스는 머뭇거리다가 손을 뻗었다. 그의 손끝에 유채의 볼이 닿았다. 유채는 그의 손을 피해서 반걸음 뒤로 물러났다. 경계하는 기색이 역력한 그 얼굴에 루프스는 힘없이 손을 거두었다.

"……나와 같이 토스 호무스에 돌아가자."

루프스는 차마 유채의 냉정한 얼굴을 마주할 수가 없어 시선을 내렸다. 저와 같이 토스 호무스에서 살아가자고 말하고 싶은 것을, 이곳으로 돌아와 달라고 빌고 싶은 것을 꾹 참았다. 제게 모든 원망을 풀어내도 괜찮고 얼마든지 괴롭혀도 괜찮고 죽음보다 더한 고통 속에서 살게 해도 괜찮으니 제발 곁에 남아달라고 말하고 싶은 것을 꾹꾹 눌러 참았다.

"어차피 끌고 갈 것 아니었어요?"

유채의 차가운 말이 날아들었다.

"말했지 않았나? 너를 구속하려 들지 않겠다고."

루프스의 시선이 파렌티아에 닿았다. 유채는 그의 시선이 파렌티아에 닿았다는 것을 깨닫고는 마른침을 삼켰다. 루프스의 숱 많은 은빛 속눈썹이 짙은 음영을 만들었다.

"토스 호무스로 돌아가면 파렌티아를 풀어주겠다."

루프스는 억지로 입꼬리를 올렸다. 그리고 유채의 대답을 기다렸다. 저 고운 입에서 나올 말이 무엇이든 받아들일 각오는 이미 끝을 내었다. 루프스는 다시 한 번 물었다.

"나와 같이 돌아가자."

둘 사이에는 침묵만이 흘렀다.

각오는 했다지만, 저 고운 입에서 거절을 들으면 버틸 수 있을까? 이미 바스라질 대로 바스라진 심장이었다. 끝없는 후회와 자책과 죄책감에 닳아가고 유채의 거부로 찢겨나간 연심이었다. 그 다음으로 올 상처를 견딜 수 있을까? 유채의 동정을 바라며 제 감정을 책임져 달라고 매달리는 밑바닥까지 가지 않을 수 있을까? 루프스는 입술을 깨물었다.

굳게 닫힌 유채의 입술은 열리지 않았다.

"유채 양, 이쪽으로 오시면 됩니다."

사정을 모르는 단테의 부름에 유채는 루프스를 등지고 돌아섰다. 루프스는 멀어지는 유채의 뒷모습을 바라보았다.

 이게 유채의 대답이었다. 루프스는 얼굴을 쓸어내렸다.

 유채는 수장고를 둘러보고 결론을 내렸다. 소니페스 호무스에는 리와인더의 조각이 없다.

 진짜 헤르티아가 가지고 있는 건가?

 한참 머리를 굴리던 유채는 자신의 뒤를 비 맞은 강아지처럼 터덜터덜 따라오는 루프스를 돌아보았다. 세상의 짐이란 짐은 다 짊어진 것 같았다. 이제는 방법이 없었다.

 루프스는 유채가 기다리고 있는 것을 보고 몸을 굳혔다.

 "토스 호무스로 갈게요."

 유채는 루프스의 눈이 커다래지는 것을 무시하고 다시 고개를 돌렸다. 혹시 모르는 사태를 대비하는 것이 낫겠다고 결론을 내린 것이다. 파렌티아도 풀어주겠다고 했으니 토스 호무스에서 잠깐 머무르면서 이니투스의 보자기를 찾아 그 뒤에 떠나는 안전한 길을 택하기로 했다.

 "정말인가?"

 루프스가 뒤에서 유채의 어깨를 성마른 손으로 감쌌다. 루프스는 고개를 끄덕이는 유채를 황홀하게 바라보았다.

 희망이 보였다.

 유채가 그런 선택을 한 이유는 알 수 없지만, 루프스는 그녀에게 한 걸음 성큼 다가선 것이라 믿었다. 유채가 저를 이전만큼 역겨워하지 않는 것일지도 몰랐다. 희망이 보였다. 유채의 마음 한 켠을 얻을 수 있을지도 모른다. 이제 제가 그 물건을 가져다주면 제 마음을 부정하지 않을지도 모른다.

유채가 돌아와 줄지도 모른다.

루프스는 헛된 망상에 불과할지라도 지푸라기 같은 희망을 잡고 싶었다.

유채는 금세 아이처럼 웃는 얼굴이 된 루프스를 힐끔 보곤 기분이 묘해졌다. 마치 순박한 시골 청년을 등쳐 먹는 꽃뱀이 된 것 같은 기분이었다. 하지만 이내 고개를 흔들었다. 저 인간이 저에게 했던 일을 생각하면 이건 약과였다.

유채는 아직도 소년처럼 환하게 웃고 있는 루프스를 보았다. 스물일곱이라는 나이보다 어려 보이기는 했었지만, 이렇게 소년 같아 보이는 건 처음이었다. 어쩌면, 수인 내전이라는 끔찍한 일이 없었더라면 그가 가졌을 본래의 얼굴이 이것일지도 모른다는 생각이 들었다.

✤

"으흑, 흑."

렉스는 가슴을 치면서 눈물을 삼켰다. 란텔이 가져온 보고는 산 같은 사내를 무너뜨렸다. 란텔은 그도 잘 아는 이로, 늑대 수인과 인간의 혼혈이며 헤임달의 밑에서 자랐고 지금은 벨라토르로서 헤르티아의 옆에서 일하는 이였다. 란텔의 배려로 울피누스 호무스에서 묶고 있는 렉스는 란텔이 가져온 늑대 수인 벨라토르의 시신과 이후의 이야기를 들은 후부터 눈물을 그칠 수가 없었다.

헨리라는 놈이 프레드릭과 알렉스를 살해하였다는 것이었다. 란텔이 헨리를 발견했을 때는 그가 둘의 시체를 절벽에서 치우고 있을 때였다고 했다. 란텔은 헨리를 체포하려다가 그가 반항하는 것 때문에 살해할 수밖에 없었다고 했다. 렉스는 그 말이 도저히 믿기지 않아서 란텔의 도움을 받아서 그곳으로 향했다. 절벽에는 핏자국이 남아 있었고, 그 핏자국은 절벽 아래로 이어져 있었다. 렉스는 믿기지 않는 사실에 경악했다.

"아흑."

렉스는 알렉스와 프레드릭과 가치관의 문제로 많이 다투기는 했지만, 그들 형제를 아꼈다. 그 아이들을 처음 본 것은 수인 내전이 끝이 나고 몇 년이 지난 뒤였다. 그 아이들을 보자마자 렉스는 놀랐다. 벤자민, 프리드와 똑같은 붉은 머리색에 라일라의 보라색 눈동자를 빼닮은 형제였기 때문이었다. 렉스는 순간 두 형제가 살아 돌아온 것이라고 믿었다. 정말 그 순간만큼은.

하지만, 아니었다. 자신은 그저 그 두 아이에게서 소중했던 이들의 흔적을 찾을 뿐이었다. 아이들은 죽었다. 제가 시신도 확인했다. 그저 제 망상에 불과했다. 그럼에도 그 아이들을 볼 때마다 벤자민과 프리드를 떠올렸다. 렉스는 당시 친하지도 않았던 키르케 하워드의 집에 자주 들락거리면서 두 아이와 친분을 쌓았다. 아이들에게는 못할 짓이지만 그는 두 아이들을 보면서 대리 만족을 했다. 지키지 못한 조카들을 떠올리며 아이들과 시간을 보냈었다.

프레드릭은 마법에서 두각을 보였다. 어린 나이에도 에어리얼을 다룰 수 있었고 스펠을 다루는 것에도 꽤나 능통했다. 그 늙은 마녀도 프레드릭의 재능을 높게 평가한 것인지 늘그막에 그를 제자로 들였다. 그리고 어느 겨울이었다.

얼굴에 커다란 푸른 멍을 달고 온 알렉스가 다짜고짜 검을 가르쳐 달라고 했다. 렉스는 영문을 알 수 없었다. 알렉스는 제 형을 잘 따랐기에 마법을 배우려고 노력하고 밖에서 뛰어노는 것을 좋아하던 평범한 남자아이였다. 그런 애가 갑자기 검을 가르쳐 달라는 것에 렉스는 당연히 거절했다. 검을 배우기에는 너무 늦은 나이였지만 알렉스는 포기하지 않고 매달렸다. 매일 아침 제집에 와서 사정을 했다. 렉스는 알렉스를 포기시키기 위해서 안되는 이유를 나열하며 냉정하게 그를 내쳤다. 그러나 알렉스는 끝까지 포기하지 않았다.

알렉스는 소중한 사람들을 지키고 싶다고 결연한 눈동자로 말했다. 알고 보니 얼굴에 멍을 달고 와 처음 검을 가르쳐 달라고 했던 그날, 두 형제는 갑자기 나타난 짐승에 의해서 위험에 처했었다고 했다. 프레드릭의 기지와 키르케의 마법으로 목숨을 구했다. 하지만 프레드릭은 그 덕에 등이 찢어졌고 알렉스 역시 다쳤다. 나중에 키르케에게 듣기로는 알렉스가 그 일이 있고 난 뒤에 방에서 혼자 벌벌 떨었다는 것이었다.

그때 알렉스의 눈빛과 표정에서 렉스는 라일라를 떠올렸다. 올피누스 호무스로 가던 그날 그녀는 환히 웃었다. 포트리스의 사람들을 지키겠다고 하던 그 보라색 눈동자에 얽힌 결의가 라일라와 똑같았다. 렉스는 알렉스를 제자로 받아들였다. 그는 정말 노력했다. 뛰어난 신체능력으로 빠르게 실력을 늘렸다. 말 그대로 천재였다. 하지만 그보다 더 대단한 것은 그의 노력이었다.

그때마다 렉스는 알렉스에게서 라일라를 겹쳐 보았다. 라일라와 그는 신전 근처의 빈민촌에 살던 남매였다. 고아였던 그들 남매는 술집에서 일을 도우면서 생계를 이어갔었다. 아무 일도 생기지 않는다면 자라서 라일라는 빈민가의 여느 소녀들과 다르지 않게 몸을 팔았을 것이고 렉스는 마약 조직에 몸을 담았을 것이었다. 남매에게 변화가 생긴 것은 술집에 찾아온 한 신관이 라일라에게 성력(聖力)이 있다는 것을 안 후였다.

신화의 시대가 끝이 나고 신관과 신녀들이 성력을 다루는 것을 보기가 드물어진 때였다. 신전에 성력을 다루는 신관이나 신녀가 있다는 것은 굉장한 이득이기에 그 신관은 어린 라일라를 신녀로 들였다. 렉스는 신전 기사단에 입단했다. 둘은 굶는 것이 일상이었던 빈민가의 삶에서 벗어난 것에 기뻐하였다. 하지만, 그것도 잠시였다.

라일라의 나이가 열다섯이 되었을 때, 신전에서는 유력 권력자인 베르나도테 공작에게 아부를 떨어야 할 일이 생겼다. 신전에서는 라일라를 베르나도테 공작의 망나니 막내아들에게 접대를 목적으로 바치기로 했다.

나중에야 그 사실을 알게 된 렉스는 그곳에 난입해 베르나도테 공작의 막내아들을 죽였다. 그리고 라일라를 데리고 신전과 베르나도테 공작의 추격을 받으며 대륙을 떠돌다가 스티폴로르로 왔다. 라일라는 그런 험한 일을 겪었음에도 강했고 자신 스스로보다 남을 위했다. 그런 라일라의 모습이 알렉스에게 겹쳐 보였다.

알렉스가 저를 스승님이라고 부를 때마다 '삼촌'이라 불리기를 수십 번을 바랐다. 프리드와 알렉스는 얼굴만 비슷할 뿐 성격이 달랐고, 프레드릭과 벤자민 역시 마찬가지였다. 그럼에도 렉스는 알렉스를 프리드에 벤자민을 프레드릭에 대입시키며 제 조카들을 상상했다. 제가 프리드에게 검을 가르쳐 주고 헤르티아가 벤자민에게 마법을 가르쳐 주는 이런 일상이 어쩌면 꿈이 아니었을지도 모른다.

렉스는 자신이 잃어버린 일상을 두 아이에게 투영했다. 꼭 자신의 조카 같아서, 렉스는 그 두 아이를 아꼈다. 프레드릭이 레이라와 결혼하던 그날 그는 프레드릭의 아버지 역할을 하기도 했다. 싸우기도 많이 싸웠지만, 그래도 그는 그 아이들이 좋았다.

"아흐흑."

렉스는 눈물을 흘렸다. 그 아이들이 얼마나 원통할 것인지 생각만 해도 끔찍했다.

란텔은 렉스를 바라보며 입술을 깨물었다. 일이 조금 꼬여서 하워드 형제가 확실하게 죽은 것인지 확인이 되지 않았다. 프레드릭 놈은 마법사이니 분명히 살아 있을 가능성이 높았다. 하지만, 그들이 다시 돌아오려면 시간이 걸릴 것이다. 그전에 최대한 빨리 전쟁을 일으켜야 했다.

란텔은 헤임달의 지시를 받아 전쟁의 도화선을 만들었다. 란텔은 헨리를 죽여서 범인으로 위장하고 렉스에게 증거들을 보여주었다. 슬픔과 분노로 판단력을 상실한 렉스에게 조잡한 증거들은 확실하게 먹혀들었다.

"란텔님. 헤르티아님께서 환궁하셨습니다."

여우 수인 궁녀 하나가 렉스의 방 앞에 있는 란텔에게 다가와서 속삭였다. 란텔은 알았다고 말을 하고 렉스의 방의 문을 두드렸다. 렉스는 붉게 충혈된 눈으로 란텔을 돌아보았다.

"헤르티아님께서 환궁하셨습니다. 그리고 곧 렉스님을 뵙겠다고 말씀하셨습니다."

"환궁?"

렉스의 눈이 번들거렸다. 그래, 루프스와 그 휘하의 늑대 수인들은 상종할 수 없는 악질이었다. 그들은 저들을 이해해 보려고,

포용해 보려고 노력했던 그 착하디착한 죄 없는 아이들을 죽였다. 이 이상은 참아줄 수 없었다. 다 루프스 그놈이 초래한 일이었다. 렉스는 주먹을 말아 쥐었다. 포트리스가 돕겠다고 하면 헤르티아는 루프스를 치기 위해서 움직여 줄 것이었고 그녀가 움직이면 단테도 함께할 것이다. 개 수인들을 제외한 다른 수인들은 지금 다시 전쟁을 할 상태가 아니기 때문에 상황도 이쪽에 유리했다. 렉스는 이를 부드득 갈았다.

그래, 이제 전쟁이다. 전쟁.

"그래. 사돈이 왔다고?"

헤르티아가 피곤한 얼굴로 의자에 앉았다. 헤르티아가 다리를 꼬자 궁녀들이 그녀의 어깨를 주물렀다. 헤르티아는 턱을 괴었다. 렉스 뮈어는 나름 친했던 마레 위르였다. 동생을 과보호하는 구석이 있어도 호탕한 성격이었던 그는 라일라의 죽음 이후 괴팍한 구석이 생겼다. 루프스를 치기 위해 헤르티아는 의도적으로 포트리스를 배척하였기에 렉스를 보는 건 오랜만이었다.

"렉스 경께서 오셨습니다."

그는 대륙에서 신전기사단 출신이었기에 다들 그를 '경'이라는 존칭을 붙여서 부르곤 하였다. 헤르티아는 어깨를 주무르고 있던 궁녀들을 무르고 의자에서 일어났다. 헤르티아가 들어오라는 말을 전하자 궁녀가 문을 열었다. 렉스가 안으로 들어오고 헤르티아는 그에게 의자를 권했다. 헤르티아는 렉스의 눈가가 벌겋게 달아오르고 눈도 충혈되어 있는 것을 이상하게 보았다.

"오랜만에 뵙습니다, 경."

"오랜만입니다, 헤르티아."

렉스는 뻑뻑한 두 눈을 손바닥으로 문질렀다. 헤르티아는 그에게 차를 권했다.

"무슨 일 있으십니까? 이렇게 쉬이 우시는 분이 아니시지 않습니까?"

"포트리스의 하워드 형제에 대해 들어보신 적이 있으십니까?"

"예. 그 형을 베노르 콩레수스에서 본 적이 있지요. 붉은 머리에 자색의 눈동자를 가진 청년이 아닙니까."

헤르티아는 베노르 콩레수스에서 스치듯이 보았던 건장한 체격의 학자 타입 청년을 떠올렸다. 보는 순간 얼어버렸다. 오빠의 젊었을 시절을 닮은 얼굴이었다. 순간 오빠라고 부를 뻔하기도 했었다. 하지만 그 젊은 얼굴에 자신이 착각한 것임을 깨달았다. 오빠의 가족들은 모두 죽었다. 제가 확인했다. 그저 그리움이 만든 환상이었다. 그리고 그날 밤, 헤르티아는 잠을 잘 수가 없어서 한참을 뒤척였다. 벤자민이 살아서 자랐다면 그렇게 되었을 것 같았다. 그리고 그 청년이 프레드릭 하워드임을 알았을 때는 기분이 묘했다.

"이번에 그 형제들도 이곳에 왔습니다만, 헨리라는 이름의 벨라토르가 살해했습니다."

"벨라토르가 살해했다고요?"

헤르티아는 눈을 크게 떴다. 벨라토르는 루프스의 명에 따라 치안 유지 그리고 혹시 감시를 하는 자들이었다. 제가 손님으로 마레 위르를 들인 것을 알았으면 보고만 할 수 있지 그들을 살해하는 것은 명백한 헤르티아의 권리를 침해한 것이다.

헤르티아는 이를 악물었다. 루프스 저놈이 겉으로는 원망을 풀자 하면서 뒤로는 제 목을 죌 준비를 하고 있었던 것이다.

"우리 포트리스에는 둘도 없는 인재였으며 제게는 아들 같았던 아이들입니다."

"무어라 말씀드려야 할지 모르겠습니다."

"포트리스는 루프스를 칠 생각입니다."

예상 못한 말은 아니었지만, 그럼에도 갑작스럽게 나온 말에 헤르티아는 놀랐다.

"단도직입적으로 말하겠습니다. 같이할 생각이 있습니까? 루프스에게 협력할 일족들은 개 수인밖에 없는 지금이 기회입니다."

"하지만 싸움이 시작되면 필연적으로 다른 일족도 참여하게 됩니다. 싸우고 싶지 않아도 말이지요. 또한 준비는요?"

"압니다. 하지만 그들은 되도록 몸을 사릴 것입니다. 루프스가 그 여자아이에게 빠져 있다는 소문이 돌며 그로 인해 불만이 많은 수인들이 많지 않습니까. 그들의 반발을 이용하면 어쩌면 큰 피해 없이 오로지 루프스만 칠 수 있습니다."

헤임달의 말을 듣고 렉스는 루프스가 미쳤다고 생각했다. 펠릭스 다우스라면 쉽게 말해 노예나 다름없는 것이었다. 노예로 들인 인간 계집을 아끼다 못해 다른 수인들까지 물어뜯기를 서슴지 않은 그는 제 약점을 그대로 보인 것이나 다름없었다. 그리고 그것으로 인해 수인들의 불만을 키웠다. 헥터까지는 수인들도 그러려니 했다. 하지만 토모스는 달랐다. 토모스는 수인들 사이에 명망이 높은 자였다.

"준비는 걱정하지 않으셔도 됩니다. 포트리스는 항시 전투태세에 있습니다. 오랜 시간이 걸리지 않고 준비를 끝마칠 수 있습니다."

"하지만 그대가 포트리스의 마레 위르들을 제어할 수 있겠습니까? 전에 내전에서도 수인들에게 원한이 깊은 몇몇 마레 위르들이 돌발 행동을 하여서 결국은 반발을 불러왔습니다. 그것을 막을 수 있으시겠습니까?"

"우리는 배로 토스 호무스를 칠 생각입니다."

헤르티아는 의외의 대답에 눈을 크게 떴다. 애초에 늑대 일족의 땅으로 곧장 들어간다면 돌발행동을 걱정할 이유가 없었다. 그리고 마레 위르들은 수인들보다 뛰어난 항해술을 가진 이들이었다. 그들이 항해술로 토스 호무스의 뒤통수를 친다면 가능성이 있다. 헤르티아는 몸을 곧추세웠다.

"미노르 호무스에 있는 간자를 통해 루프스가 그곳에 방문한다는 얘기를 들었습니다. 저는 루프스가 토스 호무스를 비우는 그때를 이용할 생각입니다. 저희가 토스 호무스로 가면, 헤르티아 당신은 저희를 처단한다는 이유를 들어서 움직이십시오. 명분이 있으니 다른 일족들이 길을 막을 이유가 없습니다. 그럼 토스 호무스로 편히 진입할 수 있을 것입니다."

헤르티아는 머리를 굴렸다. 토스 호무스의 궁에는 그 레티아가 있다. 루프스가 미노르 호무스에 갈 때 그녀를 데려간다면 일이 달라지지만 만일 그 아이를 두고 간다면, 레티티아를 포로로 잡을 수 있을 것이다. 헤르티아는 손가락으로 탁자를 두드렸다.

"그 작전 실행 가능합니까?"

"몇 년에 걸쳐서 짠 작전입니다. 최소한의 병력을 가지고도 수행할 수 있습니다."

헤르티아는 그 계집에게 밑밥은 충분히 깔았다고 생각했다. 제가 토스 호무스의 궁에 심어놓은 여우 수인에게 레티티아가 탈출을 하려 하면 제 이름을 대면서 데려오라고 명을 내려놓은 상태였다. 하지만 직접 토스 호무스의 궁에 들어가서 그녀를 데려올 수 있다면 상황은 더욱더 유리해질 것이다.

"협력하겠습니다. 작전을 제게도 알려주십시오."

렉스는 헤르티아의 말에 반색했다. 이제 라일라의 원수를 갚을 수 있다. 그리고 억울하게 죽은 두 형제의 원한도 갚을 수 있다. 이제 포트리스의 여론도 바뀔 것이다.

"어찌 될지는 모르겠지만, 작전에 한 가지만 추가하지요."

헤르티아는 궁녀가 건네준 종이에 레티티아의 모습을 투영시켰다. 렉스는 종이에 그려진 아름다운 외관의 여인을 보고 눈을 크게 떴다. 미희의 목에는 파렌티아가 걸려 있었다. 이야기는 들었지만 얼굴은 처음 보았다. 렉스는 쓴웃음을 지었다. 이건 하늘이 내려준 기회인 모양이었다. 저 계집의 외모는 나라 하나는 너끈히 결딴낼 수 있을 정도였다. 아르젠 말로 경국지색(傾國之色)의 미모였다.

"만일 토스 호무스의 궁에 들어간다면, 함락시키지 않아도 괜찮으니 이 암컷만 납치해서 오십시오. 루프스의 행동을 제한할 수 있는 아주 중요한 열쇠가 될 것입니다."

"알겠습니다."

헤르티아와 렉스는 세부적인 이야기를 나누기 시작했다.

❧

토스 호무스로 돌아오는 것은 소니페스 호무스로 갈 때보다 훨씬 빨랐다. 궁으로 돌아온 루프스는 유채에게 제가 했던 약속을 지켰다. 방문은 더 이상 잠기지 않았다. 궁녀들이 당당히 궁을 활보하는 유채를 보고 놀랄 정도였다. 유채는 여우 일족에 관한 자료를 찾아보다가 피곤해져서 정원에 나와 있었다. 블루벨은 볼을 부풀리고 유채에게 다가왔다.

"유채님! 진짜 이러실 거예요?"

"뭐를?"

"뭐긴요. 소니페스 호무스에서 말씀하신 것 있으시잖아요. 그거요, 그거 얘기 안 해주실 생각이세요?"

유채는 그제야 블루벨이 무슨 이야기를 하는 것인지를 알았다. 유채는 블루벨과 눈높이를 맞추었다. 블루벨은 유채의 진지한 표정을 보고 침을 삼켰다.

유채는 머뭇거렸다. 블루벨에게 이미 진 빚이 많았다. 그런데 거기에 또 빚 하나를 추가하기에는 미안한 감정이 컸다. 하지만 블루벨 말대로 카넬리안이 정말로 술주정만큼 뛰어난 수인인지는 모르겠지만, 현재 도움을 청할 수 있는 사람은 그녀밖에 없었다. 유채는 머뭇거리다 입을 열었다.

"내가 찾는 물건이 있는데, 그게 좀 위험한 곳에 있어."

"설마, 이니투스님의 수장고요?"

"아니. 다른 곳. 울피누스 호무스."

블루벨은 더 눈을 크게 떴다. 토스 호무스의 수장고는 들키더라도 루프스라면 그녀를 용서해 줄 것이었다. 하지만, 헤르티아는 아니다. 들키면 정말로 죽을 것이다.

"유채님! 거긴 더 위험해요. 정말 죽고 싶으신 거예요?"

"알아. 하지만, 그래도 난 가야 해."

"혹시 돌아가는 일과 관련 있는 물건인가요?"

"응."

유채의 단호한 대답에 블루벨은 다리에 힘이 풀린 것인지 그 자리에 주저앉았다. 블루벨은 힘겹게 입을 열었다.

"엄마가 실없는 분이시긴 해도, 믿을 수 없는 분은 아니에요. 예전에 인디키움에 들어가기 위해서 시험 준비를 할 때, 제게 많은 것을 알려주셨는데, 시험에서 놓는 함정들이었죠. 관계자가 아니면 알 수 없던 것이었어요. 아마 엄마의 도움을 받을 수 있다면 성공할지도 몰라요."

"블루벨……"

"도와드릴게요. 제가 저희 엄마 설득해 볼게요. 그러니까 돕게 해주세요."

"고마워, 블루벨. 나는 너에게 해준 것이 얼마 없는데…… 미안해."

"아니에요. 저는 유채님 덕분에 목숨을 구한 수인이에요. 그러니까 유채님은 걱정하지 않으셔도 돼요. 언제 하실 건가요?"

"다음 주에 루프스가 미노르 호무스로 가면, 그때 빠져나갈 거야. 같이 가자."

"알겠어요. 도와드릴게요."

"케릭스는……"

블루벨은 싱긋 웃어 보였다.

"제게는 유채님이 더 중요해요. 케릭스님도 이해해 주실 거예요. 그러니까 걱정하지 마세요. 전 유채님을 먼저 돕고 싶어요."

유채는 계속 사과와 고마움을 표시했고, 블루벨은 괜찮다고, 미안해하지 말라고 그녀를 달랬다. 그러다 고개를 갸웃거리고 유채에게 물었다.

"그런데 왜 이렇게 촉박하게 결정하셨어요?"

"준비가 거의 다 끝났거든."

빨리 움직일 이유가 생겼다. 유채는 손톱을 깨물었다. 그를 믿어도 될까 싶었던 제 자신이 바보고 멍청이에 머저리였다.

✦

돌아온 날부터 루프스는 일이 끝나면 유채에게 와서 이야기를 나누든지 같이 걷자고 하면서 들러붙었다. 유채는 루프스가 귀찮았지만, 그래도 뭔가 뜯어낼 것이 있을까 싶어서 일단 그의 장단에 맞춰주었다. 유채는 엊그제도 도서관에서 울피누스 호무스에 대한 자료를 찾아보았다. 루프스가 자신에게 자료를 보여주겠다고 약속했기에 최근의 자료도 구할 수 있었다. 라일라가 베니니타스의 부인이 된 뒤에 동물화 해결되는 것처럼 보인 것은 사실이었다.

유채는 헤르티아가 헛소리를 한 것이 아니라는 것을 깨달았다. 정말로 헤르티아가 조각을 가지고 있을 거라는 확신이 생겼다. 유채는 이니투스의 보자기 문제도 생각을 했다. 어떻게 찾아야 하는지도 문제였다. 위치를 알 수가 없었다.

유채는 의자의 뒷다리 두 개로만 버티고 책상 모서리를 잡은 채 흔들의자처럼 앞뒤로 흔들었다. 몸을 최대한 뒤로 젖힌 다음에 머리를 뒤로 꺾었다. 머리가 복잡했다.

"위험하다. 뭐하는 것인가?"

유채의 얼굴 위로 루프스의 청회색 눈동자가 나타났다. 당황한 유채는 그만 중심을 잃고 책상을 붙잡고 있던 손을 놓쳤다.

"으악!"

나무의자가 뒤로 넘어갔다. 유채는 바닥에 부딪칠 거라 생각하고 눈을 감았지만, 한참이 지나도록 아무 일도 일어나지 않았다. 유채는 슬며시 눈을 떴다.

"괜찮나. 왜 괜히 그렇게 위험한 일을 하나."

루프스가 받쳐 주고 있었다. 루프스가 붙잡아 일으켜 세워주자 유채는 흘러내린 치맛자락을 아래로 끌어내렸다.

"고마워요."

"복잡한 일이 있으면 잠깐 쉬는 것도 좋아. 좋은 곳이 있는데, 보러 갈 생각이 있나?"

유채는 그의 말대로 답이 나오지 않는 고민을 할 바에는 잠시 쉬는 것도 나쁘지 않을 것 같아서 고개를 끄덕였다. 루프스는 조금 이따 데리러 올 테니 준비하고 있으라는 말을 하고 빠른 걸음으로 사라졌다. 유채는 도로 의자에 앉아서 책상을 쓸었다.

"꼭 이렇게 사람 기분 묘하게 만드는 구석이 있어."

루프스의 행동을 요 며칠 생각해 보면서 내린 결론이었다. 그의 호의는 호의대로 받아들이고 자신은 그저 가만히 있는 속물의 전형이 된 것 같았기 때문이었다. 그냥 냉정하게 내칠까도 했지만 그랬다가는 저 남자가 협력을 하지 않을 것 같았다.

유채는 자신은 잘못한 것이 없다고 자기합리화를 속삭였다. 그래도 왼팔에 입은 상처로 고생하면서 자신에게 원망 한 마디 하지 않는 루프스를 보면 가슴이 콕콕 찔려왔다. 유채는 머리를 흔들어서 잡생각을 털어내었다. 오늘은 그를 구슬려 수장고의 위치를 알아내야겠다. 다음 주까지는 확실하게 어떻게 이동할지 결정을 해야 했다.

유채는 자리에서 일어나서 책을 책장에 꽂았다.

"왜 이렇게 이건 높아."

유채는 짜증을 내면서 발뒤꿈치를 들고 책을 꽂기 위해서 노력했다. 늑대 수인들의 키가 크다보니 책장 자체의 높이가 꽤나 높았다. 유채의 키가 작은 편은 아니었지만, 늑대 수인들의 키가 지나치게 컸다. 펄쩍 펄쩍 뛰어보고 까치발도 디뎌보았지만, 소용없었다. 귀찮지만 의자를 가져와야 할 것 같았다.

"줘봐라."

뒤에서 루프스의 목소리가 들렸다. 루프스는 유채의 손에서 책을 뺏어 책장에 꽂았다. 유채는 루프스와 책장 사이에 갇혔다. 그는 유채가 불편해할 것 같아서 한 걸음 뒤로 물러나며 어색한 얼굴로 뒷머리를 긁적였다.

"밖으로 나가는 일이라 미리 헤나에게 일러두고 오는 길이다."

"어디로 가는 건데요?"

"토스 호무스의 전경을 가장 잘 볼 수 있는 곳. 그렇게 멀지는 않으니 걱정하지 않아도 된다."

루프스는 궁의 북쪽으로 유채를 데려갔다. 유채는 처음 와보는 곳이라 신기해했다. 궁의 북쪽에는 작은 언덕이 있었다. 서쪽에 있는 산자락에서 이어지는 곳이라고 했다. 루프스는 유채를 돌아보았다.

"다리 아프면."

"나 그렇게 약골 아니에요. 혼자 걸어갈게요. 높지도 않구만."

유채는 루프스를 지나쳐서 완만한 경사의 언덕을 올라갔다. 루프스는 얼른 유채의 뒤를 따라왔다. 5월도 거의 끝이 나고 있었다. 여름이 찾아오는 것을 알리기라도 하듯이 습한 바람이 불어왔다. 루프스는 유채의 이마에 맺힌 땀을 보았다. 그것을 닦아줘야 하나 고민을 하는 사이에 유채가 주머니에서 손수건을 꺼냈다. 루프스는 순간적으로 그녀의 손목을 움켜잡았다.

"뭐예요?"

"이 손수건……."

루프스가 축제 때 준 손수건이었다. 알렉스의 손수건은 루프스가 이미 뺏어버렸기 때문에 유채는 그가 준 손수건을 쓰고 있었다.

"나 쓰라고 준 거 아니에요? 줬다 뺏기?"

"아니다. 그냥. 익숙해 보여서 그랬다."

머리 장식 이후로 유채는 제가 준 모든 것을 무시하였었다. 그런데 이렇게 손수건을 쓰는 것을 보니 마음을 조금씩이라도 여는 것처럼 보였다. 어차피 바람에 흩어질 부질없는 기대일지라도 루프스는 그것만으로 기분이 좋아졌다. 루프스는 주머니 속 반지를 만지작거렸다. 어머니의 유품이었다.

"라이도 좋아하는 암컷이 생기면 엄마 반지로 고백하는 거야. 알겠지?"

수인들에 세계에서 부모님의 유품을 건네는 것은 경애의 표시이며, 청혼의 의미였다. 유채가 자신에게 허락한 시간이 얼마 남았는지는 몰랐지만, 그래도 이처럼 희망이 있다면 제 마음을 보여도 되지 않을까?

"하아. 힘들어."

유채는 언덕의 꼭대기를 얼마 남겨두지 않고 멈춰 섰다. 이 정도 언덕도 힘든데 어떻게 그 메투스 산을 그렇게 열심히 달릴 수 있었나 싶었다. 사람의 정신력이라는 것이 참 대단한 것 같았다.

루프스가 유채에게 손을 내밀었다.

"잡아라. 끌어올려 주마."

"혼자 갈 수 있어요. 내가 무슨 유리인형이라도 되는 줄 알아
요?"

유채는 톡 쏘아붙이고 루프스를 무시한 채 다시 위로 올라갔
다. 루프스는 멋쩍어하다가 손을 거두고 유채를 쫓아갔다.

유채는 언덕에 꼭대기에 올라갔다. 어둑어둑해진 밤하늘 아래
로 토스 호무스 궁의 전경과 근처의 마을이 한눈에 보였다. 축제
때 보았던 것처럼 색색의 등이 켜져 있는 화려한 경관은 아니었지
만, 그 나름의 수수함이 있었다.

유채는 후덥지근한 바람을 맞으며 자리에 앉았다. 어느새 올라
온 루프스도 그녀의 옆에 앉았다. 탁 트인 하늘과 경관을 보니
가슴속까지 시원해지는 것 같았다. 유채는 하늘을 올려다보았다.
오늘도 밤하늘은 아름답게 빛이 났다.

"고민하던 문제는 괜찮나."

루프스는 근처의 들풀을 꺾으며 유채에게 넌지시 말을 던졌다.

"예?"

"요즘 표정이 수심에 가득 차 있는 것 같아 보이기에 기분이나
풀라고 데려왔다. 내가 어릴 적에 가슴이 답답하면 자주 오던 곳
이다."

루프스는 애꿎은 들풀만 뚝뚝 꺾다가 헤나에게 말해서 챙겨온
간식을 유채에게 건네었다. 그녀가 좋아하는 쿠키들이었다. 여기
까지 오는 동안 약간 바스러지긴 했지만, 그래도 대부분은 모습
이 온전했다.

유채는 쿠키를 입에 넣었다. 달콤한 맛이 입에 가득 퍼졌다. 루

프스도 유채의 옆에서 쿠키를 씹었다. 유채는 생각을 정리하고 싶은 것인지 아무 말 없이 앞을 보고만 있었다.

루프스는 유채가 떠나지 않는 이유를 짐작해 보았다. 아직 물건을 찾지 못했기 때문이 아닐까 싶었다. 토스 호무스만큼 많은 자료가 있는 곳도 드물었다. 그리고 유채가 자유로이 이용할 수 있는 곳도.

그녀가 찾는 물건을 자신이 찾고 있다고 말하면 저를 속였다고 생각해서 멀어질까 봐 감히 말할 수도 없는 상황이었다. 유채가 고생하는 것을 보느니, 다시 위험에 처하는 것을 지켜보느니, 스스로를 영원한 괴로움 속으로 밀어 넣는 한이 있어도 직접 찾아서 가져다주고 싶었다. 이미 루프스는 유채를 억지로 붙잡아둘 계획을 버렸다. 루프스는 가만히 유채를 보다가 입을 열었다.

"고민하고 있는 일이 있다면, 내가 도와주마."

"내가 무엇을 고민하고 있는 줄 알고요?"

유채는 무신경하게 쿠키를 씹어 먹으면서 대꾸했다.

"집에 돌아가는 것에 대한 고민이 아닌가."

유채는 놀란 눈을 하고선 고개를 돌렸다. 루프스가 종종 저 이야기를 주제로 입을 연 적은 많았지만, 단순히 그것만을 직접적으로 언급한 것은 드물었다. 그 뒤에는 항상 조건이 붙었었다. 가지 마라. 돌아와 달라. 매번 반복되는 도돌이표 같은 내용들이었다.

"돌아와 달라는 말은 안 해요?"

"그건 네 마음이지 않은가?"

루프스는 손에 남은 쿠키를 입에 털어 넣고는 유채를 돌아보았다. 그의 표정은 고요했다. 바람이 그를 스쳐 지나갔다. 처음 만났을 때보다 길어서 목을 덮을 정도가 된 은빛 머리카락이 바람에 흩날렸다. 은빛의 머리카락은 까만 밤하늘과 꽤나 잘 어울렸다.

좋은 인연으로 만났다면, 유채는 제가 저 남자에게 굉장한 호감을 가졌을지도 모른다는 생각이 들었다. 지구와 비교하자면 배우의 뺨을 두 번이나 칠 수 있을 정도로 잘생긴 외모에 자상한 성격의 남자를 마다할 이유는 없었다. 하지만, 만약은 없었다. 유채에게 그는 종잡을 수 없는 두려운 남자일 뿐이었다. 끔찍하다고 생각하던 예전보다 나아진 것은 이제 그를 이용하려 할 때 아주 손톱의 때만큼 죄책감이 든다는 것 정도?

"늑대들은 한 여자만 보고 살아가서 집착이 심하다면서요. 갑자기 웬 위선이에요?"

"네 말이 맞다. 평생 한 암컷만을 바라보고 그 암컷이 없으면 죽음보다 더한 고통을 겪지."

심장이 조여들어 가는 아픔이었다. 누군가 제 심장을 손으로 쥐어짜도 그것보다 덜 아플 것이다. 루프스는 유채의 검은 눈을 가만히 바라보았다. 그 눈에는 예전만큼의 적대감이 담겨 있지는 않았다.

"마레 위르들도 다 다르듯이 늑대들도 개체차가 있다. 그러니, 나도 그들과는 또 다르다."

지금이라도 발을 꺾고 손목을 꺾고 눈을 찔러서 제가 없으면 아무것도 하지 못하게 만들고 붙잡으라는 말을 누군가 귓가에 속삭이는 것 같았다. 늑대 수인으로서 본능인지 아님 애써 감추고 있는 진심인지, 루프스는 주먹을 쥐었다. 본능이든 제 진심이든 그건 중요치 않았다. 루프스는 모든 것을 유채에게 맡겼다.

"너는 어차피 내가 무릎을 꿇고 빌어도 떠날 것이 아닌가?"

그것이 한없이 진실에 가까운 것이었다. 빌어먹게도.

"그러니 방법을 바꾸었다. 네 기억 속에 남기로. 아마 나는 네게 좋은 기억으로는 남을 수 없겠지. 너를 연모하니, 너에게 최악의 기억으로는 남기 싫다. 그러니 도와주겠다."

도와주겠다는 한 문장이 마치 창과 같아서 말을 할 때마다 목구멍이 찔려왔다.

"네 말대로 나는 여기서 너를 추억하면서 살아가겠다. 네가 원하는 대로 그저 너를 추억하며 살아가겠다. 그러니 너는 그곳에 돌아가서 행복하게 살아라."

루프스는 눈을 감고 고개를 숙였다가 다시 유채를 바라보았다.

"많이 생각해 보았는데, 나는 네가 행복하기를 가장 많이 바라는 것 같다. 늑대 수인의 사랑은 위험하지만, 나 같은 이도 있다."

루프스는 유채의 머리카락을 귀 뒤로 넘겨주었다. 평소라면 그 손을 쳐 냈을 유채가 가만히 있었다.

"그곳으로 돌아가서 가족과 함께 네 삶을 살아라. 행복하게. 수컷을 만나거든 나보다 더 잘난 놈으로 만나고. 내가 나중에 알아도 억울하지 않게."

분위기를 가볍게 만들기 위해 농담을 했지만, 루프스 자신에게는 농담이 아니었다. 과연 그 광경을 보고서도 자신은 웃으며 행복해라 말할 수 있을까? 좋은 마레 위르니 잘됐다고 말할 수 있을까? 루프스는 떨리는 목울대를 억지로 침을 삼켜 진정시켰다.

"그러니, 내가 네게 최악으로 남지 않기 위해, 내 죄에 대한 갚음을 하기 위해서 돕게 해줄 수 있나."

유채는 루프스를 보았다. 과연 그를 믿어도 될까? 루프스의 도움을 받는다면 위험한 상황에 들어가지 않아도 조각을 쉽게 찾을 수 있을 것이다. 헤르티아가 조각을 갖고 있다는 것을 믿기 싫은 것도, 이 남자를 싫어하면서도 이 남자의 그늘에 머무르는 것도 모두 하나 때문이었다.

아프고 싶지 않았다. 안전하고 싶었다. 저를 이상한 눈으로만 보는 남자들을 만나고 싶지 않았다.

언니가 중요하다고 하면서 그런 것도 참지 못하고 무서워서 벌벌 떠는 자신이 한심하고 위선적으로 느껴졌지만, 어쩔 수가 없었다. 루프스는 종잡을 수 없는 남자지만, 최소한 저를 죽이려 들지 않았고 강간하려 들지도 않았다. 루프스의 도움을 받으면 더 이상 고통스러워하지 않아도 된다. 하지만, 과연 그를 믿을 수 있을까?

요즘의 행동이라면 믿어도 될 것 같았지만, 이 행동이 모두 저를 속이기 위해 꾸며낸 행동이라면 어떻게 해야 하는 것일까?

"나를 못 믿는 것은 안다. 그러니……."

"당신을 처음에 봤을 때, 무서웠어요."

유채는 루프스의 말을 끊었다. 계속 루프스의 말을 듣다가는 그의 말에 홀릴 것 같았다. 안전이 주는 달콤함에 취해 저도 모르게 함정을 밟을 것 같았다.

"아무것도 모르는 세상에서 엄청난 권력을 가진 것 같아 보이는 사람이었으니까. 그래서 처음에는 무서웠고, 다음에는 증오했고, 그 다음은 끔찍했어요."

"……그렇겠지."

"그래도 몇 가지 일은 고마웠어요. 헥터에게서 구해준 것, 비탈에서 굴러떨어질 때 감싸준 것, 아편에 중독돼서 죽을 뻔한 것을 구해준 것. 축제 때 구해준 것. 고마웠어요."

루프스는 평소와 달리 덤덤하게 이야기를 털어놓는 그녀의 모습에 가슴이 아려왔다.

"난 당신의 말이 진심인지 모르겠고, 진심이라고 해도, 당신을 용서하기가 힘들어요."

"하기 힘들면 하지 마라. 강요하지 않는다. 사과는 강요하는 것이 아니지."

"……머리는 충분히 식힌 것 같네요. 돌아가요."

유채는 자리를 털고 일어섰다.

"과자 고마워요. 잘 먹었어요."

유채는 루프스를 뒤로하고 먼저 언덕을 내려가기 시작했다. 루프스는 유채의 뒷모습을 바라보면서 주머니 속에서 수없이 만졌던 반지를 꺼냈다.

Meus Ignis(내 사랑).

아버지가 공을 들여서 새긴 문구가 반지 안쪽에 있었다. 루프스는 손으로 안쪽을 쓸어보았다. 몇 번이나 망설였다. 청혼이 아니라 그저 제 마음이 진심이라는 것만 알아달라는 의미로 주려고 했다. 유채는 어차피 반지의 의미를 모를 것이다. 유채에게 단지 그런 흔적으로라도 남고 싶었다. 사랑하는 암컷 하나 못 알아보고 한심하게 굴어서 결국 그 대가를 받게 된 저라는 수컷이 있었다는 것을 유채에게 남기고 싶었다. 이 정도의 바람은 괜찮지 않은가?

루프스는 어머니의 반지를 가만히 쓸었다. 이것마저 부정당하면 어떻게 살아갈 수 있을까? 루프스는 하늘을 올려다보았다.

하늘이 마치 물에 젖은 것처럼 일렁거렸다.

유채는 루프스의 도와주겠다는 제안에 수없이 고민했다. 쉬운 길이 생겼지만, 아직도 그를 믿을 수 없었다. 유채는 계속 뒤척이다가 고민으로 잠이 오지 않아서 자리에서 일어났다. 방을 서성이다가 유채는 문을 열고 밖으로 나갔다.

유채는 발소리를 죽이고 궁녀들을 피해서 정원으로 나왔다. 밤하늘 서쪽에는 달이 걸려 있었다. 유채는 천천히 정원을 거닐다가 저 멀리서 인기척이 느껴지자 혹시나 싶어서 건물의 벽에 몸을 숨겼다.

"젠장. 엄청난 보석도 아니고 그냥 빨간 루비잖아. 그리고 온전한 것도 아니고 조각난 쪼가리라서 보석으로도 가치가 없는 건 도대체 왜 찾는 것인데?"

유채는 남자 수인의 말에 몸을 굳혔다. 그 옆에 있는 여자 수인이 대꾸했다.

"모르지. 그리고 바다에 버릴 걸 대체 왜 찾으래? 젠장할."

"이젠 바다에 버리지 말고 가져오라잖아. 도대체 뭐하려고 그러시는 것인지 루프스님은 알다가도 모르겠다니까."

유채는 몸이 딱딱하게 굳었다. 붉은 루비 조각, 저들이 찾고 있는 것은 바로 리와인더의 조각이었다. 뒷골이 서늘해진 유채는 숨을 죽이고 그들의 이야기를 들었다.

"모르지. 그것에 대한 정보를 이니투스님의 자료에서 찾아냈다고 하잖아. 뭐, 선조의 물건을 찾자는 것 아닐까?"

"그분이? 차라리 레티티아 주려고 찾는다는 말을 믿겠다."

"미쳤냐? 지금까지 그년에게 간 보석이 몇인데 기껏 선물로 그런 싸구려를 주겠냐?"

둘은 유채의 험담을 하다가 어느 순간 안개처럼 흩어지듯이 사라졌다. 유채는 벽에 등을 대고 스르륵 주저앉았다.

그러고 보면, 도와주겠다고 하던 것부터가 이상했다. 제가 무엇을 하는지 알고 있어야 할 수 있는 말이었다. 유채는 루프스의 영악함에 소름이 돋는 것 같았다.

그는 일부러 안락함을 제공한 것이었다. 제가 그에게 마음을 놓기를 원한 것이었다. 말로는 자신을 위한다고 하면서 제 욕심을 채우려 한 것이었다. 저는 거기에 멍청하게 넘어간 것이다. 예전이 었다면 그의 도움 따위 생각할 가치도 없이 거절했을 것이다. 그의 말에 고민하며 밤잠을 설치는 일도 없었을 것이다.

사실 유채는 루프스가 변했다고 믿고 싶었다. 그에게 호의를 가져서가 아니었다. 그가 불쌍해 보여서가 아니었다. 그저 그가 제공하는 안전이 편했다. 더 이상 아프지도 않을 것이고 헥터, 헤르티아, 토모스, 젤다 같은 이들을 상대하지 않아도 되니까. 그래서 루프스가 변했다고 믿고 싶었다. 제 몸의 안전을 위해서.

루프스가 바란 것이 이런 것이었을 것이다.

제가 마음을 놓고 조각에 대해 털어놓으면 몰래 찾는 척을 하면서 그것을 숨길 생각이었던 것이었다.

유채는 주먹을 말아 쥐었다. 옛날 어른 말씀 중 틀린 것은 없었다. 사람이 변하면 죽는다고 했다.

이렇게 된 이상 이곳을 빨리 빠져나가야 한다.

얼마 안 있으면 루프스가 미노르 호무스로 떠난다고 하였다. 유채는 그 틈을 노리기로 하였다. 잠시 루프스의 비위를 맞춰주고, 그가 저를 믿게 만든 후 그가 없는 틈을 노려 이 토스 호무스를 빠져나가야겠다.

⚜

유채는 이니투스의 물품을 보관해 놓은 수장고에서 이니투스의 일기로 추정되는 것을 바라보았다. 루프스가 저것으로 리와인더의 조각의 생김새를 알아냈을 가능성이 높았다. 유채는 일기장을 원망스럽게 노려보았다.

"이쪽으로 와라."

루프스가 손짓으로 부르자 유채는 걸음을 움직였다. 블루벨과 정원에 있다가 헤나가 데리러 와서 따라와 보니 바로 여기, 이니투스의 수장고였다. 내내 이곳에 들어올 방법만을 찾고 있었던 터라 반가웠지만 유채는 그것을 내색하지 않으려 했다.

"이건……."

이니투스의 보자기였다. 소니페스 호무스에 있던 것을 루프스가 짝퉁이라 부르며 비하한 이유를 알 수 있을 정도로 진짜는 훨씬 아름다웠다.

긴장한 루프스는 크게 숨을 들이마시고 주먹을 쥐었다 폈다. 등 뒤로 숨긴 손에는 반지가 들려 있었다.

루프스는 에클레시아에서 부정당한 제 마음을 한 번 더 말하기 위해서 이곳으로 왔다. 절대 청혼은 못 되겠지만 그래도 이 앞에서 제 마음을 전하고 싶었다. 어제의 일로 유채가 최소한 부정하지는 않을 것이라는 확신이 생겼다.

"혼례를 올릴 때, 신부가 쓰는 베일이다. 이니투스님이 신께 받은 신물이라고 하고."

침이 바싹바싹 말랐다.

"나는 네가 저 베일을 쓰고 내 앞에 서 있는 모습을 수없이 상상했다."

루프스의 마음은 유채에게는 그저 가증스런 고백이었다. 유채는 당장이라도 귀를 막고 싶었다.

"하지만 내가 그럴 수 없음을 안다."

루프스는 등 뒤로 감추었던 손을 내밀었다. 그 위에는 반지 하나가 들려 있었다. 루프스는 이것이 제 어머니의 유품이라는 말은 안으로 삼켰다. 유채에게 부담이 될 말은 피하고 싶었다.

"내 마음이다. 받아달라는 것이 아니다. 그저 말하고 싶었다. 네가 부담스러우면 더 이상 말하지 않으마. 그냥…… 한 번이라도 더 말해보고 싶었다. 내 마음이 집착이 아니라는 것을……. 그러니."

루프스는 묘하게 차가운 유채의 얼굴을 보면서 절망했다. 이번에도 아닌 모양이었다. 하지만 루프스는 그녀의 입술이 열리기를 기다렸다. 그 어떤 말이든 괜찮으니 제게 답을 주었으면 했다.

유채는 고민했다. 저 반지를 받고 적당히 마음이 흔들리고 있다고 거짓말을 하면 그가 방심할지도 모른다. 어쩌면 미노르 호무스에 억지로 끌고 가려고 하지도 않을 것이다. 유채는 반지를 받았다.

"사실 나, 조금은 혼란스러워요."

입술에 침 한번 바르고 거짓을 속살거리자 루프스의 표정이 밝아졌다. 유채는 속으로 그를 비웃었다. 먼저 선을 넘은 것은 그다. 저를 속이고 제 뒤통수를 치려고 하였다.

"그러니까, 이 마음이 뭔지는 모르겠는데……."

"아니다. 굳이 생각할 필요 없다. 그저……."

루프스는 유채가 최소한 저를 끔찍한 수컷으로 기억하지 않을 수 있다는 희망에 안도했다. 유채가 저를 사랑하지는 않을 테지만 최소한 그래도 저를 기억하기라도 해줄 거란 데에 만족했다. 혼자 남겨질 자신에 대한 동정이어도 괜찮았다.

루프스는 유채의 손을 잡았다.

"무리하지 않아도 된다. 나는 괜찮아."

유채는 반지를 움켜쥐었다. 여지를 내어준 줄 알고 기뻐하는 루프스를 한없이 냉정하게 바라보았다. 사람이 가졌다고 생각했다가 빼앗겼을 때 가장 비참해지는 것이 희망이고 사랑이었다.

유채는 루프스에게 거짓으로 희망을 주었다. 그 희망이 거짓임을 알았을 때, 저 남자는 비탄에 빠질 것이다.

유채는 자신이 가장 경멸하는 행동을 했지만, 그것을 후회하지는 않았다. 모두 그가 초래한 일이었다. 유채는 루프스가 비탄에 빠져서 절망하기를 바랐다. 저를 속이려고 했던 대가를 그렇게 치렀으면 하였다.

헤르티아의 아가리가 루프스의 아가리보다는 안전할 것이다.

유채는 아이처럼 벙싯거리고 웃는 루프스를 차가운 눈으로 바라보았다.

베니니타스

"라일라. 벤자민, 프리드."

슬픔이 극에 달하면 눈물이 나오지 않는다는 것을 이번에 깨달았다. 베니니타스는 온전치 못한 가족의 시신을 수습하고 내일 장례를 치르기 전에 마지막으로 그들의 관 앞에 앉았다. 그는 멍하니 앉아만 있었다. 이게 모두 꿈이기를 바랐다. 일어나면 라일라가 웃으면서 제게 안겨오기를, 사랑스러운 아들들이 제게 달려오기를 수십 번을 바랐다. 하지만, 그것은 자신의 바람일 뿐이었다. 베니니타스는 얼굴을 쓸어내렸다.

✤

베니니타스는 침대 위에 하얀 등을 이불로 가리고 누워 있는 라일라를 바라보았다. 그는 얼굴을 거칠게 쓸어내렸다. 줄곧 거

슬리던 암컷이었다. 차분한 자수정색의 눈동자로 바라보면서 저를 흔들어놓던 암컷이었다. 그랬기에 한 번 안으면 이런 감정이 없어질 것 같았다. 암컷이 잠자리에서 달라봤자 얼마나 다르겠나. 다 똑같은 것들이었다. 베니니타스는 그런 마음으로 어제 라일라를 품었다.

문제는 여기 있었다. 제가 아직도 이상하다는 것이었다. 베니니타스는 새근새근 숨소리를 내면서 잠든 라일라를 가만히 바라보았다.

대륙의 신녀 출신이라는 이력 외에 독특한 면은 없었다. 예쁘 장하게는 생겼지만, 그렇다고 나라 하나를 결딴낼 만큼 절세미녀는 아니었다. 외모로는 이 스티폴로르에서 최고로 치는 로보와 오랫동안 친구로 지내다 보니 당연하다면 당연하게도 미모에 대해서 판단하는 기준이 올라갔다. 베니니타스는 답답한 기분에 다시 베개에 머리를 댔다.

베니니타스는 오른쪽 뺨을 베개에 대고 자는 라일라를 바라보았다. 그의 손가락이 라일라의 옆선을 훑었다. 약해 보이는 외모였지만, 심지가 굳었다. 하긴 그렇지 않고서 이곳까지 오겠다는 말은 하지 못했을 것이었다.

"일어났어요?"

베니니타스는 갑자기 들린 목소리에 화들짝 놀라서 손을 급하게 거두었다. 라일라가 몸을 돌리면서 눈을 떴다. 라일라의 오른쪽 얼굴은 베개에 눌려서 붉은 자국이 선명하게 남아 있었다. 약간 추운 것인지 그녀는 베니니타스의 가까이로 다가왔다. 베니니타스가 몸을 굳혔다. 라일라의 이마가 베니니타스의 벗은 가슴에 닿았다. 그의 단단한 가슴 근육이 긴장으로 팽팽해졌다.

"왜……."

"뭐라고요?"

"왜 나와 잤나? 거절할 수 있었을 텐데."

라일라가 졸음이 가득한 눈을 들어서 베니니타스의 검은 눈동자를 응시했다. 라일라가 배시시 웃으며 물었다.

"원래 남녀가 자고 나면 이런 이야기하는 거예요?"

"뭐?"

"뜨거운 하룻밤 뒤에 이런 이야기를 하느냐고요?"

"그게 무슨 소리인가?"

라일라가 이불을 몸에 빙 두르고 몸을 뒤집었다. 갈색 머리카락이 라일라의 하얀 등을 덮었다.

"나는 내 생의 절반 이상을 신녀로 살았어요. 그래서 이런 일상적인 것은 잘 몰라요. 그래서 묻는 거예요. 원래 이런 말을 해요?"

라일라가 몸을 반쯤 일으켜 세워서 그의 콧날을 손가락으로 쓸었다. 베니니타스는 몸을 굳혔다. 라일라가 두르고 있는 이불이 울긋불긋한 자국이 남은 가슴을 아슬아슬하게 가려주고 있었다. 베니니타스가 침을 삼키기만 하고 입을 열지 않자 라일라가 그의 가슴에 머리를 기대고 입을 열었다.

"나는요. 신녀가 되고 싶었던 적이 한 번도 없었어요. 그저 밥을 굶고 싶지 않았을 뿐이에요."

어린 나이에 오빠와 함께 고아가 되었다. 전쟁 통에도 신전 근처는 비교적 치안이 안전해서 그곳의 빈민가에 자리를 잡았다. 라일라는 술집 접대부의 하녀 노릇을 했고 렉스는 술주정뱅이들에게 재롱을 떨거나 시중을 들어주면서 근근이 먹고 살았다. 정말 우연한 기회에 라일라의 잠재된 성력(聖力)을 알게 된 신전은 죽한 그릇으로 남매를 유혹했다. 너무 배가 고팠던 남매는 죽 한 그릇에 신전에 몸을 의탁했다.

"나는 모험가가 되고 싶었어요. 신전에서 벗어날 수 있다면, 아르젠에 있는 신성한 산에도 가보고 싶었고 용 하르메아가 잠들어 있다는 동굴도 가보고 싶었고……."

라일라가 말을 길게 늘였다. 베니니타스를 힐끔 올려다보던 그녀가 마저 말을 이었다.

"소용돌이 너머에 있다는 거대한 섬에도 와보고 싶었어요."

"스티폴로르에?"

라일라는 웃음으로 대답을 대신했다. 라일라는 다시 입을 열었다.

"그래서 오빠랑 신전에서 도망칠 때, 이곳으로 오자고 했어요. 소용돌이 너머 전설 속 섬으로 가자고."

"그래서 환상이 깨져서 후회하나?"

"아니요."

라일라의 대답이 단호했다. 베니니타스는 의외의 대답에 눈을 떴다.

"아까 물었던 말에 지금 대답해도 되나요?"

라일라는 갑작스럽게 화제를 돌렸다. 베니니타스는 이유를 짐작할 수 없었다. 라일라는 중구난방으로 말하는 암컷이 아니었기에, 베니니타스는 갑작스런 그녀의 변화에 의아했다. 라일라가 상체를 살짝 들었다. 이불이 약간 흘러내렸다.

"그냥, 좋아서 허락했어요."

"뭐?"

"그래서 난 이 스티폴로르가 좋아요."

라일라는 이해할 수 없는 말을 했다. 아니, 베니니타스는 라일라의 말을 이해했다. 라일라의 말을 이해했고 그것에 대해서 묘하게 기뻐하는 자신이 마음에 들지 않아서 제 이해를 부정했다. 베니니타스는 팔을 뻗어서 라일라의 목에 팔을 감았다. 라일라가 아무런 반항 없이 끌려갔다. 베니니타스는 라일라의 입술에 입을 맞췄다. 라일라의 부드러운 몸이 감겨오고 깊고 진득한 키스가 계속되었다. 베니니타스는 입술을 뗐다. 그리고 그는 이를 악물었다.

제 아래에 갇혀 있는, 아직은 미숙하다는 말이 더 잘 어울리는 암컷이 너무나도 요부처럼 보였다. 그래서 계속 이상했다. 숫총각처럼 멍청하게도 어젯밤을 계속 생각했다. 어제 라일라가 어떻게 제 목을 끌어안았는지, 저 자수정빛 눈동자가 어떻게 풀려서 저를 바라보았는지, 생생하게 떠올랐다. 멍청하게도 그것을 계속 곱씹어보고 있었다.

베니니타스는 라일라의 손을 손가락을 겹쳐서 잡아 눌렀다. 젠장할. 빌어먹을. 세상에 둘도 없는 천치가 된 기분이었다. 베니니타스의 입술이 라일라의 목을 타고 내려갔다. 라일라에게서 여릿한 신음이 나왔다.

뭐 하나 특별할 것 없는 암컷이 왜 이리 눈에 밟히는 것일까 고민하면서도 베니니타스의 눈은 그녀의 눈동자에서 떨어지질 않았다. 짙은 보랏빛의 눈동자, 처음 만났을 때부터 아름답다 느꼈던 것이었다.

⚜

"베니니타스님, 제가 인질이 되겠습니다."

라일라를 처음 만난 것은 포트리스 근처에서 정찰을 하고 있던 때였다. 식량난을 겪던 포트리스는 미노르 호무스보다는 울피누스 호무스가 만만했는지, 자신에게 찾아왔다. 정확히는 제가 바닥에서 기어올라서 울페스의 자리에 오른 지 몇 년 되지 않은 햇병아리라 별 위협이 되지 않을 것이라 판단했을 것이었다. 포트리스에서 베니니타스가 원하는 무엇이든 제공을 할 테니 제발 식량을 줄 수 없냐고 빌었다. 베니니타스는 사절단 틈에 서 있는 보라색 눈동자의 암컷에게 눈길을 보내었다. 포트리스에 대륙 출신의 신녀가 왔다고 하더니 저 암컷이 바로 그이인가 보았다. 베니니타스는 손가락을 움직여 그 소녀를 가리켰다.

당연하게 렉스는 반발했지만, 라일라는 자신이 가겠다고 했다.

"괜찮아, 오빠. 큰일은 없을 거야."

베니니타스는 가벼운 흥미로 식량을 보내고 라일라를 얻었다. 평범한 갈색 머리카락과 보라색 눈동자의 묘한 분위기의 암컷. 잠자리 시중이나 들게 할까 싶었다. 하지만 라일라는 다른 일을 하겠다고 했다.

"고칠 수 있어요. 그러니까 죽이지 마요. 내가 할 수 있어요. 이 사람도 당신의 백성이잖아요. 당신은 이 사람들을 책임질 의무가 있는 군주예요. 그러니, 군주의 품격을 보여주세요."

라일라는 올곧았다. 부상으로 쓸모없어진 수인을 행군에서 버리려고 할 때 라일라는 막아섰다. 이미 남은 성력이 얼마 되지 않기에 힘을 쓰는 것이 엄청난 부담이 되었음에도 라일라는 도울 수 있는 사람은 모두 도왔다. 부상 입은 수인들도, 전염병으로 고통받는 수인들도, 가난으로 고통받는 수인들도, 그 모두를 도왔다.

그게 이상하게 박혀 들어왔다. 정말 이상하게.

❧

충동적으로 밤을 보낸 이후에 베니니타스는 이따금 라일라의 방을 찾거나 그녀를 자신의 방으로 불렀다. 둘은 그렇게 같이 밤을 보냈다. 그날도 그런 날이었다. 라일라는 베니니타스의 왼팔을 베고 그의 벗은 가슴을 쓸어내렸다. 베니니타스는 계속 라일라를 찾는 자신이 한심하다는 것을 알아도 그것을 그만두지는 않았다. 마치 중독된 것 같았다.

베니니타스의 큰 손이 라일라의 벗은 등을 쓸었다. 평소와 다르게 라일라의 표정이 어두웠다.

"왜 그런 표정인가? 안 좋은 일이라도 있나?"

"……아니요."

"그럼 표정이 왜 어두운가?"

라일라는 입술을 깨물더니 입을 열었다.

"나…… 그쪽 일기장을 봤어요."

베니니타스는 자리에서 벌떡 일어났다. 그의 표정이 차갑게 굳었다. 성력은 일반적으로 치유에만 이용될 것 같았지만, 상당히 여러 곳에 마법처럼 이용되었다. 라일라는 성력으로 치유를 하기도 했지만, 때로는 물건에 남은 기억을 읽기도 했다. 베니니타스에게 일기장은 하나였고, 그 일기장을 보았다는 것은 제 과거를 모두 읽었다는 것이었다. 라일라가 다급하게 몸을 일으켜 세웠다.

"읽고 싶어서 읽은 것이 아니에요. 난 이제 성력도 얼마 남지 않았고…… 그에 대한 통제도 이젠 잘 되질 않아서. 나도 갑자기

읽게 된 거예요."

"나가!"

베니니타스가 버럭 소리 질렀다. 베니니타스는 부들거리는 손을 들어서 얼굴을 쓸어내렸다. 제 가장 치욕스러운 기억이었다. 살아 남기 위해서 못 해본 일이 없었다. 몸을 팔기도 했고 비굴하게 권력자의 발을 닦았던 그 시절의 기억을 모두 라일라가 읽었다는 것이다. 베니니타스는 주먹을 쥐었다. 그렇지 않으면 라일라의 목을 졸라 버릴 것 같았다. 라일라는 베니니타스의 주먹을 감쌌다.

"그냥…… 말해주고 싶었어요…… 당신 잘못이 아니라고."

"나가!"

라일라는 베니니타스의 고함에도 그의 목을 끌어안았다. 베니니타스는 순간 멈칫했다. 라일라는 그를 꼭 끌어안았다. 베니니타스의 과거에 대한 그녀 나름의 위로였다. 어려서 가혹한 세상에 떨어져 고목이 되어가던 그를 처음으로 누군가 안아주었다. 라일라가 작게 속삭였다.

"울고 싶으면 울어도 되고, 힘들면 힘들다고 해도 돼요. 내가 위로해 줄게요."

"……닥쳐."

그의 목소리에는 예전과 같은 힘이 들어가 있지 않았다. 별것도 아닌 위로에 감동이라도 한 모양인지 심장이 통제를 잃고 뛰었다. 당장 라일라를 밀어내라고 머리가 명령하는데도 몸은 머리의 생각을 배반했다.

베니니타스는 라일라의 몸을 꼭 끌어안았다. 그는 라일라의 목덜미에 얼굴을 묻었다. 라일라 역시 그의 머리를 쓰다듬었다. 베니니타스에겐 그게 위로가 되었다.

"당신은 잘해왔어요. 잘…… 살아왔어요."

저 자신도 싫다고, 더럽다고 부정해 왔던 과거였다. 그런 과거를 위로해 준 것은 라일라 외에는 없었다. 분명 동정심일 것이다. 하지만, 베니니타스는 라일라가 보여주는 것이 동정심일지라도 상관없었다. 베니니타스의 눈에서 눈물이 흘러내렸다. 그는 라일라의 온기를 갈구했다.

사실 그 누구든 상관없으니 위로받고 싶었는지도 몰랐다. 베니니타스는 왜 자신이 여태껏 라일라를 대할 때 마음이 이상했는지를 깨달았다. 빼어난 미인도 아닌 라일라에게 왜 시선을 뺏겼는지를 깨달았다. 그녀는 그 자체로 빛이 나고 아름다웠다. 라일락 꽃처럼 수수하지만 그렇기 때문에 더 아름다웠다. 라일라는 그렇게 가랑비처럼 제 마음에 젖어들어 왔다.

이게 사랑이었다.

베니니타스는 라일라의 가는 허리를 끌어안았다. 벗은 몸에 감겨오는 부드러운 여체를 더 가까이 끌어안았다. 그동안 요동치던 모든 그 마음의 근원은 사랑이었다. 베니니타스의 손가락이 라일라의 갈색 머리카락을 헤집었다.

이제야 알았다. 라일라를 사랑한다는 것을.

✤

베니니타스는 라일라를 사랑한다는 것을 깨달았어도 그녀에게 제대로 말 한마디 할 수가 없었다. 그녀가 제 과거를 모두 아는 것이 걱정이었다. 헤르티아를 먹여 살리기 위해서, 살아남기 위해서 온갖 더러운 일들은 다했다. 그런 자신이 너무나 하얗기만 한 라일라에게 감히 마음을 달라는 말을 할 수 없었다.

베니니타스는 침대에 누워 붕대를 감고 있는 라일라의 머리카락을 쓸었다.

제가 라일라에게 시선을 뗀 것은 그리 긴 시간은 아니었다. 궁 안에만 있는 것을 답답해하기에 울피누스 호무스를 시찰하는 데에 라일라를 데리고 나왔다. 라일라는 답답한 궁을 벗어나게 된 것이 좋은지 들떠 있었다. 라일라는 모험가라는 꿈을 꾸었던 것처럼 울피누스 호무스를 정신없이 돌아다녔다.

베니니타스는 들뜬 라일라를 바라보다가 저를 찾는 이가 있어서 잠깐 신경을 다른 곳에 쏟았다. 그때 일이 일어났다. 라일라가 납치된 것이었다. 베니니타스는 정신이 나간 것처럼 라일라를 찾았다. 앞뒤 가리지 않고 로보에게까지 도움을 청했을 정도였다.

블랑카와 행복한 한때를 보내고 있던 로보는 당장에 시카리우스를 보내고 인디키움을 협박해서 베니니타스를 도왔다. 로보의 도움이 없었다면, 라일라를 찾는 것은 더 늦었을 것이었다.

범인은 근처의 범죄 조직이었다. 그들의 본거지를 습격해서 라일라를 찾았다. 라일라는 개처럼 개목걸이를 차고 말뚝에 묶여 있었다. 정신을 차리지 못하고 바닥에 엎드려 있는 그녀의 몸에 고문의 흔적이 가득했다. 베니니타스는 다급하게 라일라를 의사에게 데려갔다.

라일라를 납치한 자들의 목적은 그녀의 성력이었다. 그들은 라일라의 성력을 이용해서 돈을 벌 생각이었다. 하지만 라일라의 몸은 이제 더 이상 성력을 사용할 수 없는 상태였다. 원래 보유하고 있는 양이 적기도 했고, 그들의 고문을 버틸 수 없었던 라일라의 몸은 망가지기 직전이었다. 라일라는 로보의 지원으로 찾아온 뱀 수인 의사들과 수도승들의 도움을 통해 위기에서 벗어났다.

"이제는 인정해야겠지."

포트리스에는 저보다 더 좋은 수컷이 많을 것이다. 라일라의 행복을 위해서 그녀를 보내주는 것이 옳다. 베니니타스는 제 과거 때문에 고백도 못하고, 그렇다고 놓아줄 용기도 없어서 그녀를 붙잡고 있었다. 하지만 이제 알았다. 이곳은 라일라에게 어울리지 않았다. 제가 이렇게 계속 어정쩡하게 잡아둔다면, 위험해지는 것은 라일라였다. 그러니 돌려보내야 했다. 베니니타스는 잠든 라일라의 입술에 입을 맞췄다.

❧

"싫어요. 안 돌아가요!"

라일라가 눈물이 그렁그렁한 얼굴로 소리 질렀다. 베니니타스는 당장이라도 라일라를 품에 안고 싶었다. 그는 주먹을 쥐었다 폈다. 힘겹게 라일라를 밀어내기 위해 노력하는 중이었다. 가슴이 바스러지는 기분이 들더라도 베니니타스는 라일라의 행복을 위해 그녀를 보내기 위해서 노력했다.

"가! 난 쓸모없어진 것은 버린다. 넌 이제 쓸모없어졌어."

베니니타스는 마음에도 없는 말을 하기 위해서 입술을 깨물었다.

"너로 인해서 내가 지금 입은 손해가 얼마나 큰 줄 아나? 지금 내가 로보와……."

"좋아해요!"

라일라가 절박하게 외쳤다. 라일라의 자수정빛 눈에서 눈물이 뚝뚝 흘러내렸다.

"내가 베니니타스님을 좋아한다고요."

라일라는 흐르는 눈물을 닦으면서도 말은 멈추지 않았다.

"저를 사랑해 달라는 말은 하지 않을게요. 지금처럼 생각날 때 한 번씩 들러도 괜찮아요. 그러니까 제발. 가라고 하지는 말아줘요. 싫어요. 난…… 싫어요."

라일라는 그 자리에 주저앉아 엉엉 울었다.

"……멍청하긴. 자존심은 어디다 버렸나? 정말 한심해서 못 봐주겠군."

베니니타스는 라일라의 고백이 황홀했다. 하지만 자신이 없었다. 올피누스 호무스는. 이 스티폴로르는 라일라에게 위험한 곳이었다. 이곳에 머무르면 위험한 것은 라일라였다. 포트리스에서는 외부의 적만 걱정하면 되지만, 올피누스 호무스에서는 내부와 외부의 적 모두를 걱정해야 했다.

"……당신은 날 라일라란 이름의 여자로 봐줬잖아요."

라일라가 눈물 젖은 얼굴로 베니니타스를 올려다보았다. 그는 가슴이 철렁 내려앉는 기분이었다.

"신녀요? 성력을 가진 자비로운 신녀? 봉사하는 신녀? 그딴 건 나랑 어울리지도 않는 말이에요."

라일라는 자조적으로 웃었다. 배가 고파서 신전으로 갔을 뿐이었다. 성력이 없었다면 라일라는 주위의 수많은 여자아이들처럼 술집 접대부가 되었을 것이다. 그렇게 살기 싫어서, 마침 기회가 생겨서 신전으로 도망쳤다. 하지만, 신전에서의 삶도 다른 것은 없었다.

"자비? 봉사? 그딴 건 이미 지옥이 된 대륙에서 어울리지 않는 말이에요. 나는 신전의 돈벌이 수단에 지나지 않았어요. 신전이 유력가들에게 돈을 받으면 나는 그 유력가에게 가서 그들을 고쳐 줘요. 내가 고쳐준 이들은 인간 백정이라 불러도 될 정도의 학살자도 있었고, 수많은 가여운 여인들을 겁탈한 귀족도 있었고, 사람들을 수탈한 탐관오리들도 있었어요. 난 그들의 돈을 받고 그들을 고쳐 줬어요. 어려운 사람을 위해 봉사하는 신녀? 난 그냥 성력을 지닌 장사꾼의 곰에 불과했어요."

몇몇 신실한 신앙심을 가진 신관이나 신녀들은 라일라를 존경의 눈으로 바라보았다. 그들에게 성력은 선함의 증표였기 때문이었다. 또 신전 근처에 사는 빈민층은 라일라를 구원자로 여겼다. 신전은 영악하게도 빈민들의 푼돈을 이끌어내기 위해서 라일라를 이용했다. 신전은 이따금 라일라를 빈민촌으로 보내서 그들을 치료하도록 시켰다. 라일라에 대한 믿음으로 하루 벌어 하루 먹기도 힘든 빈민들이 낸 돈은 윗선의 주머니로 들어갔다. 라일라는 항상 죄스러웠다. 그렇게 하지 말라고, 저는 그런 좋은 사람이 아니라고 외치고 싶었다.

"근데, 당신만큼은 나를 신녀로 봐주지 않았잖아요. 그냥 라일라란 여자로 나를 보았잖아요."

라일라도 처음에는 베니니타스가 무서웠다. 하지만 함께 지내다보니 그가 다르게 보였다. 그는 제 말을 무시하지 않았다. 포악한 사람이라고 들어서 당연히 제 말을 무시할 줄 알았다. 하지만 그는 제 말을 들어주었다.

베니니타스와 가까워진 뒤에 그가 가져다주는 작은 꽃 한 송이나 사소한 배려에 가슴이 뛰기 시작했다. 그렇게 라일라는 베니니타스가 좋아졌다. 베니니타스가 수인인 것은 아무 상관없을 정도로 그가 좋았다.

"멍청한 말 그만하고 돌아가."

베니니타스는 냉정하게 그녀를 내쳤다. 계속 듣다가는 그녀를 보내지 못할 것 같았다. 제 과오를 알고도 저를 안아주는 라일라를 보내줄 수 없을 것 같았다. 베니니타스는 라일라의 친절함이, 그 고결함이 좋았다. 하지만 제 곁에 있으면 불행해지는 것은 라일라였다. 라일라는 눈물 젖은 얼굴로 고개를 저었다.

"나 안 좋아해도 돼요. 그냥 곁에만 있게 해줘요. 곁에만 있을 게요."

"멍청한 소리."

베니니타스는 주먹을 쥐고 뒤돌아섰다. 라일라는 달려가서 베니니타스의 허리를 뒤에서 끌어안았다. 베니니타스의 셔츠가 눈물에 젖어 들어갔다.

"사랑해요."

라일라가 베니니타스의 등에 얼굴을 묻고 속삭였다.

"그러니까, 나 보내지 마요. 제발……."

베니니타스는 손바닥에 손톱이 박힐 정도로 강하게 움켜쥐었던 주먹을 풀었다. 베니니타스는 라일라의 팔을 풀어내고 몸을 돌려서 그녀의 어깨를 끌어안았다. 꽉 안으면 부서질 것 같은 그녀의 몸을 강하게 끌어안았다.

"……네가 가지 않겠다고 했다."

라일라는 고개를 끄덕였다. 곧 베니니타스의 입술이 라일라의 입술을 덮었다. 라일라는 그의 목을 끌어안았다. 진한 입맞춤 후 베니니타스의 입술이 떨어졌다. 라일라의 눈물 젖은 보라색 눈이 베니니타스를 올려다보았다. 베니니타스는 손으로 라일라의 얼굴을 감쌌다.

"네가 가지 않겠다고 했다. 그러니 나는 네가 돌아간다고 애원해도 절대 보내지 않을 거야."

"좋아해요."

베니니타스는 라일라를 다시 끌어안았다. 라일라의 눈물에 셔츠 자락이 젖어들어 갔다. 이제는 꽃길을 걸어도 되는 것이 아닐까. 한 번쯤은 욕심을 내어도 되지 않을까.

베니니타스의 마음에 연심이라는 이름의 욕심이 꽃을 피웠다.

⚜

"그래서, 그 암컷한테 고백을 못했다? 이거 완전 숙맥이구만."

"니가 할 말은 아니지. 로보."

"뭐야, 빅터! 이놈 편을 드는 거야?"

베니니타스는 제 친구들을 둘러보았다. 저와는 다르게 좋은 집에서 잘 자란 이들이었다. 로보는 이니투스의 후손으로 모든 수인들이 떠받들었지만 제 과거를 모두 알면서도 저를 경멸하지 않았다. 그는 광폭하다는 소리를 듣지만, 의리가 있는 수컷이었다. 제 울타리 안에 있는 것들에게는 한없이 자비로워지는 그런 이였다.

"야. 가서 그 암컷 허리를 한손으로 꽉 끌어안아."

로보가 안주를 씹어 먹으면서 장난스런 얼굴을 했다. 빅터는 골치가 아픈지 얼굴을 손으로 감싸 쥐었다. 베니니타스는 실없는 농담일 거라고 생각을 하면서도 혹시나 하는 심정으로 귀를 기울였다.

"그리고 말하는 거야. 내 아를 낳아도."

제가 말해놓고도 웃긴지 로보는 깔깔대면서 웃었다. 토스 호무스의 남부 사투리를 익살스럽게 흉내 내는 것에 평소라면 웃어줄 수 있음에도 상황이 심각하여 베니니타스는 웃지를 않았고 빅터는 로보와 유머 취향이 맞지 않기에 그에게 안주를 던지면서 비난을 퍼부었다.

"……너 설마, 블랑카에게 그렇게 했냐?"

광폭했던 로보를 바꾸어놓은 것은 언제나 올곧은 블랑카였다. 블랑카는 늑대개라서 수많은 수인들이 반발했었지만, 로보는 그 반발을 누르고 블랑카를 비(妃)로 올렸다. 그리고 블랑카는 스스로의 능력으로 모두의 인정을 얻어냈다.

"아니. 그랬다가는 나 블랑카에게 맞아 죽었을걸. 내가 이런 유머를 하면 나를 못 잡아먹어서 안달인데. 라이칸이 날 닮으면 내 책임이라고 입 다물래. 태교에 좋지 않다고."

"벌써 이름까지 지어줬어?"

블랑카와 로보는 아직 뱃속에 있는 아이에게 일찌감치 이름을 지어주었다. 강하게 자라면 좋겠다는 뜻으로 지은 이름이었다.

"그럼, 우리 아드님이신데. 이 정도 이름은 가져야지."

"딸이면 어쩌려고?"

"괜찮아. 확인했어. 그리고 딸이면 어떻고 아들이면 어때. 우리 아이인데."

로보가 바보같이 실실 웃었다. 빅터는 못 말린다는 표정으로 절레절레 고개를 흔들었다.

분위기 무르익어 갈쯤, 취기가 올라서 얼굴이 붉게 물든 로보가 베니니타스를 돌아보았다.

"그 마레 위르 암컷이 좋으면 당장 잡아. 정치적 반발은 걱정하지 말고. 내가 도와줄 테니까."

베니니타스는 벌게진 얼굴로 로보를 바라보았다. 로보는 그와 어깨동무를 하였다. 알큰한 술 냄새가 코를 찔렀다.

"친구 좋다는 게 뭐냐. 너를 위해서라면 예전처럼 성질 좀 부려 주지. 블랑카에게 혼나긴 하겠지만 다 너를 위해서야. 사나이 우정을 위해서!"

혀가 꼬부라져서 발음이 샜지만, 도와준다는 뜻은 분명했다. 베니니타스는 로보를 바라보았다. 비참했던 인생에 찾아온 몇 안 되는 빛이었다. 하나는 동생인 헤르티아이고 다른 하나는 로보와 빅터이고 마지막은 바로 라일라였다. 이들만 있다면 세상에 두려울 것이 없을 것 같았다.

베니니타스는 죽은 블랑카의 시신에 차가운 시선을 던졌다. 믿지 않았다. 로보가 그랬다는 것을 믿지 않았다. 자신과 라일라의 결혼을 가장 많이 축하해 준 수인이 로보였다. 정치적 위험을 무릅쓰고 저와 라일라와의 결혼을 가장 먼저 축복해 주었던 로보였다. 베니니타스는 모든 증거가 로보가 보낸 시카리우스를 가리키고 있음에도 믿지 않았다.

하지만 카넬리안의 보고로 베니니타스의 이성은 끊어졌다. 배신의 충격과 슬픔, 그리고 분노로 베니니타스의 머리가 잠식되었다. 이제 로보가 왜 그랬는지는 중요하지 않았다. 로보가 자신을 배신했다는 것과 라일라와 벤자민과 프리드를 죽였다는 사실만이 중요했다.

베니니타스는 로보에게 복수할 방법을 찾았다. 로보를 지옥에 떨어뜨릴 방법만 찾았다. 늑대 일족은 평생을 한 암컷만 보고 산다. 그 암컷이 죽어버리면 지옥에 있는 것보다 더 괴로워한다. 늑대 일족에게 반려를 잃는다는 것은 살아도 산 것이 아니게 되는 것이었다.

베니니타스는 교활하게 움직였다. 그는 빅터를 이용했다. 빅터가 오랜 시간 동안 블랑카를 사랑해 온 것을 알고 있었다. 베니니타스는 빅터의 질투를 이용했다. 로보는 잘못을 저질렀고 그에 따른 적합한 벌을 받아야 한다고, 로보가 사라진다면 블랑카는 그에게 돌아올 것이라고 그를 유혹했다. 로보가 가장 방심하고 있을 때 길을 열어달라고 했다. 빅터의 도움으로 블랑카를 죽일 수 있었다.

"로보는 범인이 아니에요!"

피투성이가 된 블랑카는 입에서 피를 쏟아내면서 외쳤다.

"로보는 범인을 찾고 있어요. 시카리우스 내부에서 이상한 짓을 한 이들이 있다고 조사를 하고 있어요. 로보는 범인이 아니에요. 로보가 얼마나 슬퍼했는지 알아요?"

분노한 베니니타스에게 블랑카의 말은 변명으로밖에 들리지 않았다.

"설령 로보의 잘못이라도 나에서 끝을 내줘요. 내 아이들. 내 아이들을 건들지……."

블랑카는 아이들을 건들지 말라는 말을 마치지 못하고 죽음을 맞이했다.

로보는 분노했고, 베니니타스는 렉스의 도움을 받아서 로보를 죽였다. 하지만 로보를 죽였는데도 그는 복수를 했다는 것에 만족할 수가 없었다. 후련하지도 않았고 정의를 구현했다는 생각이 들지도 않았다.

"네가 베니니타스냐?"

바닥에 로보의 머리가 떨어지는 것을 보며 경멸이 아닌 웃음을 보이며 제게 악수를 청했던 젊은 시절의 그가 떠올랐다. 장난기 어린 친근한 웃음이 떠올랐다. 로보를 죽이면 후련할 줄 알았다. 라일라와 벤자민과 프리드의 복수를 해서 행복할 줄 알았다. 하지만, 아니었다.

✤

베니니타스는 피투성이가 된 라이칸을 바라보았다. 그렇게 순했던 아이가 저렇게 잔혹하게 변하였다. 베니니타스는 검은 감정이 넘실대는 차가운 청회색의 눈동자를 보았다. 그제야 로보를 죽이고 제가 느꼈던 감정이 무엇인지 알았다.

슬픔이었다.

그냥 슬픈 것이었다. 이 운명이, 이 모든 것이. 복수에 미쳐서 저지른 제 죄가 모두 슬펐다. 블랑카의 마지막 부탁은 이것 때문이었다. 피에 미쳐서 타락해 버린 라이칸을 보면서 제가 저지른 죄가 무엇인지 알았다.

베니니타스는 라이칸에게 달려들었다. 이것이 제 마지막 싸움이 될 것이었다.

라이칸은 강했지만, 경험이 적어서 미숙하기도 했다. 베니니타스는 몇 번의 기회가 있었음에도 라이칸의 급소를 노리지 않았다. 쉽게 죽어줄 수는 없다. 라이칸이 스티폴로르를 통합하기 쉽도록, 그의 강함을 알려야 하기 때문에, 대등하게 싸우는 척을 하다가 최후를 맞이할 생각이었다.

라이칸에게서 로보가 보였고, 블랑카가 보였고, 에리카가 보였고, 라일라가 보였고, 프리드가 보였고, 벤자민이 보였다. 라이칸에게는 제 행복했던 과거가 있었다.

"전 스승님이 좋아요."

순박하게 웃던 아이를 망쳐 놓은 것은 누구일까? 자신일까, 아니면 로보의 경솔한 배신일까?

"로보는 범인이 아니에요."

베니니타스는 속으로 헛웃음을 흘렸다. 블랑카의 말을 조금이라도 믿었다면 뭔가 달라졌을까? 감정에 휩쓸리지 말고 한 번 더이성을 찾아서 로보를 찾아가 따졌어야 했을까? 그랬다면 이런파국이 일어나지 않았을까? 수많은 후회가 밀려왔다. 베니니타스는 로보와 닮은 라이칸을 바라보았다. 그리고 그 찰나의 순간이었다.

[헉.]

라이칸의 이빨이 제 목줄을 뜯었다. 베니니타스는 이게 제 마지막임을 알았다. 흐릿해지는 의식 사이로 모든 일이 주마등처럼 스쳐 지나갔다. 부모님을 잃고 헤르티아와 도망 다니던 시절, 살기 위해서 할 짓 못 할 짓 가리지 않고 모두 뛰어들었던 일, 로보를 만났던 일, 라일라를 만났던 일, 그녀에게 청혼했을 때, 벤자민이 태어났을 때, 프리드가 태어났을 때, 둘의 죽음을 보았을 때, 블랑카의 마지막을 보았을 때, 로보를 죽였을 때, 그리고 지금.

짧지 않은 인생에 한도 많았고 기쁨도 많았다. 후회하지 않을 것을 다짐했건만 막상 죽음이 닥쳐 오니 수많은 일들이 후회가 되었다. 라일라에게 조금 더 일찍 다가갈 것을, 그때, 라일라와 같이 돌아갈 것을, 로보를 한 번만 더 믿어볼 것을. 수많은 후회가 그를 잠식했다.

'베니니타스.'

베니니타스는 흐리한 시야 사이로 라일라의 모습을 보았다. 그의 눈에서 눈물이 흘렀다. 당신은 너무나도 착해서 세상에 더할 나위 없는 악인인 나도 마중을 나와주는 것이구나. 베니니타스는 라일라에게 손을 뻗었다.

[라일라. 보고 싶었어.]

'같이 가요.'

베니니타스는 라일라의 손을 잡았다. 그의 눈에서 생기가 사라졌다. 굴곡 많고 한도 많았던 베니니타스의 삶이 그렇게 막을 내렸다.

로보

저 멀리 베니니타스의 모습이 보였다. 얼핏 보기에는 암컷처럼 부드러운 붉은색의 털. 로보는 베니니타스를 불타는 눈으로 응시했다. 제 뒤에는 서로를 끌어안고 벌벌 떠는 라이칸과 에리카가 있었다. 로보는 유독 라이칸에게 눈길이 갔다. 자신과 놀랄 만큼 닮았지만, 한편으로는 그만큼 닮지 않은 아들이었다.

블랑카의 죽음을 눈앞에서 목격하고도 의젓하게 제 곁을 지켜주었던 대견한 아들이었다. 라이칸만 보면 한없이 미안해졌다. 블랑카의 죽음에 분노하기보다는 남은 가족들을 다독이는 것이 우선임에도 그는 제 분노에 취해서 아이들을 돌보지 못했다. 그동안 라이칸은 에리카를 돌봤고, 전쟁 상황에 자신이 할 수 있는 최선의 행동을 위해서 노력했다. 로보는 아들에게 한없이 미안해졌다. 이성적으로는 지금 남아 있는 가족을 먼저 챙겨야 함을 알아도 로보의 감정은 그 이성을 넘어서 버렸다.

로보는 똑같이 증오로 불타고 있을 베니니타스를 노려보았다. 그래, 블랑카가 맞았다. 자신은 어쩔 수 없는 전형적인 늑대였다. 빌어먹게도.

❧

추수제의 중요 행사에는 라니스타(Lanista: 서열 결정전)가 있었다. 여기에서 자신보다 위에 있는 서열의 수인에게 뒬룸(Duellum: 서열 쟁탈 싸움)을 신청하여 이기면 서열이 바뀌게 되는 것이다. 그리고 일족의 수장 자리를 결정하는 것도 바로 이 서열 쟁탈전을 통해 이루어졌다. 하지만, 늑대 일족만은 다른 승계 과정을 거쳤다.

늑대 일족의 수장인 루프스의 자리는 언제나 이니투스의 후손들에게 허락된 것이었다. 다른 수인들은 셀레네님을 도운 이니투스를 향한 여신의 가호가 작용했기에 그 후손들이 강한 것이라고 여겼다. 그리고 이니투스의 후손들을 부러워하였다. 보장된 권력을 부러워하였다. 하지만 실상은 조금 달랐다.

로보는 전대 루프스의 막내아들로 태어났다. 늑대 일족이 자신의 부인에게 잘하는 것은 이미 널리 알려진 사실이지만 부인에 대한 사랑이 아이들에게 이어지는 것과는 별개의 문제였다. 로보의 아버지인 전대 루프스는 아이들의 싸움을 부추겼다. 당연한 일이었다. 루프스의 자리는 하나고 전대 루프스는 자신의 아이들중 살아남는 아이에게 루프스 자리를 물려주겠다고 했다. 자신도 그렇게 이 자리에 올라왔기 때문이었다.

당연하게도 형제들은 가장 약한 형제나 아니면 될성부른 싹이 보이는 어린 동생들을 제거하려 들었다. 토스 호무스의 궁에서 살아가는 것은 생존을 향한 투쟁에 가까웠다. 전대 루프스가 아끼는 것은 가장 강한 자식과 자신의 비(妃)뿐이었다. 로보는 그런 아버지의 냉대 속에 태어난 막내아들이었다.

열 살이 되던 해에 로보는 루프스의 자리에 가장 가까운 둘째 형으로부터 목숨을 위협받았다. 간신히 살아남은 그는 형제들의 주의를 돌리기 위해서 약한 척을 하며 둘째 형과 라이벌 관계에 있는 첫째 누나의 앞잡이 노릇을 했다. 돌격가 성향의 둘째 형보다는 영악하여 계략을 쓸 줄 아는 첫째 누나 쪽이 살아남을 확률이 높았다. 승계가 끝나고 나면 루프스의 자식이라는 것을 영원히 감추고 궁 밖에서 조용히 살겠다는 약속을 하고 그녀에게 몸을 의탁했다. 로보는 첫째 누나의 앞잡이 역할을 하였지만 그녀도 완전히 믿을 수는 없었다. 로보의 어린 시절은 불안함과의 싸움이었다.

첫째 누나는 결국 둘째 형을 이겼다. 그리고 로보의 예상대로 그녀는 만만하게 보고 있던 막냇동생을 죽이려고 달려들었다. 하지만, 로보는 첫째 누나의 아래서 온갖 막말과 하대, 그리고 경멸을 받아가면서 숨기고 있던 발톱을 드러내 그녀의 목줄을 끊었다.

첫째 누나의 명령으로 수없이 비열한 짓을 했지만, 이때만큼 기분이 더러운 적도 없었다.

그렇게 누구도 예상하지 못했던 로보가 형제들을 물리치고 자격을 갖추자 이제는 아버지가 그를 견제하기 시작했다. 늑대 일족만의 관례라면 관례였는데, 보다 안정적인 통치를 위하여 다른 일족과 달리, 루프스로 결정된 자에게 심각한 결격 사유가 없다면, 다시 말해서 어느 정도 이상의 강함만 보장해 준다면, 라니스

타에서 뒬룸으로 몰아내지 않았다. 대신 스스로 물러났다.

불행히도 로보의 아버지는 권력욕이 강한 자였고 그는 명백하게 저보다 실력이 강해 보이는 아들을 견제했다. 아들이 저를 죽일 것을 걱정한 것이었다. 로보는 처음 한두 번은 참았다. 하지만 더 이상 참을 수 없을 지경이 되었을 때, 드디어 아버지에게 뒬룸을 신청했다. 로보를 제외하고 그 누구도 이길 수 없던 강함을 가지고 있던 그의 아버지는 결국 아들에게 철저하게 패배했다. 패잔병처럼 제 앞에 널브러져 있는 생물학적 아버지를 보면서 드는 감정은 정말 복잡 미묘했다.

어머니는 아버지의 목숨을 구걸했다. 어머니는 모성이라도 있었기에 아이들의 싸움에는 관여하지 않아도 사랑은 충분히 주었었다. 로보는 그 길로 아버지와 어머니를 별장으로 내쫓았다. 로보는 열아홉의 나이로 루프스의 자리에 올랐다.

"축하한다."

루프스의 자리에 오른 그날 빅터가 축하 인사를 했다. 루프스는 건성으로 사절단의 인사를 받다가 친구를 만나자 그제야 반색을 했다. 베니니타스는 무슨 일로 바쁜 것인지 오지 못해서 미안하다는 인사를 먼저 보내온 참이었다.

"이게 축하할 일인지는 모르겠지만, 축하라면 받아야 하지 않겠어?"

로보는 빅터에게 술을 권했다. 그러다 빅터의 뒤에 서 있는, 개수인치고는 체격이 좋은 하얀 머리카락의 아가씨가 보였다. 로보는 술잔을 잡은 손으로 그 암컷 수인을 가리켰다.

"누구냐?"

"내 사촌의 정혼자의 친척이자 내 소꿉친구. 블랑카. 늑대개야."

"늑대개?"

어쩐지 개 수인치고는 체격이 큰 편이라는 생각을 했는데, 그럴 만한 이유가 있었다. 루프스는 고개를 두어 번 끄덕이고 시선을 돌렸다. 눈에 띄게 아름다운 미인도 아니었다. 그냥 조금 예쁜 정도였다. 그런데 묘하게 사람의 시선을 잡아끄는 구석이 있는 암컷이었다.

로보는 그저 기분 탓이라 생각하고 술을 마셨다. 로보는 그날 빅터와 대작을 하면서 진탕 술에 취해서 잠이 들었다. 잠이 들면서도 잠깐 스치듯이 보았던 블랑카가 뇌리에 떠올랐다.

✤

블랑카를 다시 만난 것은 마레 위르와 거래한 수인들을 처형할 때였다. 그들 중 개 수인이 있었는데, 각 일족의 수장에게서 처형에 관한 일을 일임을 받은 뒤의 일이었다. 로보는 어떤 처형으로 본보기를 보여줄 수 있을까를 곰곰이 고민하고 있었다.

"아니, 안 됩니다. 블랑카님!"

어떻게 처형을 해야 다시는 이런 짓을 벌이지 않을까에 대한 고민을 하고 있던 로보는 갑작스러운 소란에 눈썹을 치켜들었다. 문 밖에서 몸싸움이라도 벌어진 것인지 쾅쾅거리는 소리가 들려왔다. 나가봐야 하나 고민하던 그때에 문이 벌컥 열렸다. 엉망이 된 머리를 하고 있는 백발의 체격이 좋은 암컷이 씩씩대면서 들어왔다. 로보는 그 암컷이 빅터의 소꿉친구인 블랑카임을 알아보았다.

"루, 루프스님. 블랑카님께서 알현에 필요한 최소한의 규범도 지키지 않으려고 하시기에."

"그렇게 되면 너무 늦어서 그럽니다, 루프스님!"

블랑카는 씩씩거리면서 아직도 제 팔에 매달려 있는 궁관, 에른을 떨쳐 내었다. 로보는 에른에게 나가보라 손짓을 했고 그는 좋지 않은 표정으로 뒤를 힐끔거리면서 나갔다.

"무슨 일로 왔는가?"

"마레 위르와 거래 건으로 처형당할 수인들의 구제를 위해서 찾아왔습니다."

블랑카는 대강 머리카락을 정리하고 입을 열었다. 로보는 등받이 뒤로 등을 기대었다.

"법에 명시된 내용이다. 마레 위르에게 이득을 주는 자는 사형에 처한다."

"그들은 마레 위르들에게 이득을 준 것이 아니라 이득을 받았습니다. 아시지 않습니까? 각 일족의 땅에서 내쫓겨 겨우 포트리스에 터전을 잡은 자들입니다. 그들이 굶어 죽어가는 것을 불쌍히 여긴 마레 위르가 단지 그들에게 먹을 것을 건네준 것뿐입니다."

"그게 바로 마레 위르들의 이득이다. 마레 위르에게 호의적인 수인들이 늘어나면 그들이 다시 예전과 같은 폭거를 부리겠지. 안 그렇겠나?"

"그렇게 될 것이라는 증거가 있습니까? 없지 않습니까? 그들이 그렇게 될 수도 있다는 예상뿐입니다. 그리고 이것은 마레 위르를 향한 증오심에 근간을 둔, 마레 위르를 향한 수인들의 경계심을 세우기 위한 형식적인 처벌일 뿐 법에 근간한 처벌이 아닙니다!"

블랑카는 흉포하다고 소문난 로보의 앞에서 겁도 없이 그의 잘못을 꼬집었다. 로보는 심기가 불편한 것인지 살기를 내뿜었다.

블랑카는 그에 굴하지 않았다.

"만일 그들이 마레 위르에게 협력을 하게 되어 우리 스티폴로르에 위험을 끌고 온다면, 그들을 그런 상황으로 몬 자들도 책임을 져야 합니다. 그들의 태반은 동물화를 겪고 있는 환자들입니다. 그들을 그곳으로 몬 자들은 누구입니까? 그들을 벼랑으로 몰아서 스티폴로르에 위험을 끌고 온 자들도 결국은 책임이 있습니다."

"뭐라?"

"바로 루프스님 아니십니까? 수인들이 강한 자를 수장으로 삼는 것은 강함을 중시 여기는 것이 아니라, 강한 자가 약자를 보호하기 위해서입니다. 루프스님은 그 가치를 지키셨습니까? 이니투스님 때부터 이어져 내려오던 고귀한 전통을 지키셨습니까? 아니지 않습니까? 루프스님은 오히려 그런 자들을 벼랑으로 내모셨습니다. 만일 스티폴로르가 위험에 처한다면 그것은 루프스님의 행동에서 기인한 것입니다."

블랑카는 말을 골랐다.

"이 사태에 책임을 져야 하는 것은 굶어 죽을 지경이 되어서 마레 위르에게 식량을 받아 간신히 목숨을 부지한 수인들이 아니라, 그들을 그 지경으로 몰고간, 약자를 보호해야 하는 의무를 잊으신 루프스님이십니다. 그들은 법을 어기지 않았습니다. 그들이 법을 어겼다는 증거도 없습니다."

"너! 너!"

로보는 말문이 막혔다. 그는 자리에서 일어나서 성난 걸음으로 내려왔다.

블랑카는 로보의 손찌검이든 뭐든 견딜 생각이었다. 억울한 수인들을 구할 수 있다면야 뭐든 할 수 있었다. 로보의 손이 높이 올라갔다. 블랑카는 저 손이 제 볼에 떨어질 것임을 알아도 눈을 감지 않고 오히려 그를 똑바로 마주 보았다.

"네년이!"

로보는 블랑카의 한없이 당당한 눈을 보면서 팔을 부르르 떨었다. 티 없이 맑고 당당한 눈은 계속 제가 잘못을 했다고 말을 하고 있었다. 로보는 높이 치켜든 팔을 내릴 수가 없었다.

"하실 줄 아는 것은 이런 폭력뿐이시지요."

블랑카는 비웃음을 흘렸다.

"언제나 그 강한 힘으로 약자를 찍어 누르고 짓밟으면서 제 권력을 공고히 하시고 반발을 누르시지요. 하지만 그 끝은 선대 루프스님과 마찬가지일 것입니다. 피는 피를 불러올 뿐, 좋은 결과를 낳을 수 없습니다."

블랑카는 로보 앞으로 한 걸음 앞으로 다가갔다. 그리고 로보에게 뺨을 내밀었다.

"때리십시오. 하지만 변하는 것은 없을 겁니다. 때로는 폭력으로 꺾을 수 없는 것도 있습니다. 저를 묶고 고문하셔도 저는 제 말을 바꾸지 않을 겁니다. 루프스님도 할 줄 아는 것은 그것밖에 없으시니 해보시려면 해보셔도 됩니다."

로보는 블랑카의 말에 한없이 작아지는 기분이었다. 로보의 손이 아래로 내려갔다.

"윽."

로보가 블랑카의 목을 움켜잡았다.

"그래, 네년이 원하는 대로 그놈들의 목숨은 살려주마. 벌을 내리는 데는 사형 말고 다른 방법도 많거든."

로보는 목이 졸려 하얗게 질려가는 블랑카의 목을 놓아주었다. 블랑카는 신선한 공기를 급하게 들이마셨다.

"그놈들은 냉궁에 가두겠다."

"냉궁이요!"

서서히 죽어가라는 뜻이었다. 로보는 입꼬리를 올렸다.

"그래, 냉궁. 하지만 기회를 주마. 나를 설득해 보아라. 내가 너에게 설득당하면 그들을 풀어주지."

로보는 블랑카의 턱을 잡고 들어 올렸다.

"네 독사 같은 혀로 나를 설득해 보려고 노력을 하든지, 그 볼품없는 몸을 이용해서 나를 유혹해 보든지. 그건 네 마음이다. 하지만 분명한 것은 빠른 시일 내에 나를 설득하지 못하면 그들은 냉궁에서 서서히 죽어갈 것이다. 물론 네가 이 제안을 받아들이지 않고 카날리스 호무스로 돌아가면 그들은 원래대로 사형에 처해질 것이다."

블랑카는 비열하게 웃는 로보를 주먹을 움켜쥐고 올려다보았다.

"어디 한번 노력해 봐. 잡종."

❦

로보는 제 옆에서 책을 읽고 있는 블랑카를 바라보았다. 어디서부터 뭐가 잘못된 것일까. 처음에는 블랑카를 괴롭히기 위해서 벌인 일이었다. 그녀가 좌절하고 무력감을 느끼는 것을 보고 싶었다. 하지만, 블랑카는 포기하지 않고 저를 설득하려 노력했다. 겁을 주어도 움츠러들지 않고 당당하게 제 신념을 주장했다. 저를 두려워하지 않는 이들은 베니니타스, 빅터 외에 몇 되지 않는지라 로보는 그녀에게 흥미를 느꼈다.

가랑비처럼 젖어가던 마음은 어느새 그녀에게 제 괴로웠던 과거를 스스로 털어놓게 만들었다. 블랑카는 그를 위로해 주었다.

"당신도 그저 늑대 수인일 뿐이에요."

그 말이 로보에게는 큰 위로가 되었다. 로보는 그제야 자신이 블랑카에게 푹 빠져 있다는 것을 깨달았다. 아름답지도 않고 그렇다고 몸매가 뛰어나지도 않은 평범한, 기가 세고 정의관이 투철하여 겁 없이 대들기를 서슴지 않는 이 암컷에게 빠져 버린 것이다.

로보는 사실 그녀를 동경했다. 늑대개로 태어나 온갖 차별을 받았음에도 자신과 같은 약자를 위해서 행동하는 블랑카를 동경했다. 약자로 태어나 살아남기 위해 저보다 더 약한 자를 짓밟으며 살아온 자신과는 다른, 찬란하게 빛나는 암컷이었다.

블랑카를 닮고 싶어서 로보도 변해갔다. 블랑카의 충고대로 빈민들을 구제하려 했고 마레 위르와 혼혈인 수인들의 차별 문제를 개선하기 시작했다. 물론 블랑카가 구제하고 싶어 했던 이들은 풀어주었지만, 그랬다가는 블랑카가 원래의 땅으로 돌아갈까 봐 로보는 그들을 치료해 주겠다는 명목으로 그들을 이용해서 블랑카를 붙잡아놓았다. 로보는 궁의 정원에 앉아 풀을 뜯으며 책을 읽는 블랑카를 바라보았다.

"블랑카."

"왜요? 루프스님."

블랑카는 책을 덮었다. 로보는 최근 많이 변했다. 블랑카는 자신의 설득이 어느 정도 먹혀들어간 것 같아서 기분이 좋아진 상태였다.

"난 살아남기 위해서 많은 잘못을 저질렀어."

블랑카는 로보의 과거를 떠올리면서 고개를 끄덕였다.

"그것을 다 없앨 수 있을까?"

"없어요."

블랑카의 냉정한 대답이 돌아왔다.

"애초에 저지른 죄를 없애기를 바란다는 것 자체가 잘못된 것이에요."

블랑카는 로보와 눈을 마주보았다.

"죄는 없어지는 것이 아니에요. 끝까지 따라다니는 것이죠. 죄를 지은 수인이 해야 할 일은 피해자를 위해서 진심으로 사죄하고 사과를 하는 것 외에는 없어요. 사과는 피해자를 위한 것이지 가해자를 위한 것이 아니니까요. 끊임없이 속죄하며 자신의 죄를 스스로 갚으며 살아가야 해요."

"난…… 방법을 모르겠어……."

"알고 계세요. 너무 기초적인 것이라 스스로 생각을 못하실 뿐이에요."

"알잖아. 내가 멍청하다는 것. 그러니까, 블랑카 네가 알려주면 안 돼? 넌 현명하잖아."

"제가요? 저도 미숙한 수인이에요. 제가 어떻게."

"나보다는 현명하잖아. 그러니까 네가 내 스승이 되어줘."

로보는 블랑카의 손을 덥석 붙잡았다. 화상 자국이 있는 블랑카의 손은 느낌이 조금 이상했지만, 그만큼 따뜻했다. 로보는 블랑카를 닮고 싶었다. 블랑카만큼 고귀하게 될 수는 없겠지만, 그래도 그녀와 동등한 위치에 서고 싶었다. 로보는 웃으며 말했다.

"그러니, 나를 로보라 불러. 그게 내 이름이야."

"예? 이미 버리신 이름을 왜, 제가?"

"너에게 진정으로 사는 것이 무엇인지 배우는 동안은 나도 루프스가 아닌 그저 하나의 늑대 수인일 뿐이야. 그러니, 로보라고 불러."

블랑카는 떨떠름한 표정으로 고개를 끄덕였다. 로보는 그렇게 블랑카와 시간을 보냈다. 블랑카와 보내는 시간이 많아질수록 마음은 걷잡을 수 없을 정도로 커져 갔다. 로보는 자신의 불찰로 죽은 이들에게 사죄했고 그들에게 보상을 했으며, 약자들을 보호할 수 있는 정책을 짰다. 로보가 조금씩 변해갈수록 블랑카를 향한 그의 사랑도 커져 갔다.

❧

"비 오네."

블랑카는 부모님과 같이 살던 집에서 창밖을 내다보았다. 폭풍이 밀려오니 당연한 일이었다. 비가 거세게 내리고 있었다.

"사랑해."

블랑카는 허둥지둥 토스 호무스를 떠나오면서 들었던 그 말을 떠올리곤 고개를 저었다. 로보가 제게 반지를 내밀면서 제 마음을 고백했다. 블랑카는 로보의 고백을 듣자마자 답도 하지 않고 그 자리에서 도망쳤다. 그리고 이곳, 돌아가신 부모님과 살던 집으로 돌아왔다. 블랑카는 아직도 쿵쾅거리면서 뛰는 가슴에 손을 가져다 대었다.

첫인상은 최악이었다. 폭군도 이런 폭군이 없었다. 하지만 살려야 할 이들이 있기 때문에 그와 맞서기를 두려워하지 않았다. 벽창호 같던 그는 점차 변해갔다. 그를 알아갈수록 불쌍한 수인이라는 생각이 들었다. 빅터에게 들은 그의 과거는 차별받던 제 과거보다 더 불행했다. 블랑카는 자신을 진심으로 사랑해 주는 부모님이라도 있었다. 하지만, 로보는 부모에게마저도 버림받은 수인이었다. 그는 살아남기 위하여 강함이 최선이라는 가치관을 갖게 되었다. 블랑카는 로보를 바꾸기 위해 노력했다.

로보는 변해갔다. 모성애인지 아니면 동정심인지 모르겠지만, 그 모습에 그녀는 흔들렸다. 그리고 도저히 모른 척할 수 없는 그의 은근한 구애에 마음이 떨렸다. 그녀의 마음에 봄바람이 불어왔다.

"그래도. 그건 아니야."

자신은 혼혈이었다. 로보의 정성에 마음이 흔들려 그의 옆자리를 욕심내게 되면 필연적으로 다시 예전처럼 경멸을 받을 것이었다. 블랑카는 수인들의 시선이 무서웠고 그로 인해서 로보가 피해를 입게 될까 봐 두려웠다.

똑. 똑. 똑.

누군가 규칙적으로 노크를 하였다. 블랑카는 누가 찾아왔나 싶어 문을 열었다.

"당신이 왜 여기 있어요!"

블랑카는 문 앞에 서 있는 이를 보고 눈을 크게 떴다. 로보가 비를 쫄딱 맞은 채로 손에 꽃을 들고 서 있었다. 블랑카는 로보가 들고 있는 꽃이 예전에 제가 예쁘다 했던 그 꽃임을 알아보았다. 절벽에 딱 한 송이 피어 있던 모습이 참 고결해 보였었다.

로보는 블랑카에게 비에 젖지 않은 꽃을 내밀었다. 온몸이 상처투성이인 주제에 꽃은 어찌나 애지중지하였는지 어디 하나 흠집도 없었다.

"내 말이 장난으로 느껴졌던 것 같아서 가져왔다. 이것 외에는 내가 진심이라는 것을 표현할 방법이 없어서."

로보는 블랑카가 제 마음을 장난으로 받아들인 것인가 싶었다. 제가 멍청하여서 거절을 못 알아들은 것일지도 모르지만, 로보는 블랑카가 도망간 이유가 자신의 고백을 그저 장난으로 생각했기 때문이기를 바랐다.

"나는 아둔하고 멍청해서 어떻게 해야 진심으로 느껴지게 말을 할 수 있을지 모르겠다."

블랑카의 도망은 거절임을 알고 있었다. 그럼에도 일말의 희망을 품고 로보는 이곳으로 왔다.

"나를 변하게 해준, 다른 방법으로 사는 법을 알려준 네가 좋다. 연모한다. 내가 많이 부족함을 알지만, 그래도 한 번만 기회를 주면 안 되겠나? 내가 너와 동등해져 보도록 노력하겠다. 나는 멍청하니까, 나에게 조금만 도움을 주면……."

로보는 횡설수설했다.

"너를 지켜주고 평생 아껴주겠다. 늑대 일족은 평생 한 암컷만을 보고 살아감을 알지 않나. 그러니……."

"일단 들어오세요. 감기 걸려요."

블랑카가 로보의 팔목을 잡았다. 싸늘한 로보의 몸에 블랑카의 따뜻한 온기가 닿았다. 로보는 블랑카의 얼굴을 바라보았다. 그녀는 웃고 있었다. 로보는 그것에서 희망을 보았다.

❧

"그래서 네 아들놈의 스승이 되어달라고?"

로보는 잠든 라이칸의 머리를 쓰다듬었다. 여정이 고된 것인지 라이칸은 울피누스 호무스에 도착하자마자 잠이 들었다. 베니니타스는 로보의 앞에 앉았다.

"그래. 내 친구 놈 중 네가 가장 똑똑하잖아. 너만큼 일반 수인들에 대한 지식이 풍부한 녀석도 없고. 무엇보다 네 옆에는 라일라가 있잖아. 그러니까 네게 부탁하는 거야."

"그게 무슨 이유야?"

베니니타스가 이상하다는 얼굴로 그를 바라보았다. 로보는 내내 라이칸을 바라보고 있었다. 제 외모를 쏙 빼닮은 라이칸은 성품은 블랑카를 닮았다. 올곧고 자비로웠다. 로보는 라이칸이라면 이 스티폴로르에 변화를, 안정을 가져올 수 있음을 알았다.

"있잖아요, 아빠. 마레 위르랑 수인 사이에는 정상적인 아이들이 태어나요. 그리고 이제껏 다른 일족끼리 사랑에 빠지는 수인들이 없었던 것도 아니고, 그 사이에서 아이들이 태어났을 수도 있는데 문제가 된 적이 없어요. 그러면 어쩌면 우리는 외관이라는 것에 속아서 서로 반목하고 있는 것이 아닐까요? 사실 우리는 모두 같은 종이 아닐까요?"

라이칸은 영특했다. 자신과는 달랐다.

"나는 수인들이 땅을 갈라서 서로를 배척하는 상황을 없애고 이니투스님의 시대처럼 서로 화합하는 세상을 만들고 싶어."

라일라가 말해준, 혼란에 빠지기 전의 대륙의 이야기를 들으며 품은 꿈이었다. 로보는 대륙의 것이 모두 옳다고는 보지 않았다. 누구에게 태어났느냐에 따라 삶이 결정되는 신분제라는 것이 옳다고 보지 않았다. 하지만 대륙에도 옳은 것들이 있었다.

"포트리스의 마레 위르와 서로 화해하고 그들을 받아들여서 서로 도우며 살아가는, 국가라는 것을 만들고 싶어. 하지만 내 대에서는 불가능하겠지."

자신은 불가능할 것이다. 하지만 라이칸은 가능할지도 모른다. 라이칸은 똑똑했고 남을 상처 입히는 것을 원치 않아서 그렇지 이미 실력은 그 또래 이상이었다. 라이칸이라면 훗날 루프스의 자리에 올라 이니투스님의 사상처럼 약자를 보호할 수 있을 것이었다.

"나는 이 아이가 그런 세상을 살아가기를 원해. 그리고 그런 세상이 이 아이의 꿈이야. 그래서 나는 이 아이를 위해서 걸림돌을 치워놓을 거야. 그러니 라이칸은 너에게 약자의 삶을 배우고 라일라에게 넓은 식견을 배워서 타인을 생각할 수 있는 그런 어른이 되기를 바라."

로보는 베니니타스의 손을 잡았다.

"그러니 부탁할게, 내 아들을. 내 아들의 스승으로서 올바른 길을 안내해 줘."

베니니타스는 멋쩍게 웃었다. 로보는 친구였기에 그를 믿을 수 있었다. 제 아들을 맡길 수 있었다.

✤

로보는 아들을 맡길 수 있을 정도로 믿었던 친구를 차갑게 바라보았다. 라일라의 사망 소식을 듣고 시신에 늑대의 흔적이 남아 있었다는 것을 알았을 때, 로보는 범인을 잡기 위해서 빠르게 움직였다. 그리고 한 가지 결론에 도달했다. 시카리우스 쪽에서 사고를 친 것이다.

로보는 플로서스를 불러다가 시카리우스 중 이탈자가 있는지 물었다. 플로서스는 묘하게 떨면서 며칠 전부터 조사를 해보았지만, 별다른 이상한 점은 없었다고 보고를 하였다. 로보는 턱을 쓸었다. 범인이 도망갈지도 모르기에 로보는 은밀하게 움직였다. 시카리우스의 총책임자인 플로서스와 시카리우스 최고 베테랑인 라울, 둘만을 이용했다. 로보는 알현실을 빠져나가는 플로서스를 수상하게 바라보았다. 그가 독단적으로 행동했을 가능성이 있었다. 플로서스는 마레 위르를 증오하는 수인들의 우두머리나 마찬가지였다. 로보는 라울을 불렀다.

하지만 그보다 먼저 들어온 것은 에른이었다. 그는 하얗게 질린 라이칸을 안고 있었다. 라이칸이 전한 소식에 로보는 얼어붙었다. 제 영혼이 죽어버리는 것과 같은 고통을 느끼며 로보는 절규했다.

단장이 끊어지는 고통이라는 것이 이런 것임을 분명하게 알았다. 로보는 블랑카의 시신을 안고 울부짖었다. 지켜준다 해놓고 지키지 못한 블랑카에 대한 미안함과 괜히 저와 엮여서 이렇게 비참한 죽음을 맞이하게 되었다는 생각에 스스로에 대한 역겨움이 밀려왔다.

그리고 찾아오는 것은 베니니타스를 향한 배신감이었다.

저를 믿어주지 못한 그가 원망스러웠다. 저와 그 사이의 신뢰가 겨우 이 정도였다는 것에 로보는 절망하고 분노했다.

로보는 베니니타스와 일전을 벌이기 전 아이들을 돌아보았다. 이 싸움에서 이기든 지든 자신은 못난 아버지였다. 제 감정에 취해 아이들을 내팽개친, 평생을 갚아도 모자랄 죄를 지은 아버지였다. 하지만 이미 엎질러진 물이었다. 결과가 어떻게 나든 결착을 지어야 했다. 로보는 저를 향해 발을 구르는 베니니타스를 바라보았다.

다른 선택지가 있었을까?

범인을 찾기보다 베니니타스에게 달려가서 그를 위로해 주는 것을 우선으로 했다면, 친구로서 그를 달래주는 것을 우선으로 했다면 뭐가 달라졌을까? 로보는 부질없는 가정에 스스로에게 냉소를 흘렸다.

역사에 만약은 없다. 인생에도 만약은 없다. 그저 선택만 있었다.

로보는 제 선택의 결과를 마주했다. 이제 그 결착을 지어야 했다. 로보는 베니니타스에게 달려갔다. 이렇게 되어버린 결과에 한없이 슬펐다.

그의 눈물이 땅에 떨어졌다.

Chapter 13
거짓과 분노

포트리스는 슬퍼했다. 하워드 형제와 같이 스티폴로르의 화합을 주장하던 사람들도, 그들의 반대편에 서 있던 사람들도 모두 그들의 죽음에 충격을 받았다. 그들 모두 하워드 형제가 이 포트리스를 얼마나 사랑했는지 알고 있었다. 알렉스는 무력으로, 그리고 프레드릭은 방어마법과 뛰어난 지식으로 포트리스를 위기에서 여러 번 구했었다.

슬픔은 곧 분노로 바뀌었다. 전쟁에 미온적인 태도를 보이던 사람들도 들고 일어났다. 전쟁은 소모적이고 피해만 클 것이라고 필립과 페드로가 사람들을 설득해 보려고 했지만 그들의 분노를 막을 수는 없었다. 포트리스는 이제 전쟁의 소용돌이 속으로 빠지려 하고 있었다.

헤임달은 그들을 위한 배를 손질하면서 휘파람을 불었다. 멍청한 바론이 하워드 형제의 소식을 바로 전서구로 전해주는 바람에 그가 예상했던 것보다 일이 빠르게 시작되려 했다.

"형님, 우리 배 하나는 숨겼어!"

알폰소가 손을 흔들면서 걸어왔다. 옆에서 세라가 불만 가득한 표정을 짓고 있었다. 배를 숨기는 데에 세라의 능력이 필요해서 알폰소와 같이 보냈지만 워낙 서로 사이가 좋지 않은지라 한참을 다투고 온 듯 보였다.

"형님, 도울 일은 없소?"

알폰소는 배에 올라탔다. 배를 이용해서 토스 호무스의 뒤를 친다는 렉스의 작전은 꽤나 대담했다. 애초에 스티폴로르는 섬임에도 다른 곳과 교류가 없었기에 대륙의 내륙국처럼 배가 발달되어 있지 않았다. 기껏 어선 정도가 그들이 가진 배의 전부였다. 해안선의 대한 경비는 당연히 소홀했다. 그 덕분에 이런 작전이 가능한 것이다.

수인들 군사력의 대부분은 일족간의 경계 지역에 밀집되어 있었다. 토스 호무스는 스티폴로르의 서쪽 끝에 위치하여 뒤에는 바다를 두고 있었다. 배를 쓰지 않는 수인의 입장에서는 후방으로의 침입이 불가한 천하제일의 요새였다. 하지만 그 적이 인간들이 된 이상, 그들의 지리적 이점은 오히려 단점이 될 터였다.

"형님. 근데, 형님도 동행할 거야? 렉스가 형님의 항해술을 높이 치니 권유를 할 것 같던데?"

"아니, 난 안 가. 렉스에게 나중에 기습작전이나 식량 배급 쪽을 돕는다고 말해놨어. 우리 본거지는 여기야. 여기에 있어야 나중에 무슨 일이 터져도 해결 가능해."

헤임달은 자꾸 목걸이를 내놓지 않으려는 헬라를 떠올리면서 고개를 저었다. 도대체 그 돌조각이 뭐가 좋은 것인지 말만 꺼낼라 치면 발톱을 세우니. 헬라를 위해서라도 이곳에 있는 것이 좋을 것 같았다.

"형. 레이라는 어떻게 할 거야?"

"일단, 죽여야지. 란텔이 말하기를 프레드릭이 죽었다고 확신하기 어렵다고 했으니. 혹시 몰라서 아는 아편 받아먹는 놈들에게 프레드릭과 알렉스를 발견하면 죽이라고 명령을 내려놓았다고 하나, 형제 놈들이 살아 있다고 판단될 수 있는 여지를 남겨두면 안 돼."

포트리스의 사람들의 쓸데없는 배려심은 이런 혼란한 상황에도 발휘되었다. 아이를 낳은 지 얼마 안 된 레이라를 걱정하여 그녀에게 하워드 형제의 죽음에 관한 이야기를 하지 않은 것이다. 레이라가 산후조리를 위해 주로 집에 있었기에 그녀의 집에 드나드는 사람들만 입을 조심하면 그만이었다.

그래도 언젠가는 알려질 사실이었다. 혹시라도 레이라가 프레드릭의 생존 여부를 알 수 있는 무언가를 가지고 있어서 작전에 초를 치는 것은 막아야 했다. 활활 타는 불에 장작을 더하면 더했지 물을 끼얹을 수는 없는 노릇이지 않은가? 그 장작 역할에는 레이라가 제격이었다.

헤임달은 출정이 얼마 남았는지를 손으로 꼽았다. 얼마 남지 않았다.

"오늘은 바빠서 안 되겠고. 내일로 하자. 너는 레이라의 집을 감시해. 레이라가 이상한 행동을 할 수도 있으니까."

"형님 혼자서 배 손질할 수 있겠소? 이제 나이도 꽤 되면서 말이야."

"헛소리 말고 어서 가서 감시나 해. 그리고 나 그 정도로 늙지는 않았다, 알폰소."

헤임달은 늙었다는 말을 듣자 언짢은 기색으로 그를 타박했다. 알폰소는 낄낄거리며 배에서 내려왔다. 알폰소도 오를레앙 남작에게 동생을 잃었다. 뒷골목에서 온갖 더러운 짓을 하면서도 동생의 출세와 안전을 보장하기 위해 있는 돈 없는 돈 다 털어 넣어 동생을 남작의 시종 자리에 넣었다. 남작은 제 정적을 제거하려고 알폰소의 동생을 이용했지만, 곧 발각되었다. 남작은 알폰소의 동생에게 제 죄를 뒤집어씌웠고 알폰소의 동생은 귀족을 해하려 한 죄로 열넷의 나이에 형장에서 목이 잘렸다. 알폰소는 분노했다. 그러다 헤임달을 만나 함께 스티폴로르에 왔고 남작에게 복수하려는 헤임달을 돕게 된 것이었다.

알폰소는 하늘을 올려다보았다. 그렇게 잔혹한 짓을 하고서도 오를레앙은 여태껏 아무런 벌을 받지 않았다. 무심한 하늘이었다. 최소한 오를레앙이 자신의 죄에 대한 벌을 받았다면, 하늘이 그 벌을 내려주었다면 자신들도 이렇게 극단적으로 변하지는 않았을 것이었다. 알폰소는 터덜터덜 레이라의 집 쪽으로 향했다.

레베카를 돌보느라 내내 집 안에만 있던 레이라는 밖이 심하게 어수선한 것 같아 베키에게 무슨 일이 있느냐고 물어보았다. 하지만 베키는 고개를 저으며 별일 없다고만 하였다. 그런 베키의 표정이 석연치 않아 레이라는 이상하다 생각하면서도 그러려니 하고 넘어갔다. 프레드릭이 무사하다는 걸 알고 있으니 여기에서 무슨 일이 난들 걱정 없을 거라 생각한 것이다.

레베카는 손목의 문양 일부가 지워졌던 그때, 그 가슴 철렁했던 순간을 떠올렸다. 레이라는 소스라치게 놀라서 그날 잠도 자지 못하고 손목만 바라보고 있었다. 얼마 지나지 않아서 문양이 원래대로 돌아오자 레이라는 가슴을 쓸어내렸다. 프레드릭은 아직까지 무사한 것이 맞았다.

하지만 그래도 걱정이 안 되는 것은 아니기에 레이라는 레베카를 침대에 눕히면서 한숨을 푹 내쉬었다. 그녀를 대신해 집안일을 봐주고 있는 베키 역시 그녀 몰래 한숨을 내쉬었다. 레이라가 이 소식을 알면 정말 큰 충격을 받을 것이다. 그렇다고 언제까지 숨기고 있어야 하나 싶기도 했다. 나중에 알면 그만큼 더 충격이 클 테니 말이다.

"레이라, 안에 있나?"

렉스의 목소리에 베키가 얼른 달려가서 문을 열었다. 어두운 얼굴을 한 렉스가 성큼성큼 걸어왔다. 그는 오늘 레이라에게 형제의 죽음에 대해 알리러 온 것이었다. 그들 형제와 가까웠던, 그리고 그들을 안전하게 데리고 오지 못한 자신이 이 소식을 알리는 것이 옳다고 생각한 것이다.

"무슨 일이세요, 렉스 경?"

렉스는 아무것도 모른 채 평온한 표정의 레이라를 향해 입을 열었다. 그는 자신이 보았던 모든 것을 털어놓았다. 벨라토르가 프레드릭과 알렉스를 살해하였으며 그들의 시신을 찾지 못했다는 것.

레이라는 렉스의 말을 믿지 못했다. 레이라는 다급하게 손목을 내려다보았다. 문양은 여전히 온전했다.

"아니에요, 렉스 경! 프레드릭은 살아 있어요. 보세요! 프레드릭이 제게 남, 남긴 건데……."

레이라는 횡설수설했다. 프레드릭은 제게 거짓말을 할 사람이 아니었다. 이 마법이 아직 온전한데 그가 죽었다니? 뭔가 잘못된 것이 분명했다.

레이라는 고개를 저었지만, 렉스의 눈에는 그녀가 사실을 인정하지 못하고 현실을 부정하고 있는 것처럼만 보였다. 렉스는 레이라의 손을 잡고 고개를 숙였다.

"미안하다. 다 내 잘못이다. 내 불찰이다. 정말 미안하다."

렉스가 눈물을 보이자 레이라는 바닥에 털썩 주저앉았다. 베키도 뒤에서 눈물을 훔쳤다. 렉스는 미안하다는 말만 하고는 집을 나섰다. 제가 여기 더 있어봐야 레이라에게는 고통뿐일 것이었다.

베키는 레이라가 혼자 있고 싶어 할 것 같아 먹을 것 좀 가져오겠다는 이유로 집을 나갔다. 혼자 남은 레이라는 손목을 바라보았다.

'프레드릭은 나한테 거짓말 안 해.'

라이라는 프레드릭을 믿었다. 벨라토르가 프레드릭을 죽였다고 했다. 그렇다면 일단 벨라토르가 그를 공격한 것은 사실일 것이다. 그래서 잠깐 문양이 지워졌었던 것이다! 시신을 찾지 못했다고 했다. 그렇다면 프레드릭은 벨라토르를 피해 몸을 숨긴 것이 틀림없었다. 레이라는 자리에서 벌떡 일어났다.

"아직…… 아직 살아 있는 거야……."

레이라는 안도했다. 그리고 당장에 렉스를 찾아가 진상을 설명해 주려고 했다. 바로 그때였다.

쾅. 쾅. 쾅!

"레이라!"

헤임달의 목소리였다. 레이라는 프레드릭의 경고를 떠올리고는 덜컥 겁을 먹었다. 혹시나 싶어 레이라는 아무런 소리를 내지 않고 레베카를 안고는 창문 틈으로 바깥을 지켜보았다.

헤임달은 혼자가 아니었다. 알폰소와 헬라, 세라까지 문 앞에
서 있었다. 그리고 레이라는 알폰소에 손에 들린 굵은 밧줄을 보
고 비명을 삼켰다.

"형님. 반응을 안 하는데?"

열린 창문 틈 사이로 소곤거리는 소리가 새어 들어왔다. 레이
라는 숨을 죽였다. 천만다행으로 레베카는 이 소란에도 깨지 않
고 잘 자고 있었다.

"충격 받아서 기절한 거 아니야?"

헬라가 고개를 갸웃거렸다.

"일단 문을 따고 들어가자. 기절한 거라면 더 잘됐지. 자살로
위장하기 쉬울 거 아냐?"

레이라는 헤임달의 말에 소름이 돋았다. 혼자서 저들 넷을 상
대하는 것은 무리였고 더군다나 지금은 레베카가 있었다. 레이라
는 문을 따기 위해서 문고리를 거칠게 돌리고 있는 그들을 내버
려 두고 부엌으로 달렸다. 부엌에서 레베카를 위한 물건을 빠르
게 챙기고 레이라는 바닥의 깔개를 들추었다.

"클라위스."

바닥에 감춰져 있던 지하실의 문이 나타났다. 레이라는 그 안
으로 들어가 저들이 눈치채지 못하게 깔개를 문 위에 얹어두고
문을 닫았다. 레이라는 레베카를 안고 지하실 문 바로 아래에 가
만히 서 있었다. 어느새 집 안으로 들어온 헤임달 일당이 쿵쿵거
리며 움직이는 소리가 들렸다.

프레드릭이 옳았다. 헤임달이 모든 사건의 배후에 있는 것이었
다. 레이라는 레베카를 꼭 끌어안았다.

어디 있는 거야, 프레드릭. 제발, 우리를 구해줘.

레이라는 눈물 섞인 기도를 프레드릭에게 전했다.

✤

유채의 왼손 약지에는 블랑카의 반지가 끼워져 있었다. 루프스는 그 반지를 힐끔 바라보았다. 별것 아닌 것에 두근거렸다. 유채는 저를 집요하게 바라보는 루프스의 시선에 억지로 입꼬리를 올렸다. 루프스를 속이기 위해서 연기를 하느라 입에 쥐가 날 지경이었다. 유채는 되도록 루프스 앞에서 생글생글 웃기 위해서 노력했다.

루프스는 유채의 작은 미소에도 설레어 하는 제가 한심하기도 했지만 그렇다고 예전으로 돌아가고 싶다는 생각은 들지 않았다. 하루에도 수십 번씩 불안해하고 노심초사하는 이 상황을 벗어나고 싶지 않았다. 과거로 돌아간다면 절대 이런 가슴 벅찬 감정은 가질 수 없어서였다.

"입맛에는 맞나?"

"괜찮은 것 같아요."

유채는 루프스의 물음에 부드럽게 대답했다. 루프스는 이런 평범한 일상이 너무나도 소중했다. 이런 순간만 영원히 계속되었으면 하였다. 그러나 그는 이런 상황이 계속 이어질 수 없다는 것을 알고 있었다. 유채는 언젠가는 떠날 것이다. 이 일상도 그저 신기루처럼 사라질 것이다.

루프스는 유채의 말간 얼굴을 바라보며 복잡한 머리를 정리했다. 시카리우스에게 들어오는 보고는 특별한 것이 없었다. 혹시나 해서 가져오는 것들도 루비 조각이 아니었다. 되도록 미노르 호무스에 가기 전에 일을 끝내고 싶었기에 루프스는 시카리우스를 닦 달하는 중이었다. 제가 저지른 짓을 사죄하기 위해서도, 유채의 행복을 위해서도 그 물건이 필요했다.

유채는 입맛에 맞지도 않는 음식을 씹어 삼켰다. 심사숙고 끝에 악수를 둔다는 말도 있었다. 조금 조급하게 결정을 내린 것 같기는 했지만, 그래도 계속 고민만 하며 시간을 끄는 것보다는 나았다.

루프스가 미노르 호무스로 떠난 바로 그 다음 날 움직일 것이다. 유채는 올피누스 호무스에 갈 준비를 철저하게 하고 있었다. 혹시나 걸어서 이동하게 될 것을 대비하여 로브와 돈이 될 만한 패물들도 챙겼다. 유채는 제 앞에서 점심을 같이하고 있는 루프스를 바라보았다.

"잠깐."

루프스가 갑자기 손을 뻗었다. 유채는 주춤거렸다. 뒤로 물러나고 싶었지만 꾹 참았다. 저 남자가 의심을 하지 않게 될 때까지 조금만 더. 루프스의 손가락이 입가에 닿았다. 그는 유채의 입술 옆에 묻은 소스를 손으로 닦아내었다.

"입가에 묻었다."

루프스는 냅킨에 손을 닦아내었다. 유채는 속에서 올라오는 역겨움을 억누르며 억지로 웃었다.

"고마워요."

루프스는 유채의 옅은 미소에 가슴이 떨리면서 불안했다. 한 발만 더 내디디면 곧 깨어질 것 같은 살얼음 같은 분위기였다. 제게 여지를 내어주는 것 같기는 하였다. 분명히 제 앞에 웃어주고 다정하게 대해주는데, 그게 어색해 보였다.

힘들면 그만해도 된다고 말하고 싶었다. 제게 그렇게까지 힘들게 맞춰주지 않아도 된다고 말을 하고 싶었다.

그러나 루프스는 그저 입을 다물었다. 지금도 바람이 불면 흩어질 것 같은 불안감이 가득한데, 그렇게 말해 버리면 이 잠시의 평화로운 일상도 날아갈 것 같았다. 유채의 속마음이 무엇이든 간에 그저 그녀와 제가 공유하는 일상이 좋아서 루프스는 입을 다물었다. 불안해하며 안달복달하는 것은 저 하나면 그만이었다.

"처음에는 향신료 때문에 힘들었는데, 이제는 먹을 만하네요. 적응이 된 걸까요?"

"네 입맛에 맞아서 다행이다. 매번 먹지를 못해서 말라가던 것이 걱정이었는데."

유채는 전보다 훨씬 살이 붙었다. 하지만 여전히 그의 기준에는 심할 정도로 말랐다. 여름이 다가와서 훤히 드러난 팔은 나뭇가지처럼 가늘었다. 루프스는 부러질 것 같은 유채의 팔이 불안하여 궁의 요리사들을 닦달했다. 그리고 유채가 뭐 하나라도 맛있게 먹으면 그 요리를 만든 요리사에게는 합당한 보상을 내렸다.

"나 그렇게까지 마른 편은 아니에요. 평소보다 마른 것은 맞는데, 그렇다고 걱정할 필요는 없어요."

"그래도 내 기준이나 다른 수인들 기준에는 너는 너무 말랐다. 바람 불면 날아갈 것 같군."

"칭찬으로 받을게요."

유채는 작게 웃었다. 그늘에 있어서 그런 것인지 여름이 다가오는 날씨임에도 꽤나 시원했다. 한국이면 이맘때 덥다고 엄마랑 에어컨 트는 문제로 한참을 싸웠을 텐데 말이다.

"여기 여름은 꽤나 시원한 편인가 봐요. 영국과 비슷한 위치라 그런가?"

"이니투스님이 더운 것을 싫어하셔서 셀레네님의 가호가 내린 것이다. 신의 힘으로 유지되는 날씨다."

"예? 뭐라고요?"

유채는 셀레네를 정말로 한심하게 생각했다. 한 지역의 기후를 바꿀 힘이 있다면 그놈의 조각이나 처리하는 데에 신경 쓸 것이지 딴 일에 신경을 쓴단 말인가? 그리고 언제는 인간들의 일에 간섭하고 세계의 법칙을 어겨서는 안 된다고 했으면서 이런 사소한 것에 힘을 쓴 셀레네가 정말로 한심했다.

루프스는 말로 설명하기 힘든 표정을 짓는 유채의 얼굴을 보면서 웃음을 터뜨렸다.

"하하하하."

유채는 갑자기 호탕하게 웃는 루프스를 이상하게 바라보았다. 후식을 가져오던 궁녀가 기겁을 하고 그 자리에 멈춰 서자 루프스는 겨우 웃음을 참고는 손짓을 하였다. 궁녀는 탁자 위의 빈 접시를 치우고 얼음을 띄운 시원한 차와 과자를 내려놓았다. 그사이에도 루프스는 계속 웃고 있었고 유채는 바보 취급당하는 것 같아서 불만이 가득한 얼굴이 되었다.

"그만 웃죠. 뭐가 웃기다고 웃는 거예요?"

"아까 셀레네님을 들며 한 말은 농이다. 사실 이것 때문이지."

루프스는 탁자 위에 올려놓은, 아쿠아마린으로 만들어진 세공품을 가리켰다. 유채는 그냥 장식품인 줄로만 알았던 그것을 살펴보았다.

"앗. 차가워."

유채는 장식품을 손으로 건드려 보았다가 깜짝 놀랐다. 그것은 냉기를 내뿜고 있었다.

"마레 위르들이 마법으로 만들어낸 물건이지. 시동어를 말하고 놔두면 일정 거리까지 냉기가 퍼져서 시원하게 만들어준다. 하지만 마법 자체도 어렵고 유지하는 데에 마력석도 필요해서 대량 생산은 힘들다고 하더군."

"마법은 정말 편하네요. 우리 쪽에도 공기를 시원하게 만드는 물건은 있지만 그건 이렇게 작지 않아서 휴대하기는 힘들거든요."

유채는 그것이 정말 탐났다. 여름에 가지고 다니면 땀도 덜 나고 좋을 것 같았다.

"가지고 싶으면 가져도 된다. 아버지가 마레 위르의 물건을 모으는 취미가 있었는데, 같은 것이 몇 개 더 있다. 나도 어릴 적에 마법에 관심이 많아서 몇 개 구한 게 있고."

"그쪽이 마법에 관심이 있어요?"

유채는 세공품을 내려놓고 물었다.

"마법을 배우고 싶어서 아버지께 졸랐었는데, 나는 재능이 눈곱만큼도 없다더군."

"수인의 고유 속성을 다루는 건 마법과는 아예 상관이 없나 봐요?"

유채는 쿠키를 집어 먹고 차도 한 모금 마셨다.

루프스는 유채와 이런 일상적인 대화를 나누는 것이 꿈만 같았다. 제가 말하는 것에 관심을 보여주고 조곤조곤 답해주면서 그 나이대의 소녀 같은 행동을 보여주는 유채가 정말 사랑스러웠다. 루프스는 이 시간이 계속되기를 바랐다.

"고유 속성도 마법의 일종이긴 하다. 하지만 라일라님의 말에 따르면 조금 다르더군. 마레 위르들의 마법이 자신의 마력을 이용해서 자연의 마력을 조종하는 것이라면 우리는 마력 없이 자연의 마력을 바로 다루는 것이다."

"차이가 뭔데요?"

"다양성과 정교함의 차이랄까? 마레 위르들은 원래의 속성과 다른 마법도 부릴 수 있고 정교한 컨트롤로 마법의 효능을 높일 수 있다면 우리는 그저 그 속성의 본래 역할만 사용 가능하다. 비유하자면, 마레 위르들은 칼로 모양을 내어 자를 수 있다면 우리는 주먹도끼로 내려찍는 수준인 것이지."

"말하는 것 보면 공부 잘했던 것 같네요."

"네가 생각하는 수준 이상으로는 잘했을 것이다."

"뭐야? 자화자찬이에요?"

유채는 루프스의 농담에 저도 모르게 장난기 섞인 어조로 대답했다.

"너는 잘했나? 열심히 책을 읽는 것을 보면 성실한 학생이었을 것 같은데."

"언니가 워낙 잘해서 난 그렇게 잘했다는 생각은 안 해요. 우리 쪽에서 의사가 되려면 전국 1% 안에 들 정도로 공부를 잘해야 하는데, 우리 언니가 그랬거든요."

"네 언니가 의사가 되고 싶었다면, 너는 무엇이 되고 싶었나?"

헤어짐을 전제로 담고 있는 질문이기에 루프스는 이 말을 꺼내는 것이 너무 힘들었다. 그래도 제가 갈 수 없는 세상에서 살아갈 유채의 모습을 상상이라도 하고 싶었다. 분명히 그 상상은 저를 더 괴롭게 만들 것을 알지만, 그럼에도 알고 싶었다.

"약사가 되고 싶었어요. 우리 아빠도 약사거든요. 전에 한 번 말했던가?"

유채는 머리를 긁적였다. 스티폴로르는 약사가 곧 의사고 의사가 곧 약사인 곳이었다. 루프스는 유채가 말하는 약사와 의사의 차이를 알 수가 없었다. 그래도 그 직업이 유채와 퍽 잘 어울린다는 생각이 들었다. 동물화에 걸린 수인들을 도와주던 모습을 떠올리니 더 그랬다.

"잘 어울린다. 네게 어울리는 직업인 것 같다."

둘 사이에 잠시 침묵이 흘렀다. 루프스는 찻잔을 들어 시원한 차를 마셨다. 유채도 차에 달달한 과자를 같이 먹었다. 유채는 무심코 말을 흘렸다.

"이런 건 여기가 더 낫네."

유채는 말을 해놓고 아차 싶었다. 떠난다는 것을 암시하는 말 같았다. 유채는 뜨끔해서 루프스의 표정을 살폈다. 저를 속이는 것에 아주 능한 사람이니 겉으로는 저렇게 굴어도 속으로는 부글부글 끓고 있을지 몰랐다.

"그동안 괴로웠던 것만큼 여기서 마음 편히 보내라, 즐겁게."

루프스는 유채가 떠날 것임을 알았다. 언니를 위해서 당연히 떠날 것이었고 돌아올지 말지는 유채의 선택이었다. 유채가 돌아오면 좋겠지만, 그렇지 않을 확률이 더 컸다. 그래서 루프스는 가더라도 유채가 이곳에서 행복했던 기억을 좀 더 많이 가지고 가기를 원했다. 이곳을 떠올리며 눈물지을 기억보다 웃으며 좋은 추억으로 남길 기억이 더 많았으면 하였다.

"가지고 싶은 것이 있으면 내게 말하고 불편한 것이 있어도 내게 말해. 네가 말하는 것이라면 언제나 경청할 것이니까."

루프스도 부모님과 에리카와의 행복한 기억을 잊지 못했다. 유채도 같을 것이다. 유채의 행복은 이곳에 없었고 루프스가 줄 수도 없었다.

"나는 그곳을 모르지만, 네가 그곳에서 행복하다면 그걸로 족하다. 그곳으로 돌아가기 전까지는 이곳에서 네가 원하는 대로 살아라. 이 일상만큼은 내가 가진 것을 다 바쳐서 지켜주겠다."

사랑을 하면서 깨달은 것은 받는 것도 행복하지만 이렇게 주는 것 역시 가슴 벅차도록 행복하다는 것이었다. 유채가 조금이라도 좋아하는 모습을 보이면 그것으로 행복했다. 이별의 가슴 아픔도 그런 모습을 볼 때면 말끔히 씻겨 내려갔다. 루프스는 웃는 모습의 유채를 마지막으로 추억할 수 있으면 하였다. 떠날 때 그래도 괴롭지 않았다고, 그 말 한마디를 듣고 싶었다. 루프스는 당장에라도 바람에 흩날려 사라질 것 같은 유채를 보며 웃었다.

"그러니, 원하는 대로 해. 나는 괜찮으니."

루프스는 자리에서 일어났다. 그리고 유채의 앞으로 아쿠아마린 세공품을 밀어놓았다.

"일이 바빠서 돌아가 봐야 한다. 어디로 갈 것인가? 그곳까지 데려다주마."

유채는 루프스가 내민 손을 잡았다. 굳은살이 박여 거칠고 한눈에 봐도 고생을 많이 한 그 손은 따뜻했다.

✤

곧 루프스가 미노르 호무스로 떠난다. 유채는 벼르고 벼르던 기회가 찾아오자 준비해 둔 물건들을 하나씩 살펴보았다.

"레티티아."

유채는 루프스의 목소리에 허둥지둥 움직였다. 루프스가 방에 올 것이라는 생각을 못했다. 탈출할 때 쓸 물건들을 그가 보면 의심할 것이 분명하기에 유채는 얼른 발로 가방을 침대 밑으로 툭 밀어놓고 아무 일도 없었던 모양으로 천연덕스럽게 행동했다.

"무슨 일로 왔어요?"

유채는 제 혀를 깨물고 싶었다. 행동부터 말까지 뭐 하나 수상하지 않은 구석이 없었다. 연극배우도 아니고 말투까지 엄청 어색했다. 유채는 루프스의 눈치를 살폈다. 유채는 침대 밑에 숨긴 물건들이 그의 눈에 띌까 봐 침대에 앉아서 옷자락으로 그 앞을 가렸다. 루프스는 유채의 옆에 약간 떨어져서 앉았다.

"곧 미노르 호무스에 간다. 혹시 따라갈 생각이 있느냐?"

"어, 그게……."

너무 단호하게 말을 하면 의심할 것 같았다. 그렇다고 소니페스 호무스에는 갔다 와놓고서 안 가겠다고 말하는 것은 또 괜한 의심을 살 것 같았다.

"좋지 않은 기억이 있는 곳이니 힘들다면 무리해서 따라오지 않아도 된다. 그냥, 여기 있어라."

루프스는 유채가 미노르 호무스에 가지 않을 것이라 예상했다. 좋지 않은 기억만 가득한 끔찍하기 짝이 없을 그곳에 유채가 다시 가고 싶어 할 리가 없었다. 루프스의 시선이 유채의 흘러내린 옷틈으로 보이는 흉터에 닿았다. 볼 때마다 미안하고 죄스러웠다.

"미안하다. 내가 조금 더 주의를 기울였어야 했다."

"헥터란 놈이 이상한 놈이었지요. 내가 뭐가 마음에 든다고."

유채는 루프스가 빨리 방을 나가기를 바라는 마음에 아무 말이나 생각나는 대로 던졌다.

"아름다워서가 아니겠나."

유채의 볼에 루프스의 손이 닿았다. 유채는 고개를 살짝 돌렸다. 둘의 코끝이 닿았다. 유채는 눈을 크게 떴다.

"내가 본 암컷 중에 너보다 아름다운 이는 없다."

수인들에게는 드문 밝은 색의 피부부터 흑요석 같은 검은 눈동자 하며 뚜렷하고 우아한 이목구비. 천상에 살며 셀레네님을 보좌한다는 천인(天人)들이 바로 이렇게 생겼을 것 같았다. 제 눈에 박히도록 아름다웠고 그랬기에 수많은 수컷들이 속으로 탐을 내는 미희였다. 루프스의 시선이 유채의 붉은 입술로 내려갔다.

미친 것 같았다.

눈은 유채만 좇았고 유채를 안고 싶었고 유채에게 입술을 맞추고 싶었다. 바로 앞에 보이는 붉은 입술을 삼키고 싶었다. 루프스는 침대 시트를 우그러지게 잡았다. 그는 입술을 깨물고 시선을 들었다. 바로 그때, 유채가 속눈썹을 파르르 떨면서 눈을 감았다. 루프스는 멍하니 그녀를 바라보았다.

유채는 루프스의 시선이 제 입술에 닿은 것을 보고 눈을 감았다. 그래, 딱 한 번만 버티면 그만이었다. 의심받지 않고 그를 보내려면 이 방법뿐이다. 강제로 당한 것이 몇 번인데, 한 번을 더 못 참을까.

루프스는 조심스럽게 유채의 입술에 제 입술을 겹쳤다. 예전과는 다르게 한없이 부드러운 입맞춤이었다. 루프스는 유채의 턱을 부드럽게 잡았다. 그리고 살짝 고개를 틀어서 유채의 입안을 탐했다.

달큰한 향이 혀에 감겨왔다. 오아시스의 물을 찾는 사막의 유목민처럼 루프스는 유채의 입술이 생명수라도 되는 양 갈급하게 탐했다. 유채의 턱을 잡았던 손은 그녀의 허리를 끌어안았고 다른 손은 그녀의 뒷머리를 끌어안았다.

신사다웠던 입맞춤은 어느새 급하고 갈구하는 입맞춤이 되었다. 유채는 점점 더 숨이 가빠왔고 견디기가 버거웠다. 유채의 몸이 뒤로 넘어갔다.

"하아. 하아."

루프스의 입술이 떨어지고 유채는 숨을 몰아쉬었다. 루프스의 입술이 유채의 목을 타고 내려갔다. 유채는 몸을 굳혔다. 그의 입술은 유채의 쇄골에 머물렀다.

이대로 안고 싶었다. 유채의 몸에 제 몸을 묻고 싶었다. 잊고 있던 욕망이 끓어올랐다.

루프스는 스스로에게 조소했다. 아직도 유채를 미친 듯이 원했다. 죽어도 보내고 싶지 않았다. 가는 발목을 꺾고 두 눈을 멀게 해서라도 제 곁에 붙잡아두고 싶었다. 저를 평생 원망해도 좋고 저를 평생 저주해도 좋다. 그녀를 붙잡을 수만 있다면 못할 것도 없었다.

루프스는 눈을 감았다. 입술 아래서 그녀의 맥박이 뛰는 것을 느꼈다. 부드럽고 말캉한 촉감도, 고소한 우유 같은 체향도 모두 다 새겼다. 잊고 싶지 않은 것들이었다. 평생을 이 기억만 되짚으며 살아갈 것이다.

이별을 준비하면서도 다른 한편으로 차오르는 희망에 루프스는 스스로를 비웃었다. 입맞춤 한 번 받아주었다고 감히 바라면 안 될 희망을 품다니.

혹시, 혹시…… 돌아오지 않을까? 여기에 남아주지 않을까?

아니라고 스스로에게 속삭이고 있지만, 루프스는 그 희망을 붙잡고 싶었다.

"저."

"잠깐만."

루프스는 유채의 허리를 끌어안고 그녀의 목덜미에 제 얼굴을 묻었다.

"아주 잠깐만 이렇게 있어줘."

이렇게 욕심내도 되는 것일까? 유채의 사랑을 바라도 되는 것일까?

사랑받고 싶었다. 유채의 행복이 그의 행복이었지만, 그도 수컷인지라, 유채의 사랑을 받고 행복해지고 싶었다. 같은 침대에서 같이 눈을 뜨고 따뜻한 몸을 안고 잠이 들 수 있는 그런 보통의 일상을 원했다.

유채의 사랑을 원했다.

행복해지고 싶었다.

"저기……."

유채는 그의 아래에 깔려 난감한 기분을 숨기지 못했다. 저를 몰래 속이고 있는 주제에 이렇게 구는 것 자체가 정말 소름끼쳤다.

"무거워요."

유채는 말을 고르고 골랐다. 루프스는 그제야 그녀의 위에서 물러났다. 루프스가 부드러운 손길로 유채를 일으켜 세웠다.

"미안하다. 내가 조금 지나쳤다."

유채는 뭐라 대답할 말이 없어서 딴청을 피웠다. 루프스는 제 감정을 통제하지 못한 것에 머리카락을 헝클어뜨렸다. 유채가 별말을 하지 않는 것을 다행으로 여겨야 하는 것인지 아니면 제가 무서워서 감정을 감추고 있는 것인지 알 수가 없었다. 루프스는 제 손을 만지작거리며 어색한 침묵을 깨기 위해서 할 말을 억지로 생각을 했다.

"그럼 미노르 호무스에는 따라가지 않는 것인가?"

"예. 아무래도 좀 힘들어서요……."

유채는 루프스가 먼저 꺼낸 이유로 둘러대었다.

"미노르 호무스에는 왜 가는 건가요? 지난번 전쟁 때문에?"

"소 일족은 원래 그렇게 강한 일족이 아니다. 소 일족은 저들끼리 치고받는 경향이 강하다 보니 전력을 스스로 축내는 편이지."

유채는 그제야 왜 수인들이 헥터의 악행을 알면서도 처리하기를 꺼려 했는지를 알았다. 헥터를 없애면 그 아래 있는 고만고만한 수인들이 들고 일어나서 권력을 차지하기 위해서 난리법석을 떨 것이고 그 여파는 고스란히 근처의 다른 일족들에게 전해질 것이었다. 그런데 그 필요악이었던 헥터가 없어졌으니 우려했던 뒷감당을 해야 하는 것이다.

"수장이 없으니 소 수인들이 난리를 치며 주위에 피해를 입히는 것은 막아야 해서 내가 직접적으로 개입을 하고 있다. 협정상 위법이지만 지금은 어쩔 수 없는 상황이지."

"협정이요?"

"수인들이 최초로 맺은 협정이다. 원래 수인들의 첫 번째 내전이 일어나기 전까지는 일족의 구분 없이 살았다. 하지만 분쟁으로 일족 별로 떨어졌고, 마레 위르들의 스티폴로르 침략으로 서로 뭉치기 시작하면서 맺은 협정이다. 늑대 일족의 수장을 왕으로 인정하되, 일족의 일은 일족 내에서 해결할 것이며, 한 일족이 타 일족의 땅을 침략했을 때 늑대 일족은 침략당한 일족을 보호한다는 내용이지."

유채는 고개를 끄덕였다.

"이번 사건을 기회로 협정 내용을 조금 바꿔볼 생각이다."

"바꿔요?"

유채는 고개를 갸웃거렸다.

"이니투스님 시대, 일족에 상관없이 섞여서 평화롭게 살던 그때로 돌아가 볼 생각이다."

"당신이 그런 것도 생각해요?"

"어릴 적부터 생각하던 꿈이다. 서로 다른 수인들끼리 어울리면서 서로 도우며 살아가는 그런 곳을 만들고 싶었다."

루프스는 유채를 바라보았다.

"네가 찾아준 꿈이다."

유채를 사랑하면서 발밑에 넘실거리던 검은 뱀들이 흔적도 없이 사라졌다. 드미트리를 죽여도, 루프스의 자리에 올라도, 펠릭스 다우스를 길들여도 사라지지 않던 검은 뱀들이 흔적도 없이 사라졌다. 어느 순간 루프스는 검은 뱀을 무서워하지 않게 되었다. 그때가 돼서야 알았다. 검은 뱀은 겁을 집어먹고 도망쳤던 스스로를 향한 혐오감이었다. 그 혐오감을 저보다 약한 이들에게 풀어내고 있던 것이었다. 과거의 자신을 부정하기 위해서 잔혹한 짓을 서슴지 않던 자신은 그 시절에 멈춰 버린 어린애였다.

"나는 네게 못 할 짓을 정말 많이 했지만, 너는 내게 정말 많은 것을 주는구나."

대답을 바란 말은 아닌지 루프스는 혼자 중얼거렸다. 루프스는 입만 벙긋거리는 유채를 보다가 자리에서 일어났다. 유채가 저로 인해 짐을 지는 것은 원치 않았다.

"고맙고 미안하다. 이만 가보마."

루프스가 자리에서 일어났고, 유채는 침대 밖으로 삐져 나온 짐을 조심스럽게 밀어 넣었다. 가방이 끌리는 소리가 마치 천둥소리 같아서 움찔하는데 문고리를 잡으려던 루프스가 갑자기 뒤를 돌았다. 유채는 미어캣처럼 화들짝 놀라서 자리에서 벌떡 일어섰다. 유채는 뻣뻣하게 돌아서 침구를 정리하는 척을 하였다.

"미노르 호무스에서 돌아오면 너에게 줄 것이 있을지도 모른다."

여기에 오기 직전에 시카리우스로부터 보고를 받았다. 미노르 호무스에서 벨라토르들이 붉은 루비 조각을 목에 걸고 있는 암컷을 보았다는 증언을 했다는 것이었다. 모양새도 그가 보여주었던 것과 똑같다고 했다. 루프스는 미노르 호무스에 가면 그것을 직접 찾아볼 생각이었다.

"그러니, 기다려 줘. 내가 돌아올 때까지."

루프스는 그 말을 끝으로 방에서 나갔다. 유채는 문이 닫히는 것을 본 후 긴장이 풀려서 침대에 드러누웠다. 그러곤 손등에 새겨진 권능을 바라보다가 입술을 깨물며 옆으로 돌아누웠다. 걱정이 밀려왔다. 만약 헤르티아가 저를 잡으려고 한 거짓말이면 어떻게 하지? 그럼 다시 조사를 해야 하는데, 다시 토스 호무스로 돌아오기는 힘들 것이다. 루프스는 자신의 탈주를 알고 분노할 것이고 다시 그의 손에 잡히면 어떤 험한 일을 겪을지 짐작도 되지 않았다.

"……그건 나중에 생각하자."

유채는 작게 중얼거렸다. 신중하게 계획을 세우는 것도 좋지만 지금은 움직여야 하는 때였다.

헤임달은 절벽에서 레이라가 떨어지는 것을 봤다고 도와달라 말하며 온 포트리스를 돌아다녔다. 포트리스 사람들은 절벽에 남겨진 레이라의 신발에 아연실색했다. 레이라의 시신을 찾기 위해서 바다를 헤엄치던 병사들은 레베카의 포대기와 레이라의 옷자락을 발견하고 절망했다. 포트리스는 레이라의 죽음에 슬퍼했지만, 헤임달은 레이라를 찾지 못해서 당황했다. 일단은 레이라의 옷가지나 신발을 이용해서 죽음을 조작했지만, 레이라가 갑자기 등장하면 말짱 도루묵이었다. 헤임달은 레이라가 나타나기 전에 전쟁을 시작하게 만들 생각이었다.

"공들인 작전을 망칠 수는 없지."

헤임달은 길게 연기를 내뿜고 담뱃불을 발로 비벼서 껐다. 무력행사가 가능한 사람들은 모두 전쟁에 참여하기로 했다. 그들만 어떻게 보내놓으면 위기는 넘길 수 있을 것이다. 그러니, 레이라가 살아 있다면 전쟁이 시작된 후부터 그 전쟁이 불이 붙을 때까지만 나오지 않으면 되었다.

헤임달은 레이라의 집에 알폰소와 세라를 보내두었다. 알폰소와 세라가 집을 감시하고 있는 것을 알면 아이까지 보호해야 하는 레이라로서는 쉽게 나올 수가 없을 것이고, 나온다 치더라도 알폰소와 세라를 상대할 수 없을 것이다. 지켜야 할 아이까지 있는 상태에서 레이라 혼자서는 둘을 상대하는 게 버거울 터였다.

"마지막이야. 더 이상의 기회는 없어."

헤임달은 조용히 중얼거렸다. 이번에는 반드시 성공해서 프레늄 광산을 손에 넣어야 한다. 헤임달은 먼지를 툭툭 털면서 일어났다. 수인들에게 악감정은 없었다. 아내를 지키지 못한 한심한 남편으로서, 아이들을 지키지 못한 못난 아버지로서 그들의 원한을 갚는 것이 자신에게는 먼저일 뿐이었다.

"나는 분명히 지옥에 떨어질 거야."

그 지옥에 오를레앙이 먼저 가 있을 수 있다면 그는 얼마든지 그 지옥으로 향할 수 있었다.

레이라는 지하실에서 레베카를 달래면서 바깥 상황을 살펴보았다. 알폰소와 세라가 저를 찾기 위해서 집을 뒤지고 있었다. 레이라는 혹시 몰라서 지하실에 들여놓았던 제 창을 바라보았다. 이전이라면 저 둘 정도야 상대하는 게 어려운 일이 아니지만 출산의 여파로 붓기도 온전하게 빠지지 않은 몸에 지켜야 할 레베카까지 있었다.

"프레드릭, 어디 있는 거야."

레이라는 두 손을 모아서 신에게 기도했다. 프레드릭이 제때 돌아와 주기를, 알렉스가 무사하기를 간절히 바랐다.

"레베카. 괜찮을 거야. 아빠는 반드시 돌아올 거야."

레이라는 새근새근 잠이 든 레베카를 끌어안고 중얼거렸다. 자신에게 하는 말인지 레베카에게 하는 말인지 분간할 수가 없었다.

루프스는 예전 카니스의 별장에서 만난 개 수인이 그린 유채의 모습을 들여다보았다. 미노르 호무스로 가기 위해 토스 호무스를 떠나온 지 단 하루가 흘렀음에도 유채가 그리웠다. 하루 안 봤다고 이렇게 그리운데, 더 수많은 날들을 볼 수 없게 된다면 얼마나 그리움에 사무치게 될 것인지 감이 잡히지가 않았다.

이별도 연습을 하면 는다고 하였다. 그래서 이번 미노르 호무스 행을 유채와의 이별을 연습하는 기회로 삼았다.

떠나오기 전에 마지막으로 유채를 만났다. 유채는 제 기억 속에 영원히 나이 먹지 않는 여인으로 기억될 것이다. 루프스는 이별 연습 삼아서 유채에게 인사를 건넸다. 미노르 호무스에서 일이 잘 풀리면 유채는 원래의 세상으로 돌아갈 수 있을 것이다.

한번 안아봐도 되겠냐고 묻자 유채는 고개를 끄덕였다. 유채의 작은 몸을 끌어안고 루프스는 들썩이는 가슴을 진정시키기 위해서 노력했다. 이별을 한다면 유채에게 부담을 주지 않기 위해 웃는 얼굴로 보내주고 싶었다. 루프스는 그렇게 한참 동안 유채를 품에 안고 있다가 그녀가 불편해할 때쯤 떨어졌다.

루프스는 막사의 침대에 앉아서 잠든 유채의 그림을 손으로 쓸었다. 돌아가면 화가를 고용해서 그녀의 모습을 그리라고 해야 할 것 같았다. 수없이 눈에 담았음에도 그녀의 모습이 흐릿해졌다. 그림으로라도 그려서 남겨두어야겠다. 기억이 흐릿해졌을 때 찾아볼 수 있도록, 사무치도록 그리워서 죽고 싶을 때 그림이라도 보면서 그 그리움을 달랠 수 있도록.

'미련만 흘리고 한심하네.'

루프스는 온기라고는 느껴지지 않는 그림을 쓸면서 침대에 누웠다. 미노르 호무스의 일을 정리하고 빨리 그 루비 조각을 찾아야 했다. 유채가 무모한 고생을 하는 것을 바라지 않았다. 유채가 떠나기 전에, 더 빨리 움직여야 한다.

유채는 요즘 전보다 자주 웃고 태도도 부드러워졌지만 오히려 그전보다 더 단단한 막이 그녀를 둘러싸고 있는 것 같았다. 웃어도 웃는 것 같지가 않았다. 조각을 찾아주고, 그녀의 진짜 미소를 한 번만 볼 수 있다면…….

"루프스님!"

병사 하나가 갑자기 헐레벌떡 막사로 들어왔다. 루프스는 무슨 일인가 하여 침대에서 일어나 앉았다. 숨을 몰아쉬는 병사의 손에는 잔뜩 구겨진 종이쪽지가 들려 있었다. 전서구를 통해서 편지가 온 것이라면 미노르 호무스에 문제가 생긴 모양이었다.

"미노르 호무스에 무슨 일이 생겼나?"

"헉헉…… 그게 아닙니다."

병사는 창백하게 질린 얼굴로 숨을 몰아쉬었다. 충격적인 일이라 본래는 루크레치아나 케릭스에게 보고를 올려야 함에도 무례를 무릅쓰고 바로 루프스에게 달려왔다. 병사는 다급하게 입을 열었다.

"포, 포트리스에서 배, 배로 토스 호무스에 쳐들어왔다고 합니다."

"뭐!"

루프스는 자리에서 바로 일어났다. 하필 제가 자리를 비운 이때에 포트리스가 움직이다니. 루프스는 머리를 쓸어 올렸다.

"젠장!"

그는 발을 굴렀다. 토스 호무스는 원래 바다 쪽에는 군대가 별로 없고, 그나마 독수리 일족에게 맡기고 있었지만 지난 일로 독수리 일족의 피해가 상당하여 해안선 경비를 맡았던 독수리 일족을 모두 그들의 땅으로 돌려보낸 참이었다. 지금 경비를 지키는 놈들은 경험이 부족한 놈들이라 더 쉽게 뚫렸을 것이다. 지금은

미노르 호무스가 급한 것이 아니었다. 토스 호무스로 돌아가야
했다.

"어디까지 왔다고 하나?"

"저…… 그것이……."

병사는 말을 더듬었다. 토스 호무스의 궁이 해안선에 가까이
있는 편이었지만, 마레 위르들의 진격 속도가 이렇게 빠를 줄은
짐작을 하지 못했다.

"토, 토스 호, 호무스의 궁까지 들어왔다고 합니다. 아리아님은
카스텔룸으로 이동하셨다 합니다."

"뭐라고!"

루프스는 어이없는 상황에 노성을 질렀다. 토스 호무스의 궁은
미노르 호무스의 궁처럼 방어를 목적으로 지어진 곳이 아닌지라
이런 상황이 생기면 궁을 비우고 다른 곳으로 이동하는 게 맞는
대처였다. 그게 바로 카스텔룸이었다. 아리아가 옳게 행동한 것은
맞았다.

"레티티아는!"

곧바로 유채에 대한 걱정이 밀려왔다. 유채는 마레 위르에게
잡히면 좋지 않은 상황에 처할 수도 있었다. 프레드릭이나 알렉스
가 그녀에 대해서 어떻게 말해놓았는지가 관건이었다. 유채가 제
게 잡힌 포로라고 알고 있으면 다행일 테지만 제 정부 노릇을 했
다는 소문이 마레 위르들의 반감을 산다면……. 아리아에게 유채
의 안전에 대해 일임해 둔 상태이긴 했지만 루프스는 초조하게 발
을 굴렀다.

"아리아님이 일족을 이끌고 카스텔룸으로 이동하긴 하였습니
다만."

"다만?"

병사는 루프스의 형형한 기세에 침으로 입술을 축였다.

"레티티아님이 먼저 도망을 치셨다고 적혀 있습니다."

"뭐?"

루프스는 당최 이해가 되지 않는 상황에 반문했다.

"아리아님이 레티티아님을 모시러 갔을 때, 레티티아님은 이니투스님의 보자기를 훔쳐서 도망치시는 중이셨다 합니다. 레티티아님은 블루벨이라는 궁녀를 데리고 아리아님 앞에서 블랑카님의 반지를 바닥에 던지고 흔적도 없이 사라지셨다고 합니다."

루프스는 순간 멍해졌다. 유채의 무사함에 안도를 표해야 하는 것인지, 유채가 블랑카의 반지를 버렸다는 것에 슬퍼해야 하는지 도통 알 수가 없었다.

✤

"아리아님. 어떻게 합니까?"

아리아는 상황이 정말 거지같아서 소리를 지르고 싶었다. 하지만 지금은 그럴 때가 아니었다. 상황을 판단하고 일족을 이끌어야 했다. 병력으로는 이쪽이 우세하지만, 대형을 갖추지 못한 상황에서 만반의 준비를 하고 닥친 적을 상대하기는 위험했다. 그리고 토스 호무스의 궁은 방어에 적합한 곳이 아니었다. 궁을 버려야 했다.

"궁을 버리고 요새 카스텔룸으로 이동한다. 병사들과 궁녀들, 궁관들을 챙겨서 이동해. 저들을 막고 있는 동안 일족들을 빠르게 이동시켜. 알았어?"

"예. 그리하겠습니다. 카신님께 연락을 드릴까요?"

"그래. 올리에님께도 전서구를 보내. 독수리 일족의 땅도 충분히 위험하다."

"그럼, 레티티아님은?"

"그 빌어먹을 암컷!"

아리아는 노성을 질렀다. 어머니가 떠나기 전에 누누이 당부한 것이었다. 루프스가 레티티아를 마음에 품은 듯하니 철저하게 보호해야 한다는 것이었다. 늑대 일족의 반려는 곧 그들의 약점이니 그 약한 암컷을 목숨을 걸고 보호하라는 것이었다. 늑대 일족의 차기 2인자 자리를 넘보는 아리아는 자신이 마레 위르 암컷 따위나 호위해야 한다는 사실에 자존심이 상했으나, 루프스님을 위한 것이었다. 루프스님을 보좌하기 위해서는 당연히 그 암컷도 보호해야 했다.

"헤나님이 먼저 움직이셨을 가능성이 높으니 일단……."

"아리아 양!"

헤나가 저 멀리서 급하게 달려오고 있었다. 아리아는 헤나가 저렇게 다급해하는 모습을 거의 처음 보는 것이라 눈을 크게 떴다.

"혹시, 병사들 가운데, 내, 내궁에 들락거린…… 아니지, 내궁 근처, 내궁에 돌아다닌 이들이 없습니까?"

"흥분하시지 말고 천천히 말하세요. 무슨 일이십니까?"

"레티티아님이 안 계십니다. 방에서 나간 것을 본 적이 없는데 방에 안 계십니다."

"도서관에 계신 것 아닙니까?"

아리아는 대수롭지 않게 대꾸했다. 이 급박한 상황에 정말 조금도 도움이 되지 않는 암컷이었다. 헤나는 고개를 저었다. 헤나

는 마음이 급해 발을 동동 굴렀다. 혹여나 그녀가 마레 위르에게
붙잡히면 루프스의 행동뿐만 아니라 늑대 일족 전체가 발에 무거
운 추를 단 것과 마찬가지였다. 레티티아는 지금 늑대 일족이 가
장 먼저 보호해야 할 존재였다.

"아리아님!"

사슴 수인 궁녀가 급하게 달려와서 그들에게 외쳤다.

"레티티아님께서 수장고에서 이니투스님의 보자기를 훔쳐서 도
망치고 계십니다."

헤나와 아리아는 도저히 이해가 되지 않는 상황에 서로를 마주
보았다.

유채는 이니투스의 보자기를 강하게 움켜쥐었다. 루프스가 미
노르 호무스로 떠나고, 유채는 망설이지 않았다. 권능을 이용해
서 이니투스의 수장고로 몰래 들어갔고 그곳에서 보자기를 가지
고 나왔다. 유채는 벽 뒤에 숨어서 병사들이 바쁘게 왔다 갔다
하는 모습을 지켜보았다. 제가 도망친 게 벌써 발각된 것 같았다.

"꼭 이럴 때만 빠릿하게 행동한다니까."

유채는 중얼거렸다. 블루벨을 찾아야 했다. 블루벨이 어디에 있
는지 대충 짐작이 갔으니 망정이지 안 그랬으면 더 큰일이 날 뻔
하였다. 유채는 보자기를 가방에 쑤셔 넣기 위해서 몸을 돌렸다.

"레티티아님?"

유채는 뒤에서 들려오는 말소리에 기겁했다. 유채는 보자기를
가방에 집어넣는 것을 포기하고 뒤도 돌아보지 않고 달렸다. 병
사가 무어라 소리쳤지만 유채는 그 소리를 무시하고 미친 듯이 달
렸다. 유채는 숨을 몰아쉬었다. 생각보다 빨리 발각되었으니 블루

벨을 만나자마자 이동하는 것이 중요해졌다. 유채는 가방을 뒤져서 지도를 꺼내고 그 안에 이니투스의 보자기를 쑤셔 넣었다.

"일단 블루벨부터 찾는 거야."

카넬리안의 도움을 받기 위해서도 그렇지만 블루벨이 혼자 이곳에 남아 있다가 루프스에게 어떤 꼴을 당할지 알 수 없었다. 유채는 블루벨을 보호하기 위해 같이 움직이기로 했다.

유채는 건물 모퉁이에 숨어 상황을 살핀 뒤에 다시 움직였다. 내궁은 원래 사람이 별로 없는 곳이라 몰래 움직이는 것이 그렇게 어렵지는 않았다. 유채는 블루벨이 있을 법한 정원을 찾았다. 블루벨은 더위를 못 견디는 편이라 정원의 연못에 있을 확률이 높았다.

"블루벨!"

블루벨은 유채가 가방을 멘 채로 저에게 달려오는 것을 보고 눈을 크게 떴다.

"유채님? 설마 지금…… 떠나시게요?"

연못에서 노닥거리던 중, 궁이 소란스러워졌다. 왜 저러나 싶었는데 소란의 원인이 눈앞에 나타났다. 블루벨은 얼른 유채를 끌어당기고 덤불 뒤에 몸을 숨겼다.

"어쩌시려고 이렇게 움직이세요. 얼른 나가셔야지 이러다 잡히시면 어떡하시려고요."

"괜찮아, 블루벨. 블루벨, 나 좀 도와줄 수 있어?"

유채는 블루벨의 앞에 지도를 펼쳤다. 스티폴로르의 전역을 그려놓은 지도였다.

"블루벨의 집이 어디쯤인지 지도에 표시해 줄 수 있어? 지금 우리 그쪽으로 이동할 거야."

"예? 거기가 얼마나 먼 곳인데……."

"괜찮아. 바로 갈 수 있어. 그러니까 어디인지 가르쳐 줘."

블루벨은 유채의 말에 반신반의하면서 지도로 자신의 집이 있는 산을 찍었다. 유채는 그곳에 위치를 본 다음 권능을 이용하기 위해 손을 움직였다.

"레티티아님."

유채는 저를 부르는 소리에 화들짝 놀라서 블루벨을 등 뒤로 감추고 뒤로 돌았다.

아리아는 숨을 몰아쉬며 드디어 그녀를 찾았다는 데에 안도했다. 이니투스의 보자기를 훔쳤든 뭘 어쨌든 이 암컷의 신병을 확보하고 있어야 했다. 이 암컷의 안전이 보장되어야 루프스님이 마음 편하게 움직일 수 있는 것이다.

"지금 상황이 좋지 않습니다. 어서 움직이셔야 합니다."

아리아는 혹여 마레 위르를 언급했다가 동족이라고 그녀가 그쪽에 붙어버리는 것을 경계했다.

유채는 아리아를 경계하면서 뒤로 주춤주춤 물러났다. 그녀는 루프스가 궁에 남겨둔 수인들 중 가장 강했다. 이대로 잡히면 아무것도 하지 못하게 될 것이다.

"루프스님께서는 용서하실 겁니다. 그러니 지금은 저와 같이 가시죠."

이니투스의 보자기를 훔친 것은 엄청난 죄이지만, 어차피 상황만 잘 해결되면 저걸 머리에 쓰고 혼례를 올려서 비(妃)가 될 암컷이었다. 루프스가 이 일을 트집 잡아서 뭐라 하지도 않을 것이다.

유채는 아리아의 말에 오히려 소름이 돋았다. 루프스의 집착이 느껴졌기 때문이었다. 아리아의 뒤에 병사 몇이 서 있었다. 여기서 권능을 사용해도 되지만, 공간을 여는 것이기 때문에 아리아가 저를 따라서 올 가능성이 있었다. 그랬다가는 루프스에게 위치가 발각될 수도 있다. 유채는 뒤를 살폈다. 아직 그쪽으로는 병사가 없었다.

수인들은 마력 저항력이 강해서 마법으로 타격을 입히는 것은 힘들다. 하지만, 시각적으로 환상을 보여주는 것 같은, 그러니까 직접 몸에 닿지 않는 마법에는 마법 저항력도 소용이 없다. 유채는 적당한 마법을 골랐다.

"Beatitas."

유채가 스펠을 외자 매캐한 연기가 아리아와 유채 사이를 뒤덮었다. 아리아는 갑자기 나타난 연기에 눈이 매워서 눈물, 콧물을 흘렸다. 유채는 그 사이에 블루벨의 손을 잡았다.

"뛰어, 블루벨."

"예?"

유채는 블루벨을 데리고 아리아가 쉽게 접근할 수 없는 곳으로 뛰었다. 아리아는 유채가 뛰어가는 소리를 듣고 줄줄 흐르는 눈물과 콧물을 닦으며 그녀를 뒤쫓았다. 도대체 저 암컷은 무엇을 할 작정이란 말인가? 뒤늦게 찾아온 헤나도 아리아의 뒤를 쫓았다.

유채는 적당히 거리가 벌어지자 권능으로 공간을 찢었다. 블루벨은 공간이 일렁이며 찢긴 것에 기겁했다. 뒤에 선 아리아의 눈도 커졌다.

"레티티아님!"

헤나와 아리아가 부르는 소리에 유채는 그들을 향해 블랑카의 반지를 빼서 던졌다. 반지가 땅에 떨어져 데구르르 굴러갔다. 헤나는 그 반지의 정체를 알고 눈을 크게 떴다. 로보가 블랑카를 위해서 만든 반지였다.

유채는 냉혹한 표정으로 입을 열었다.

"그 인간한테 전해요. 그딴 거짓말이나 하면서 위선 떨지 말라고, 나도 당신 기분 맞춰주느라 정말 힘들었다고."

"잠시만요, 유채 양! 루프스님이 유채 양을 속인 적은 없으십니다!"

헤나는 루프스의 측근이었다. 그녀가 알기로 루프스가 유채 몰래 무언가를 하려고 한 적은 없었다. 요즘 들어선 사소한 것 하나도 모두 그녀를 배려해 주려 했었다. 헤나의 말에 유채가 싸늘하게 웃었다.

"그 인간은 알걸요? 그리고 여기서 잘 먹고 잘 살라고 전해주세요."

유채는 블루벨을 데리고 찢어진 공간을 통과했다. 헤나와 아리아의 눈이 커졌다. 아리아는 유채를 쫓기 위해서 달려들었지만 공간은 그녀의 손이 닿기 직전에 닫혀 버렸다.

헤나는 바닥에 떨어진 블랑카의 반지를 멍하니 보았다. 흙이 묻고 바닥에 긁힌 반지는 마치 거절당한 루프스의 마음 같았다. 아니, 그보다 최악이었다. 그를 속인 채 그의 마음을 가지고 논 것이 아닌가? 헤나는 사랑에 빠진 루프스를 동정했다.

아리아는 고함을 질렀다. 빌어먹을! 도대체가 도움이 되는 일이 없었다. 아리아는 머리를 쓸어 올렸다. 그나마 다행인 것은 레티아를 마레 위르에게 뺏긴 것은 아니니 최악의 상황은 아니라는 것이었다. 아니, 애초에 차악의 상황에 기뻐해야 하는 자신의 처지가 서러웠다.

병사가 달려왔다.

"일족들을 대피시킬 준비를 완료했습니다. 어찌할까요?"

마레 위르들의 빠른 진격은 여기서 끝이었다. 그들도 더 이상의 전진은 힘들다는 것을 알 테니 토스 호무스의 궁을 방어선 삼아 공격에 나설 것이었다. 일단은 요새로 이동한 뒤, 전열을 가다듬은 후 공격에 나서야 했다.

아리아는 명령을 내렸다.

"일단 루프스님께 보고를 올려라."

이미 벌어진 일에 후회를 하면 앞으로 닥칠 일을 대비할 수 없다. 아리아는 저 멀리서 불어오는 피비린내를 맡았다.

"카스텔룸으로 이동한다. 그곳에서 마레 위르를 칠 준비를 한다."

지금은 움직여야 할 때였다.

✤

"세상에…… 유채님. 이거 뭐예요?"

"내가 받은 능력. 이제 반 정도 썼어. 빌어먹을 셀레네."

"히익. 그거 모독죄예요."

"괜찮아. 난 셀레네 욕할 자격 있고, 너희들도 셀레네를 욕할 자격이 있어. 지가 할 일을 남에게 떠넘기는 신이니까 욕을 들어도 괜찮아."

유채는 주위에 펼쳐진 울창한 숲을 돌아보았다. 유채는 혹시라도 수인들을 마주칠 것을 대비해서 가방에서 로브를 꺼내 뒤집어 썼다. 그리고 루프스가 준 아쿠아마린 세공품을 찾았다. 시동어를 읊으니 거기에서 냉기가 흘러나왔다. 블루벨이 휘둥그레진 눈을 하고선 물었다.

"그건 뭐예요?"

"주위를 시원하게 만들어주는 마법 물품."

블루벨은 금세 주위가 시원해진 것을 느끼곤 눈을 반짝였다. 그러다 이내 자신의 처지를 깨달은 것인지 앓는 소리를 냈다. 블루벨은 귀를 끌어당겨서 제 눈을 가리고 바닥에 털썩 주저앉았다.

"아아. 유채님, 이렇게 한가하게 노닥거릴 때가 아니라고요. 지금 무슨 일을 저지른 건지 알기는 하세요."

아리아와 헤나를 따돌리고 궁을 탈출했다. 그것도 모자라 루프스에 대해 심한 말까지 했다.

"저는 상관없지만, 유채님은요? 혹시나 루프스님이 유채님께 나쁜 일 하시면 어쩌시려고요?"

"괜찮아. 어차피 이제 두 번 다시 볼일 없는 사람이거든."

"예?"

"내가 찾는 물건이 하나 있는데, 그게 어디 있는지 알게 됐거든. 이번에 그 물건만 찾으면 원래 있던 곳으로 돌아갈 수 있어. 그러니까 두 번 다시 루프스를 볼 일은 없는 거야."

"떠나시는 거예요?"

블루벨은 이제는 울적해진 얼굴로 유채를 올려다보았다. 유채는 쪼그려 앉아서 블루벨을 끌어안았다.

"블루벨. 네가 많이 그리울 거야."

"핏. 말로만 매일 이러시고."

블루벨이 심통이 났는지 토끼 귀로 유채의 어깨를 찰싹찰싹 가볍게 때렸다. 유채는 아프다고 앓는 소리를 냈다.

"이제 저희 어머니를 만나러 가실 거예요?"

"응. 내가 가진 능력을 활용하려면 그곳의 위치를 알아야 하는데, 토스 호무스에는 정보가 없어. 혹시 너희 어머니라면 알고 계실 것 같아서."

"허풍이 반인 분이시라 믿기는 힘든데…… 아무튼 그래도 인디키움 출신이시니까요."

블루벨은 자신의 어머니가 탐탁지 않은 것인지 불만이 가득한 얼굴로 고개를 끄덕였다.

"울피누스 호무스의 수장고에 들어가서 귀중한 것들 다 훔쳐다 줄까? 그럼 블루벨도 떵떵거리며 살 수 있잖아."

"카악! 가져오기만 하세요. 저 그거 몽땅 강에 버려 버릴 거예요. 전 조용히 가늘고 길게 살고 싶어요."

블루벨이 통통 튀면서 말했다. 유채는 쿡쿡 웃으며 알겠다고 고개를 끄덕였다.

"블루벨. 여기서 너희 집이랑 얼마나 멀어?"

"음. 좀 많이 올라가야 해요. 저희 마을이 높은 곳에 있는데, 그중에서도 우리 집은 더 높은 곳에 있거든요."

"으악. 죽겠네."

"걱정 마세요! 이 블루벨이 있습니다! 제가 모실게요."

블루벨은 거대한 토끼로 변했다. 유채는 털이 북실북실한 블루벨의 머리를 쓰다듬었다. 블루벨은 유채가 등 위에 타기 편하도록 몸을 웅크렸다.

[얼른 타세요. 이 블루벨이 빠른 속도로 모실게요!]

"블루벨. 근데 나 요즘 살이 쪄서 무거울 텐데."

[유채님이 살이 쪘으면, 우리 수인들은 모두 뚱뚱보게요? 그러니까 걱정하지 마시고 올라타세요.]

유채는 킥킥 웃으면서 블루벨의 등에 올라탔다. 블루벨은 유채가 안전하게 자리 잡은 것을 확인하고 움직였다. 블루벨이 속도를 내기 시작하자 유채는 그녀의 목을 꽉 끌어안았다. 블루벨이 슬쩍 물었다.

[걱정되세요?]

블루벨은 유채가 이렇게 엄청난 일을 벌여놓고도 여유 만만한 것이 오히려 그녀의 불안을 보여준다고 생각했다. 너무 불안해서 오히려 농담이나 하면서 불안을 떨치려고 하는 것으로 보였다. 유채는 잠깐 침묵하다가 입을 열었다.

"응. 아주 많이."

일이 잘못될까 봐 겁이 났고 혹여나 헤르티아가 거짓말을 했을까 봐 겁이 났고 루프스에게 다시 잡힐 것이 무서웠다. 혹여나 블루벨이 자신 때문에 피해를 입을까 걱정도 되었다. 유채는 덜덜 떨리는 손으로 블루벨의 목을 끌어안고 몸을 기대었다.

"일이 잘못되면 내가 널 인질로 삼아서 어머니를 협박했다고 해. 그러면 블루벨까지 건드리지는 않을 거야."

[유채님.]

"……모두 다 잘될 수 있을까?"

유채가 조용히 물었다. 그 짧은 말에 유채의 걱정과 근심이 가득 묻어 있었다. 블루벨은 특유의 명랑한 목소리로 그녀를 위로했다.

[잘될 거예요. 그러니까 걱정 마세요.]

"고마워, 블루벨."

유채는 머리를 블루벨에게 기대었다. 자신은 절대 착한 사람은 될 수 없을 것이다. 하지만, 나쁜 사람이 되더라도 돌아가고 싶었다. 언니를 위해서라면 얼마든지 악인이 될 수 있었다.

✤

루프스는 카스텔룸으로 들어오자마자 아리아와 헤나에게 보고를 들었다. 궁을 점령한 것에서 마레 위르들은 진격을 멈추었다. 이 모든 일의 근원은 최근 헥터가 벌인 내전이었다. 내전에서 피해를 입은 독수리 일족이 해안 경비 일을 그만두고 그 빈자리를 늑대 일족이 채우게 되었는데, 그들은 해안 경비에 대해 아는 것이 없었다. 당연히 허점이 많을 수밖에 없었고 마레 위르들은 그점을 파고들었다. 루프스는 지끈거리는 머리를 꾹 눌렀다.

"루프스님. 지금 울페스 헤르티아님께서 돕겠다고 오시는 중이랍니다."

"뭐라!"

루프스는 카신의 말에 놀라서 외쳤다. 울페스 헤르티아가 진정으로 돕고 싶다면 움직여야 하는 곳은 여기가 아니라 포트리스였다. 지금 온 전력을 이쪽으로 보낸 포트리스를 공격할 수 있는 것은 여우 일족과 말 일족밖에 없었다. 포트리스와 근접한 나머지 일족은 전쟁의 여파로 회복에 모든 힘을 쓰고 있는 중이었다. 그런데 이쪽으로 온다고? 루프스는 머리카락을 쓸어 올리고 발을 굴렀다.

"당장 그쪽으로 병사들을 보내라. 울페스 헤르티아는 도우려는 것이 아니라 공격이 목적이다."

카신과 루크레치아도 짐작한 일인지 크게 놀라지 않았으나 케릭스는 적잖이 놀란 표정이었다. 케릭스는 지금 아무런 소식이 없는 아버지인 플로서스가 걱정이 되었다. 칩거 중이라고 하여도 실력자였다. 왜 아무런 소식이 없는 것인지 걱정이 되면서 동시에 무서웠다. 루프스는 측근들과 다음 작전을 이야기했다.

"헤르티아 쪽은 내가 가지. 내가 가는 것이 여우 일족에게 투입되는 병력을 줄이고 효율적으로 대응할 수 있다. 또한 여기서 헤르티아를 막을 수 있는 것은 나뿐이다. 내가 정예를 뽑아서 여우 일족으로 움직일 테니 나머지 병력은 마레 위르에게 집중해라."

루프스의 말에 카신과 아리아가 반발했지만, 루크레치아는 루프스의 말에 동조했다. 토모스도 죽고 없고, 플로서스 놈은 어디에 처박혀 있는 것인지 이런 중차대한 상황에도 나타나지 않았다. 마레 위르와 여우 일족이 연합을 한 것인지 아니면 여우 일족이 때를 잘 잡은 것인지는 모르겠지만, 둘을 동시에 상대하는 일은 없어야 했다. 그렇게 하지 못하면 로보 때의 수인 내전의 재림이 될 것이다. 빠른 진화를 위해서는 루프스가 직접 움직여야 했다.

"루프스님!"

갑자기 한 병사가 급하게 뛰어들어 왔다. 그는 급박한 표정으로 입을 열었다.

"플로서스님께서 반란을 일으키셨습니다."

모두의 시선이 플로서스의 아들인 케릭스를 향했다. 케릭스는 저도 모르는 사실에 얼굴이 창백하게 질렸다.

"아, 아버지가 왜! 아버지가 갑자기 왜!"

케릭스는 아버지의 행동에 이해할 수가 없어 비명을 지르듯이 소리쳤다. 루프스는 한 손으로 얼굴을 가리고 고개를 숙였다. 갑자기 일이 한꺼번에 닥쳐 머리가 터져 버릴 것 같았다.

"모두 입 다물어!"

루프스가 크게 고함을 질렀다. 방에 있던 수인 모두가 부복을 하고 그를 바라보았다. 루프스는 거친 숨을 몰아쉬었다.

"케릭스는 당분간 구속한다. 그리고 나머지는 아까 세웠던 작전대로 행동해라. 모두 나가라. 혼자 있고 싶다."

루프스의 표정은 황폐했다. 그 어떤 말도 그에게 위로가 될 것 같지 않았다. 루크레치아는 루프스에 대한 충심만으로 어설프게 그를 위로하려는, 아직 경험이 부족한 자신의 딸을 데리고 나갔다.

플로서스의 배신과 토모스의 죽음으로 이제 남은 것은 루크레치아 하나였다. 루크레치아는 참담한 기분이 되었다. 플로서스와는 많이 다투던 사이였다. 그래도 일족의 위기 앞에서는 늑대 일족을 위해 같이 움직였다. 무엇이 어떻게 잘못되었기에 이렇게 된 것인지 루크레치아는 하늘과 운명이 원망스러웠다.

충성심 이전에 루크레치아는 한 아이의 어머니로서 루프스를 동정했다. 연인의 죽음 후 평생을 홀로 산 헤나는 도대체 그게 무슨 뜻이냐 묻곤 했지만, 루크레치아도 잘 설명할 수는 없었다. 루프스에게 세상은 너무나도 가혹했다. 제 딸인 아리아가 그런 일을 겪었다면 저도 저승에서 가슴을 치며 통곡을 했을 것이다.

그 동정심의 발로인지 루크레치아는 모두가 칩거하거나 은퇴한 후에도 루프스의 측근으로 그를 도왔다. 그의 뒤틀린 성격에서 비롯된 실정들을 참을 수 없었지만, 마음에 난 상처를 스스로 극복하면 나아지지 않을까 하여 실망하지 않고 끝까지 그를 믿었다. 그리고 그는 그 믿음대로 변하였다. 그가 변하게 된 중심에 그 마레위르 암컷이 있었기에 루크레치아는 그 아이를 적대하지 않았다.

하지만 지금은 상황이 좋지 않았다. 연인과 측근의 배신, 외세의 침략, 헤르티아의 복수. 아무리 루프스라도 견디기 힘들 정도의 일이 한꺼번에 몰려왔다. 경험상 지금은 혼자서 마음을 추스르게 하는 것이 먼저였다.

루크레치아는 가장 연장자이자, 루프스 다음가는 서열의 수인으로서 아래에 있는 이들을 움직였다. 카신은 정신이 나간 것 같은 표정인 케릭스의 신병을 구속했다. 아리아는 지휘관 명단을 짜기 위해 나갔고 루크레치아는 벨라토르와 시카리우스 실무자들을 찾았다.

루프스는 아무도 없이 조용해진 방에서 바닥에 무릎을 꿇듯이 주저앉았다. 그는 머리를 움켜쥐고 온갖 감정을 삼켰다.

머리가 복잡했다. 도대체 뭐가 어디서부터 잘못된 것인지 알 수가 없었다. 포트리스의 공격과 헤르티아의 역습은 참고 버틸 수 있었다. 하지만 플로서스의 일은…….

루프스는 품속에서 블랑카의 반지를 꺼냈다. 유채가 버리고 갔다고 했다.

"루프스님께서 거짓말을 하셨다고……."

어떻게 알게 된 것인지는 모르지만, 제가 루비 조각을 찾고 있다는 사실을 그녀가 안 것이었다. 루프스의 눈에서 눈물이 흘러내렸다. 도와주겠다고 했는데, 그 좋은 머리로 제가 저를 도와주기 위해서 찾고 있다는 생각을 할 수는 없었던 것이었을까?

그만큼 저를 믿지 못하는 것이었을까?

모두 제가 저지른 일이 돌아오는 것이었다. 포트리스의 일도, 헤르티아의 일도 마찬가지였다. 루프스는 몸을 웅크리고 울음을 삼켰다.

루프스가 반지에 담은 것은 그저 사랑이란 말로 표현하기에는 더 깊고 더 진한 감정이었다. 반지를 받아준 것도, 입맞춤을 받아준 것도 그저 저를 속이기 위한 것이었을까. 루프스는 유채의 잔혹함이 원망스러웠다. 유채가 그렇게 제게 잔혹할 수밖에 없게 만든 스스로가 원망스러웠다.

"너는 왜…… 나에게만…… 잔인한가……."

감히 유채에게 칭얼댈 수가 없어서 가슴 속으로만 삼키던 말이었다. 오열과 같은 울음소리가 입안 깊숙한 곳에서부터 터져 나왔다. 루프스는 몸을 웅크리고 꺽꺽대었다. 기대하지 않는다고 하면서 기대를 하고 있었다. 그래서 더 아팠다. 유채는 그럴 마음이 없었다. 그녀의 마음에는 제가 비집고 들어갈 공간이 하나도 없었다.

"내가, 내가 어떻게 하면……."

가지 않을 수 있나.

그래. 자신은 정말 한심하고 이기적인 놈이다. 루프스는 유채가 버리고 간 반지를 끌어안았다. 거절당하고 부정당한 제 마음을 끌어안았다. 유채에게 마지막 인사조차 받을 수 없는 자신의 처지가 너무 가여웠다.

이래서 유채에게 자신은 역겨운 수컷 외에는 될 수가 없는 것이다.

"가지 마."

부정할 수 없는 본심이며 추악한 이기심이었다. 루프스는 마치 유채가 제 앞에 있는 것처럼 무릎을 꿇고 머리를 바닥에 대었다.

"사랑해."

루프스의 고백이 작은 방 안에 울렸다. 루프스는 제게 닥친 위험보다 유채의 거절이, 그녀의 거부가 더 마음 아팠다. 루프스는 아무도 위로해 줄 이 없는, 오롯이 홀로 남은 방 안에서 조용히 오열했다.

Chapter 14
여우들의 땅, 올피누스 호무스 [Vulpinus Humus]

"젠장할. 또 똑같은 곳이야."

프레드릭은 표시를 위해서 매어놓았던 천 쪼가리를 내던졌다. 알렉스는 숨을 헉헉 내쉬며 좀 전의 개울에서 떠온 물을 프레드릭에게 건네었다. 보통 이런 상황에서는 알렉스가 더 열을 내는 경우가 많았지만, 이번만큼은 프레드릭이 더 불안해하였다. 프레드릭은 초조한 얼굴로 계속 손목에 새겨놓은 문양을 살펴보았다. 문양이 온전한 것을 보니 일단 레이라는 무사한 듯했다. 하지만 헤임달이 근처에 있으니 언제 레이라가 위험해질지 모르는 일이었다.

레이라는 막 출산한 지 얼마 되지 않은 산모다. 혹여 헤임달을 피해서 지하실로 숨어들었는데, 갑자기 아프기라도 하면? 레베카가 갑자기 아프기라도 하면? 프레드릭은 대책이 서지 않았다.

프레드릭은 머리를 감싸 쥐었다. 기억을 잃고 사라 할머니의 손에 길러졌을 때에도 수인들을 피해서 숨어 살았었기 때문에 이 근처의 지리는 전혀 모르는 그들은 섣불리 이동할 수가 없었다.

"젠장. 그때는 대체 어떻게 왔지."

"모르겠어, 형. 그땐 분위기가 워낙 흉흉해서 사라 할머니가 우릴 보자기로 감싼 채로 이동시켜 주었었잖아."

"그렇지. 젠장."

프레드릭은 발을 굴렀다. 사라가 형제들을 보호하기 위해 보자기로 그들을 꽁꽁 싸맸던 탓에 제대로 위치를 확인할 여유도 없었다.

"형. 우리 조금만 침착하게 생각하자."

알렉스는 오히려 더 냉정해지려고 했다. 프레드릭이 레이라와 레베카의 대한 걱정으로 안절부절못하는 지금, 저라도 그를 진정시키고 냉정하게 상황을 판단해야 했다. 길을 찾기 위해서라도 프레드릭은 진정해야 했다.

동생의 다독임에 프레드릭은 후 하고 한숨을 뱉었다. 급할수록 돌아가라고 했다. 그는 관자놀이를 누르며 방법을 생각했다.

"추적 마법 같은 것은 못 써? 혹시 추적 마법을 쓰면……."

"아!"

프레드릭이 갑자기 자리에서 벌떡 일어나더니 알렉스의 어깨를 움켜잡고 흔들었다.

"넌 천재야, 알렉스!"

"형 동생이 천재인 것 이제 알았어? 근데 우리 예전 이름 너무 입에 안 붙는다. 그렇지 않아?"

"어쩔 수가 없잖아. 이 이름으로 살아온 세월이 훨씬 긴데."

프레드릭은 씁쓸한 표정으로 하늘을 바라보았다. 일단은 돌아가는 것이 먼저였다. 프레드릭은 알렉스에게서 단검을 빌렸다.

"뭐 하려고?"

"피로 추적을 할 수 있는 마법이 있어."

프레드릭은 바닥에 진을 그리고 알렉스의 단검으로 손목을 그었다. 가늘게 배인 상처에서 피가 주르륵 흘러내려서 진 안쪽에 고였다.

"Insecutio Ianthis."

알렉스는 프레드릭이 스펠을 외는 것에 놀랐다. 프레드릭은 무언 마법에 능통했기에 어지간히 어려운 마법이 아닌 이상 스펠을 외지 않았다. 프레드릭의 스펠이 외자마자 진에서 개 한 마리가 튀어나왔다. 마력 소모가 엄청난지 프레드릭의 얼굴이 창백해졌다. 알렉스가 얼른 형을 부축했다.

"저건 뭐야?"

"스승님이 만든 마법. 혈연관계가 있는 사람을 찾는 마법이야. 이것을 이용하면 가장 근처에 있는 친척을 찾을 수 있어. 그럼 이 마법으로 찾을 수 있는 사람은……."

"헤르티아 고모나 레베카가 되겠네."

"그래. 이제 우린 길을 몰라도 목적지를 찾아갈 수 있는 거야."

"이 좋은 방법을 왜 이제야 떠올린 거야! 이 방법이면 괜히 삽질을 안 해도 됐잖아!"

"누가 길을 찾는 데 추적 마법을 쓸 생각을 하냐. 상식적으로 추적 마법은 사람 찾는 것에 쓰지 길 찾는 데는 안 쓰잖아. 아무튼 다 네 덕이다. 발상의 전환이 탁월했어."

"훗. 이제야 내 머리가 좋은 걸 인정하는 거야? 하기야 어릴 때는 내가 형보다 머리가 더 좋았는데 말이야."

"그러게."

프레드릭은 낮게 중얼거렸다. 그 사건은 형제에게 알게 모르게 영향을 미쳤다. 프레드릭은 자신이 힘으로 이길 수 없는 이들을 상대하기 위해서는 마법과 정보, 학문이 중요하다고 생각하게 되었고 알렉스는 자신이 지나치게 약해서 어머니를 지키지 못했다고 생각했다. 그래서 둘은 무의식적으로 어릴 적과 다른 길을 걷게 된 것이다.

"그럼, 다시 출발하자."

알렉스가 프레드릭의 어깨를 툭 쳤다. 두 사람은 피로 만들어진 개의 뒤를 쫓았다. 이제부터 시작이었다.

⚜

"블루벨, 얼마나 남았어?"

[이제 얼마 안 남았어요. 곧 도착이에요. 혹시 마을 분들을 만날 수도 있으니까 목은 가리시고 로브는 꾹 눌러쓰세요.]

"알았어. 고마워, 블루벨."

유채는 몸을 수그렸다. 익숙한 산길을 올라가는 블루벨의 귀에 소란스러운 소리가 들렸다.

"야. 이 개자식들아. 일을 이따위로 해!"

"누, 누님 한 번만 봐줘요. 나, 나도 실수할 수는 있는 것 아니오."

블루벨은 집 근처에 왔다는 것을 알았다. 카넬리안과 집에서 머슴 노릇을 하고 있는 피터, 랄프의 목소리였다. 순간 유채를 업고 있는 것도 잊고 블루벨은 제자리에서 폴짝 뛰었다. 유채는 미끄러질 것 같아서 블루벨의 목을 콱 움켜쥐었다.

[어억! 유채님! 저 숨 막혀요!]

"미안해, 블루벨. 깜짝 놀라서 그만. 무슨 일이야?"

[도착했어요! 엄마랑 아저씨들이랑 싸우는 소리를 들었거든요.]

정확히는 싸움이 아니라 카넬리안이 일방적으로 갈구는 것에 가까웠지만 말이다. 블루벨은 신이 났는지 속도를 높였다. 유채는 심하게 흔들리는 블루벨의 등에 간신히 매달려 있었다. 위아래로 흔들리는 덕에 멀미가 나서 머리가 어지러웠다.

[엄마!]

카넬리안은 머릿속에서 들려오는, 나사가 뭉텅이로 빠진 것 같은 익숙한 목소리에 화들짝 놀랐다. 그건 피터와 랄프도 마찬가지였다. 셋은 고개를 돌렸다. 저 멀리서 블루벨이 분명한 토끼가 촐싹대면서 뛰어오는 것이 보였다.

"블루벨?"

카넬리안은 특유의 빠른 정보 수집력으로 벽촌까지 오기 힘든 전쟁 소식을 들은 참이었다. 카넬리안은 토스 호무스의 궁에 있는 블루벨이 걱정되었다. 들리는 소식에는 토스 호무스 궁 소속의 수인들은 모두 무사히 요새로 이동했다고 하지만 혹시 모르는 것이었다. 그런데 그 딸이 바로 눈앞에 있는 것이다.

피터는 카넬리안의 눈이 붉어지는 것을 보았다. 괄괄한 카넬리안이었지만, 그녀도 결국은 엄마였다.

블루벨은 카넬리안을 만난 기쁨 때문인지 바로 동물화를 풀었다.

"엄마!"

"으악!"

블루벨이 팔을 벌리고 폴짝폴짝 뛰는 동안 그녀의 등에서 떨어진 유채는 바닥을 구르고는 신음소리를 냈다. 카넬리안의 눈이 커졌다.

"블, 블루벨? 저건 뭐냐?"

"아! 유채님이에요!"

카넬리안과 피터, 랄프의 표정이 하얗게 질려갔다. 루프스의 사랑을 듬뿍 받고 있다는 레티티아였다. 루프스가 눈에 불을 켜고 찾고 있을지도 모르는 그녀는 어찌 보면 시한폭탄과 같은 존재였다. 피터와 랄프는 서로 목숨 줄을 걱정하는 눈빛을 교환했다.

유채는 겨우 정신을 차리고 일어나 몸에 묻은 흙을 털어내고 로브를 벗었다. 유채의 얼굴과 목에 건 파렌티아가 드러났다.

"와!"

랄프가 순간 감탄사를 내뱉었다. 남 외모 평가에 박한 카넬리안도 유채를 보곤 꽤나 놀란 표정을 지었다.

유채는 저를 뚫어져라 바라보는 시선에 잠시 헛기침을 하곤 셋에게 고개를 숙였다.

"엄마. 유채님이 엄마에게 도움을 구하고 싶으시대요. 엄마의 인디키움 시절의 경험이 필요하대요."

블루벨은 카넬리안의 팔에 매달렸다가 화들짝 놀라서 떨어졌다. 그녀의 팔에 붕대가 감겨 있었다.

"엄마, 다쳤어요? 무슨 일로?"

"영광의 상처니까 걱정하지 말고 들어가서 쉬어."

유채는 카넬리안에게 공손하게 자기소개를 했다.

"인사가 늦어서 죄송합니다. 저는 한유채라고 합니다. 이름이 유채, 성이 한입니다."

"카넬리안이다. 보시다시피 눈이 빨개서 붙은 이름이지. 토끼 일족이 대대로 네이밍 센스가 없어서 이런 종류의 이름이 많다. 반갑구나."

카넬리안은 유채에게 손을 내밀었다. 유채는 카넬리안의 생김 새에 적잖이 놀랐다. 블루벨과 달리 카넬리안은 루프스처럼 인간 에 가까운 모습이었다. 엉덩이 위에 토끼 꼬리가 달린 것과 붉은 눈을 제외하고는 완전히 인간과 같았다.

카넬리안은 얼굴에 긴 흉터가 있어서 인상이 조금 험악해 보였 지만, 블루벨의 어머니라 딸과 비슷한 구석이 많이 보였다. 크고 동그란 눈이라든지, 하얗고 구불거리는 머리카락이라든지, 입매 라든지. 하지만 체형만큼은 군인처럼 다부진 몸의 소유자였다.

"데리고 있어봤자 손해인 손님이지만, 들어와라. 손님을 오래 세워두는 것은 예의가 아니니."

"누, 누님, 저희는 뭘 할까요?"

랄프가 카넬리안의 눈치를 보았다. 카넬리안은 눈짓으로 주방 을 가리켰다.

"손님이 배고프겠지? 얼른 가서 밥이나 해와. 마실 것도 내오 고. 알았지?"

"예. 당연하지요, 누님."

피터가 카넬리안에게 굽신거리면서 랄프를 끌고 주방으로 들어 갔다. 유채는 카넬리안의 카리스마에 몸을 떨었다. 과연 블루벨의 어머니가 맞는지 의심이 되었다. 블루벨은 카넬리안의 카리스마 에는 아랑곳하지 않고 보통의 딸처럼 상처를 걱정하며 잔소리를 하였다. 당연히 카넬리안은 귀찮다는 듯이 대응했지만, 그녀도 딸 을 걱정했던지라 블루벨의 머리카락을 쓰다듬으며 모정을 보였다.

유채는 모녀를 지켜보며 엄마를 떠올렸다. 먼 타국으로 와 사람들의 편견과 시댁의 구박에 시달리면서도 자매를 바르게 길러 내신 엄마가 떠올랐다. 유채는 저도 모르게 눈물이 났다.

"아가씨, 눈물 닦아."

카넬리안은 유채에게 손수건을 주었다. 블루벨에게 들은 바에 따르면 고생도 보통 고생을 한 암컷이 아니었다. 집에 돌아가겠다는 굳은 의지를 가지고 있었기에 간신히 버틸 수 있었던 것이었다. 카넬리안은 생각했던 것보다 앳돼 보이는 유채의 얼굴에 속으로 많이 놀랐다.

블루벨은 동생들과 인사를 하겠다며 먼저 안으로 들어가고, 유채는 블루벨의 집 외관에 조금 놀랐다. 블루벨이 스스로를 시골에서 많은 동생들을 건사하며 자랐다고 하기에 그렇게 유복한 집은 아닐 거라 생각했었다. 하지만 예상과 달리 커다란 집에, 유채는 그녀가 꽤나 부잣집 딸인 것 같다고 생각했다.

"어때? 멋지지?"

"네. 블루벨에게 들던 거랑 딴판이에요."

"인디키움 시절에 여러 일족들의 수장고를 드나들면서 쓸어온 보석들로 지은 집이지."

"그건 도둑질 아닌가요?"

"어. 근데 어차피 그놈들도 약탈로 모은 것들이라 별 차이 없어. 들어가, 아가씨."

카넬리안은 유채를 데리고 안으로 들어가 그녀에게 자리를 권했다. 유채는 푹신한 소파에 앉았다. 곧 랄프가 시원한 차를 내왔다. 유채가 감사하다고 인사를 하자마자 피터가 식사 전에 간단하게 먹을 수 있는 간식을 내어왔다.

"피터의 솜씨는 꽤 좋으니까 기대해도 좋아. 쟤보다 솜씨 좋은 애가 있는데, 지금은 일단 얘로 만족해."

"괜찮습니다. 잘 먹겠습니다."

누룽지와 비슷하게 생긴 과자는 달고 맛있었다. 유채는 그것이 입맛에 맞아 계속 과자를 집어 먹었다.

등받이에 등을 기댄 카넬리안이 턱을 쓸면서 물었다.

"그래. 나에게 무슨 일을 부탁하러 왔나? 우리 딸의 은인이니 나도 은혜를 갚고 싶어."

블루벨이 목숨의 위협을 받고 있을 때, 마침 카넬리안은 다른 일로 바빠 딸의 일을 미처 듣지 못한 상태였다. 뒤늦게 보고를 받고서 카넬리안은 당장에 토스 호무스의 궁으로 블루벨을 구하러 가려 했으나 타이밍 좋게 유채가 먼저 나선 것이다. 카넬리안은 유채가 제 어깨까지 망가뜨려 가면서 블루벨을 살려준 것에 고마워하고 있었다.

"블루벨에게 듣기로 인디키움에서 뛰어난 실적을 올리셨다고요."

"뭐, 그렇지. 트레모르가 레푸스의 자리에 오른 것은 그 녀석의 파트너였던 내 공적이니까. 난 레푸스 자리가 귀찮아서 거절했지만 말이야."

"혹시 울피누스 호무스 궁의 수장고에도 들어가 본 적 있으신가요? 그곳의 지도를 갖고 계신가요?"

"그건 왜 필요하지?"

"제가 그곳에 들어가야 해서요."

"창의적으로 죽을 방법을 깨달아서는 아닌 것 같고. 그렇지 않고서야 목숨 걸고 탈주를 하지는 않았겠지. 이유가 뭐지?"

"그건……."

"분명하게 대답하거라. 난 울피누스 호무스의 수장고에 침입한 적은 있지만 지도는 없어. 내 도움을 받으려면 너는 나와 같이 수장고에 들어가야 해. 위험도가 높은 일인 만큼, 무엇이 목적인지 분명히 알아야겠어."

"함께 가주신다고요?"

"그래. 난 지도를 그릴 능력은 없어서 말이야. 게다가 아가씨 혼자 들어가서 뭘 어떻게 할 수 있는데? 아가씨는 모르지만 울피누스 호무스의 수장고는 궁의 절반을 차지할 정도로 커. 아가씨 혼자 조사할 수 있을 것이라 생각해? 그것도 울페스 헤르티아를 상대로?"

"아니요."

"그러니까 도와주겠다고. 내가 직접."

유채는 엄청난 제안에 눈을 크게 떴다. 카넬리안은 씩 웃었다. 그녀는 이 분야의 전문가라도 되는 것처럼 자신만만한 태도를 보였다.

"블루벨은 내 얘기가 허풍이라고 했겠지만 그건 허풍이 아니라 사실이야. 아가씨 가방에 쑤셔 넣어진 그거. 나도 한번 머리에 써보기도 했어."

카넬리안은 유채의 가방에서 삐져나온 보자기를 가리켰다. 유채가 이니투스의 보자기를 꺼내자 카넬리안은 그 보자기가 원래 있던 위치를 줄줄 설명했다. 유채의 눈이 휘둥그레졌다.

카넬리안은 자신만만한 표정으로 유채를 바라보았다.

"이 정도면 내 실력을 인정하지? 그러니까 이유를 말해. 네 이유를 듣고 도와줄 테니까."

"제가 집으로 돌아가기 위해서는 그곳에 있는 물건이 필요해요."

"무슨 물건?"

"붉은 루비 조각이요."

유채는 가방에서 리와인더 조각의 그림을 꺼냈다. 카넬리안의 눈이 커졌다. 이건 라일라의 죽음 이후 사라진, 그녀의 결혼 예물이었다. 카넬리안은 놀란 기색을 숨기지 않은 채 유채를 바라보았다.

"이게 아가씨가 돌아가는 것과 무슨 관련이 있는 거지? 도와주는 입장에서 나도 이 정도는 알아야 할 것 같은데?"

유채는 입술을 깨물었다. 카넬리안은 모든 사정을 알아야 도와줄 것 같았다. 유채는 침을 삼키고 사정을 털어놓았다. 자신이 어떻게 이곳에 왔는지, 신과 무슨 거래를 했는지, 지금 찾고 있는 물건이 어떤 것인지.

이야기를 다 들은 카넬리안의 눈이 근심에 잠겼다.

"고서로 몇 번 읽은 적 있는 이야기인데, 그게 사실일 줄이야."

카넬리안은 턱을 쓸었다. 그러다가 붕대를 감은 팔을 앞으로 내밀었다.

"왜 다쳤을 것 같아?"

"왜 다치셨는데요?"

"플로서스랑 부딪쳤거든. 알지? 늑대 일족의 2인자."

유채의 눈이 커다래졌다. 플로서스라면 케릭스의 아버지라고 예전에 들은 기억이 났다.

"그의 집에 있는 서류가 필요해서 들어갔다가 들켰거든."

"대체 무슨 서류였길래?"

"라일라를 죽인 진짜 범인을 밝혀내기 위한 진실. 라일라를 죽이라고 한 것은 로보가 아니야. 그건 내가 알아. 나는 베니니타스에게 그 사건을 조사해 달라는 의뢰를 받아 몰래 조사를 했었거든. 하지만…… 부끄럽게도 그때 난 다른 일로 바빠서 조사를 제대로 하지 못했고, 눈에 보이는 대로만 결과를 내서 베니니타스에게 알렸어. 그리고 그 사달이 났지. 로보가 한 짓이 아니라는 것을 알았을 때는 이미 너무 늦었어. 내가 진실을 밝히면 오히려 우리 토끼 일족이 위험해질 판이었고, 선대 레푸스는 이 일을 은폐할 것을 명령했어."

카넬리안의 표정이 어두워졌다. 그녀는 평생 죄책감을 안고 살았다. 자신이 초동 수사를 잘 했다면 이렇게 상황이 나빠지지 않았을 것이었다. 다 자신의 책임이었다. 카넬리안은 몇 년간 후회만 하다가, 후회한들 바뀌는 것은 없다는 것을 깨닫고 일을 바로잡기 위해서 움직였다. 처음에는 진상을 파악했고 그 다음은 증거를 찾았다. 결정적인 증거 중 하나가 바로 플로서스의 자택에 있었다.

"이상하지 않아? 아무리 안 좋은 일이라지만, 아무도 이 일에 의문점을 갖지 않았다는 것이. 생각보다 수상한 일이 많았을 텐데."

유채도 그렇게 생각했었다. 카넬리안은 자신이 찾은 자료를 유채에게 보여주었다.

"늑대 일족이 벌인 일은 맞아. 하지만 로보는 관계없지. 로보는 피해자고, 진짜 범인은 플로서스야. 그가 독단적으로 명령을 내렸고 완벽 범죄에 실패했지. 그리고 이 사실을 은폐했어. 그놈은 은퇴를 한 게 아니야, 은퇴는 핑계고 제 죄를 감추기 위해 숨은 거지. 아주 추악한 놈이야."

유채는 서류에 적힌 내용을 읽으며 충격에 빠졌다.

"조사하면서 의외의 사실을 하나 알게 되었다. 이 사건에는 마레 위르 쪽 공범이 있다는 거. 살인을 한 것은 시카리우스가 확실하지만, 그 시카리우스가 침입하는 데에는 마레 위르가 관여를 했지."

카넬리안은 이 일이 온전히 플로서스만 개입한 일이 아니라는 것을 알아냈다. 플로서스가 가지고 있던 서류에는 그 작전에 참여한 수인의 이름이 적혀 있었다. 그는 늑대 일족과 마레 위르의 혼혈인 란텔이었다. 카넬리안은 란텔을 추적했다. 시카리우스였던 그는 신분 세탁을 하고 벨라토르가 되어 울피누스 호무스에 있었다. 그리고 수상한 벨라토르들의 움직임. 그리고 란텔 놈이 포트리스에서 잠깐 살아서 마레 위르에 대해 잘 안다고 말한 면접 내용을 찾았다. 그래서 카넬리안은 생각했다. 어쩌면 플로서스를 이용해서 저들의 손에 피를 묻히지 않고 일을 처리하려고 한 놈들이 있는 것이 아닌가, 생각했다.

늑대 수인 일족과 마레 위르 사이에 접점이 생기기엔 포트리스와 토스 호무스는 너무 멀었다. 그러니 친분이 있는 사이일 가능성이 높았다. 현재 있는 벨라토르 중 포트리스 출신으로 알려진 것은 란텔밖에 없었다. 그러니 그 둘이 공범일 가능성이 높았다.

"그 마레 위르는 우리 수인들의 세계의 붕괴를 원한 것이 확실해. 최근에도 그것을 위해서 착실하게 작전을 실행했지."

카넬리안은 유채의 앞에 아편을 내놓았다.

"이것으로 벨라토르를 꼬여내고 헥터 놈과 거래를 튼 거야. 아가씨가 헥터에게 당할 뻔한 일도 이것하고 관련 있어. 그놈들이 헥터에게 바치는 아편에 카를리티오를 당기는 약을 섞었어. 다시 말해서 헥터를 이용해서 아가씨를 해하려 한 것이지."

"그러니까. 그 사람들이…… 그러니까, 헥터가 저를, 그렇게…… 하도록……."

"의도했다는 것이지."

유채는 할 말을 잃었다. 소파 시트를 우그러지도록 움켜잡은 유채의 머릿속에 그때의 기억이 떠올랐다.

"그래. 무게추가 기울어지기를 바란 것이지. 무게추가 기울어지면 금방 혼란이 찾아오거든. 알잖아. 헥터가 일으킨 내전, 그리고 이번에 또 다시 일어난 전쟁."

"전쟁이 또 일어났어요?"

"내 예상이 맞다면 이것도 그자가 꾸민 일이 틀림없어. 왜냐하면 이 정도의 병력을 벨라토르들이 눈치채지 못했을 리가 없거든."

"그럼 그 사람은 도대체 왜 이런 일을 벌인 건가요?"

"그건 모르지. 내가 그놈 속을 어떻게 알겠어?"

"그리고 제게 이것을 왜 알려주시는 거예요?"

"너, 헤르티아의 말이 거짓일 경우의 대비가 되어 있지 않잖아."

카넬리안은 정곡을 찔렀다.

"헤르티아의 말은 꽤나 그럴듯해. 하지만 지금 마레 위르, 늑대 일족, 여우 일족 간 삼파전이 벌어진 이상 그건 함정일 가능성이 커. 루프스가 죽고 못 사는 너를 가만히 놔둔다는 것이 이상하지. 내가 헤르티아라면 너를 인질로 붙잡아 루프스의 행동을 제한하겠어."

유채는 몸을 떨었다.

"하지만 헤르티아가 진실을 가지고 너와 협상하려 든 것일 수도 있어. 헤르티아는 네가 루프스를 좋아하지 않는다는 것을 어느 정도 눈치챘을 것이니까. 그러니 도와주마. 너를 돕지 않으면 내가 사는 이 땅이 흔적도 없이 증발할 수 있다는데 기꺼이 도와야지. 그리고 울피누스 호무스에서 조각을 찾지 못한다면 곧장 포트리스로 가도록 해."

"좋은 정보 감사합니다."

유채는 카넬리안이 진심으로 고마웠다. 이 정도로 협조를 해줄 줄은 몰랐다. 카넬리안은 괜찮다는 고갯짓을 하였다. 딸의 목숨을 구해준 은인인데 이 정도는 아무것도 아니었다.

"자세한 작전은 밥이나 먹고 다시 세우도록 하자."

피터와 랄프가 식사 준비가 다 되었다고 알렸다. 주방으로 들어가니 식탁 위에 닭 요리를 메인으로 갖가지 요리들이 가득 차려져 있었다. 블루벨도 동생과 함께 식사를 하러 내려왔고 모두가 식탁 주위에 둘러앉았다.

카넬리안은 음식을 권하고 몇 숟갈을 뜨더니 박수를 쳤다.

"아. 그러고 보니, 이 말을 안 해줬네."

피터와 올리비에, 블루벨, 유채가 카넬리안을 바라보았다.

"포트리스의 하워드 형제가 베니니타스의 아들들일 확률이 7할 정도는 돼. 모든 정황이 그들 형제를 가리키고 있거든. 나이와 외모가 비슷하고 형제가 스티폴로르 본토에서 살았었다는 점, 그리고 수인 혼혈로 추측되는 뛰어난 신체 능력 등을 조합해 볼 때 어느 정도 가능성 있어."

모두가 손에 들고 있던 것들을 떨어뜨렸다. 카넬리안은 특유의 자신만만한 미소를 지었다.

"왜 그래. 내가 바로 인디키움의 전설이야. 내가 찾기로 작정했다면 못 찾을 것이 없다고."

유채는 스티폴로르에 셜록 홈즈가 있다면 카넬리안이 아닐까 하는 생각이 들었다.

⚜

플로서스는 반역을 일으키고도 불안에 떨었다. 플로서스는 막사 안을 이리저리 왔다 갔다 했다.

"난 정당해. 난 잘못한 게 없어."

플로서스는 불안한 목소리로 같은 말만 중얼거렸다. 모든 것은 로보의 잘못이었다. 마레 위르에게 피해를 입은 일족은 고려하지도 않고 멋대로 화합을 추구한 로보가 잘못한 것이다. 제 아내가 어떻게 죽었는데! 모두 그 악마 같은 년 때문이다. 그년이 잘못한 것이다.

플로서스는 막사 안에서 정신없이 움직였다.

"난 잘못 없어."

그는 수인들의 체계를 깨려고 하는 라일라를 벌한 것이었다. 일이 잘못되어서 내전이 일어났을 뿐, 절대 수인들이 피해를 입는 것을 의도한 것이 아니었다.

그는 사건을 은폐했고 지금까지 그 비밀을 숨길 수 있었다. 하지만 카넬리안이 몰래 빼돌려둔 서류를 가지고 도망갔다. 시카리우스의 서류는 일정 기간 동안 파괴될 수 없도록 염소 수인들의 독특한 고유 속성으로 처리한 종이를 사용하는지라 플로서스는 자신이 범인이라는 증거가 되는 그 서류를 빼돌려 집에 감추어두었다. 그가 은퇴를 하고 잠적한 이유는 단 하나였다. 그 서류를 지키기 위해서였다.

카넬리안이 서류를 훔쳐 갔으니 제가 한 짓이 세상에 드러나는 것도 이제 시간문제일 것이다. 헤르티아도 루프스도 저를 죽이지 못해서 안달할 것이었다.

"최선의 방어는 공격이란 말이 있습니다."

오랜만에 란텔을 보았을 때 그가 그렇게 말했었다. 그리고 때마침 마레 위르들이 토스 호무스에 침입했다. 플로서스는 이것이 기회라고 생각했다. 그는 제 몸을 지키기 위해서 늑대 수인들을 선동해서 반란을 일으켰다. 마레 위르에게 미쳐서 토스 호무스를 지키지 못한 루프스를 용납할 수 없다는 그럴듯한 명분을 대었다.

'이길 수 있어.'

플로서스는 루프스가 무슨 이유에서인지 왼팔을 거의 쓰지 않는다는 보고를 들었다. 그는 이니투스의 환생이라는 소리를 들을 정도로 절대적인 강함을 자랑했지만 왼팔을 못 쓴다는 것은 큰 약점이 될 터였다.

또한 보고에는 루프스가 앞뒤 재지 않고 마치 곧 죽을 수인처럼 달려든다는 말도 있었다. 루프스는 피투성이라는 이명과는 달리 굉장히 우아하게 전투를 치르는 것으로 유명했다. 군더더기 없이 급소만을 노리는 깔끔한 방식이었다. 그런 그가 다른 수인이 된 것처럼 움직인다는 것이 뭔가 이상했다.

"뭔진 모르겠지만, 좋은 게 좋은 것이지."

플로서스는 루프스의 이상 행동을 어떻게 이용할 수 있을지를 고민했다.

⚜

오르페는 루프스의 왼팔 상태에 경악을 금치 못했다. 이제 그의 왼팔은 썩어문드러져 가는 듯한 모양새였다. 도대체가 상처가 생기기만 하고 낫질 않으니 저도 이렇게 답답할 정도인데 정작 당사자인 루프스는 얼마나 속이 터질지 가늠도 되질 않았다. 문제는 팔의 상태가 적들에게 노출이 되었다는 것이다. 모두가 루프스의 왼팔만을 노리고 달려들었다.

"크윽."

오르페는 팔의 상처를 소독했다. 루프스는 소독만으로도 고통스러워했다. 오르페는 루프스의 강한 마력 저항력이 이렇게 단점이 될 줄은 꿈에도 몰랐다.

자체 치유가 되질 않으니 마법적 치료라도 먹혀야 할 텐데 루프스에게는 그것마저 소용이 없으니 답이 나오질 않는 상황이었다. 그가 해줄 수 있는 것은 이런 물리적인 처치뿐이었다.

"당분간은 팔을……."

"전쟁 통에 그게 가능할 것이라고 보는 것인가?"

루프스는 씁쓸한 미소를 지으면서 팔을 옷에 끼워 넣었다.

"나가봐라. 수고했다."

"예. 편히 쉬십시오."

오르페가 고개를 숙이고 나갔다. 루프스는 오르페가 막사를 나가자 숨을 깊게 들이마시고는 침대에 앉았다. 그는 두 손으로 얼굴을 감쌌다. 갑작스럽게 시작된, 무려 세 개의 세력을 상대해야 하는 전투에 그는 지쳐 가고 있었다. 그는 그중 플로서스의 세력을 상대하는 것에 가장 신경을 쏟을 수밖에 없었다. 혹시나 케릭스도 그에게 동조한 것은 아닐까 하는 생각 때문이었다.

하지만 루프스는 그런 생각을 밖으로 꺼내놓지 않았다. 옛날부터 감정을 안으로 삭키는 일에는 능했으니 어려운 일이 아니었다.

루프스는 품속의 주머니를 더듬었다. 손가락에 유채가 버리고 간 반지가 걸려나왔다. 루프스는 반지를 손에 쥐고 눈을 감았다. 눈을 뜨면 유채가 옆에 있을 것만 같았다. 그녀가 옆에 있었다면 저를 위로해 주었을까? 아니면 꼴좋다고 비웃을까? 어느 쪽이어도 상관없었다. 제 옆에 있어주기만 한다면 그녀가 뭐라고 하든 즐겁게 들을 수 있을 것 같았다.

"……힘들다."

루프스는 눈을 감은 채로 중얼거렸다. 눈을 뜨면 당연히 유채는 없을 것이고 저는 또 절망할 것이었다. 루프스는 그럴 바에는 눈을 감고 환상 속에서 사는 것이 더 낫겠다는 생각을 하였다.

몸도 아프고 정신적으로도 이제 한계에 몰렸다. 검은 물웅덩이에 온몸이 빠진 느낌이었다.

네가 떠나는 것이, 다른 이가 나의 목숨을 노리는 것이.

"……무섭다."

루프스는 일족을 이끌고 보살펴야 하는 자리였다. 애초에 이름을 버리고 루프스가 된다는 것은 그 이전의 자신을 버리고 일족만을 위해 살라는 것을 의미했다. 그는 오롯이 홀로 서서 남을 이끌었다. 아무도 그의 곁에 남아 있지 않았다. 모두가 그의 곁을 떠났다. 그는 불행을 겪고 공포를 감내하며 안으로 곪아갔다.

"그건 당신 잘못이 아니에요."

황홀한 위로였다. 황홀해서 눈물이 날 수밖에 없는 위로였다. 눈에서 눈물이 비집고 흘러내려 왔다. 그는 눈물을 닦지 않고 흐르는 대로 내버려 두었다.

"나는…… 나는 어떻게 해야 하나."

루프스는 있지도 않은 유채에게 물었다. 그렇게 하지 않으면 정말로 죽을 것 같았다.

에리카를 잃었을 때 그는 자살 충동에 시달렸었다. 가족을 모두 잃고 살 이유를 찾을 수가 없었다. 닥치는 대로 싸움을 하고 다닌 것은 누군가가 저를 죽여주기를 원했기 때문이었다. 차마 스스로 죽을 용기가 없었다. 드미트리 일당에게 보복을 한 이후 자살 충동은 더 심해졌다.

베니니타스에게 혈혈단신으로 찾아간 것도 그가 저를 죽여주기를 원했기 때문이었다. 그나마 마지막 이유가 되어주던 에리카의 복수마저 끝이 나니 더더욱 살 이유가 없었다. 그랬기에 그런 무모한 짓을 했다. 스승으로서의 마지막 배려였을까? 베니니타스는 저를 죽이지 않았다. 다른 이들은 모두 그가 더 강했기 때문에 베니니타스를 이긴 것이라고 했지만, 그와 상대해 본 루프스만이 알고 있었다. 베니니타스는 본 실력을 보이지 않았고 오히려 저를 봐주었다는 것을. 루프스는 베니니타스 덕에 덤으로 얻은 삶을 꾸역꾸역 살아왔다. 스스로를 속여가면서 억지로 살아가고 있었다.

차라리 그때 제가 죽었다면, 어쩌면 유채에게는 더 나은 상황이 되었을지도 모른다. 헤르티아는 유채를 잘 돌봐주었을 것이고 그녀의 아래서 유채는 크게 고생하지 않고 돌아갈 방도를 찾았을 수도 있다.

'하지만 그렇게 되면, 나를 믿은 모든 이들은 어떻게 하나.'

그를 믿는 수인들이 있었다. 최악의 상황에도 그를 따르는 수인들이 있었다. 그들을 버릴 수는 없었다. 그것이 루프스란 자리의 의무였다. 그가 덤으로 얻은 삶을 꾸역꾸역 살아갔던 이유는 이 자리에서 도망칠 수 없다는 뼛속 깊숙이 박힌 숙명 때문이었다. 일족을 지켜야 한다는 로보의 가르침 때문에 루프스는 자신의 자리에서 도망가지 못했다.

"……큭큭큭."

루프스는 갑자기 실성한 듯 웃음소리를 흘렸다.

그래서 유채가 저를 싫어하는 것이었다. 저는 그녀를 괴롭게만 했으면서 막상 제가 괴로울 때는 그녀에게 의지하려 했다. 한 번만 위로해 달라고, 한 번만 돌아봐 달라고, 그러니 유채는 제가 끔찍한 것이었다. 저도 스스로가 이렇게 끔찍한데 유채는 더 했을 것이다.

루프스는 얼굴을 두 손에 묻고 한참을 가만히 있었다. 억눌린 울음소리가 터져 나왔다.

"……가지 마."

제가 스스로의 이기심을 통제하지 못하여 유채가 떠난 것이다.

"제발. 가지 마."

보이지 않으니 유채가 더 사무치게 보고 싶었다. 끅끅거리는 울음소리가 막사 안에 울렸다. 루프스는 한참 동안 눈물을 흘린 후에야 정신을 차리고 작전 회의에 참여할 준비를 했다. 붉어진 눈가를 위해 찬 수건을 얼굴에 올렸다.

"루프스님."

루크레치아가 막사 안으로 들어오자 루프스는 그녀를 등지고 섰다.

"오시는 대로 회의를 시작하겠습니다."

"알겠다. 바로 가지."

아무리 힘들고 지쳐도 그는 한 일족의 수장이었다. 저들을 지키고 이끌기 위하여 루프스는 제 감정을 다시 아래로 눌러 삼켰다. 라이칸을 지우고 그 위로 루프스의 가면을 썼다.

⚜

유채는 잠이 오지 않아서 방에서 뒤척이다가 밖으로 나왔다. 머릿속이 복잡했다. 전쟁이 일어났다는 얘기에 초조해졌다. 다시 전쟁이 일어날 경우 어떻게 될 것인지 셀레네가 경고를 했었다.

"여어. 잠이 안 오나 보지."

유채는 카넬리안의 목소리에 뒤를 돌았다.

"히익."

카넬리안의 빨간 눈이 어둠속에서 형형히 빛났다. 공포 영화의 한 장면 같아서 놀라는 유채의 앞으로 한 걸음 나온 카넬리안은 흥, 콧방귀를 뀌고는 그녀를 지나쳤다.

"따라와 봐."

카넬리안은 유채를 데리고 부엌으로 갔다. 카넬리안이 등을 켜자 식탁 주위가 환해졌다.

"따뜻한 우유라도 줄까?"

"예? 괜찮아요."

유채는 거절했지만 카넬리안은 그녀의 앞에 따뜻하게 데운 우유를 내주었다. 유채는 멋쩍은 듯 웃으며 우유 잔을 손으로 감싸 쥐었다. 따뜻한 온기가 소란스럽던 마음을 편하게 만들어주는 듯했다.

카넬리안은 턱을 비스듬히 기대고 유채를 보았다.

"네가 뭘 했기에 루프스를 저렇게 바꾸어놓을 수 있었는지 궁금했는데, 생각보다 평범한 소녀네. 뭐, 정확히 말하면 '평범한' 소녀는 아니지만. 보기 드문 엄청난 미녀야."

유채는 카넬리안의 말에 겸연쩍어졌다. 카넬리안은 칭찬이라고 덧붙인 뒤에 다리를 꼬았다.

"루프스가 왜 잔혹하다고 불리는지 이유를 아니?"

"아니요. 몰라요. 관심도 없었고요."

"루프스는 딴 건 몰라도 병사들이 점령지에서 저지르는 범죄에 대한 처벌은 확실하게 내린 편이야. 약탈이라든지, 겁탈이라든지 용서하지 않았어. 그중에서도 겁탈은 바로 즉결 처분을 할 정도로 싫어했지. 얼마나 고위 수인이건 겁탈만큼은 그가 직접 나서서 바로 처분했어. 그 점이 수인들의 지지를 받았지. 베니니타스 사후 다시 루프스의 지배를 받는 것을 많은 수인들이 용인한 이유야. 그가 왜 그랬는지 이유를 아니?"

카넬리안은 또 다른 것을 물었다. 유채는 그 이유를 알고 있었지만, 이건 아무리 그가 밉다고 해도 제가 말할 수 없는 사안이었다.

"……몰라요."

카넬리안은 유채가 거짓말을 하고 있음을 알아챘지만 그냥 고개를 끄덕였다.

"하나만 물어도 되니?"

"예? 뭔데요?"

"네가 겪은 일의 일부는 블루벨을 통해서 들었단다. 또 개인적인 정보망으로도 들은 것도 있고."

"뭐, 비밀도 아닌걸요. 뭐가 궁금하신데요?"

카넬리안이 손톱으로 책상을 톡톡 건드렸다.

"루프스는 너에게 푹 빠져 있는 상태가 분명해. 정치적으로 불리한 상황임에도 너를 지키기 위해 기꺼이 감수한 것이 많거든. 예를 들어 헥터를 제거한 것, 그를 공격하고 도망간 너를 용서한 것, 너를 죽이라는 여론에도 너를 끝까지 지키겠다고 고집한 것, 그것들을 고려하면. 루프스가 너에게 홀딱 빠졌다는 건 부정할 수 없는 사실이야. 네겐 그게 더 좋은 기회가 될 수 있었을 것 같은데, 그 기회를 날려 버린 것에 대한 이유가 궁금하네? 복수하고 싶지 않아?"

"하고 싶어요."

카넬리안이 예상한 답이 나왔다. 하지만 뒤이은 설명은 그녀가 예상한 것이 아니었다.

"하지만, 그게 내가 그 사람을 죽일 수 있는 권리를 갖는 것은 아니에요."

유채는 쓸쓸한 미소를 지었다.

"피해자는 언제나 억울하죠. 하지만 그래도 난 내가 아무리 억울하다고 해도 그것을 권리로 다른 이들을 죽이는 것은 옳지 않다고 생각해요. 그리고 복수를 위해 내 손에 피를 묻히고 싶지도 않고요. 그러니까, 이게 내 최선이에요. 난 그 사람을 용서하지 않았어요. 그렇지만, 난 돌아가서 최선을 다해서 열심히 살아갈 거예요. 그게 내 방식이에요."

"풋. 그래서 루프스가 널 좋아한 모양이구나."

카넬리안은 유채가 블랑카를 닮았다고 생각했다. 블루벨이 꽤 괜찮은 친구를 사귄 것 같아 마음이 놓였다.

"네가 어찌 생각할 것인지는 모르지만, 루프스는 너를 사랑하는 것이 맞단다. 그는 너로 인해 바뀌었다."

로보가 블랑카로 인해 변했던 것처럼 그도 유채를 만나고 다른 수인이 되었다.

"라이칸은 루프스가 된 뒤에 딱 두 가지를 확실하게 지켰지. 명령 불복으로 인한 처벌, 벨라토르 파견을 통한 일족의 자치권 약화. 이 두 가지는 루프스의 잔혹성을 보여주는 예시란다. 하지만 그 외에는 각 일족들의 일에 신경을 쓰지 않았어."

카넬리안은 루프스에 대해 알고 있는 것들을 설명해 주었다.

"그랬던 그가 요새 이상한 일을 하기 시작했어. 인신매매단을 단속하고 관련된 자들을 모두 처벌했지. 그들 중 일부가 꽤나 고위 서열의 수인인지라 반발이 많았지만, 루프스는 각 일족 내에서 처벌이 힘든 그들을 본인이 직접 처벌하고, 피해자들을 구해 내고 그들에게 보상을 했어. 동물화를 겪는 수인들을 지원하기도 했고. 뱀 수인 일족에게 치료를 받는 데 필요한 비용을 모두 부담하는 식으로. 빈민을 구제하려고도 하고 마레 위르와 수인간의 화합의 분위기를 만들고 저로 인해 피해를 입은 이들에게 보상을 하기 위해서 그들의 유족을 찾고 있기도 해."

"……그게 저랑 무슨 상관이라는 건가요?"

"아가씨를 사랑하기에 루프스는 변하기로 한 거야. 제 잘못을 직시하고 바로잡기 시작했다는 것이야. 사죄하기 위해서."

"그래서 제가 그를 용서해야 한다고요? 그래요, 그 인간이 나를 사랑한다고 쳐요. 하지만 내가 그 사랑까지 책임질 필요는 없잖아요. 그리고 확실히 말하는데, 그는 나를 사랑하지 않아요. 내게 집착할 뿐이지."

"아. 내가 말을 잘못 한 것 같구나. 내 말은 이거란다. 루프스가 너를 좋아하는 것이 확실하니 뜯어먹을 것이 있으면 열심히 뜯어먹으란 거야."

"예?"

"이대로 당하고만 가면 억울하잖아? 루프스는 네가 원한다면 뭐든 다 해줄 거야. 그러니, 이왕이면 네 성에 찰 때까지 다 풀고 가란 소리야. 그놈은 그래도 싸."

유채는 카넬리안의 말에 웃음을 터뜨렸다.

"아무리 루프스가 미워도 한 가지는 기억해 둬. 늑대 일족은 사랑에 죽고 사랑에 사는 일족이야. 아가씨에게 제 목숨쯤은 기꺼이 바칠 수 있단 말이지."

카넬리안이 진지한 얼굴로 말했다.

"그 애는 나를 모르겠지만, 난 그 애를 알거든. 나도 우리 블루벨 때문에 그 애가 곱게 보이지는 않지만, 그래도 블랑카의 아들이니까 이렇게라도 말하는 거야. 난 블랑카와 친했었거든. 나는 마레 위르의 피가 좀 섞였고, 블랑카는 늑대와 개 사이의 혼혈. 또 결론적으론 그 애가 고아가 되게 만드는 데 내가 일조한 셈이라 약간 죄책감도 있고 해서 말이야."

카넬리안의 어머니는 마레 위르와 토끼 수인의 혼혈로 태어났고 아버지 역시 마찬가지였다. 카넬리안은 그것으로 온갖 따돌림을 받았다. 그때 그녀에게 구세주가 되어주었던 것이 블랑카였다.

"루프스의 진심이 싫다면 확실하게 거절을 해. 그 마음을 부정하지 말고. 가장 질 나쁜 짓이 불분명한 표현으로 희망을 주는 거야. 그러니, 루프스가 진심으로 부딪쳐 오면 그때는 거절을 해. 목숨 값 빚진 것 털어낸다 치고 분명하게 답을 해줘."

"옛 친구인 블랑카를 위한 배려인가요?"

"그럴 수도 있지. 편할 대로 생각해도 돼. 나는 네가 어떤 결정을 하든 지지할 생각이란다. 그 애를 가지고 놀든, 그 애를 죽이든 말이야. 나는 네가 꽤 마음에 들었거든. 그리고 루프스에게 뭔갈 뜯어낸다면 나한테도 조금 던져 주련? 요즘 저 식충이 까마귀 놈들을 데리고 사느라 생활비가 부족해서 말이야."

"예. 그럴게요. 어려운 일 텐데도 저를 도와주겠다 하셨는데 저도 그 정도는 해드려야죠."

"블루벨이 이렇게 복덩이가 될 줄은 몰랐네, 이럴 줄 알았으면 쌍둥이로 낳을 걸 그랬어."

유채는 박장대소했다. 카넬리안은 블랑카가 살아 있었더라면 유채를 며느릿감으로 찍고 수단과 방법을 가리지 않았을 것이라는 생각이 들었다.

"아가씨. 걱정하지 마. 내가 작전을 짜는 데 조금 오래 걸려도 한번 짜면 제대로 짜니까. 걱정할 필요 없어."

"감사합니다."

카넬리안은 예전 울피누스 호무스에 침입했던 때의 기억을 되살렸다. 시간이 넉넉했으면 여유 있게 작전을 짜고 제이, 제삼의 대안도 만들고 밑작업도 했을 텐데 지금은 그럴 상황이 아니었다. 하지만 그럼에도 그녀는 자신이 있었다. 카넬리안은 자신의 실력을 믿었다.

"들어가서 쉬어. 괜한 데 신경 쓰느라 체력 소모, 정신 소모하지 말고. 그래봤자 도움될 거 하나도 없어."

"감사합니다, 카넬리안……."

유채가 존칭을 무어라 붙여야 하나 고민하면서 말을 늘이자 카넬리안이 박장대소하며 답했다.

"언니라고 불러. 씨는 딱딱하고 아줌마는 너무 나이 들어 보이니까. 나이 들면 이런 것도 예민해진다니까."

"예, 카넬리안 언니."

유채는 킥킥 웃었다. 카넬리안은 꽤 재미있는 사람이었다. 그녀의 도움이라면 무사히 울피누스 호무스에 갈 수 있을 것 같아 안심이 되었다.

카넬리안의 집에 머문 지 거의 일주일이 다 되던 참이었다. 카넬리안은 작전을 세우는 것을 끝냈는지 유채를 불렀다. 유채는 요즘 들어 울적해 보이는 블루벨의 기분을 풀어주기 위해서 노력하고 있었지만, 블루벨은 여전히 우울해하였다. 기분 탓인지 모르겠지만 블루벨이 자꾸만 저를 피하는 것 같기도 했다.

"유채 양. 누님이 불러."

피터가 어깨를 두드리며 하는 말에 유채는 알겠다고 고개를 끄덕이고 자리에서 일어났다. 블루벨은 안 보고 있는 척을 하더니 유채가 방을 나가자마자 그녀의 뒤를 쫓았다.

"유채, 앉아."

카넬리안은 식탁에 커다란 종이를 펴놓고 있었다. 블루벨도 자연스럽게 그 사이로 끼어들었다.

카넬리안이 보여주는 것은 울피누스 호무스 수장고의 지도였다. 유채는 눈을 크게 떴다.

"유채, 네 능력이 뭔지는 확실히 이해했어. 이건 내가 기억하는 대로 그린 지도라 정확하지 않아. 그러니 이 지도를 완전히 믿고 움직였다가는 오히려 위험해질 수 있단 말이야. 그러니까 울피누스 호무스 궁 근처로 이동하고 수장고까지는 직접 움직여야 해."

카넬리안은 수장고 안으로 바로 들어갈 수 있기를 바라던 유채의 기대를 냉정하게 저버렸다. 카넬리안은 지도를 반으로 나누는 듯한 손짓을 했다.

"가능성이 높은 곳은 유채 네가 맡고, 그 외는 내가 할 거야."

"괜찮으시겠어요?"

"괜찮아. 내가 너보다 발도 빠르고, 혹시나 헤르티아에게 들켜도 대처할 수 있어."

"정말요?"

"유채님, 우리 엄마 말 믿으면 안 돼요. 허풍이 반…… 아앗!"

카넬리안이 블루벨의 머리를 콩 때렸다. 블루벨이 도끼눈을 하고선 대들려고 했지만 카넬리안은 신경도 쓰지 않았다. 너무나 평범한 모녀관계에 유채는 속으로 웃음을 삼켰다.

"내가 알고 있는 비밀통로가 있어. 궁을 증축하면서 폐쇄한 곳인데, 수장고와 연결된 길이 남아 있거든. 졸지에 비밀통로가 생긴 셈이지. 그곳으로 들어가면 돼."

"그럼, 그 앞까지는 권능으로 이동하면 되는 건가요?"

"그래. 덕분에 작전 짜기가 쉬워졌어."

카넬리안은 수장고에 들어가면 어떻게 해야 하는지 설명을 했다. 유채는 영화 같은 장면을 상상하고 있었지만 현실은 영화와 달랐다. 비밀 통로로 들어간 후 카넬리안의 뒤만 잘 따라가면 되는 것이었다.

유채는 괜히 실망해서는 입술을 삐죽였다. 카넬리안은 유채의 마음을 안 것인지 설명을 하다가 품 하고 웃었다.

"이봐, 아가씨. 이게 엄청나게 긴장감 넘치는 일일 줄 알았어?"

"아니요, 그건 아니고……. 그냥, 좀 심심하다고 해야 하나요? 그런 것 같아요."

"원래 복잡할수록 좋지 않은 작전이야. 그만큼 변수가 많다는 것이니, 그리고 복잡할수록 움직이기 더 힘들어질 거야."

카넬리안이 유채의 팔뚝을 주물렀다.

"근육은 있지만 몸을 움직이기 위해 개발된 근육은 아니야. 민첩함이 떨어지니 그런 것도 고려해야 하고. 달리기는 빠르지? 그거면 돼. 유채 넌 무슨 일이 생기면 그 능력으로 이곳으로 돌아오는 것만 생각해. 그럼 나머지는 내가 알아서 해."

"하지만, 그건 너무……."

"엄마, 나도 따라갈게요."

블루벨이 갑자기 유채와 카넬리안의 대화에 끼어들었다.

"얘가 미쳤나. 거기가 어디라고 따라가!"

"왜? 유채님은 되고 나는 왜 안 돼요? 나도 따라갈래요. 위험한 일이잖아요. 한 명이라도 더 따라가면 도움이 될 거예요."

"이게 지금 회전(會戰)이니? 머릿수로 승부하래? 인디키움 시험 대비할 때 내가 뭐라고 했어!"

"알아요. 근데, 엄마. 내가 인디키움에서 떨어진 건 마지막 면접 때문이었지 신체 능력 부족이라는 판정을 받은 건 아니었잖아요? 그러니까 나도 갈래요. 나도 도울래요."

"블루벨. 마음은 고맙지만, 나는 네가 더 이상 나 때문에 위험한 상황에 처하는 것은 원치 않아. 그러니까 너는 여기에 있어. 난 괜찮아."

"유채님도 절 못 믿으시는 거예요?"

블루벨의 귀가 축 늘어졌다.

"저 유채님이랑 엄마랑 하는 이야기 다 들었어요."

블루벨은 사실 유채에게 속이 적잖이 상해 있었다. 유채에게 자신은 무엇일까 하는 생각이 들었다. 자신이 신뢰를 주지 못했나 싶어 속상함과 동시에 유채는 저를 정말로 친구로 생각한 것일까 하는 의구심이 들었다.

"유채님은 저를 어떻게 생각하세요? 저를 그저……."

"난 블루벨이 안전했으면 좋겠고 행복했으면 좋겠어. 그래서 그랬던 거야. 내가 하는 일은 너무 위험해서 혹시나 일이 잘못되면 블루벨에게도 피해가 갈 테니까. 블루벨을 못 믿어서가 아니었어."

"그럼 최소한 제게 말이라도 해주실 수는 있는 거잖아요! 왜 저한테는 얘기해 주신 적 없는 걸 저희 엄마에게만……."

"블루벨, 너 사랑싸움하니? 엄마 질투해?"

카넬리안이 끼어들자 블루벨은 입을 다물었다.

"그럼 묻자. 너는 왜 처형당하게 됐는데도 엄마에게 말을 하지 않았니? 연락이 힘들어서란 말은 하지 마라. 위급할 때 호출하라고 준 건 왜 안 썼어?"

"……엄마가 위험하니까요."

"똑같은 거야. 유채도 네가 위험해지기를 바라지 않았던 거야.

너는 당연히 도와주겠다고 할 테니까. 엄마가 누누이 말했잖니. 정말 중대한 비밀은?"

"……누구에게도 말하지 않는다. 그게 가족이라고 할지라도."

블루벨은 볼멘소리로 중얼거렸다.

"거긴 루프스의 궁이야. 혹여나 누군가 엿듣고 루프스에게 알려 위험해질까 봐 입을 다물 수밖에 없었던 거야. 안 그래, 유채?"

"예. 어느 정도는요."

유채는 카넬리안의 통찰력에 크게 놀랐다. 카넬리안은 그렇게 블루벨의 불만을 정리하곤 계속해서 작전을 설명했다. 가만히 듣고 있던 블루벨이 슬쩍 말을 꺼냈다.

"엄마도 울피누스 호무스에서 찾는 게 있잖아요."

"뭐?"

"엄마가 가지고 있는 자료는 완벽한데, 한 가지가 없어요. 그때 포트리스에서 누가 그랬는지에 대한 증거, 그게 없으면 엄마가 사실을 밝힌들 오히려 공격을 받을 거예요. 엄마가 울피누스 호무스에 직접 들어가려는 거에는 그런 이유도 있잖아요."

순간 카넬리안은 대답을 못 하고 침묵했다. 유채도 그제야 다시 생각을 해보게 되었다. 카넬리안이 보여준 증거에는 플로서스가 독단적 명령을 내렸다는 것밖에는 없었다. 결국 플로서스의 독단적 명령으로 위장한 로보의 명령이라는 반론이 나올 수 있는 것이다. 유채는 헥터의 아편 공급책이 헤임달인 것을 알지만 그가 공범이라는 확실한 증거를 찾아야 했다.

"그러니까 나도 따라갈래요. 나도 가게 해줘요."

"너, 케릭스 때문에 이러는 거니?"

이번에는 블루벨이 입을 다물었다.

"수컷에 미쳐서, 진실을 감추려고 해! 그놈이 플로서스의 아들이라고 감싸주려고? 네가 정말로!"

"케릭스님은 올바른 분이세요. 플로서스님과는 달라요. 엄마는 케릭스님을 보신 적이 없잖아요. 그분은 잘못을 아시면 그것을 바로잡기 위해서 노력하는 분이에요."

"그래서 네가 따라가서 뭘 하려고?"

"제가 유채님을 지키면서 엄마가 하려던 역할을 할 테니까, 그 사이에 엄마는 그 서류를 찾으세요. 그리고 그 사본을 제게 주세요. 제가 케릭스님을 통해서 플로서스님의 자백을 받아낼게요. 그게 가장 효과적이에요. 지금 이 내전을 막기 위해서는 헤르티아님이 먼저 원한을 풀어야 하고, 그렇게 하기 위해서는 플로서스님의 자백이 필요해요. 케릭스님은 제가 설득할게요."

"너 왜."

"전쟁이 길어지면 스티폴로르가 더 빠르게 멸망한다면서요. 저도 그건 싫어요. 제게는 수많은 추억이 있는 곳이고 저와 같은 이들이 살아가는 곳이고 수많은 마레 위르들이 대륙의 전쟁을 피해서 안식을 찾은 곳이에요. 그러니까 따라가서 돕게 해주세요."

"안 돼. 안 되는 건 안 되는 거야."

"왜요!"

"너, 누굴 죽일 수 있니? 그럴 각오가 되어 있어?"

그 말에 블루벨은 입을 꾹 다물었다. 카넬리안은 거보란 듯이 코웃음을 쳤다.

"거 봐. 넌 그냥 여기 있어라."

"유채님은요!"

"누군가를 죽이지 않고 안전하게 피신할 능력을 가진 애와 너는 다르지."

블루벨은 더 이상 엄마를 설득할 수 없다고 여겼는지 유채에게 간절한 시선을 보냈다. 하지만 유채도 블루벨이 걱정이라 그녀를 외면할 수밖에 없었다. 블루벨은 안전한 곳에 있기를 바랐다.

"블루벨, 미안해."

"유채님, 나빠요!"

블루벨은 자리에서 벌떡 일어나서 쿵쾅거리며 위층으로 올라갔다. 늘어지게 한숨을 쉰 카넬리안이 유채에게 씁쓸한 미소를 지어 보였다.

"나도 위선자지? 옳은 일을 하겠다는데 내 딸이라는 이유로 막고 있는 거잖아. 정작 관련 없는 너는 더한 위험에 몰아넣고."

"엄마시잖아요. 제 엄마라도 그러셨을 거예요."

"넌 정말 착한 아이구나."

유채는 그저 씁쓸하게 웃기만 했다. 카넬리안은 팔을 길게 늘이면서 탁자에 엎어졌다.

"나는 블루벨에게 인디키움 시험을 권하면서 동시에 그 애가 시험에서 떨어지기를 원했어. 내가 몸담았던 더러운 세상을 내 딸은 알지 않기를 원했어."

카넬리안이 좋아했던 남편은 그런 수인이었다. 순박한 시골 청년. 카넬리안은 작은 개미 한 마리도 배려하던 그가 좋았다. 아무것도 가진 것 없이 약해빠진 시골 청년과 사랑에 빠진 것은 그가 자신이 잃어버린 순수를 가지고 있기 때문이었다. 그와 함께라면 제가 저질렀던 잘못에 언젠가는 모두 용서를 구할 용기를 얻을 수 있을 것 같았다.

"트레모르의 의심을 피하기 위해서 일부러 보낸 것도 있지만, 그래도 내 딸은 인디키움에 속하지 않기를 원했어. 나사가 빠졌네, 어쨌네 해도 나는 그런 블루벨이 내 딸인 게 좋았던 거야."

유채는 딸에 대한 걱정으로 고뇌하는 카넬리안의 손을 잡았다.

"알아요. 블루벨도 알 거예요."

카넬리안은 작게 웃었다. 왜 루프스가 저 아이를 좋아하는지, 블루벨이 저 아이를 저렇게 따르는지 이유를 알 것 같았다.

"루, 누나는 뭐해?"

카넬리안은 장비를 챙기면서 막내아들 루에게 물었다. 루는 형 곁 인형을 껴안고 고개를 절레절레 흔들었다.

"누난 엄마한테 삐쳤다고 자겠대요. 자고 있어요."

"그래, 알았어. 푹 자고 쉬라고 해."

"엄마는 언제 돌아오는 거야?"

루가 칭얼대면서 물었다. 카넬리안은 루의 볼을 길게 잡아 늘이면서 대답했다.

"금방 돌아올게. 그러니까 아저씨들 말 잘 듣고 있어. 알았지?"

"피. 알았어요. 첫째 형도 곧 온다고 했으니까. 형 말도 잘 듣고 엄마 기다릴게요."

"아이구. 우리 아들 기특해라."

카넬리안이 루를 꼭 끌어안고 부드러운 뒷머리를 쓰다듬었다. 루에 볼에 자신의 볼을 비비던 카넬리안이 아들을 똑바로 마주보았다.

"엄마 금방 돌아올 테니까 의젓하게 기다려야 해. 약속."

"알았어. 약속."

카넬리안은 새끼손가락을 걸고 루와 약속했다. 카넬리안 나름의 다짐이었다.

집 밖으로 나오니 유채가 기다리고 있었다.

"먼저 나와 있었네. 옷은 잘 맞니?"

"예. 편해요."

유채는 늘어진 상의를 꼭 여몄다. 나름 전투복이라 움직이기에도 편했다.

카넬리안은 유채의 머리에 꽂힌 머리 장식을 빼내 그녀의 머리카락을 다시 잡아 흘러내리지 않게 고정시켜 주었다.

"얼굴은 왜 찡그리고 있어?"

"가방이 조금 무거운 것 같아서요."

"기분 탓이야. 긴장하니까 사소한 것에도 위화감이 드는 거야. 걱정 안 해도 돼. 많이 무거우면 내가 들어줄까?"

"아니요, 괜찮아요. 들 만해요."

모든 준비를 끝낸 후 유채는 카넬리안이 일러준 장소를 떠올리며 공간을 찢었다. 카넬리안은 처음 보는 광경에 신기해하면서 겁도 없이 먼저 틈으로 들어갔다. 유채도 뒤이어서 틈을 통과했다.

공간을 넘어오자마자 울피누스 호무스의 궁이 보였다. 카넬리안은 유채를 뒤에 남겨두고 손으로 돌 벽을 더듬었다. 그녀는 곧 자신이 말했던 그 비밀 통로를 찾아냈다.

"이쪽이야."

카넬리안이 먼저 안으로 들어가고 유채는 주위를 살핀 후 그녀의 뒤를 따랐다. 어두운 폐광 같은 길이었다. 천장이 낮은 탓에 네 발로 기면서 유채는 여기에 갇혀 죽는 것이 아닌가 하는 생각에 덜덜 떨었다. 한 곳에서 멈춰선 카넬리안이 위쪽을 주먹으로 두드리더니 벽돌 몇 개를 움직였다. 돌이 치워진 사이로 빛이 스며들었다. 카넬리안은 자신이 먼저 밖으로 나간 뒤에 유채를 끌어올려 주었다.

"수장고다."

유채는 주위를 둘러보았다. 깔끔하게 정리되어 있던 소니페스 호무스의 수장고와는 다르게 이곳은 해리포터에 나오는 소원의 방처럼 온갖 잡동사니가 한꺼번에 아무렇지 않게 처박혀 있는 듯했다. 카넬리안은 제 기억을 토대로 만든 지도를 펼쳤다. 그리고 유채가 가야 할 길을 일러주고 지도를 넘겼다.

"받아."

카넬리안은 나뭇잎처럼 생긴, 붉은빛의 천 조각을 유채에게 주었다.

"뭔가요?"

"비상 연락용. 이걸 찢으면 나는 네가 위험한 상황에 놓인 것이라 판단하고 네가 도망갈 수 있도록 퇴로를 뚫어줄 거야. 그러니 위험하다 싶으면 바로 찢어. 알았어?"

"예, 그럴게요."

"자, 그럼 시작해 보자."

유채와 카넬리안은 반대쪽으로 갈라졌다. 유채는 바쁘게 움직였다. 카넬리안과 얘기한 대로 경비원들이 순찰을 돌지 않는 짧은 시간 안에 모든 것을 끝내야 했다. 정신없이 물품들을 뒤지고 있던 중 유채는 무슨 소리가 들리는 것 같아 멈칫거렸다. 누군가의 인기척이 들리자 유채는 긴장한 채로 뒤로 돌았다.

"꺄악!"

유채는 자신을 덮치려는 공격을 몸을 굴러서 피했다. 잔뜩 쌓여 있던 물건들이 쏟아지자 와장창 소리가 났다. 유채는 제 눈을 의심했다. 저를 공격한 것은 전에도 본 적 있는 수인, 볼프였다. 카넬리안에게 듣기로 헤르티아의 곁을 지키는 고위 수인이라고 하였는데 그가 왜 여기에 있는 것인지 이해가 되지 않았다.

"헉!"

얼른 몸을 일으킨 유채는 루프스가 알려준 대로 그의 급소를 차고 발을 밟았다. 제가 그를 이길 수 없다는 것을 아는 유채가 카넬리안이 준 천 조각을 찢기 위해서 다급하게 주머니를 뒤지는데 그사이 볼프가 다시 공격해 왔다.

유채는 볼프의 공격을 피하고 뛰었다. 마법을 쓰려고 하더라도 적당히 떨어진 공간이 필요했다. 유채는 죽을힘을 다해서 달렸다. 뒤에서 쫓아오는 소리가 들리지 않자 유채는 아슬아슬하게 세워진 물건들 뒤에 숨어 숨을 골랐다.

"헉. 헉. 이제 다 따돌린 건가?"

"따돌리기는. 내 명령을 충실히 수행해 주어서 너를 이곳까지 몰아왔는데 말이야."

유채는 식은땀을 흘리며 뒷걸음질을 쳤다. 하지만 제 뒤를 막아버린 여우 수인에 다시 걸음을 앞으로 옮겼다. 여우 수인들이 유채의 주위를 포위했다. 맨 앞에 헤르티아가 있었다. 유채는 그제야 제가 속았다는 것을 깨달았다. 헤르티아는 이미 만반의 준비를 하고 있었던 것이다.

"정말 생각한 만큼 멍청하구나. 내 말에 그렇게 쉽게 속다니."

유채는 정신이 번쩍 들었다.

"이제야 알았니? 그건 나도 못 찾았어. 우리 오빠가 그렇게 찾아 헤맨 라일라 언니의 목걸이는 나도 못 찾았어. 늑대 놈들이 가지고 있겠지.”

“그 일은…… 로보가 시킨 일이 아니에요! 라일라를 죽인 건 란텔이라는 늑대 수인이라고요! 그는 지금 벨라토르예요!”

유채는 헤르티아를 설득해 보려 했다. 그녀만 설득할 수 있다면 일이 더 쉬워질 터였다.

“살아보려고 발악을 하는구나. 걱정 마라. 죽이지는 않으마. 하지만 너를 곱게 대해주겠다는 약속은 못 하겠구나.”

“사실이에요!”

유채의 뒤에 있던 수인이 그녀의 팔을 잡아챘다. 유채는 루프스가 알려준 호신술로 침착하게 대응했다. 여우 수인은 유채를 얕잡아 보고 있었기 때문에 그녀의 허술한 호신술에도 그대로 당하고 말았다. 유채는 이때다 싶어 급하게 마법을 시전했다.

“Beatitas.”

엄청난 화염이 주위를 뒤덮었다. 회오리 모양의 화염이 수인들을 쓸어버릴 기세로 몰아쳤다. 유채는 수인들이 당황한 틈을 타서 도망치려고 하였다. 카넬리안이 준 천 조각을 겨우 찾아 막 찢으려던 그때, 주위를 감쌌던 화염이 흔적도 없이 사라졌다.

“어디를 가느냐?”

유채는 목을 움켜쥐고 앞으로 고꾸라졌다. 숨이 쉬어지지 않았다. 유채는 꺽꺽대면서 신선한 공기를 찾기 위해서 바닥을 기었다. 헤르티아는 숨을 쉬지 못해 몸부림치는 유채의 등을 지그시 밟았다.

“마법에도 차이가 있단다. 화염 마법이라니, 좀 놀라기는 했다만 감히 내 앞에서 마법으로 상대할 생각을 하다니 가소롭구나.”

유채의 얼굴이 파랗게 질렸다. 유채는 괴로움에 몸부림쳤다.

"난 지금 네 주위의 공기를 없앴단다. 이건 꽤나 힘든 마법이야. 특정 공간만 지정해서 마법을 펼쳐야 하거든. 아무튼, 숨을 쉬지 못하면 당연히 죽겠지? 자, 이제 어떻게 해줄까?"

고통에 몸부림치던 유채가 바닥을 손톱으로 긁었다. 그러다 이내 눈을 감은 채로 몸을 축 늘어뜨렸다. 그러자 헤르티아는 곧바로 마법을 풀었다. 하지만 유채는 여전히 눈을 감은 채였다.

"죽었습니까?"

"아니. 기절한 것뿐이야. 나도 그 정도는 조절할 줄 알아."

헤르티아는 품에서 약병을 꺼내서 유채의 입안에 흘려 넣었다. 루프스에게 죽는 것보다도 못한 불행을 선사하기 위해 이 아이는 제 손에 있어야 했다.

헤르티아는 단도로 유채의 긴 머리카락을 잘라내었다. 바닥으로 후드득 떨어진 검은 머리카락을 한손에 모으고 머리 장식까지 뜯어낸 헤르티아가 레아에게 명령했다.

"지하 감옥에 가둬. 마법을 쓸 수도 있으니 입에는 마개를 채우든 재갈을 물리든 하고."

"알겠습니다."

"저, 헤르티아님."

아까 유채를 덮치려다가 반격당한 볼프가 멍든 가슴팍을 문지르면서 앞으로 나섰다. 그의 눈은 욕망으로 번들거리고 있었다. 어차피 인질로 쓸 암컷이라면 제가 손을 대도 되지 않을까 하는 기대 때문이었다. 그의 속셈을 다 알고 있는 헤르티아는 코웃음을 쳤다.

"아무리 인질이라도 그런 더러운 짓을 너희에게 시킬 것 같으냐? 명하지. 너희들 중 누구든지 이 암컷의 손끝 하나 건드렸다가는 모두 내 손에 죽을 것이다. 레아, 이놈들이 레티티아에게 접근하는 것을 막아라."

레아는 고개를 끄덕였다. 그녀의 날카로운 시선이 볼프에게 닿았다.

"알겠습니다."

볼프가 볼멘소리로 대답하곤 뒤로 물러났다.

헤르티아는 흥, 콧방귀를 뀌며 돌아섰다. 아무리 복수심에 불타도 자신만의 선은 있었다. 그녀도 유채가 아무런 죄 없는 선량한 피해자라는 것은 알고 있었다. 그런데 그런 아이를 붙잡아서 입에도 담지 못할 짓을 당하게 할 수는 없었다. 그것이 헤르티아의 자존심이고 신념이었다. 헤르티아는 말 그대로 유채를 미끼로만 이용하고 일이 끝난 후에는 포트리스로 돌려보낼 생각이었다.

헤르티아는 다른 여우 수인에게 유채의 머리카락과 머리 장식을 건네었다.

"루프스에게 보낼 선물이니 예쁘게 포장하렴."

헤르티아의 눈이 광기 어린 기쁨에 번들거렸다.

❧

루프스는 갑자기 찾아온 헤르티아의 사절에 의아해하면서 약속된 장소로 나갔다. 헤르티아의 심복인 레아가 화려하게 포장된 상자를 들고 서 있었다.

"이게 무엇인가?"

"열어보시면 알 것입니다."

루프스는 불안한 기분을 느끼며 상자를 열었다. 그리고 그대로 얼어붙었다. 상자 안에는 검은 머리카락과 나비 모양의 머리 장식이 들어 있었다. 머리카락에서는 유채의 체취가 났다. 루프스의 손이 부들부들 떨렸다.

"……이게 뭔가?"

"헤르티아님께서 전하라 하셨습니다. 루프스님의 보물을 당신이 가지고 계시다고 말입니다."

레아는 품에서 종이를 꺼냈다. 루프스의 몸이 분노로 떨렸다. 종이에는 유채가 감옥 벽에 결박된 채로 축 늘어져 있는 모습이 그려져 있었다. 그림 속 유채의 머리카락은 다시 짧아져 있었다. 루프스는 이게 거짓이나 속임수가 아니란 것을 깨달았다.

"……뭘, 원하는가?"

"루프스님!"

루크레치아가 소리쳤다. 우려하던 상황이 벌어진 것이다. 늑대 일족에게 사랑이란 독과 같은 것이었다. 아니, 제 몸을 좀먹는다는 것을 알아도 절대 포기하지 않는다는 것에 있어서는 독보다도 더 심했다. 루크레치아는 발만 동동 굴렀다. 하지만 루프스는 이미 결심을 한 것처럼 결연한 표정이었다.

"살아 있는 레티티아를 만나고 싶다면, 이것을 드시라고 하셨습니다."

레아는 품에서 작은 약병을 꺼내었다. 검붉은 액체가 약병 안에서 찰랑거렸다. 루크레치아가 루프스의 앞을 막아섰다. 그리고 레아에게 쩌렁쩌렁한 소리로 외쳤다.

"너희가 레티티아님을 죽여놓고 우리를 속이고 있는 건지 어떻게 알지? 레티티아님을 직접 보이기 전까지는 믿지 않겠다."

"그렇게 말하신다면, 헤르티아님께서 전하라고 하셨습니다. 내

원한으로 다른 이들까지 건드리기 싫어서 그간 온건하게 대해주었는데, 나를 믿지 못한다면 다음에는 레티티아의 시신을 보내겠다고, 말입니다."

"이미 죽여놓고 이러는 게 아니라는 걸 어떻게 믿지?"

"믿지 않으셔도 됩니다. 하지만 그렇게 된다면 다음에 루프스님께서 받는 것은 레티티아의 시신일 겁니다. 저희는 아쉬울 것이 없습니다. 늑대 일족이 반려를 잃는 게 어떤 고통인지 모두가 아는데, 헤르티아님도 루프스님을 그런 지옥에 던져 둘 수만 있다면 죽어도 여한이 없으실 것이라고 하셨으니까요."

어차피 열쇠를 쥐고 있는 것은 여우 일족이었다. 루프스는 이미 이성이 날아간 상태였다. 그는 유채의 모습이 투영된 종이와 머리카락이 담긴 상자를 바라보았다. 루프스는 루크레치아를 밀쳐내고 레아에게서 약병을 낚아챘다.

"루프스님!"

루프스는 망설이지 않고 약을 마셨다. 목이 타는 듯한 고통이 찾아왔다. 독약은 아닐 것이다. 헤르티아가 저를 그렇게 쉽게 죽이려고 들지는 않을 것이었다.

"우욱!"

루프스는 피를 토했다. 검붉은 피를 왈칵 쏟아내고 그는 숨을 몰아쉬었다. 루프스는 목구멍이 타는 듯한 고통을 억누르고 흉흉한 기색으로 레아의 목을 움켜쥐었다.

"커억! 루, 루, 루프…… 스, 님……."

"가서 네 주인에게 전해라."

번들거리는 청회색 눈동자와 부들부들 떨리는 손이 그의 분노를 대변하였다. 루프스는 당장이라도 레아를 찢어서 죽여 버리고 싶었다. 하지만 그랬다가는 유채가 죽을 수도 있다. 루프스는 당장이라도 터져 버릴 것 같은 분노를 최대한 억제했다.

"만일, 레티티아의 털끝 하나라도 이상이 생긴다면."

레아는 목을 움켜쥐는 손보다 그에게서 뿜어져 나오는 살기에 얼굴이 하얗게 질렸다. 루프스의 얼음 같은 청회색 눈동자가 불에 타고 있는 것 같았다.

"그때는 옛 정이고 뭐고 상관없이 갈기갈기 찢어서 늑대 밥으로 던져 주겠다고."

루프스는 레아를 바닥에 내동댕이쳤다.

"그, 그렇게 전하겠습니다."

레아는 목을 문지르면서 황급히 몸을 일으켜 세웠다. 루프스의 기세가 흉흉했다. 분명히 약효가 들고 있음이 분명할 것인데, 루프스는 조금의 증상도 보이지 않았다. 그에게 먹인 것은 헤르티아가 만든, 신체의 재생 능력을 약화시키는 약이었다. 헤르티아는 루프스의 몸에 재생 능력을 약화시키는 마법이 박혀 있음을 간파했다. 해당 마법이 왼팔에만 적용되는 것을 보고 그 마법이 전신에 적용될 수 있게 하는 약을 만들었다. 물론 마법의 지속시간과 효능이 반감되는 단점이 있지만, 회복능력 약화라는 이점이 더컸다. 당연히 엄청난 고통이 따를 텐데도 루프스는 피를 토한 것말고는 멀쩡해 보였다. 레아는 이곳에 더 머물렀다가는 루프스에게 죽을지도 모른다는 생각에 황급히 자리를 떴다.

루프스는 제정신을 유지하기 위해서 쥐고 있었던 주먹을 폈다. 손바닥에서 피가 배어나왔다.

"루프스님."

루크레치아가 급하게 오르페를 불러왔다.

"무슨 약을 드신 것입니까?"

"몰라. 검붉은색이었다."

루프스는 약간 느릿하게 대답했다. 목구멍에서 시작된 통증은 이제 온몸으로 퍼졌다. 루프스는 머리가 아득해지는 통증에 말도 잘 나오지 않았다. 루크레치아는 루프스를 부축해서 막사로 들어갔다.

루프스의 얼굴에서 식은땀이 주룩주룩 흘러내렸다.

"냄새는요? 무슨 냄새가 났습니까?"

"무취였다. 아무 냄새도 나지 않았어."

급하게 약을 먹었음에도 루프스는 그것의 모든 것을 기억했다. 아무런 향도 나지 않았고, 아무런 맛도 나지 않았으며 혀에 닿았을 때, 아릿한 통증이 느껴졌었다. 오르페는 루프스의 설명을 듣고 그의 옷을 헤쳤다. 왼쪽 어깨를 살피던 오르페는 잠시 고민을 하더니 루프스에게 물었다.

"혹시, 프레드릭 군이 물건을 고치는 것을 보신 적 있으십니까?"

"한 번. 유채가 가지고 있던 물건을 고치더군."

"이런!"

오르페는 이제야 루프스의 왼쪽 어깨가 왜 이 모양인지 이유를 깨달았다. 예전 아르젠인 스승이 제게 일러준 적이 있었던 것이었다. 마레 위르의 마법 중에는 시간을 조절할 수 있는 마법도 있다는 것이었다. 이따금 이런 비슷한 증세에 시달리는 수인들을 본 적이 있었다. 그때마다 어느 정도 기간이 지나면 저절로 낫기에 별것 아닌 것으로 치부했지만, 그게 아니었다. 프레드릭의 마법이, 유채가 왼쪽 어깨를 찌름으로써 그 마법이 루프스에게 심어진 것이었다. 어떤 마법인지는 모르겠으나, 확실한 것은 재생 능력을 약화시킨다는 것이었다.

"그 약은 제가 판단하기에 몸에 걸린 마법을 전신으로 퍼지게 만드는 약입니다. 주로 마법을 걸어야 하는데, 마력이 부족한 경우에 꼼수로 쓰는 경우에 속합니다."

"마법?"

루프스는 팔다리가 비틀릴 듯한 고통을 간신히 참으며 물었다.

"전에 유채 양이 찌른 단검으로 루프스님의 몸에 마법이 박힌 것 같습니다. 예전에 제 스승께서 설명하시기를 시간을 다루는 마법으로 회복을 더디게 만들 수 있다고 하셨습니다. 루프스님이 왼팔이 유독 낫지 않았던 이유도 설명이 됩니다. 루프스님의 몸에 박힌 마법이 바로 몸의 재생 시간에 영향을 미쳐서 지금 왼팔이 이 지경이 되신 것으로 보입니다."

"그게 정말입니까, 오르페?"

루크레치아가 오르페의 설명을 듣고 아연실색한 얼굴로 물었다. 루프스는 빠른 속도와 고유 속성을 능숙하게 다루는 근접전 중심의 무사였다. 그와 같은 근접전을 주로 하는 수인들은 상처를 감수하고 싸울 수밖에 없는데 오르페의 말대로라면 루프스는 싸움에서 상처를 입어도 그것이 낫지 않을 테니 절대적으로 불리해진 것이다.

"예. 그래도 다행인 것은 원래 들어 있던 마법을 넓게 퍼지게 만들었으니 강도가 약할 것이라는 것과, 마법의 지속 시간이 짧아진다는 것입니다. 프레드릭 군이 마력을 얼마나 넣어놓았는지는 모르나 몸 전체에 퍼진다면, 이제 마법의 지속시간은 5분의 1가량으로 줄어들 가능성이 큽니다."

"이게 좋은 건가요? 나쁜 건가요?"

"상황이 좋지는 않지만, 그렇게 절망적인 것도 아닙니다. 일단 원인을 알았으니 치료를 해야지요. 약 제조에 필요한 약초가 좀 구하기 힘들긴 합니다만, 해보겠습니다."

"됐다. 결국 지금 당장은 어떻게 할 방법이 없다는 것 아닌가?"

"예. 지금 당장은 방법이 없습니다."

"하는 수 없군. 이제 그만 나가라. 머리가 울려서 골치가 아프군."

루프스는 잠깐 사이에 땀으로 범벅이 되었다. 오르페는 루프스에게 이거라도 먹으라며 진통제를 건네주고 버티고 있으려고 하는 루크레치아를 끌고 막사를 나갔다. 루프스는 그제야 신음소리를 흘리며 괴로운 기색을 보였다. 손 하나 까딱하기 힘들 정도로 온몸이 아팠다. 약이 온전히 다 퍼지게 되면 더 이상의 고통은 없을 거라고 했다. 그 말대로 잠시 후 고통이 잦아들자 루프스는 얼굴을 두 손에 묻었다.

이게 벌인가 싶었다. 유채가 제 어깨에 검을 찔러 넣을 때에는 그녀가 가장 힘들어했을 무렵이었다. 그래, 그때의 벌을 모두 받는 것이었다. 이게 유채가 주는 벌이었다. 이것으로 유채가 편해질 수 있다면 얼마든지 받아줄 수 있었다.

"……미안하다."

지금 몸의 고통보다도, 앞으로 전투에서 불리해지는 것보다도, 그는 유채가 그동안 겪었던 고통이 더 중요했다. 루프스는 유채에게 미안하다고 중얼거렸다. 제 죄에 대한 벌은 받으면 그만이었다.

루프스는 유채에 대한 걱정으로 마음을 놓지 못했다. 헤르티아는 저를 마음대로 하기 위해서라도 유채를 죽이지는 않을 것이다. 그가 걱정되는 것은 헤르티아 아래에 있는 다른 수인들이었다. 유채를 구하기 위해서 헤르티아가 짜놓은 연극의 무대에 올라가야 했다. 극이 어떻게 끝날지는 모르겠지만 무대에 올라가야만 유채를 구하고 이 전쟁도 끝낼 수 있을 터였다.

루프스는 쓰게 웃었다.

"네가 주는 벌이라 생각하고 달게 받으마, 네 눈에는 내가 이기적으로 보일지라도……."

루프스는 저릿저릿한 통증을 무시한 채 주먹을 말아 쥐었다.

"나는 너를 구해야겠다."

✤

헤르티아는 전황을 듣고 소리 높여서 웃었다. 루프스의 움직임이 둔해졌고 몸에 상처가 많이 보인다는 보고에 헤르티아는 제가 만든 약이 효과가 있었음에 통쾌해했다. 그녀는 모든 것이 제 예상대로 되어가는 것에 기쁘게 웃었다. 슬슬 제가 나서야 할 차례였다.

본래 루프스와 헤르티아의 전력 차는 둘이 맞부딪친다 한들 그녀의 마법이 루프스를 막지 못하는 수준이었다. 그러니 둘이 대등하게 붙기 위해서는, 루프스가 약해져야 했다. 헤르티아가 그를 누르기 위해서.

헤르티아는 왕의 자리를 원했다. 울페스가 수인들의 왕이 되기를 바랐다. 그것이 로보에 대한 다른 방식에 대한 복수이며, 지배에 집착하는 루프스를 향한 최고의 복수가 될 것이 자명했다. 헤르티아는 루프스를 죽일 생각이 없었다. 사지를 자르고 지하 감옥에 가두어 세상에서 가장 비참하게 살게 만들 것이다.

헤르티아는 루프스가 불행해지길 바랐다. 그러니 그가 죽음으로 도망치기는 원치 않았다.

"레아, 란텔은 어디 있나?"

헤르티아는 전쟁을 시작할 때부터 울피누스 호무스에 있던 벨라토르들은 모두 포로로 잡아두었다. 란텔은 저와 협력한 이였기에 그를 이중첩자로 쓰기 위해서 그를 찾았다. 문득 헤르티아는 유채가 란텔의 이름을 언급한 것을 떠올렸다.

"시카리우스의 추적을 피해 몸을 숨겼습니다. 금방 연락을 드리겠다고 말을 남겼습니다."

헤르티아는 유채가 했던 말이 계속 머릿속에 남았다. 아무리 루프스가 레티아라를 아꼈다고 할지라도 벨라토르의 배치 같은 기밀정보를 알려줄 리가 없었다. 그런데 어떻게 란텔의 이름을 알았지?

헤르티아는 곰곰이 생각을 하다가 이내 머리를 저었다. 살아보려고 발악을 하다가 아무 말이나 지껄일 것일 확률이 높았다. 란텔의 이름은 이곳에 들어오다가 들었을 수도 있었다. 벨라토르인 란텔의 이름은 울피누스 호무스에서 유명했으니 어쩌면 당연한 일이었다.

헤르티아는 자리에서 일어났다. 지금은 다른 일에 신경을 쓸 때가 아니었다.

"이제 출발하지. 루프스를 잡으러 말이야."

헤르티아는 우아한 웃음을 지으며 빛나는 미래를 꿈꿨다.

❧

"크흑!"

루프스는 고통에 몸을 들썩였다. 상처가 낫질 않자 오르페는 결국 그의 상처를 불로 지지는 방법으로 봉합하기로 결정하였다. 혹시라도 혀를 깨물 것을 대비했는데도 신음이 새어 나왔다. 달군 인두로 상처를 지지자 루프스는 생살이 타는 고통을 참기 위해서 주먹을 움켜쥐었다.

"헉. 허어억."

처치가 끝나자 루프스는 입에 물고 있던 천을 빼고 숨을 몰아쉬었다. 화끈한 고통에 머리가 아득해질 지경이었다. 오르페는 소독과 다른 조치를 취하였다.

"……물러가도 좋다."

오르페는 루프스가 정상적으로 말하기 위해 모든 힘을 쥐어짜내고 있는 것을 알아차렸다. 지금 그의 몸 상태는 누더기라 불러도 과언이 아닐 정도로 심각했다. 다른 수인들이라면 이미 죽어도 백번은 죽었을 상황을, 루프스는 인내하고 극복하고 승리하고 있었다. 전쟁에서 강자 한 명이 어떤 역할을 하는지 잘 알기에 루프스는 아파도 아프다 말하지 않고 혼자 감내했다. 오르페는 그 어떤 말도 루프스를 위로할 수 없음을 알았다.

"나가보겠습니다. 쉬시지요."

루프스는 오르페가 나가자마자 침대에 기절하듯이 쓰러졌다. 루프스는 고통에 몸을 웅크렸다. 그는 유채의 머리카락과 머리 장식이 든 상자를 품에 안고 있었다. 루프스는 상자를 열어 약간 마른 유채의 머리카락을 손에 모아 쥐고 코에 가져갔다. 유채의 향이 났다.

몸이 아픈 것보다 괴로운 것은 곁에 유채가 없다는 사실이었다. 그는 머리카락에 묻어 있는 향으로 스스로를 진정시키고 고통을 잊었다. 이 향을 맡을 때면 유채가 제 곁에 있는 것만 같았다.

"……힘들어."

루프스는 눈을 감았다. 몸이 망가지는 것도, 지금 겪고 있는 상황도, 유채의 목숨이 위협받고 있다는 사실까지도 모두 두려웠다.

"……너에게 투정부려서 미안하다."

루프스는 고개를 저었다. 저는 유채에게 위로해 달라 조를 수 있는 자격이 없었다. 그는 유채가 마치 앞에 있는 것처럼 중얼거렸다. 그렇지 않고는 견뎌낼 자신이 없었다. 집착 같고 변태 같지만 유채의 머리카락 한 올도 흘리기 싫었기에 그는 조심스럽게 상자를 다시 닫았다. 상자 위로 그의 눈물이 떨어졌다.

지친 몸과 약해진 마음은 눈물도 쉽게 보이게 했다. 루프스는 목에서 끓어오르는 울음소리를 삼켰다. 헤르티아에게 찾아가 빌고 싶었다. 내가 다 잘못했으니 나를 죽이든지 말든지 마음대로 하고 유채는 보내달라고 빌고 싶었다. 유채만 안전하게 그녀의 세상으로 보낼 수 있다면 제 남은 생은 헤르티아에게 기꺼이 맡길 수 있었다.

어릴 적부터 그의 소원은 소박했다. 가족들과 행복하게 살기. 사랑하는 암컷과 오순도순 알콩달콩 살기. 그것마저 이룰 수 없게 된 지금, 루프스는 더 작은 것을 원했다.

유채가 안전하게 돌아가기를, 유채가 그 세상에서 행복하기를,

마지막에 잘 가라고, 고마웠고, 정말로 제가 미안했다고 인사를
할 수 있기를.

✤

  유채는 자신이 벽에 결박되어 있다는 것은 알았지만, 얼마나
오래 시간이 지났는지는 판단할 수가 없었다. 몸에 아무런 힘이
들어가질 않고 아래로 축 처지기만 했다. 대처할 방안을 생각해
야 하는데, 머리도 멍해서 아무 생각도 할 수 없었다.
  [유채님!]
  머릿속에 블루벨의 목소리가 울렸다. 유채는 힘이 들어가지 않
는 고개를 억지로 돌렸다. 흐릿한 시야에 작은 하얀색 토끼가 보
였다. 토끼는 금세 수인 여자아이가 되었다. 하얀 토끼 귀를 단
자그마한 체구의 소녀는 열쇠로 철창의 문을 열고 안으로 들어왔
다. 토끼 소녀, 블루벨은 유채에 입에서 재갈을 풀고 그녀의 입술
을 벌려서 입안으로 액체를 흘려보내 주었다.
  "늦게 와서 죄송해요. 헤르티아님 몰래 작전을 다시 세우느라
오래 걸렸어요."
  헤르티아가 유채에게 먹인 약은 일족의 독이었다. 신경독으로
유채의 몸을 마비시킨 것이었다. 치사량은 아니지만 오래 노출되
면 위험한 것이 당연했다. 정신을 잃고 있는 동안 몇 번이나 강제
로 복용당했던 유채의 입술은 보랏빛으로 변해 있었다.
  "해독제를 드셨으니 이제 괜찮을 거예요."
  "……조금."
  유채는 정신이 맑아지는 것 같았다. 그리고 그제야 블루벨이

어떻게 이곳에 있는지가 궁금했다.

"엄마랑 유채님 둘 다 절 안 데려간다고 하셨으니까…… 작게 변해서 몰래 가방 안에 숨어 있었어요."

블루벨은 따라가겠다는 말을 거절당하자 그때부터 어떻게 하면 둘을 몰래 따라갈 수 있을까 고민을 시작했다. 그리고 과자로 막냇동생을 끌어들였다. 카넬리안이 루의 말이라면 믿을 거라는 것을 알았기 때문이었다. 그리고 그날 저녁 블루벨은 몰래 유채의 방에 들어가서 몸집을 줄이고 가방 깊숙이 자리를 잡았다. 다음 날, 유채가 가방이 무거운 것 같다고 할 때 들통이 나는 줄 알았지만 다행히 잘 넘어갈 수 있었다. 그리고 울피누스 호무스의 수장고에 도착한 뒤에 유채가 물건들을 살피는 틈에 가방에서 몰래 튀어나왔다. 유채와 카넬리안 몰래 블루벨은 바쁘게 수장고를 뛰어다녔다.

유채의 비명소리를 듣고 뛰어갔을 땐 유채는 이미 헤르티아에 의해 제압당하고 축 늘어져서 질질 끌려가고 있었다. 블루벨은 당장에 그녀를 구하려 앞으로 나서려다가 멈칫했다.

엄마의 말이 떠올랐다. 카넬리안은 언제나 싸움은 유리할 때 걸어야 한다고 했었다. 저렇게 많은 여우 수인들 사이에서 유채를 구해낼 수 있을 리가 없었다. 오히려 섣부른 개입은 여기 어딘가에 있을 카넬리안의 부담을 가중시킬 것이었다.

블루벨은 이를 물었다. 지금은 이보 전진을 위해서 일보 후퇴해야 할 때였다. 블루벨은 카넬리안에게 배운 은신을 이용해서 레아의 뒤를 쫓았다. 유채를 감옥에 가두는 것까지 확인한 블루벨은 카넬리안을 찾았다.

블루벨을 보자마자 이게 어떻게 된 일인지 알아차린 카넬리안은 화를 내려다가 지금은 그럴 때가 아니란 것을 깨닫고 속으로 화를 삭였다. 블루벨은 유채가 어떻게 되었는지 전했고, 카넬리안은 헤르티아가 유채를 속이고 붙잡기 위한 준비를 철저하게 해놓았다는 것을 깨달았다. 다행인 것은 헤르티아가 공범의 존재는 모른다는 것이었다.

카넬리안은 작전을 새로 짰다. 헤르티아가 궁을 비울 때, 블루벨에게는 유채의 구조를 맡기고 그동안 카넬리안은 대놓고 서류를 훔치면서 병사들의 시선을 돌려서 그들의 탈출을 돕겠다는 것이었다. 카넬리안과 블루벨은 숨어서 때를 살폈다. 나흘이 지나자 드디어 헤르티아가 궁을 나갔다. 블루벨과 카넬리안은 약속대로 작전을 실행했다. 블루벨은 곧장 미리 구해놓은 해독제와 열쇠를 들고 감옥으로 달려온 것이다.

"유채님 물건은 미리 챙겨두었어요. 우리 얼른……."

그때 수군거리는 소리가 들렸다.

"블루벨, 다시 문을 잠그고 숨어 있어. 지금 들키면 위험해."

블루벨은 얼른 감옥 밖으로 나가 몸을 숨겼다. 유채는 온몸에 힘을 빼고 정신을 차리지 못한 척했다. 시간이 없어 다시 재갈을 물지 못한 것이 불안했지만 그것까지 가장하기엔 시간이 없었다. 유채는 소리에 귀를 기울였다. 남자 둘이었고, 그들의 목소리는 너무나도 익숙한 것이었다.

"괜찮을까?"

"괜찮아. 어차피 좀도둑이야. 그리고 레아님이 자리를 비운 이때가 기회야. 지금 아니면 언제 저년을 가지고 놀아보겠냐?"

감옥 문이 열렸다. 둘은 유채를 보면서 야한 농담을 숙덕거렸다. 볼프와 간니오는 낄낄거리며 웃었다. 둘의 손에는 유채의 팔목을 벽에 고정시켜 둔 수갑을 풀 열쇠가 있었다. 간니오가 볼프에게 열쇠를 던졌다.

"어차피 독에 중독돼서 꼼짝도 못하는 년이야. 기회가 왔을 때 즐겨야지. 도대체 어땠기에 루프스가 안달 나서 데리고 다녔는지 보자고."

"맞는 말이야."

볼프가 아무것도 눈치채지 못한 채 유채의 수갑을 풀었다. 유채는 그 손길에 벌레가 기어가는 것 같은 느낌이었지만 양쪽 수갑이 모두 풀릴 때까지 기회를 기다렸다. 한쪽 수갑이 풀리자 유채는 팔을 아래로 축 늘어뜨렸다. 간니오가 다른 한쪽의 수갑도 마저 풀었다.

"억!"

유채는 수갑이 풀리자마자 다리에 힘을 주고 서서 발차기로 볼프의 급소를 때렸다. 볼프는 무방비 상태에서 급소를 공격당하고는 허리를 숙였고 유채는 그 틈을 놓치지 않고 그를 엎어서 매쳤다. 그리고 볼프의 위에 올라타 머리채를 잡아당기곤 난투 중에 깨진 약병의 날카로운 유리조각을 목줄에 겨누었다. 볼프의 눈이 흔들렸다.

"지금 멈추지 않으면 이 남자의 목을 찌를 거야. 아무리 수인이라도 목이 베이면 금방 죽겠지? 안 그래?"

"이, 이년이!"

간니오가 볼프의 사정을 고려하지 않고 유채에게 달려들었다. 하지만 얼마 가지도 못한 채 그는 앞으로 고꾸라졌다.

쓰러진 간니오의 뒤에 블루벨이 서 있었다.

"유채님 빨리요! 저 수인 금방 일어날 거예요!"

유채는 눈을 딱 감고 볼프의 머리를 바닥에 내리찍었다. 낮게 비명을 지른 볼프는 그대로 축 늘어졌다. 기절한 것 같았다. 아니면 그저 머리가 어지러워서 일단 정신을 추스르고 있던지. 유채와 블루벨은 급하게 감옥을 나와 달렸다. 블루벨이 숨겨놓은 가방을 다시 찾은 유채는 얼른 그 안에서 호신용 단검을 꺼냈다.

"경비병이 올지도 모르니까 빨리 뛰세요."

"알았어, 가자."

유채는 블루벨을 따라서 감옥을 빠져나갔다. 감옥 안의 수감자들이 유채와 블루벨을 보고 소리를 질렀다. 블루벨은 계획이 틀어진 바람에 머릿속이 복잡했다. 원래는 감옥의 천장을 통해 밖으로 나갈 생각이었다. 그런데 볼프와 간니오가 나타나는 바람에 그러지 못하게 된 것이다. 이제는 꼼짝없이 입구를 통해 나갈 수밖에 없었다. 카넬리안이 그사이 병력을 많이 유인했기를 바랄 뿐이었다.

"저기다, 잡아라!"

소란을 눈치채고 온 것인지 한 무리의 간수들이 유채와 블루벨의 앞을 막아섰다.

"블루벨, 엎드려!"

블루벨은 유채의 말에 착실하게 따랐다.

"Beatitas."

유채의 스펠과 함께 거대한 바람이 휘몰아쳤다. 간수들이 바람에 날려서 벽에 처박혔다. 어디서 뭐가 튀어나올지 모르는 상황에서 만반의 준비를 다한 유채는 빠르게 마법을 날릴 수 있었다. 블루벨은 앞이 뚫리자 유채를 끌고 빠르게 달렸다.

"유채님, 곧…… 조심하세요!"

블루벨이 유채를 밀쳐 내자 그 앞으로 여우 한 마리가 달려들었다. 유채와 블루벨은 떨어져서 다른 쪽으로 굴렀다. 여우는 한 마리가 아니라 두 마리였다. 두 마리의 여우가 씩씩거리며 유채와 블루벨을 포위했다.

[이 잡년들!]

간니오와 볼프였다. 유채는 단검을 움켜쥐었다. 여차하면 찌를 각오였다. 간니오가 달려들자 유채는 몸을 굴려서 간신히 공격을 피했다. 하지만 간니오가 바란 것이 바로 그것이었다. 간니오는 유채가 중심을 잡기 전에 그녀의 목을 물어뜯기 위해서 움직였다. 유채는 반사적으로 단검을 치켜들었다.

[크헉!]

간니오의 비명소리와 함께 뜨끈하고 비릿한 액체가 쏟아졌다. 간니오는 다시 수인의 모습으로 돌아와 쓰러졌다.

"유채 양! 눈 감아요."

그 말을 듣자마자 유채는 눈을 감았다. 뭔가 툭 떨어지고 데구르르 구르는 소리가 들렸다. 유채는 급하게 숨을 몰아쉬었다. 크고 굳은살이 박인 손이 유채의 어깨를 감싸 안았다.

"유채 양, 괜찮아요. 나예요, 알렉스."

유채는 알렉스의 목소리에 숨을 헐떡이면서 눈을 떴다. 눈앞에 정말로 알렉스가 서 있었다. 옆으로 고개를 돌리자 프레드릭이 블루벨을 부축하고 있는 것이 보였다. 볼프는 그가 처리한 모양이었다.

"왜? 두, 두 분이 어떻게 여기에……."

유채가 놀란 만큼 알렉스도 놀란 상태였다. 프레드릭과 알렉스는 헤르티아를 만나기 위해 어릴 적 베니니타스가 알려준 비밀통로를 이용해 궁 안으로 들어왔다. 비밀통로는 지하 감옥과 통하고 있었는데 몰래 들어오던 중 유채가 위험에 처한 것을 본 것이었다. 알렉스는 앞뒤 재지 않고 곧바로 튀어나와 그녀를 구했다. 덕분에 일이 꼬이긴 했지만 후회는 없었다.

알렉스는 주위를 돌아보았다. 다시 비밀통로로 들어가기는 이제 목격자가 너무 많아 위험했다.

"서로 궁금한 게 많을 테지만 일단 여기서 나갑시다. 유채 양의 신변은 제가 보호하겠습니다."

유채는 하워드 형제를 만나서 놀란 것도 있었지만, 그 형제가 베니니타스의 아들들일지도 모른다는 카넬리안의 말을 떠올렸다. 유채는 다급하게 알렉스의 팔목을 잡았다. 만일 그들이 과거를 기억한다면, 리와인더의 조각이 어디로 갔는지도 알고 있을 수 있었다.

"알렉스 씨. 저 혹시…… 이런 말은 미안하지만……."

"뭘 묻고 싶은 것인지는 모르겠지만, 일단 피합시다. 병사들이 쫓아옵니다."

알렉스는 유채의 손목을 잡고 끌어당겼다. 블루벨과 프레드릭도 상의를 끝냈는지 블루벨이 먼저 앞장서서 달렸다.

유채는 바닥에 쓰러진 두 수인의 시신을 흘낏 보고는 눈을 질끈 감았다. 지금은 감정에 취해 있을 때가 아니었다. 유채는 마음을 다잡고 달렸다. 블루벨은 의외의 통로를 찾았다. 그들은 유채의 능력을 몰래 이용할 수 있는 지하 감옥의 깊숙한 곳으로 이동했다.

블루벨은 주위를 돌아보면서 유채에게 말했다.

"엄마가 유채님의 능력을 써서 헤어졌던 그곳으로 오래요. 거기서 엄마가 준 천을 찢으면 금방 찾으러 오겠대요."

"알았어, 블루벨,"

유채는 공간을 찢었다. 프레드릭과 알렉스는 오라클라 리네아가 섰던 능력과 같은 것을 쓰는 유채를 보고 크게 놀랐다. 자세한 설명은 나중에 하기로 하고 넷은 공간의 틈으로 들어갔다.

블루벨과 유채는 무사히 나왔다는 사실에 긴장이 풀린 것인지 털썩 주저앉았다.

"유채 양! 일어서요. 숨어야 해요!"

프레드릭이 뭔가를 눈치채고 유채를 잡아서 일으켜 세웠다. 유채가 영문을 몰라 어리둥절해하는데 블루벨도 상황을 파악하고 발을 동동 굴렀다. 카넬리안의 탈출 경로를 보고 병사들이 궁 밖으로 나온 것이었다.

유채도 상황을 파악하고 우왕좌왕했다. 이동으로 사용하는 권능이 이제 얼마 남지 않은 상황이었다. 블루벨은 유채의 가방에서 로브를 꺼냈다.

"이거 쓰세요. 번화가 쪽으로 가야 추적을 피할 수 있어요!"

유채는 어디에 리와인더 조각이 있는지 정확하게 알기 위해서는 카넬리안의 조언이 필요했기에 블루벨의 말에 따랐다. 형제들도 이미 넝마가 되어버린 로브를 최대한 끌어 써서 자신들의 정체를 감추었다. 넷은 다급하게 움직였다. 추적이 가까워지기 전에 얼른 다른 수인들 사이에 섞여 들어가야 했다.

"엇!"

블루벨이 약한 탄성을 지르며 유채를 잡아당겼다. 저 멀리서 한눈에 봐도 꽤나 고위급으로 보이는 수인들이 나타났다. 블루벨은 공격태세를 갖추려는 알렉스를 뜯어말리고 근처의 덤불 뒤로 끌고 갔다. 유채는 덤불 뒤에 숨어서 나타난 사람을 살폈다. 검은 머리카락, 까무잡잡한 피부, 루프스만큼 큰 키에 우람한 덩치의 미남. 유채는 누군지 단박에 알아보았다.

에쿠우스 단테였다.

유채는 혹시나 하는 생각에 덤불 뒤에서 뛰쳐나갔다. 블루벨이 막을 틈도 없었다. 유채는 단테 앞에 팔을 벌리고 멈춰 섰다. 그의 눈이 커졌다. 그는 헤르티아가 유채를 잡았다는 소식을 듣고 루프스와의 약속을 지키기 위해서 울피누스 호무스로 온 것이었다. 그런데 바로 그 유채가 제 눈앞에 나타난 것이다.

유채는 전에 단테가 저에게 사과했던 것을 떠올렸다. 지금 그녀가 들고 있는 단도도 그가 준 것이었다. 그가 저에게 언제고 보상을 할 것처럼 말했었기 때문에 도박을 거는 것이나 마찬가지였다.

"당신, 나 알죠? 전에 미안하다고 했던 거, 이번엔⋯⋯."

단테가 갑자기 유채의 손을 끌어당겨서는 제 품에 안았다. 그러고는 가만히 있으라는 말을 조용히 속삭였다.

"에쿠우스님. 여긴 어쩐 일이십니까?"

"자네의 주인을 보러 왔는데, 자리를 비웠다는 소식을 늦게 들어서. 무엇이 문제가 되느냐?"

"아닙니다. 전혀 문제가 되지 않습니다!"

여우 수인 병사는 에쿠우스 품에 안긴, 암컷으로 보이는 수인에 관심을 보였다.

"외람되옵니다만, 지금 데리고 계시는 암컷은 누구입니까?"

"이 아이 말인가?"

단테는 이를 악물었다. 둘러댈 말을 찾기 위해 머리를 굴렸다.

믿을지 믿지 않을지 장담을 할 수 없었다. 얼굴을 보여 달라고 했을 때 거절할 수 있는 핑계는 이것뿐이었다.

"내 잠자리 시중을 드는 아이다. 헤르티아에게는 비밀이니 자네도 입 다물게."

"잠자리 시중이요?"

여우 수인은 숙맥인지 얼굴을 붉혔다. 단테같이 점잖은 이이니 잠자리 시중이라 표현한 것이지 결국은 정부라는 것이었다. 수인들 중에서 잠자리에서 격하기로 소문이 난 것이 말 수인인데 저 작은 몸집의 암컷이 그것을 어찌 감당하는지 궁금했다. 여우 수인은 남 보여주기 부끄러운 상상의 나래를 펼쳤다.

"헤르티아가 알게 되면 이 아이의 여린 몸이 남아나지 않을 것이 뻔하지 않겠나?"

"아, 예. 그렇습니까?"

단테는 시치미를 뚝 떼고 여우 수인에게 물었다.

"자네는 왜 갑자기 여길 돌아다니는 건가?"

"에쿠우스님, 혹시 가면을 쓴 토끼 수인 암컷이나, 마레 위르 암컷을 보신 적이 있으십니까?"

"아니, 없네. 대체 무슨 일인가?"

"그러십니까. 아! 헤르티아님이 혹시 단테님이 오시거든 모시라고 말씀하고 가셨습니다. 일단 궁으로 가시지요."

"이 아이와 잠시 볼일을 보고 알아서 들어가겠네. 그리고 자네 말이야."

단테는 품에서 금화를 꺼냈다. 헤르티와와 정부 사이에서 줄을 타고 있는 수컷으로 가장을 했으니 마지막까지 그렇게 연기를 해야 했다. 병사는 휘둥그레진 눈으로 금화를 받았다. 단테는 눈을 찡긋거리면서 헛기침을 두어 번 한 뒤 입을 열었다.

"오늘 일은 함구해 주었으면 하는데. 가능한가?"

"여부가 있겠습니까?"

병사는 싱글벙글한 얼굴로 금화를 세었다. 사실 수컷 중에 첩을 두는 이들은 많았다. 단테도 어쩔 수 없는 수컷인 것이다. 그는 주머니에 돈을 쑤셔 넣었다. 단테에게 정부가 있다는 것이 해가 될 일은 아닐 테니 말이다.

"그럼 저는 라인하르트님께 단테님의 방문을 알리겠습니다."

병사가 지나간 후에야 유채는 긴장해서 참고 있던 숨을 이제야 크게 내쉬었다.

"미안합니다, 유채 양. 상황이 좋지 않아서 그리 둘러댈 수밖에 없었습니다."

"아니에요. 도와주셔서 감사합니다."

블루벨과 하워드 형제는 뒤늦게 덤불 속에서 나왔다. 단테는 하워드 형제를 보고 귀신을 본 것처럼 놀라서 뒷걸음질을 쳤다.

"혹시 저희가 죽었다는 소식을 들으신 것이라면 자신 있게 헛소문이라고 말씀 드릴 수 있습니다, 단테님. 그리고 더 중요한 소식도 알려드릴 수 있습니다. 그러니 지금까지 무슨 일이 일어났는지 여쭈어도 괜찮습니까?"

프레드릭이 단테에게 정중하게 말했다. 헤르티아와 친해서 어릴 때 잘 따랐던 형이었다. 형제는 언제나 소니페스 호무스의 과자를 잔뜩 가져다주던 친절한 말 수인으로 단테를 기억했다. 어쩌면 단테를 만난 것이 더 좋은 기회가 될 수 있었다.

단테는 정말 기절초풍할 지경이었다. 포트리스에서 전쟁을 결심하게 된 것은 저 형제들의 죽음 때문이었다. 단테는 얼굴을 쓸어내렸다. 도대체 이게 어떻게 된 것인지 하나도 모르겠다.

"어머, 단테네. 오랜만이야?"

단테는 익숙한 목소리에 고개를 돌렸다.

"엄마!"

카넬리안이 피 묻은 검을 털면서 유채와 단테 사이로 끼어들었다. 카넬리안은 뼈에로 가면을 쓰고 있었다. 단테는 하워드 형제에 이어서 그녀의 등장에 당장에라도 뒷목을 잡고 뒤로 넘어갈 듯했다. 카넬리안은 단테의 표정을 보면서 낄낄댔다.

"아직도 심약한 애송이네. 몸집만 커선 말이야."

"당신이 왜 여기 있습니까? 실종되셨다는 소문이 파다했습니다."

"실종은 얼어 죽을. 멀쩡히 살아 있는 수인이 뭘? 트레모르 놈이 이상한 소문을 냈나 보군."

카넬리안은 답답한지 가면을 벗었다. 그러자 단테는 더 깜짝 놀랐다. 인디키움의 실력자들은 얼굴을 드러내지 않았다. 그래야만 위험한 일을 몰래 처리할 수 있기 때문이었다. 인디키움에서 대외적으로 얼굴을 드러내는 것은 수장뿐이었다.

"내 딸이 너무 높은 곳에 있는 놈을 좋아해서. 이제 내가 레푸스 좀 돼보려고. 겁쟁이 트레모르보다는 내가 낫지 않겠어?"

유채가 무슨 짓을 한지는 모르겠지만, 단테를 이편으로 끌어들인 것은 확실했다. 거기에 죽었다고 알려진 하워드 형제의 등장까지. 카넬리안은 턱을 쓸었다.

"일단은 안으로 들어가지. 호랑이 없는 호랑이 굴만큼 안전한 곳은 없지."

카넬리안은 몰래 빼놓은 서류를 흔들었다.

"우리끼리 할 이야기도 많이 있고 말이야."

모두가 카넬리안의 말에 동의했다.

형제와 블루벨, 유채는 궁관, 궁녀로 위장해서 몰래 궁으로 들어올 수 있었다. 카넬리안은 알아서 단테의 거처로 찾아왔다. 서로 할 이야기가 많고 들을 이야기가 많은 사람들이라 누가 먼저 말을 해야 할지 머뭇거렸다. 화통한 성격의 카넬리안이 앉은 대로 말을 하자고 하며 순서를 정해주었다.

첫 번째 순서는 프레드릭과 알렉스였다. 그들은 누구에게 위협을 받았는지를 밝히고 잊고 있었던 과거를 숨김없이 털어놓았다. 가장 놀란 것은 단테였다. 단테는 거의 숨이 넘어갈 듯한 표정으로 형제의 이야기를 들었다. 형제의 이야기가 끝날 무렵에는 단테의 얼굴은 하얗게 질려 있었다.

"이게 그 증거입니다."

알렉스는 루프스가 어릴 적에 제게 주었던 블랑카의 공예품을 탁자에 내려놓았다.

다음으로 이야기를 시작한 것은 유채였다. 유채는 카넬리안에게 했던 것과 같은 내용을 털어놓았다. 알렉스는 스티폴로르가 없어질 수도 있다는 사실에 당황했고 프레드릭은 구전으로 듣던 이야기가 진실이라는 것에 크게 놀랐다. 단테는 이제는 심장마비를 걱정해야 할 정도였다.

유채는 가방에서 리와인더의 조각을 그려놓은 그림을 꺼내었다. 형제의 눈이 커졌다.

"제가 찾는 물건이에요. 혹시 행방을 아시나요?"

"이건 저희 어머니 목걸이입니다."

알렉스가 중얼거렸다.

"자. 다음은 내 이야기를 듣고 하는 것으로 하지."

이번에는 카넬리안이었다. 그녀는 다시 조사를 시작한 이유부터 어떤 결과가 나왔는지까지 차분하게 말했다. 그리고 자신의 예상이 들어맞았다는 데에서 굉장히 우쭐해했다. 카넬리안은 가지고 온 증거들을 탁자에 내려놓았다.

유채는 혹여 단테가 기절한 것은 아닐까 하는 걱정에 그를 돌아보았다. 다행히 단테는 아까 전보다는 멀쩡했다.

"그러니까, 헤임달이 란텔을 이용해서 플로서스를 꾀어내었고 플로서스의 명령을 받은 란텔이 헤임달의 도움을 받아 라일라를 살해하고 그것을 로보의 잘못으로 덮어씌웠다는 것입니까? 거기다 중간에 껴서 이용당한 플로서스가 제 죄가 밝혀지면 죽을 것이 두려워, 그 사실을 은폐해서 지금까지 이 진상이 모두 밝혀지지 않았다는 것이고?"

단테가 일목요연하게 정리했다. 알렉스와 프레드릭 그리고 카넬리안이 고개를 끄덕였다.

"한 가지 더. 전, 현 레푸스도 은폐에 동참했어. 이 일에 괜히 끼어들었다가 피 보기 싫었던 인디키움의 이기주의가 이렇게 일을 그르쳤지."

카넬리안은 베니니타스의 아들들에게 고개를 숙였다.

"미안하다. 내가 제대로 조사를 했으면 이런 일이 생기지 않았을 것이고 너희도 아버지까지 잃게 되지는 않았을 텐데."

"아닙니다. 그때의 일을 잊지 않고 계속 조사해 주신 것만으로도 감사합니다."

프레드릭은 윗선에서 막은 일이니 무시해도 되었던 일을 끝까지 진실을 밝히려고 노력해 주었다는 것만으로도 감사했다. 프레드릭의 말에 카넬리안은 평생을 지고 가려고 했던 죄책감이 조금 녹아내렸음을 느꼈다. 형제의 말 한마디는 강인한 카넬리안의 마음에 봄비처럼 와 닿았다.

"그리고 유채 양이 말한 이 리와인더 조각이라는 것을 못 찾으면……."

"스티폴로르가 지도에서 사라질 수도 있어요. 전쟁까지 일어났으니 그 시기는 앞당겨졌을 가능성이 크고요."

"그럼 한시가 급하군요. 전쟁이 이 이상 심화되기 전에 막아야 합니다."

단테의 말에 모두가 동의를 했다.

"어쩌면 이 사실로, 최소한 헤르티아는 막을 수 있을지도 모릅니다."

단테는 자신의 말에 확신을 가졌다. 헤르티아가 루프스를 증오하는 이유는 하나였다. 루프스가 로보의 아들이란 것. 헤르티아는 로보의 핏줄을 모두 끊어놓겠다는 각오로 살아왔다. 그런데 만약 원망의 대상이었던 로보가 무고하다는 것을 안다면 헤르티아는 당장에 행동을 멈출 수도 있었다.

"제가 가서 헤르티아 고모를 설득해 보겠습니다. 말보다 직접 대면하는 것이 효과가 크겠지요."

"거긴 나와 같이 가자꾸나, 벤자민."

프레드릭은 오랜만에 타인에게 듣는 자신의 옛 이름이 낯설게 느껴졌다.

"전선(戰線)이 위험할 테니 내가 같이 가서 널 보호하고 헤르티아를 설득하는 것을 도와주겠다."

"감사합니다."

"그럼 저는 렉스 삼촌을 설득하러 가지요."

알렉스는 렉스 뮈어를 찾아가겠다고 했다. 프레드릭이 혼자서는 위험하다고 반발했지만, 카넬리안이 이외에 다른 방법이 있냐고 묻자 입을 다물었다.

"동생을 걱정하는 마음은 알아. 하지만, 방법이 없어."

"벤자민, 프리드에게는 내가 따로 병사를 붙일 테니 너무 걱정하지 마라."

프레드릭은 여전히 불만스러운 얼굴이었으나 납득은 한 듯하였다.

"그럼, 플로서스는?"

"저요. 제가 하면 돼요! 제가 케릭스님을 만나서 플로서스님을 설득하도록 얘기할게요!"

블루벨이 나서자 카넬리안은 이젠 어쩔 수 없다는 투로 고개를 저었다.

"그래, 플로서스는 내 딸이 책임지겠다고 하니 저쪽에 맡겨보자고."

"루프스는 제가 맡을게요."

유채는 짧아진 머리카락을 낯설게 만지작거렸다. 헤르티아는 저를 이용해서 루프스를 협박했을 가능성이 높았다. 헤르티아를 막는다고 해도 제 생사가 확인되지 않으면 루프스는 그만두지 않을 확률이 높았다. 그러니 가서 루프스를 말려야 했다.

"괜찮으시겠어요? 유채님."

"능력도 있겠다, 도망쳐 보지 뭐. 수면제나 재갈만 조심하면 나도 탈출에는 문제없어."

유채는 이번에는 프레드릭과 알렉스에게 조심스럽게 물었다.

"이런 때에 이런 말을 하는 것이 정말 죄송하고 무례하단 것은 아는데, 이 목걸이의 행방을 알 수 있을까요?"

"헤임달의 여동생인 헬라가 가져갔습니다. 지금도 그녀의 수중에 있고요. 제가 봤습니다."

프레드릭이 목멘 소리로 답했다. 헬라가 라일라를 죽이고 전리품처럼 가져간 것이 바로 그 목걸이였다. 헬라가 떡하니 그 목걸이를 걸고 다니는 것을 본 기억이 나서 프레드릭은 그녀와 헤임달에게 분노했다. 자신들이 저지른 살인에 일말에 죄책감도 없다는 것이었다. 동시에 그 목걸이를 보았음에도 기억을 떠올리지 못한 자신이 정말로 한심했다.

"헬라는 아마 포트리스에 있을 것입니다. 헤임달이 워낙 동생을 아끼는 것도 있지만, 헬라 자체가 전투력이 강한 편이 아니라 직접 전쟁에 참여하지는 않았을 겁니다."

"감사합니다."

유채는 루프스를 진정시켜 전쟁을 막고 포트리스로 향하기로 했다. 프레드릭은 그동안 걱정하고 있던 문제를 해결하기 위해 유채에게 조심스럽게 입을 열었다.

"유채 양, 포트리스에 간다면 레이라가 무사한지 확인해 줄 수 있습니까?"

프레드릭은 손목을 쓸었다. 레이라가 무사한 것은 마법으로 알고 있지만, 실제로는 모르는 일이었다. 그리고 제 걱정을 하고 있을 레이라를 안심시켜 주고 싶었다. 유채가 고개를 끄덕이자 프레드릭은 자신의 집과 지하실에 대해서 알려주었다.

"자, 그럼 이제 이동이 문제인데."

단테는 지도를 펼쳐 헤르티아가 있는 곳과 다른 이들이 있을 법한 위치를 찍었다. 헤르티아는 라나투스 호무스에 있었고, 루프스는 유니티오 호무스와 라나투스 호무스의 경계에 있었다. 케릭스는 토스 호무스의 북부에, 렉스 뮈어는 독수리 일족의 땅에 있었다.

"헤르티아는 가까운 곳에 있지만 루프스나 렉스 뮈어는 시간이 좀 걸릴 것 같습니다. 다행히도 케릭스는 자신의 고향 근처에 있고요."

"그건 걱정하지 않으셔도 돼요. 제가 해결할 수 있어요."

유채는 권능이 새겨진 손등을 들었다. 그동안의 경험으로 미루어 보건대, 여기 있는 이들을 보내고도 한두 번은 더 쓸 수 있는 양이 남았다. 어리둥절한 표정의 단테에게 카넬리안의 유채의 능력을 설명했다. 단테의 눈이 휘둥그레졌다.

"위치만 알려주시면, 제가 바로 공간을 열어드릴게요."

"쇠뿔도 단김에 빼라는 말이 있듯이 지금 이동하는 것이 가장 나을 것 같습니다. 곧 라인하르트가 이곳에 들어오면 저희도 숨을 길이 없으니, 지금 이동하지요."

알렉스가 낸 의견에 모두가 동조했다.

"나는 레푸스 트레모르를 만나러 가야겠어. 인디키움의 이름으로 발표가 되면 다른 수인들도 쉽게 믿을 테니까."

카넬리안은 가면을 다시 쓰기 전 블루벨의 어깨를 잡고 눈을 맞췄다. 모녀의 붉은 눈이 서로를 마주보았다. 아무런 말도 없었지만, 둘이 무슨 말을 주고받는지는 눈빛만 봐도 추측할 수 있을 것 같았다. 카넬리안이 블루벨을 꼭 끌어안고 머리를 쓸었다.

"엄마도 나이 드니까 약해지나 봐요. 걱정 마요. 무사히 다녀오고 케릭스님을 엄마 앞에 데려다놓을게요."

"몸조심해야 한다. 무리하지 말고."

"엄마나 조심해요. 괜히 까불다가 사고치지 말고."

블루벨은 오히려 카넬리안을 걱정했다.

"우리 딸. 다 컸네. 엄마 걱정을 다하고."

유채는 두 모녀의 대화를 들으니 눈물이 날 것만 같았다. 유채의 엄마도 돌아가면 고생했다고, 잘 돌아왔다고 저렇게 따뜻한 얼굴을 하고 맞이해 줄 것이다. 유채는 눈가에 고인 눈물을 닦았다.

카넬리안은 블루벨에게 마지막 당부를 하고 순식간에 사라졌다. 남은 이들이 모두 준비를 마치자 유채는 공간을 열었다. 블루벨과 알렉스가 먼저 이동하고 마지막 차례인 프레드릭이 유채를 돌아보았다.

"고마워요. 그리고 몸조심해요."

유채는 프레드릭을 향해서 마주 웃어 보였다.

"나도 고마워요, 프레드릭 씨. 프레드릭 씨도 몸조심하세요."

유채는 이어서 단테에게도 인사했다. 그를 믿어도 되나 의심스러웠지만 카넬리안이 뭐라고 하지 않았기에 가만히 있기로 했다. 그녀는 카넬리안의 판단을 믿기도 했고 헤르티아의 영역 안에서 저를 도와준 그를 믿어보고 싶었다.

"단테님도 몸조심하세요."

"유채 양도요."

프레드릭과 단테를 보내고 난 후 유채는 새로 공간을 찢었다. 그 틈을 넘자마자 진한 피 비린내가 풍겼다. 거기에 살갗이 타는 냄새가 코를 찔렀다.

끔찍한 전쟁의 한복판이었다. 유혈이 낭자했고 시신들이 널브러져 있었다. 유채가 밟고 선 땅 위가 전부 온전하지 않은 시신들 천지였다.

유채는 끔찍한 광경에 기겁해서 뒷걸음질을 쳤다. 단테는 올바른 장소를 알려줬다. 단, 그 사이에 전장의 위치가 바뀐 것이었다.

크와왕!

짐승의 울음소리가 들렸다. 유채는 뒤를 돌았다. 거대한 여우 한 마리가 덮쳐 오는 것을 보면서도 유채는 당황해서 움직일 수가 없었다. 유채가 할 수 있는 일은 눈을 감는 일뿐이었다.

[크아악!]

누군가 유채를 품으로 끌어당김과 동시에 여우 수인의 비명소리가 들렸다. 유채는 슬그머니 눈을 떴다가 시선을 아래로 내렸다. 바로 옆에는 사람의 팔이 떨어져 있었다. 유채는 경악했다. 그리고 유채를 품에 안은 이가 그 광경을 보지 못하도록 그녀의 뒷머리를 손으로 눌러서 제 가슴에 얼굴을 묻게 했다. 건장한 체구에 단단한 가슴팍을 가진 남자였다.

"……가지 마."

유채는 눈을 번쩍 떴다. 너무나도 익숙한 목소리였다. 잔뜩 잠긴 목소리가 귓가를 맴돌았다.

"제발, 가지 마……."

루프스였다. 그녀를 구한 것은 루프스였고 발치에 떨어진 것은 그의 왼팔이었다.

정신이 아득해지는 고통이 머리를 잠식했다. 루프스는 남은 오른팔로 유채를 끌어안았다. 왼팔은 팔꿈치 위에서 지저분하게 잘려나갔다. 이름 모를 여우 수인의 마지막 발악의 결과였다. 유채를 보호하기 위해서는 왼팔을 내어주어야 했지만 그는 그것을 후회하지 않았다. 제 품의 유채가 안전하다는 데에 그는 안도했다.

유채가 나타난 것은 전쟁이 막바지에 치달은 상황에서였다. 여우 일족이 서서히 퇴각하고 있을 무렵 공간이 일그러지는 듯한 기이한 현상이 일어나더니 그 사이에서 유채가 나타났다. 루프스는 처음에는 환상인가 싶었다.

그리고 그때였다. 퇴각하고 있던 여우 일족 중 하나가 유채에게 달려들었다. 유채는 당황했는지 그 자리에서 움직이지 않았다. 루프스는 저를 막으려는 루크레치아를 뿌리치고 유채에게 달려갔다. 그리고 그녀를 끌어안았다.

이미 목숨을 잃게 된 마당에 지독히도 떨어지지 않는 여우 수인을 상대한 대가로 팔 하나를 잃게 되었지만 루프스는 개의치 않았다.

괜찮냐고 해야 할까? 보고 싶었다고 해야 할까? 무사해서 다행이라고 말해야 할까?

"……가지 마."

빌어먹을. 빌어먹을. 괜찮냐고 물어야 했다. 무사해서 다행이라고 해야 했다. 하지만 이기적인 마음은 동정을 바라고 소망을 털어놓았다. 이미 둑처럼 터져 버린 마음은 그 무엇으로도 막을 수가 없었다.

"제발, 가지 마……."

헤어지기 싫었다. 두 번 다시 볼 수 없는 곳으로 유채를 보내기 싫었다. 한순간도 유채에게서 떨어지고 싶지 않았다. 손을 뻗으면 제가 닿을 수 있는 곳에, 유채의 미소를 바라볼 수 있는 곳에 그녀가 있었으면 하였다. 유채가 저를 사랑해 주지 않아도 괜찮다. 다른 것은 바라지 않았다.

"뭐든…… 내가 할 수 있는 뭐든 다 해줄게……."

어떻게 해야 유채가 저를 불쌍하게라도 여겨서 남아줄까? 할 수 있는 노력은 다 해보았다. 그런데도 그녀는 자신을 선택하지 않았다. 루프스는 비참했다. 수많은 애원도 그녀에게 닿지 않았다. 루프스는 절박했다.

"무릎 꿇고 용서를 빌라고 하면, 무릎이 닳아 없어질 때까지 빌겠다. 신발을 개처럼 핥으라 하면 언제나 그렇게 하겠다. 심장을 내놓으라 하면 내 가슴을 갈라 네게 주겠다. 가지고 싶은 것이 있다면…… 그 무엇이든지……. 내 영혼을 팔아서라도 가져다주겠다."

울지 않으려고 했건만 눈에서는 눈물이 흘러내렸다. 바스러진 연심이었다. 불에 타서 재가 되어버린 가슴의 고통을 숨기고 그는 유채의 앞에서 항상 웃었다. 유채가 배신했건, 거짓말을 했건, 제 마음을 가지고 놀았어도 그는 웃었다. 그렇게라도 하지 않으면 그녀가 당장이라도 떠날 것을 알기에 그는 고통스러운 마음을 감추고 웃었다.

"그러니, 그러니…… 제발……."

목이 메었다. 하나 남은 오른팔이 덜덜 떨렸다. 왼팔이 잘려 나가서 겪는 고통 때문이 아니었다. 루프스의 눈물이 유채의 정수리에 떨어졌다. 정말 그녀 없이는 살 수 없을 것 같았다. 유채가 저를 떠난 잠깐 동안도 괜찮지 않았다. 그는 고통을 억지로 참아내고 있던 것이었다.

"가지 마…… 나를 떠나지 마……."

그가 사랑했던 이들은 모두가 곁을 떠났다. 이제는 유채도 떠난다고 했다. 이제야 어떻게 살아가야 할지 알았는데, 과거의 그늘에서 겨우 벗어났는데. 유채를 사랑하기에 밝은 세상을 다시 걸어볼 용기를 냈다. 과거를 돌아볼 용기를 냈다. 그렇게 저를 그 세상에 남기고 왜 유채만 떠나는 것일까. 유채가 있기에 변할 수 있었는데 셀레네님은 잔인하게도 그에게 찾아온 가장 달콤한 것을 다시 가져가려고 했다. 루프스는 제게 닥친 운명이 야속했다.

"제발…… 가지 마……."

애끓는 울음소리가 터져 나왔다. 루프스는 절박하게 유채를 끌어안았다. 하늘에 빛나는 별도 유채가 좋아하는 것이라 좋았고 들판에 피는 들꽃도 유채의 이름과 같기에 아름다워 보였다. 유채가 제 세상의 중심이 되었다. 중심을 잃고는 세상을 살 수 없었다.

"네가, 나의 세상이다."

빌어먹을. 이 말은 하면 안 되었다. 저 혼자 품은 마음을 유채에게 책임지라고 해선 안 되는 것인데. 빌어먹을. 젠장.

"네가, 네가…… 없으면……. 정말, 죽을 것만 같아서……."

갈 때까지 가버렸다. 애원도 통하지 않으니 이제는 유채의 동정을 바랐다. 유채의 착한 마음에 빌었다. 사랑하는 여인에게 받을 수 있는 것이 단지 동정뿐이라는 것이 비참하다는 것을 알아도 루프스는 유채의 동정심에 빌었다.

"제발…… 가지 마……. 제발……."

루프스는 유채를 끌어안고 오열했다. 그녀가 떠나지만 않는다면 뭐든 할 자신이 있었다. 자존심 따위 얼마든지 내려놓을 수 있었다.

유채의 머리 위에 떨어진 루프스의 눈물이 그녀의 턱을 타고 흘러내렸다. 루프스의 목 깊숙한 곳에서 올라오는 오열이 유채의 귓가에 울렸다. 공포 그 자체였고 큰 산과 같았던 남자가 이렇게 무너지는 것을 본 유채는 입술을 깨물었다.

"늑대 일족은 사랑에 죽고 사랑에 사는 일족이야. 아가씨에게 제 목숨쯤은 기꺼이 바칠 수 있단 말이지."

유채는 카넬리안의 말을 떠올렸다.

"그러니, 루프스가 진심으로 부딪쳐 오면 그때는 거절을 해. 목 숨 값 빚진 것 털어낸다 치고 분명하게 답을 해줘."

빌어먹을.

유채는 카넬리안이 말했던 그때가 온 것을 직감했다. 내내 이 순간을 피하고 있었던 것인지도 몰랐다. 유채는 뻣뻣하게 손을 들어 올려서 들썩이는 루프스의 등을 쓰다듬었다. 예전보다 야윈 것 같은 등이 손에 닿자 괜히 기분이 이상해졌다.

루프스는 유채의 손길에 더 서럽게 오열했다.

✦

"헤임달 아저씨!"

헤임달은 마지막으로 작전을 점검하던 중이었다. 최소한 루프스만큼은 제거해야만 스티폴로르를 온전히 차지할 수 있었다. 지금 모든 세력이 모이기 적당한 장소는 바로 에클레시아였다. 헤임달은 그들 모두를 에클레시아로 불러낼 방법을 고심했다. 그러던 중 뒤에서 익숙한 목소리가 들렸다.

"란텔!"

헤임달은 밝은 목소리로 란텔을 향해서 두 팔을 벌렸다. 란텔은 어린아이처럼 헤임달의 품에 안겼다. 헤임달은 아들을 맞이하기라도 하는 듯 란텔을 꼭 끌어안았다.

그가 란텔을 만난 것은 스티폴로르에 처음 도착한 그날이었다. 스티폴로르와 대륙 사이의 소용돌이를 천운을 타고 건넜던 그날, 바닷가에 쓰러져 있던 아이를 만났다. 문헌 속에서나 읽던 수인이었다. 인간의 형태를 하고 있던 아이가 늑대로 변하자 기겁했지만, 이내 굶어서 죽어가고 있다는 것을 깨닫고는 아이를 살렸다.

란텔은 인신매매로 수인들에게 붙잡힌 인간 여인이 낳은 아이였다. 란텔의 아버지는 그녀를 보고 첫눈에 사랑에 빠졌고, 거금을 들여 그녀를 구해 돌봐주었다. 란텔의 아버지는 지극정성으로 구애하고 청혼했다. 하지만 불행히도 란텔의 어머니는 이미 수많은 성적 학대로 정신이 망가져 있었다. 그가 왜 그렇게 제게 지극정성인지, 그의 진심을 몰랐다. 사랑에 빠진 늑대 수인과 거부했다가는 제가 죽을지도 모른다는 공포에 빠진 인간은 평생 서로의 마음을 몰랐다. 란텔의 어머니는 아이를 낳은 그날 목을 매서 자살했다. 란텔의 아버지는 슬픔에 시름시름 앓았고 란텔이 여섯 살이 되었을 무렵 사망했다.

혼혈이라는 이유로 아버지 쪽 친척들은 란텔을 돌보는 것을 꺼렸고, 그는 버려졌다. 그렇게 떠돌다가 포트리스로 들어왔건만 상황은 똑같았다. 역시나 혼혈이라는 이유로 차별받고 학대받던 그의 앞에 나타난 것이 바로 헤임달이었다.

헤임달은 란텔에게서 제대로 살아보지도 못하고 죽은 아들을 떠올렸다. 그래서 그를 돌보았다. 란텔은 저를 맹목적으로 의지했고 결국 제 일을 돕기 위해 시카리우스에까지 들어갔다. 헤임달은 란텔의 머리를 쓰다듬었다.

"그래. 일은 잘 해결되었고? 몸은 괜찮으냐?"

"괜찮아요, 아저씨. 아저씨는 언제나 정정하시네요."

"이 녀석 못하는 말이 없네. 나도 이제 나이가 들어서 일이 힘에 부치더구나."

"설마요. 아직도 이렇게 정정하신데요."

헤임달은 파이프에 담뱃잎을 꾹꾹 눌러 담았다. 란텔이 담뱃불을 붙여주었다. 파이프에서 매캐한 연기가 뿜어져 나왔다.

"이제 얼마 남지 않았어."

헤임달은 해가 지고 있는 수평선을 바라보았다. 그의 일도 저지는 해처럼 얼마 남지 않았다. 가족의 복수를 하겠다는 열망으로 악귀가 되어서 아득바득 살아왔던 삶도 이제 정리할 때가 된 것이다. 그 가증스런 오를레앙을 드디어 제 손으로 벌할 수 있게 되었다. 헤임달은 허탈하게 웃으면서 란텔에게 물었다.

"네 어머니와 아버지가 살았던 곳이고 네 아버지의 피가 흐르는 동족인데, 안타까운 감정은 없느냐."

"없습니다."

란텔은 담담하게 말했다.

"모두 저를 버린 이들입니다. 한 번도 아쉬운 적 없었습니다."

헤임달을 만나기 전의 비참한 삶 동안 그는 독기를 품었고 세상을 저주했다. 그러니 이딴 섬 하나쯤 없어져도 상관없었다.

"헤르티아가 그 계집애를 붙잡았다고?"

"예. 가서 몰래 빼올 생각입니다. 루프스와 렉스를 끌어들일 기회가 되겠죠."

"렉스에게 루프스가 아끼는 암컷을 잡았다고 알려주면 루프스를 잡을 기회라고 좋아할 테지. 적당하게 꾀어내어서 회전의 장소를 에클레시아로 정하면 되겠구나."

"루프스도 제 암컷이 잡혀 있다는 것을 알면 눈이 돌아서 에클레시아로 달려올 것입니다."

"헤르티아는 물론이고 마레 위르에게 제 성역이 더럽혀진다고 분노한 수인들도 달려오겠지."

각 세력이 얽혀서 아수라장이 되었을 그때, 헤임달은 루비 조각의 힘을 이용해 그곳을 폭파할 생각이었다. 세라는 싸움에는 별 소질이 없는 아이였으나 여러 가지 잡다한 마법에 능했다. 세라는 자신의 고유 스펠을 이용해서 마력을 고도로 농축해서 넣어 그 힘을 한꺼번에 터뜨리는 마법을 조각에 걸었다. 그렇게 된다면 루프스를 비롯한 수인들과 마레 위르들의 강자 대다수가 죽음을 맞이할 것이었다.

"오늘은 어쩐 일로 왔니?"

"아저씨가 보고 싶어서 왔어요."

란텔이 헤임달의 어깨에 기대었다.

"레티티아를 잡아오면 이젠 아저씨를 지킬게요."

"그래."

"우리 모든 일이 끝나면 모두 잊고 대륙에 가서 행복하게 살아요."

란텔의 말에 헤임달이 고개를 끄덕였다.

✤

유채는 치료받고 있는 루프스를 바라보았다. 오르페는 절단면
에 약을 바르고 붕대를 감았다. 신체가 잘리는 고통은 상상이 안
갈 정도였다. 저 루프스마저 신음을 참지 못하는 것에 유채는 눈
을 둘 곳을 찾지 못하고 막사 안 여기저기를 훑어보았다. 그러다
가 탁자 위에 놓여 있는 상자를 열었는데 그 안에 제 머리카락과
머리 장식이 들어 있었다.

"레티티아."

치료를 마친 오르페가 막사를 나간 후 루프스는 유채를 불렀
다. 유채는 어색한 동작으로 그를 돌아보았다. 유채가 다가가자
루프스는 그녀의 손을 잡았다. 작은 손이 그의 한손에 가득 들어
왔다.

"팔은……."

"어디 다친 곳 없나?"

루프스는 유채의 말을 끊고 그녀의 몸을 살폈다. 그의 손가락
이 유채가 목을 긁어서 생긴 상처에 닿았다.

"괜찮나?"

"별거 아니에요."

유채는 루프스의 손을 치웠다. 루프스는 반사적으로 다른 손
을 뻗으려고 하였으나 자신에게 남은 팔이 없다는 것을 깨닫고
씁쓸하게 웃었다. 루프스는 품에서 블랑카의 반지를 꺼냈다. 그
가 한 손으로 다시 반지를 끼워주려고 낑낑거리는 것을 유채는

가만히 받아주었다.

"내 어머니의 유품이다."

유채의 눈이 커졌다. 토스 호무스를 떠나며 이 반지를 바닥에 내던졌던 게 생각이 났다.

"사랑하는 암컷이 생기거든 그 암컷에게 주라고 말씀하시더군."

루프스는 유채를 올려다보았다.

"내 마음을 강요하는 것도 아니고 받아달라는 것도 아니다."

루프스는 눈을 감았다.

"그저 알아달라는 것이다."

유채는 입술을 깨물었다. 카넬리안의 말대로 거절을 해야 하는데, 차마 용기가 나지 않았다. 유채는 화제를 돌리기 위해서 입을 열었다.

"나…… 라일라의 죽음에 대한 진실을 알아요."

유채는 루프스에게 프레드릭과 알렉스 그리고 카넬리안에게 들었던 이야기를 모두 해주었다. 루프스는 이를 악물었다. 그의 턱이 부르르 떨렸다. 이야기를 끝낸 유채는 가만히 그를 바라보았다. 자신에게는 한없이 가해자에 가까운 그였지만, 이 일에서만큼은 그는 완전한 피해자였다. 유채는 차마 울지도 못하고 몸만 떠는 루프스를 내려다보았다.

"울고 싶으면 울어요."

루프스가 붉게 충혈된 눈으로 유채를 올려다보았다. 유채는 그와 눈을 마주하고 담담하게 말했다.

"당신도 가슴에 사무칠 정도로 슬프잖아요. 그러니까 울어요."

루프스는 유채의 입술만 바라보았다.

"당신은 울 자격이 있으니까."

유채는 그를 위해서 등을 돌렸다. 하지만 강한 팔이 유채의 허리를 안고 잡아당겼다. 순식간에 침대에 눕혀진 유채가 놀라서 비명을 지를 새도 없었다. 등에 묵직한 무언가가 닿고 곧 어느 한쪽이 뜨거워졌다. 유채는 몸을 굳혔다.

"잠시만, 이렇게 있어줘."

그는 죄책감을 가지고 있었다. 로보가 저지른 짓으로 인해 운명을 달리한 라일라와 프리드, 벤자민 형제에 대한 죄책감이었다. 로보의 결백을 믿지만 그것이 그저 아들로서 아버지를 믿는 이기심인가 싶기도 했었다. 진실을 알고 나니 가슴이 뻥 뚫리는 것 같았다. 로보는 결백했다. 루프스는 마음 한켠을 붙잡고 있던 족쇄에서 드디어 벗어날 수 있었다.

루프스는 유채의 등에 얼굴을 묻고 하염없이 울었다. 그동안 유채는 가만히 있어주었다. 시간이 흐르자 루프스의 울음소리도 점점 잦아들고 막사 안으로 달빛이 새어 들어왔다. 허리를 감고 있던 팔에 힘이 풀리는 듯하자 유채는 천천히 고개를 돌렸다. 그는 잠이 든 것인지 눈을 감고 있었다. 유채는 그의 팔을 치우고 일어나 앉았다.

"이런 때 말할 수밖에 없는 내가 비겁하다는 거 아는데, 나한테는 이 방법밖에는 없네요."

유채는 왼손에 낀 반지를 오른손으로 만지작거렸다.

아직도 루프스가 리와인더의 조각을 찾으려고 했던 사실에는 화가 나 있었다. 그러나, 저를 구하기 위해 팔이 잘리고도 제 안부만 물었던 사람이었다. 그러니, 조금은 봐줘도 괜찮을 것 같다.

"난 아직도 당신을 용서하지 못하겠어요. 솔직히 말해서 당신을 영원히 용서 못 할 것 같아요. 하지만, 당신이 나를 좋아하고 사랑한다는 그 마음은 분명히 진심이라는 것은 알겠어요."

이제는 그에게 예의를 갖추어 확실하게 거절해야 할 때였다. 유채는 손가락에서 반지를 뺐다. 이제는 그도 의미를 알게 될 것이다.

"미안해요. 난 당신 마음 못 받아줘요."

유채는 루프스의 머리맡에 반지를 내려놓았다.

"당신하고 좋은 인연으로 만났다면 좋았을 텐데……."

유채는 루프스의 왼팔 위에 손을 올렸다. 권능의 빛이 루프스의 왼팔을 감쌌다. 권능은 루프스의 내상은 물론이요 시간핵의 후유증까지 온전히 치료해 주었다. 유채가 손을 거두자 루프스의 팔까지도 원래대로 돋아난 상태였다.

"그동안 구해줘서 고마워요. 당신이 아니었다면 나는 여기까지 오지 못했을지도 몰라요."

유채는 잠든 루프스의 입술에 입을 맞췄다.

"미안해요."

유채는 공간을 열었다. 그리고 그 공간의 틈으로 사라졌다.

잠시 후, 천천히 눈을 뜬 루프스는 눈물만 주룩 흘렸다. 그는 머리맡에 놓인 반지를 움켜쥐었다.

유채를 붙잡을 수도 있었다. 그러나 그는 그렇게 하지 않았다. 유채는 제 진심에 답을 해주었다. 그는 유채의 답을 존중해야 했다. 유채가 그의 감정을 존중해 주었듯이. 루프스는 입술에 닿았던 유채의 감촉을 곱씹었다.

이게 결과였다. 그가 짊어져야 할 업보였다.

유채의 말대로 좋은 인연으로 만났으면 결과가 달라졌을 건데. 너무나도 후회가 되었다. 루프스는 보답받지 못할 마음을 끌어안고 눈물만 흘렸다.

가슴이 아팠다.

〈4권에서 계속〉